Schwarz wie der Kampf, Gold wie die Weisheit, Blau wie das Leben und Rot wie der Tod. Diese vier Farben bestimmen die Königreiche der Götter und das Schicksal der Menschen, die darin leben. Einst waren sie in Stärke vereint, doch nun stehen die vier Länder am Rand von Chaos und Krieg. Als eine der vier göttlichen Nachfahren will Sari ihre Welt in ein neues Zeitalter der Blüte führen. Aber alles hat seinen Preis: Sie muss ihr Recht zu herrschen in einem erneuten Run beweisen – und dabei auch gegen den Mann antreten, dem ihr Herz gehört. Der dunkle Schattenbringer Keeran. Um ihre Liebe zu retten, ist Sari bereit, einen Pakt mit ihrem größten Feind einzugehen.

MIX
Papier aus verantwortungsvollen Quellen
FSC® C083411

Wir produzieren nachhaltig
- Klimaneutrales Produkt
- Papiere aus nachhaltigen und kontrollierten Quellen
- Hergestellt in Deutschland

Lektorat: Nicole Boske, Yvonne Lübben
Umschlagbilder: shutterstock.com / © kzww / istockphoto.com / © Pobytov
Umschlaggestaltung: Formlabor
Illustration & Karte: Dana Müller-Braun
Satz: Pinkuin Satz und Datentechnik, Berlin
Herstellung: Gunta Lauck
Litho: Margit Dittes, Hamburg
ISBN 978-3-551-58459-5

DANA MÜLLER-BRAUN

THE RUN

DIE GABEN DER GÖTTER

CARLSEN

Für Annchen,

weil du für mich jeden »Run« bestreiten würdest.

PROLOG

Beginnen wir unsere Reise in Anemoras. Einst prächtige Hauptstadt des Landes Kalyra. Ein Königreich, von Alben geschmiedet. Von Drachen und Sauriern bewacht. Bis das Feuer kam und Kalyra unter seinen mächtigen Schwaden begrub. Die Alben retteten ihr Volk und sammelten sich in Anemoras, das vor der gewaltigen Glut geschützt war.

Als diese erlosch, bauten sie ihr Land wieder auf, doch eines Tages riss das Himmelsgewölbe auf und vier Götter aus Nachnyl betraten den Erdboden. Kalipar, der Gott des Kampfes, des schwarzen Sandes. Arasá, die Göttin des Lichts der Weisheit, des goldenen Staubs. Tunis, der Gott des Todes, der roten Asche. Und Emza, die Göttin des Lebens, des blauen Eises.

Laraká, die Königin der Alben, begrüßte die Götter und bot ihnen Land, aber die Götter wollten mehr und begannen einen blutigen Krieg, in dem auch unsere Königin starb.

Den Gaben der Götter unterlegen, flüchteten die überlebenden Alben zurück nach Anemoras, in die geschützte Stadt. Sie lebten als Verbannte, deren Existenz die Wesen und Menschen auf Erden nach und nach vergaßen. Bis eines Tages die vier Götter an ihren unsichtbaren Mauern kratzten.

Die Tochter von Laraká, Anasoal, neue Königin der Alben, öffne-

te ihnen das Tor zur Unendlichkeit und Schönheit von Anemoras. Die vier Götter berichteten ihr, dass sie ein Element benötigten, um zu leben, welches es nur bei den Alben gab. Nur sie trugen dieses eine essenzielle Element in sich, um auf dieser Erde zu verweilen.

Anasoal hörte sie an und versprach ihnen dieses Element, im Gegenzug für einen Frieden, der es ihnen erlaubte, Anemoras verlassen zu können.

Die Götter willigten ein und die Königin führte sie in die heilige Krypta von Anemoras.

Jahre später würde Anasoal bereuen, sie je angehört zu haben. Ihr Bruder Perseres, *der Erschaffer der neuen Welt, war mit der Maske der Sterblichkeit nach Emza gegangen, um die Göttin zu verführen, und mit einem Kind zurückgekehrt, das sie wie ihr eigenes aufzog. Doch die Götter übten Rache.*

Naraté, das letzte Buch der Alben, Anemoras

KAPITEL 1

Hamza, Passus III Tunis, Vers 566

»Der Tod verlangt immer einen Preis«, sagte Tunis, der Gott des Todes, zu der Frau, die vor ihm in seiner Unterwelt stand und ihm einen Obolus entgegenhielt. Sie stimmte ihm zu, drängte jedoch mehr und mehr, er möge den Obolus annehmen.

»Doch er verlangt nicht nur Gold, sondern auch einen Teil der Seele.«

Die Frau stimmte erneut zu. Sich darüber bewusst, dass ihr Geliebter, den sie wiedererwecken wollte, nie wieder der Alte sein würde. Schatten des Todes waren nicht vergänglich. Hafteten sie einmal auf einer Seele, so würden sie sie auf ewig bewohnen, bis sie sich alles nahmen. Die Dunkelheit würde einziehen. Und doch schloss die Frau den Handel mit Tunis ab. Nicht ahnend, dass sie ein Monster erschaffen hatte.

»Keeran?« Mein eigener Schrei weckt mich. Meine Stimme ist heiser und bricht. Die Bilder des Traums verfolgen mich immer noch. Meine Hand krallt sich in die leere Decke neben mir. Er ist nicht da. Meine Brust brennt, während ich mich selbst beruhige.

Meinen Atem flach halte. Mir bewusst mache, dass es vorbei ist. Zumindest der erste Teil einer Prüfung, die unser Schicksal ist. Der erste Run. Aber vor uns liegt ein weiterer.

Immer wieder träume ich dasselbe. Der Monarch erwacht aus meinem Eis und tötet meinen Bruder Jarrusch, um sich an mir zu rächen. Um mir seine Macht zu demonstrieren. Eine Macht, die sich mein Leben lang so sehr in jede einzelne Faser meines Körpers eingenistet hat, dass ich sie wohl nie loswerde. Da wird immer diese Überlegenheit sein, die mein Verstand mir einbläut. Eine Angst, die nie verschwindet.

Marruk Karis hat fast zwei Jahrzehnte lang geherrscht. Mein gesamtes Leben. Die Unterdrückung unseres Volkes, jedes Einzelnen, hat sich tief in meinen Verstand und mein Herz gebohrt und sich dort festgesetzt.

Er hat es geschafft, die Menschen und ihren Glauben zu erschüttern, als er vor neunzehn Jahren die Königsfamilien abschlachtete und damit bewies, dass keiner von ihnen ein echter Nachfahre der Götter war. Denn die sind laut der Hamza, unserer Heiligen Schrift, unsterblich. Nur unter den zwei Sicheln des Mondes, verbunden mit dem Gift der Lilie, kann einer von uns sterben.

Und als Marruk die Menschen am Boden hatte, hat er ihnen wieder Hoffnung geschenkt. Er hat sie in der schlimmsten Glaubenskrise aufgefangen und ihnen einen neuen alten Glauben geschenkt. Sich zum alleinigen Herrscher der vier Lande ernannt, gesandt von den Göttern. Aber was er wirklich getan hat, war, die Menschen zu unterdrücken. Ihnen Tahills aufzuerlegen, unsere Verschleierung, damit sie als Phantome leben müssen, bis sie ihren Run bestehen. Damit sie gefügig sind. Damit sie ihm stumm folgen und klein bleiben.

Ich setze mich auf und sehe mich um. Zur Tür, durch die Keeran verschwunden sein muss. So wie er es fast jede Nacht macht. Als könnte er es nicht ertragen, bei mir zu sein.

Nachdem wir den Monarchen gestürzt und seine Armee davon überzeugt hatten, dass Keeran, Leoán, Alishan und ich als wahre Nachfahren der Götter Anwärter auf die Throne sind, kamen wir hierher. In den *ble pale*, den blauen Palast aus dem Eis Emzas, weil die Wesen dieses Königreichs mir wohlgesonnen sind, seitdem ich sie erweckt habe. Wir konnten uns von dem Kampf erholen, doch dann wurden Keeran und Red sehr krank. Vierzehn Tage lang waren sie nicht bei Bewusstsein. Schweres Fieber und Schüttelfrost plagten sie. Und meine Angst wuchs, dass sie sterben würden. Keeran ist – genau wie wir anderen Nachfahren – nicht mehr unsterblich, seitdem ich die Quelle des Lebens vom Eis befreit habe. Und Red besitzt zwar Gaben, die ihm mehr Lebensjahre schenken und ihn jung bleiben lassen, sterben kann er allerdings trotzdem.

Doch sie wurden gesund. Zumindest Red ist wieder der Alte. Und von ihm weiß ich, dass er in diesen Fieberträumen gegen die Dunkelheit des Todes kämpfen musste. Ich denke, Keeran hat den Kampf nicht gewonnen. Aber er hat ihn auch noch nicht verloren. Er hat einen Pakt mit dem Tod geschlossen und ich werde alles tun, damit dieser Schatten, der deshalb seine Seele bedeckt, nicht von ihm Besitz ergreift. Denn jeder in den vier Landen weiß, dass der Tod immer einen Preis verlangt.

Ich stehe auf und laufe mit meinen nackten Füßen über den kalten Stein des Palastes aus blauem Eis. Mein Palast. Zumindest wird er das sein. Offiziell, wenn ich den Lauf der Herrscher bestanden habe. Denn nicht nur unser Glaube und die Hamza schreiben vor, dass sich die Nachfahren der Götter einem Herrscher Run stellen müssen. Das Volk schreit ebenfalls danach. Denn akzeptiert haben sie uns nicht. Und vielleicht werden sie das auch nie.

Ich verlasse mein Zimmer und schleiche in den spärlich beleuchteten Flur, gehe eine Tür weiter und öffne sie, um einen Blick auf Jarrusch zu werfen. Auf meinen kleinen Bruder, der da liegt und so friedlich schläft, als wäre das hier schon immer sein Leben gewesen. Aber ich weiß, dass er nichts vergessen hat. Nicht, dass er sein Leben lang versteckt in einer Kammer leben musste, weil Mutanten damals gejagt wurden, und nicht, dass der Monarch ihn aus ebendieser hat zerren lassen, um ihn zu sich zu holen. Er vergisst es nicht. Genauso wenig wie ich. Unsere Seelen werden den Schmerz immer spüren. Als wäre er ein Teil unseres Erbes.

»Sari …« Reds warme, liebevolle Stimme dringt gedämpft an mein Ohr. Doch ich höre auch kaum verhüllte Besorgnis. Leise schließe ich Jarruschs Tür wieder und blicke mich um. Schaue in die rötlichen Iriden, die mir mittlerweile so vertraut sind. Eigentlich ist Red Keerans bester Freund. Aber das, was uns verbindet, ist fast schon, als wären wir Familie.

»Hast du ihn gesehen?«, frage ich einfach drauflos. Er weiß, warum ich nachts hier herumschleiche.

Red nickt. »Keine Sorge, ich habe ihn im Auge.«

Ich presse die Lippen aufeinander, um nicht laut zu sagen, dass mir das nicht hilft. Dass es mir den Keeran von vor dem Handel mit Tunis nicht zurückbringt.

»Hattest du wieder diesen Traum?«

Ich nicke. Meine Stimme ist nicht mehr greifbar.

Ganz sanft berührt er meine Schulter und zieht mich in seine Arme. Und endlich kann ich den Schmerz ein wenig loslassen. Ich weiß nicht, wann wir so eng zusammengewachsen sind. Es war nicht an den blauen Eisbergen, als wir uns prügelten, und auch nicht im schwarzen Wald, als wir uns bei den vermeintlichen Rebellen gegenseitig unsere Geschichten erzählten. Es war nicht beim Kampf am Tor des Todes und auch nicht, als er starb. Für uns starb. Es war all das zusammen und die letzten Wochen, in denen er der Einzige war, mit dem ich über meine Träume gesprochen habe. Er ist der Einzige, der weiß, womit ich kämpfe.

»Du solltest mit ihm reden.«

»Und was sage ich, Red?« Ich schüttle resigniert den Kopf. »Dass ich jede Nacht von Dingen träume, an die er sich nicht einmal erinnert oder die durch diese Dunkelheit verschleiert sind? Wie soll er das verstehen?«

Red zuckt mit den Schultern und richtet seine roten Augen auf mich. »Einen Versuch ist es wert. Er ist im Garten.«

Ich nehme all meinen Mut zusammen, drücke ihn noch einmal und gehe dann durch das Eisschloss, die Treppen hinunter nach draußen.

Als ich das Königreich des blauen Eises kurz vor dem Kampf wieder zum Leben erweckte, behielt ein Teil das Eis. Das Schloss gehört dazu. Aber dieser Garten ist grün, voller Leben und bunten Pflanzen, und wirkt beinahe fehl am Platz, hier mitten in den Eisbergen.

Mein Blick fällt auf Keerans mächtige Gestalt. Er steht am Rand des Gartens und schaut hinab auf die Gletscher, dort, wo sich das Meer an dem blauen Eis bricht.

Bedacht trete ich näher, bis sich seine Haltung anspannt. Er spürt mich. Meine Anwesenheit. Und sie lässt ihn erstarren.

»Keeran«, flüstere ich. Bilder blitzen vor mir auf. Von dem Tag im Tempel von Muri, als der Monarch Keeran all seine Erinnerungen an mich nahm. Es ist, als könnte ich heute noch diese kalten Augen sehen, die mir vorher so vertraut waren. Aber damals blitzten trotzdem seine Seele und seine Liebe zu mir durch. Jetzt ist nichts mehr davon zu erkennen, verschlungen von der Dunkelheit, die Keeran immer mehr in ihren Abgrund reißt.

Schon in der Hamza steht, dass Tunis für ein Bündnis, wie Keeran es mit ihm eingegangen ist, einen Teil der Seele verlangt. In den letzten Wochen ist mir jedoch klar geworden, dass nicht dieser Handel um mein Leben dazu geführt hat, dass ich Keeran verloren habe. Nein, ich habe ihn bereits im Tempel verloren. Der Keeran, der mich während des Runs wieder und wieder beschützt, mich gerettet hat, weil er mich liebte, hätte gegen Tunis' Dunkelheit ankämpfen können. Aber ein Mann ohne Vergangenheit, der eigentlich nicht einmal weiß, wer ich bin? Zumal ich ihm meine Gabe des Seelensehens, nachdem er sie mir wiedergegeben hat, nicht erneut übertragen kann. Aber selbst das würde nichts ändern. Er könnte mit den Emotionen in meiner Seele nichts anfangen. Nicht so, wie er gerade ist.

»Sari«, entgegnet er und dreht sich mir zu.

»Was machst du hier draußen?« Ich trete näher. So vorsichtig, dass ich am liebsten schreien würde. Das hier ist so ungerecht.

»Ich …« Er beißt sich auf die Unterlippe und scheint nach einer Erklärung zu suchen. »Ich träume schlecht.«

Mir stockt der Atem, weil er das erste Mal darüber spricht. Bis jetzt habe ich es nur mit meiner Gabe des Seelensehens gespürt. In seiner Seele. In dem, was davon noch übrig ist.

»Was träumst du?«, frage ich und mustere die winzigen Narben in seinem Gesicht. Schon während des ersten Runs wollte ich ihre Geschichten hören. Jede einzelne, die mir Keeran noch näher bringt. Und eines Tages werde ich einen Weg finden, dem Monarchen all die Erinnerungen zu nehmen, die er Keeran gestohlen hat.

Er tritt näher und ich nehme seinen Geruch wahr. Er riecht nach einem regnerischen, nebeligen Wald bei Nacht, und alles, was ich für ihn fühle, ist so greifbar, dass ich leise aufkeuche. Sein Atem streift meine Lippen.

»Ich träume von deinem Tod. Manchmal töte ich dich und manchmal ist es der Monarch. Doch am Ende meiner Träume bist du immer tot.« Schmerz flammt in seiner Stimme auf.

Ich atme tief ein und aus. »Aber ich lebe.« Ich bin mir sicher, dass diese Aussage nicht hilft. Denn auch mir hilft sie nicht.

»Ich kann dich nicht verlieren«, raunt Keeran und berührt ganz sanft mein Kinn. »Du bist alles und noch mehr, Sari.« Seine Stimme klingt heiser und flehentlich. Als würde er jede Nacht um mich trauern, obwohl ich hier bin. Als würde er wissen, dass er bereits dabei ist, mich zu verlieren.

»Du verlierst mich nicht, Keeran«, gebe ich flüsternd zurück, ohne zu erwähnen, dass er es ist, der sich entfernt.

Keerans dunkle Augen ruhen so skeptisch auf mir, dass mich ein Schauer durchfährt. Und doch ist alles, was ich mir gerade wünsche, eine Berührung. Unsere Lippen sind nur Millimeter voneinander entfernt. Er starrt meine an wie ein Verdurstender. Aber er küsst mich nicht.

»Warum bin ich so oft die Person, die dich in meinen Träumen tötet? Das ergibt keinen Sinn. Ich würde dich niemals töten«, flüstert er dann so leise, dass ich nicht einmal weiß, ob er es mir sagt oder seine Seele mir dieses Geheimnis zuflüstert.

»Das hat rein gar nichts zu bedeuten, Keeran. Es ist nur ein Traum«, sage ich bestimmt. Ich rücke vor, doch er weicht zurück.

Als ich Rufe höre, fällt mein Blick kurz auf den rötlichen Schein der Sonne am Horizont. Es ist Morgen, und Leoán, der Erbe des Tunis, wird bald eintreffen.

»Ich muss los«, sagt er belegt und verzieht den Mund.

Ich nicke nur, obwohl mir schon seit Wochen eine Frage auf der Seele brennt. *Was sind wir?* Aber ich spreche sie nicht aus. Vielleicht, weil ich zu viel Angst vor der Antwort habe. Davor, dass es ein *Wir* nur in der Zeit gab, als wir einen Run bestreiten mussten. Als Verbündete. Der Herrscher Run macht uns jedoch zu Feinden.

»Ich werde Medisa und Red anweisen bei dir zu bleiben und reite nach Kalipar.« Seine Stimme lässt keinen Widerspruch zu, und doch hebe ich meine Brauen, statt zu nicken.

Jeder von uns Nachfahren muss laut der Hamza ein Fest in seinem Palast veranstalten, bevor wir den Lauf der Herrscher antreten. Um uns dem Volk und dem Adel vorzustellen. Zumindest denjenigen, die nicht im Kampf an Marruks Seite gefallen sind. Dieselben Menschen, die unschuldigen Jugendlichen dabei zugesehen haben, wie sie einen unmenschlichen Run bewältigen. Und doch ist es wichtig für uns, weil sie weiterhin über Macht verfügen. Über Ländereien und Gefolgsleute. Wir können nicht einfach schnipsen und diese Welt ist eine neue. Das habe ich schmerzlich gelernt. Marruk Karis ist nicht übermächtig gewesen. Er hat die Menschen nur so lange manipuliert und den Richtigen Macht gegeben, bis sie ihm treu ergeben waren.

Meine Brust verkrampft sich bei dem Gedanken, einen weiteren Run bestreiten zu müssen. Jarrusch wieder allein lassen zu müssen. Und vor allem mich erneut mir selbst zu stellen. Aber niemand anders wird für diese Welt und gegen die Grausamkeit kämpfen, wenn wir es nicht tun. Und wir brauchen diese Legitimation, um die Welt zu verändern.

Die Sommersonnenwende ist nah und damit der Beginn des *sover ran*. Das Fest hier in Emza hat bereits stattgefunden. Hier im *ble pale*. Ich war kaum anwesend, meine Gedanken sind immer wieder abgeschweift, und so habe ich nur dagesessen und versucht die Augen der Männer zu ignorieren, die mir noch von meinem Run vertraut sind. Schon als ich nackt im Gefängnis der Asche dastand und gesteinigt wurde, wusste ich, dass ich sie nie vergessen werde. Ich hasse sie.

»Wir sehen uns in Tunis«, flüstere ich. Das Fest wird erst in ein paar Tagen stattfinden. Keeran wird vorher nicht nach Emza zurückkehren. Er muss in Kalipar dafür sorgen, dass die Männer, die im treu ergeben sind, unser Land beschützen, während wir den Herrscher Run bestreiten. Die Adeligen oder sogar das normale Volk könnten die Paläste stürmen. Auch hier in Emza hat Keeran mithilfe von Red und Medisa einige seiner Schüler aus dem *fiht-camp* abgestellt. Damals hat er es im Auftrag von Marruk geleitet und neue Anwärter für die Armee des Monarchen angeworben.

Medisa und Red halfen ihm dabei herauszufinden, wem er vertrauen kann, weil er selbst keine Erinnerungen daran besitzt. Und vor allem, wem ich vertrauen kann.

Keeran nickt und will gehen, doch dann zögert er, dreht sich noch einmal zu mir und küsst mich auf die Stirn. Ich halte den Atem an. »Ich werde wieder der Alte sein. Versprochen.« Mit diesen Worten geht er und hinterlässt in mir ein Versprechen, von dem ich weiß, dass er es allein nicht halten kann. Nicht ohne meine Hilfe.

Es dauert eine halbe Ewigkeit, bis ich mich endlich bewege und in mein eisiges Schloss trete. Die ersten Sonnenstrahlen berühren schon die Eisberge, die uns umgeben, und spiegeln sich glitzernd im Meer wider.

»Wo ist Jarrusch?«, rufe ich Emira zu, die in der Küche arbeitet und gerade Gebäck durch die Gänge trägt. Ich weiß, dass Jarrusch fast den ganzen Tag bei ihr unten verbringt und sie ihn mit Süßkram verwöhnt.

»Der kleine Lord zieht sich gerade an«, sagt sie mit einem liebevollen Grinsen.

Ich erwidere es, bevor sich unsere Wege trennen. Jarrusch liebt es sicher, dass sie ihn so anspricht. Aber er hat alles Glück dieser Welt verdient. Und noch mehr.

Ich streiche mir über meine Stirn, während ich die prunkvollen Treppen hinauf zu den Schlafsälen laufe und kurz im Türrahmen stehen bleibe. Ich beobachte, wie Jarrusch sich schwarze Kleidung anzieht und dann blaue Armschienen überstülpt.

»Hallo, kleiner Lord«, lache ich belustigt und trete ein.

»Sari«, ermahnt er mich und verdreht die Augen.

Ich kichere. »Was wird das?«, frage ich dann und deute mit meinem Kopf auf die Armschienen. »Du bist ein Arasá, Jarrusch. Ein Geborener aus dem Königreich des goldenen Staubes. Gold ist deine Farbe.«

»Ich bin jetzt ein Emza«, sagt er und nimmt eine straffe Haltung an. »So wie du.«

Ich lächle. Obwohl Jarrusch mir trotz seines Alters in vielem überlegen ist, stellt er sich die Dinge hier draußen, außerhalb seiner Kammer, manchmal zu einfach vor. Er unterschätzt die Grausamkeit der Welt. Doch für diesen Moment werde ich ihm den Glauben an unsere Welt lassen. Daran, dass wir nur einen Mann besiegen mussten, um etwas zu ändern. Ja, vielleicht habe auch ich das geglaubt. Aber es gibt göttliche Gesetze, gegen die wir nichts tun können. Nicht einmal, wenn wir den Herrscher Run bestehen und uns unseren Platz verdient haben. Nicht einmal dann, wenn einer von uns als der Stärkste aus dem Lauf hervorgeht und somit die anderen überstimmen kann. Die Götter sind mächtiger als wir. Unsere Welt wurde auf ihren Idealen, mit ihren Mächten und ihrem Blut erbaut. Und sie haben uns den Glauben in unseren Verstand gebrannt.

Vor neun Wochen, als wir den Monarchen vom *gat te das* ins

Gefängnis der Asche brachten, ließen wir verkünden, dass keiner unter achtzehn mehr ein Tahill tragen muss. Dass niemand ein namenloses Phantom sein muss. Doch kaum jemand ist dem gefolgt. Im Gegenteil, sie lehnen sich gegen uns und die neue Welt auf. Sie wollen ihre Ideale, ihre Götter nicht verraten. Sie wollen ihren Zorn nicht auf sich ziehen, aber vor allem denke ich, dass sie Angst davor haben, einen neuen Weg zu beschreiten und Gewohntes zurückzulassen.

Niemals hätte ich gedacht, dass ein Glaube so tief verankert sein kann. Ja, ich habe mich vor meinem eigenen Run immer an die Gesetze gehalten, aber nicht weil ich die Strafe der Götter gefürchtet hätte, sondern die von Marruk Karis. Und doch musste auch ich mich erst an die Nacktheit meines Gesichts, meiner Haare und meiner Arme gewöhnen. Ich erwische mich selbst jetzt noch dabei, unsicher zu werden, wenn mich jemand anschaut. Als hätte ich eine Maske abgelegt, die mein wahres Ich zuvor geschützt hat.

»Ich treffe mich jetzt mit Leoán. Sehen wir uns zum Mittagessen?«, frage ich mit einem Blick auf eine Tasche, in die Jarrusch seine Schlafsachen packt. »Was tust du da? Willst du umziehen?«, hake ich nach.

Ich schaue mich in dem riesigen Zimmer um. Alles, was er besitzt, hat er in diese kleine Tasche gestopft. Nichts ist mehr hier.

»Wo sind deine Bücher?«

»Ich habe Keeran gesagt, er soll sie mitnehmen«, gibt er zurück, als wäre es das Normalste der Welt, dass er den Erstgeborenen des Gottes Kalipar damit beauftragt, seine Bücher durch die vereinten Königreiche zu transportieren.

»Wohin?«

»Nach Kalipar. Ich brauche sie da.«

Ich blinzle irritiert, bis ich verstehe, was er damit meint. »Nein«, ist alles, was ich sagen kann.

»Das hast du nicht zu entscheiden«, gibt er viel zu erwachsen zurück. Meine Brust zieht sich zusammen, als er mir ernst in die Augen blickt. »Wir haben das besprochen. Es ist wichtig, dass ich ausgebildet werde, solange ihr noch hier seid.«

»Du bist gerade zehn geworden, Jarrusch. Du musst nicht kämpfen.«

Er hebt seine Brauen, bevor er um das Bett herumgeht, zu mir kommt und meine Hände in seine nimmt. »Doch, das muss ich, Sari.«

Ich will ihm widersprechen. Aber das geht nicht. Diese Welt ist grausam und gefährlich. Und Jarrusch muss Entscheidungen selbst treffen dürfen. Jetzt, da er nicht mehr in seine Kammer eingesperrt werden muss wie früher. Mutanten werden zwar weiterhin seltsam angesehen, doch die Menschen tun ihnen nichts. Das hat nur der Monarch getan, um unter ihnen das wahre Gesicht zu finden. Jarrusch. Der sieht, was sich hinter der Fassade versteckt. Die wahre Seele eines Menschen. Zusammen mit meiner Gabe des Seelensehens können wir dieses wahre Gesicht zutage bringen. Es für alle sichtbar machen.

Genau deshalb hat der Monarch jahrelang Familien gezwungen, Mutanten zu melden, und einige von ihnen hat er wegsperren lassen. Wir konnten sie befreien, aber in der Gesellschaft werden sie nur schwerlich akzeptiert.

»Kämpfen ist nicht immer die Lösung«, flüstere ich und werfe einen Blick auf den immer heller werdenden Himmel hinter dem Fenster.

»Ich will nicht kämpfen, und doch muss ich lernen mich zu verteidigen«, sagt er streng.

Ich nicke nur. Ich wusste, dass das passiert. Und ja, ein Teil von mir versteht, dass Jarrusch nicht für immer von mir abhängig sein will. Auch wenn es ihm dabei wahrscheinlich eher um meine als seine Freiheit geht.

Mit brennender Brust nehme ich ihn in den Arm. »Ich treffe mich jetzt mit Leoán«, presse ich hervor, um meine Angst zu verbergen. Doch Keeran wird mit ihm reiten und auf ihn achten. Ich bin mir sicher.

Ich verstecke meine Tränen, kneife ihm noch einmal in die Wange, und dann verlassen wir zusammen den Raum.

Vor der riesigen Eingangstür bleibt er für einen kurzen Augenblick stehen und schaut mich an. Es fühlt sich an, als würde er jetzt erwachsen werden. Und ein Teil von mir will genau das für ihn. Er soll die Welt sehen und lernen. Aber mehr noch will ich, dass er endlich ein Kind sein darf.

»Pass auf dich auf, mein kleiner Mann«, sage ich und gehe dann ohne ein weiteres Wort in den Besprechungssaal, in dem Leoán bereits auf mich wartet. Ich würde nur Tränen vergießen, wenn ich mich ausgiebig verabschieden würde.

Es stehen bereits Gebäck und Tee auf dem Tisch und mein Magen verkrampft sich. Dieses Leben ist nicht meines. Dienstmägde. Feinstes Gebäck. Tee, der damals nur der Oberschicht erlaubt war. Das alles gibt mir ein so fremdes Gefühl, dass ich mich heimatlos fühle. Doch da fällt mein Blick auf Leoán und ein warmes Gefühl kehrt zurück in meine Brust.

»Wie geht es dir?«, fragt er, erhebt sich und schließt mich in seine Arme.

Erleichtert erwidere ich seine Umarmung. Leoán war der Einzige, den ich an mich rangelassen habe, als Red und Keeran so krank wurden. Der Einzige, dessen Trost ich angenommen habe.

Wir haben Nächte zusammengesessen, nachgedacht und recherchiert, was mit ihnen passiert sein könnte. Aber Leoán weiß zu wenig über sein göttliches Erbe. Über Tunis und den Tod. Stattdessen weiß er viel über die Alben. Und auch deshalb saßen wir schon einige Male zusammen. Damals ist er auf die Bitte von Keeran hin zusammen mit den Alben aus Anemoras zum Tor des Todes gekommen, um uns im Kampf gegen Marruk beizustehen.

»Ich fühle mich fremd«, nuschle ich und nehme mir eine Backschnecke, um unmotiviert darauf herumzukauen. Der süßliche Geschmack fühlt sich wie ein Verrat an meiner Herkunft an.

»Das Gefühl kenne ich. Ich will nichts lieber als zurück nach Anemoras und ...«

»Zu ihr?«, hake ich grinsend nach. Er hat schon ein paarmal erwähnt, dass es in der Stadt der Alben eine gibt, die er seit seiner Kindheit liebt.

»Werde ich irgendwann ihren Namen erfahren?«

Leoán schenkt mir ein vielsagendes Lächeln. »Irgendwann.«

Er atmet tief durch und streicht mir eine Strähne hinter mein Ohr. Ich erschaudere. Nicht wegen seiner Berührung, sondern wegen dem, was er da begutachtet. Meine Ohren, die mit jedem Tag spitzer werden. So wie meine Haut immer heller schimmert und meine Augen einen Stich ins Blaue bekommen.

»Du hast keine Lösung gefunden, oder?«

»Eine Lösung dafür, dass dein albisches Aussehen zum Vorschein kommt? Ist das wirklich so schlimm, Sari?«

Ich presse meine Lippen aufeinander. Natürlich kann er das nicht verstehen. Viel mehr noch verletzt es ihn wahrscheinlich.

Als unsere albischen Vorfahren vor Tausenden Jahren die Götter verführten, taten sie das mit Magie. Mit Masken der Sterblichkeit, die sie wie Menschen aussehen ließen. So auch ihre Kinder und deren Nachfahren, wie ich eine bin. Mensch, Alb und Gott. Doch nach und nach ebbt die Magie ab und lässt die Maske der Sterblichkeit fallen. Bei Leoáns Vorfahren ist das bereits passiert. Er ist als Alb geboren. Und ich wäre das genauso, hätte Keeran nicht mein Leben an seines gebunden, als meine Marra noch vor meiner Geburt bei ihm war, um mir die Erinnerung an mein Erbe zu nehmen.

»Es geht nicht um mein Äußeres. Es ist mein Erbe«, sage ich dann, vor allem um mir selbst zu verdeutlichen, dass ich schon immer eine Albin war. Halbalbin. »Mein Problem ist …«

»Dass es bedeutet, dass dein und Keerans Band sich löst«, vervollständigt er und schenkt mir ein mitleidiges Lächeln.

Es kommt mir vor, als hätten wir dieses Gespräch bereits etliche Male geführt. Ich lege das Gebäck zur Seite, bevor ich aufstehe und zum Fenster schreite, um mich gegen die Fensterbank zu lehnen.

»Die Magie, die dich hat menschlich wirken lassen, hat auch Nachteile. Als Albin hast du weitere Kräfte. Sieh es doch einmal so«, lenkt Leoán das Gespräch in eine andere Richtung.

»Guter Versuch, Alb. Aber deine Reinheit besitze ich nicht. Und werde ich wohl nie. Und ein reines Herz gehört nun einmal dazu, um die albischen Kräfte voll ausschöpfen zu können.«

Leoán grinst bübisch. Ich mag es, dass dieser weise, ruhige junge Mann manchmal ein einfacher Junge sein kann. Seine rötlichen Haare reflektieren wie tanzende Flammen die Sonne und seine glühenden Augen fixieren mich trotz der Heiterkeit auf seinen Lippen voller Besorgnis. Goldene Blumenranken zieren seinen Nacken. Das Mal der Alben.

»Meinst du, dass wir diese Welt verändern können?«, fragt er, steht auf, kommt zu mir ans Fenster und wirft einen Blick in den Garten, wo gerade zwei Mägde mit Körben vorbeilaufen und voller Vorurteile zu uns hineinsehen. Die Menschen verachten Alben. Sie verachten uns. Das haben sie jahrhundertelang gelernt. Von den Göttern und später von Marruk. Und das wird sich nicht von heute auf morgen ändern.

Mein Magen verkrampft sich. Ich will nicht anders aussehen, auch wenn ich das vor Leoán niemals zugeben würde. Ich hasse diese Blicke.

»Ich weiß nicht. Vielleicht nicht. Aber wir können sie in die richtigen Bahnen leiten.«

Er verzieht den Mund. »Also bauen wir die Grundsteine für eine veränderte Welt, damit sie irgendwann in der Zukunft frei ist«, sagt er nachdenklich. »Ist es egoistisch, jetzt schon zu wollen, dass mein Volk frei ist?«

»Nein«, entgegne ich und streiche ihm über den Arm. Seine Haut schimmert um einiges mehr als meine. Und manchmal, wenn ich seine Schönheit von außen und innen sehe und spüre, frage ich mich, warum sich in mir etwas so sehr dagegen wehrt, eine Albin zu werden.

»Ich will dir noch etwas erzählen«, unterbricht Leoán die kurz eingetretene Stille, geht zur Tür und schließt sie. »Ich bin noch nicht lange in Tunis, aber mir sind Dinge zu Ohren gekommen. Meine Bediensteten reden zwar nicht mit mir, manche spucken sogar vor mir auf den Boden, bevor sie mir meinen Teller vor die Nase stellen, aber ich bin gut im Lauschen.«

Ich werfe ihm einen betretenen Blick zu, doch er lächelt.

»Lauschen gehört sich nicht, Leoán!«, ermahne ich ihn dann lachend, vor allem um die Behandlung, die ihm zuteilwird, zu überspielen. Mitleid kann er nicht gebrauchen. So ist er nicht.

»Ich habe gute Ohren«, grinst er und deutet auf die Spitzen seiner Ohren, die durch sein rotes Haar hervorlugen. »Ich würde dich nicht damit belästigen, aber der Name deines Hauses ist einige Male gefallen.«

»Lakar?«, frage ich, lehne mich vor und verenge meine Augen.

»Ja. Es ging um deine Mutter, nehme ich an. Sheliak. Sie hatte etwas mit ein paar Tunis zu tun, die irgendeinen Plan verfolgen.«

»Und welchen Plan?«, hake ich mit zittriger Stimme nach. Ich habe Marra und Varra einmal belauscht. Kurz vor ihrem Tod erzählte sie ihm, dass sie von Machenschaften in Tunis erfahren habe. Könnte das etwas damit zu tun haben?

»Viel mehr habe ich nicht erfahren. Allerdings ist das Wort ›Nachfahren‹ sehr oft gefallen.«

»Also planen sie unseren Sturz? Das klingt nicht nach einer kleinen Verschwörung, sondern nach dem, wonach die gesamten vereinten Königreiche lechzen.«

»Sei nicht so pessimistisch, Sari«, sagt er und verzieht den Mund. »Das wird schon.«

Ich nicke und versuche mich an mehr zu erinnern. Doch da ist nichts. Alles, was ich noch weiß, ist, dass meine Marra Reds Marra tötete.

»Was mich dabei gewundert hat: Sheliak aus dem Hause Lakar wurde oft zusammen mit dem Namen Marruk Karis erwähnt.«

»Wahrscheinlich weil sie gegen ihn gewesen ist. Seine Feindin.«

Nachdenklich streicht er über sein Kinn. »Vielleicht«, raunt er. Dann sieht er mich an. »Bist du sicher, dass dir nichts weiter dazu einfällt?«

Verwirrt schüttle ich den Kopf.

»Gut.« Leoán strafft seine Schultern. »Ich muss jetzt los. Die Vorbereitungen für das Fest laufen bereits. Und … was soll ich sagen. Die Menschen in meinem Schloss meinen es nicht gut mit mir.«

»Soll ich dir jemanden mitschicken? Ich könnte Ferroe gut entbehren.«

Leoán lacht heiser auf. Er weiß, dass ich die stille, düstere Wache, die Keeran mir zur Seite gestellt hat, am liebsten loswerden würde. Dieser Kerl ist immer überall. Wahrscheinlich steht er auch jetzt gerade wie ein Schatten vor der Tür und belauscht uns.

»Du brauchst deine Wachen selbst, Sari. Dafür hat Keeran sie hierhergebracht.«

»Du solltest Alben zu dir holen. Deine Freunde. Vertraute.«

Leoán wirft mir ein Lächeln zu, aber ich erkenne eine Spur Trauer in seinen Augen. »Diese Welt, Sari, die Königreiche, sie sind noch nicht bereit für mehr von meiner Art.«

Ein Kloß bildet sich in meinem Hals. Vor allem, weil ich durch meine Versuche, das albische Aussehen wegzubekommen, nicht gerade behilflich dabei bin, die Vorurteile zu beseitigen.

»Eines Tages werden sie bereit sein.«

Leoán bedenkt mich mit einem abwesenden Blick. »Bevor so etwas passiert, werden die Menschen sich und uns und diese Welt zerstören, Sari. So sind sie. So ist es immer gewesen. Kein verstoßenes Volk wurde je in der Menschheitsgeschichte angenommen, solange kein Krieg vorausging.«

Ich schlucke schwer, während sich die Wahrheit seiner Worte in mein Herz brennt.

»Und wenn wir dafür einen Krieg gewinnen müssen. Die Alben werden frei sein.« Diese Worte sind ein Versprechen, obwohl ich nicht weiß, ob ich es halten kann. Aber ich werde alles dafür tun. Für mich existieren keine unterschiedlichen Völker. Keine Arten. Es gibt nur Lebewesen, die alle gleich sind.

»Zieh dir was Schickes an, wenn du zu meinem Fest kommst«, sagt er mit einem Blick auf meine Kleidung.

Ich grinse. Obwohl ich kein Phantom mehr bin, trage ich noch immer die schwarze, lederbesetzte Hose und das ebenso dunkle Oberteil. Nur ohne die Kopf- und Mundbedeckung.

»Ich werde mir Mühe geben«, lache ich, gehe auf ihn zu und warte, bis er seine Stirn an meine und seine Hand auf meine Brust legt, bevor ich es ihm nachtue.

... ● ...

Die nächsten Tage übe ich mich im Nahkampf mit Ferroe. Am Anfang schont er mich, bis ich ihn anschreie und er daraufhin richtig kämpft. Nicht zu meinem Vorteil, denn nach jeder Einheit schmerzt mein gesamter Körper, weshalb er die Lektionen für die letzten beiden Tage vor dem Fest in Tunis aussetzt.

Ich fühle mich einsam in diesem großen Schloss ohne Jarrusch oder Keeran. Nicht mal Reds Anwesenheit ist mir ein Trost. Und zwischen Medisa und mir liegt etwas Unausgesprochenes, weshalb wir uns aus dem Weg gehen. Trotz meines geschundenen Körpers schleiche ich mich daher jede Nacht in den Pferdestall, um auf dem Heuboden zu schlafen. Es ist das Einzige, was mir ein kleines bisschen Heimat und Vertrautheit zurückbringt.

Am Tag unserer Abreise packe ich nur das Nötigste zusammen und trete aus dem blauen Palast zu Red.

»Bereit, die vereinten Königreiche zu durchqueren, um an einem langweiligen Fest teilzunehmen?« Red streicht behutsam über den Hals seines Rosses. Ich unterdrücke ein Lachen, während mir der Gedanke in den Kopf schießt, ob wir das überhaupt noch sind. Vereinte Königreiche. Wahrscheinlich nicht. Nicht mehr, wenn wir uns bewiesen haben und jeder über sein Königreich herrscht.

»Wir fahren nur bis nach Tunis«, sage ich dann knapp und laufe vor ihm her, bis zu den Kutschen.

»Du hast ja wieder einen wunderbaren Gemütszustand«, lacht Red und deutet auf Medisa, die neben meiner Kutsche steht. »Ich werde reiten. Medisa fährt mit dir.«

Ich starre ihn zornig an, aber er hebt nur seine Brauen und steigt auf sein Pferd. »Wird euch guttun.«

»Meinetwegen«, zische ich und steige ein. Medisa folgt mir.

Die Wisente schnaufen, bevor sie sich in Bewegung setzen und damit die Kutsche ins Rollen bringen.

Ich lasse meinen Kopf gegen die Scheibe sinken und schließe meine Augen, bis mich ein Räuspern aus meinen Gedanken reißt. Ich verkrampfe mich, öffne meine Lider und begegne Medisas genervtem Blick von gegenüber.

»Was?«, fauche ich sie an. Ich hätte liebend gerne die gesamte Fahrt so getan, als wäre sie gar nicht da. Zwischen uns ist etwas zerbrochen. Ich kann nicht einmal genau sagen warum, müsste ich aber tippen … Sie denkt, Keeran wäre meinetwegen gestorben und wiederauferstanden. Genauso wie Red. Sie gibt mir die Schuld. Sie liebt Keeran mehr als alles andere auf der Welt. Allerdings habe ich schon lange begriffen, dass sie ihn anders liebt als ich. Wahrscheinlich würde sie genau das für ihn tun, was ich für Jarrusch tun würde. Sie ist Keerans beste Freundin und begleitet ihn ähnlich wie Red schon mehrere Jahrhunderte.

»Willst du etwa das da tragen?« Sie deutet auf meine schlichte schwarze Kleidung. Eine enge Hose und ein Oberteil.

»Was spricht dagegen?«, gebe ich knapp zurück und hebe meine Brauen.

Ich mustere Medisas abfälligen Blick. Mehr noch, als dass sie mir die Schuld gibt, fühlt sie sich selbst verantwortlich, weil sie als Wahrerin keine einzige von Keerans Erinnerungen mehr hat, um sie ihm zu geben. Sie hat ihm bereits vor einiger Zeit all die zurückgegeben, die sie bewahrt hat.

»Du bist jetzt die Herrscherin eines Königreichs«, zischt sie.

»Und deshalb soll ich in einem eisblauen Kleid durch die Wälder fahren? Ich kann mich in Tunis umziehen.« In der Hoffnung, sie möge nachgeben, schließe ich wieder meine Augen. Aber das tut sie nicht. Denn sie stört mein Aufzug nicht. Nein. Sie will einen Streit provozieren.

»Er ist Tage vor dir abgereist.«

»Wer?«, knurre ich, ohne meine Lider zu heben, dabei weiß ich genau, wen sie meint. Keeran.

»Du weißt, wen ich meine. Deinen Liebsten.« Sie lacht abfällig auf.

Zorn kocht in meinen Adern. Ich kralle meine Finger in das Polster unter mir und spüre seine Wahrheit. Für einen Moment lenken mich die Bilder der Menschen ab, die ebenfalls einmal in dieser Kutsche saßen. Eine meiner Gaben. Die Gabe der Klarheit, die ich bei meiner ersten Malsprüfung erhalten habe. Mit ihr kann ich die Wahrheit der Dinge sehen.

»Er ist nicht mein Liebster«, flüstere ich so gebrochen, so schmerzerfüllt, dass auch mir erst in diesem Moment bewusst wird, wie sehr ich zu ihm gehören will. Es aber nicht tue. Ich seufze. »Sag mir einfach, was dein Problem ist, und dann können wir uns weiterhin ignorieren.«

»Das kannst du gut, nicht wahr?«, lacht sie enttäuscht.

»Was?«

»Menschen ignorieren.«

Ich öffne meine Augen erneut und schaue sie das erste Mal seit Wochen ohne Zorn an. »Was meinst du?«

»Was ich meine?« Sie schüttelt den Kopf. Wie damals, als sie mir vorgeworfen hat, ich sei nur ein dummes Mädchen, das nicht für sich selbst kämpfen kann. »Red ist gestorben. Keeran ist gestorben. Wir haben Seite an Seite gekämpft und du …« Sie zieht scharf die Luft ein. »Du hast es nicht einmal für nötig empfunden, mich zu fragen, wie es mir geht.«

Meine Lider zucken.

»Hast du mich etwa gefragt?«, entgegne ich wie ein bockiges Kind.

Medisa schnaubt. Diesmal platzen dabei Zornestränen aus ihren Augen.

»Stimmt, es geht ja immer nur um die große, wunderbare Sari. Die Einzige, die Verluste erleiden musste.« Sie schlägt ihre Faust gegen die Kutschenwand. »Wie lange kennst du Red und Keeran?«

»Willst du wirklich darüber mit mir streiten?« Ich nehme mein Gesicht von der eisigen Glasscheibe. »Geht es darum? Wer wen länger kennt?«

»Du hättest …«

»Was hätte ich?«, fahre ich sie an, weil ich immer noch getroffen bin. Getroffen, weil sie recht hat.

»Für mich da sein können. Wir hätten füreinander da sein können, hättest du dich nicht eingeschlossen und nur diesen Alb an dich rangelassen.« Sie wendet ihren Blick ab. So als würde es ihr Schmerzen bereiten, diese Wahrheit ihrer gebrochenen Seele auszusprechen.

»Ich …« Ich will etwas entgegnen. Mich rechtfertigen. Ihr sagen, dass ich allen Grund dazu hatte. Aber das würde weder meine noch ihre Schmerzen lindern.

»Es tut mir leid«, hauche ich also stattdessen und behalte für mich, dass ich sie nicht sehen wollte. Es nicht konnte. Denn sie war das Einzige, was mir geblieben war, als Keeran und Red krank wurden. Tagelang wusste keiner von uns, ob ihre Seelen das überleben können. Und sie … sie war alles, was ich noch von ihnen hatte. Und ich konnte mich ihr nicht stellen. Ich konnte mich ihrem Schmerz nicht stellen. Denn dann hätte ich mich meinem eigenen stellen müssen.

Medisa sieht mich zerrissen an. Sie hat nicht damit gerechnet, dass ich mich entschuldige. Und auch nicht, dass ich diese Entschuldigung nicht einmal erkläre.

»Wir hätten füreinander da sein sollen«, bestätige ich mit gebrochener Stimme. »Ich konnte es nicht.«

Sie nickt, und doch legt sich die drückende Stimmung zwischen uns nicht. Die Spannung, die für eine Weile während des Runs verschwunden war und sich jetzt mehr denn je aufgebaut hat.

»Weißt du, ich verstehe dich, Sari. Ich habe dein undankbares Verhalten schon damals, während des Runs, verstanden. Du bist immer allein gewesen. Du bist von deiner Marra dazu erzogen worden, Jarrusch zu beschützen. Du weißt nicht, wie man mit Menschen umgeht, und du weißt auch nicht, wie man dankbar ist, weil du es zuvor nie warst. Weil du zuvor nie davon abhängig warst. Und ja, es tut weh festzustellen, dass man doch abhängig ist. Aber du musst es irgendwann lernen, sonst wirst du nie Freunde haben.« Sie atmet schwer, schaut kurz zu Boden und dann wieder tief in meine Augen.

»Ihr seid meine Freunde«, erkläre ich. »Jeri war es und Kerim ebenfalls.«

»Und sie haben dich alle enttäuscht, nicht wahr?«

Ich presse meine Lippen aufeinander. Wir beide wissen, woran ich gerade denke. Keerans Verrat. Auch wenn er seine Gründe hatte, so hat er trotzdem Jarrusch an den Monarchen verraten und mir damit bewiesen, dass es falsch ist, Menschen vollends zu vertrauen.

»Ich wünschte, ich hätte weitere Erinnerungen, damit du Keeran wiederbekommst.«

Ich mahle mit meinem Kiefer. Eigentlich wollte ich es nicht noch einmal ansprechen. Genau das habe ich in den letzten Wochen zu oft getan. Ohne Erfolg. Aber ich muss. »Gib ihm meine.«

Medisa seufzt. »Nein, Sari. Das wäre nicht richtig.« Sie wirft ihren dunklen Pferdeschwanz nach hinten und durchbohrt mich mit ihren schwarzen Kalipar-Augen.

»Ich habe genug für uns beide. Du musst ihm doch nur ein paar davon geben. Vielleicht kann seine Seele dann besser mit der Dunkelheit umgehen. Wenn er sich erinnert.« Meine Stimme bricht. »Lass mich das für ihn tun. Lass mich ihm etwas zurückgeben.«

»Er kennt deine Erinnerungen. Du hast es ihm erzählt. Red. Ich. Und er kann deine Ängste lesen, die damit verbunden sind. Sie ersetzen seine nicht. Und das weißt du.«

Ich will nicht zugeben, dass sie recht hat. Aber es ist die Wahrheit. Keerans Seele wird durch den Handel mit Tunis immer dunkler. Und meine Erinnerungen an unsere gemeinsame Zeit ändern das nicht. Weil es nicht seine sind. Also nicke ich und schaue aus dem Fenster. Die blauen Eisberge werden immer kleiner und weichen dem *res fore*. Dem Wald, in dem alles begann.

Die restliche Fahrt verbringen wir schweigend. Ich bin so müde, dass ich nicht einmal schlafen kann. Und vor allem beginne ich zu begreifen, was ich ihr durch meine Verschlossenheit angetan habe. Ich weiß nicht, wann ich das letzte Mal wirklich geschlafen habe. Ohne Albträume. Wahrscheinlich war es im *hospita de lit*. In Keerans Armen.

»Eure Hoheit«, höre ich plötzlich den Kutscher und schrecke zusammen. »Wir sind da.« Er hält an.

Ich blinzle, fange mich aber schnell und steige aus. Meine Füße landen auf der blutroten Asche. Auf dem Boden derer, die meine Marra ermordeten. Neugierig blicke ich mich in Raccara um, der Hauptstadt von Tunis. Ich war noch nie hier und ein Teil von mir hat es sich düsterer vorgestellt. Wie man sich eben die Stadt des Todes ausmalt. Aber hier wimmelt es nur so von Leben. Zwischen unzähligen rötlichen Gebäuden laufen Menschen die Straßen entlang, darunter auch spielende Phantome. Begleitet wird das Ganze von Marktschreiern, die ihre Waren auf dem kleinen Platz vor dem Palast anpreisen.

»Kommt«, sagt Ferroe, der von seinem Pferd steigt. Wie immer, wenn wir den blauen Palast verlassen, weicht er mir nicht von der Seite. Und ein Instinkt verrät mir, dass Keeran ihn damit beauftragt hat. In seiner Seele lese ich es nicht, denn die ist genauso verschlossen für mich, wie es Keerans ist. Trotzdem mag ich ihn auf eine seltsame Weise. Er gibt mir Sicherheit und die Ruhe, nach der ich mich so sehne.

Ferroe blickt sich wachsam um. Die Menschen, die eben beinahe sorglos wirkten, haben uns bemerkt und mustern uns nun mit Argwohn. Da ist keine Freude. Keiner, der die Götter lobt, dass wir sie von dem Monarchen erlöst haben. Das, was ich sehe, sind Menschen, die manipuliert wurden. So viele Jahre, dass in ihnen ein anerzogener Teil schreit, dass wir die Feinde sind.

Schließlich gibt Ferroe uns ein Zeichen und zusammen mit einer Armada aus Wachen machen wir uns auf den Weg zum Schloss von Raccara, das man nur zu Fuß erreicht, da es mitten in der Stadt liegt. Es ist nicht so groß wie der Palast der Emza, weil Tunis seinen Hauptsitz nicht hier, sondern im Gefängnis der Asche hatte.

Mir bleibt nicht viel Zeit, die Fassade und Türmchen zu mustern. Ferroe drängt mich weiter. Er wird immer unruhiger. Und dann wird mir auch klar, warum. Die Menschen hier sind nicht nur skeptisch. Sie sind kampfbereit. Fest umklammern sie ihre Messer oder Stöcke, als wären wir ihre *Feinde.*

Wir betreten das Schloss und eine Reihe Dienstmägde nimmt uns in Empfang, um uns auf unsere Zimmer zu geleiten. Als ich meines betrete, das außer den Möbeln komplett leer ist, drehe ich mich zu der jungen Frau um, die mich hierhergebracht hat. Hinter ihr postiert sich Ferroe irgendwo in den Schatten.

»Ist Keeran noch nicht da?«

»Keeran aus dem Hause Kalipar?«, fragt sie beinahe verdutzt.

Ich nicke.

»Er ist bereits auf seinem Gemach«, gibt sie verwirrt zurück.

»Ich …« Ich stoppe mich selbst und schweige. Was sollte ich auch sagen? Dass ich dachte, wir würden zusammen in einem Zimmer schlafen? Dass ich dachte … ja, was? Was dachte ich eigentlich? Dass es wie früher sein könnte? Auf welches Früher beziehe ich mich da eigentlich ständig? Es gibt nur vor und nach the Run. Und wenn ich genauer hinsehe, hat sich zwischen Keeran und mir nichts verändert. Wir waren Fremde und sind genau das wieder. Obwohl es für einen kurzen Moment nach dem Run und seiner Krankheit anders war. Aber schon da war er nie ganz anwesend. In keiner Nacht, in der er neben mir geschlafen hat. Was also vermisse ich?

KAPITEL 2

Hamza, Passus I Kalipar, Vers 245

Kalipar erschuf das fihtcamp. Dennoch strebte er nach mehr und so bat er seinen Bruder im Geiste, Tunis, um einen Ort, um Jünglinge auszubilden. Als er dort ankam und den Platz sah, wusste er, dass hier fähige Männer eingesetzt werden mussten, um ebendiese Jünglinge zu brechen. Er sandte Männer aus. Ausgebildete Kämpfer, denen er vertrauen konnte. Um Novizen zu finden, die jung und stark waren, aber deren Willen gebrochen werden musste. So bestand dieses eduacamp nach und nach immer mehr aus gebrochenen Seelen, die lernten, ihren eigenen Willen zu zügeln. Ihre eigene Seele nicht anzuhören. Ihrem Herzen nicht länger zu folgen. Schwäche nicht länger zuzulassen.

Als die Sonne untergegangen ist und ich mir mein Kleid aus blauer Seide angezogen habe, kommt auch schon das Mädchen zurück und geleitet mich hinunter in den Festsaal. Der Stoff schmiegt sich eng an meine Beine. So fühle ich mich wenigstens etwas bedeckt und nicht so aufgeblasen, wie ich es in einem der ausladenden Kleider der anderen Frauen hier tun würde. Meine Brust schnürt sich zu, als die Erinnerungen an die Feste während the Run vor mir auftauchen. An das grausame Gesicht des Monarchen. An Jeri, seinen Sohn und meine erste Liebe, der plötzlich dasaß.

Ich schiebe die Gedanken beiseite und betrete den riesigen Saal vor mir. Er ist mit Bäumen und Pflanzen geschmückt worden, die ich nie zuvor gesehen habe. Sie werden sicherlich aus Leoáns Heimat stammen.

Als ich ihn erspähe, dort auf dem Thron, auf dem einst Tunis saß, spüre ich durch meine Gabe die Trauer in seiner Seele. Darüber, dass er Anemoras verlassen musste, um hier zu leben und zu herrschen. Er hätte sich seinem Schicksal nicht ergeben müssen, aber genau wie wir hat er sich dafür entschieden, sein Erbe anzunehmen, damit wir diese Welt verändern können. Ich begrüße ihn nur mit einer Handbewegung, weil er in Gespräche vertieft ist, und lasse meinen Blick weiterschweifen. Ich entdecke Keeran, der bei Alishan steht, deren Erscheinung das Schönste ist, was ich je gesehen habe. Ihre goldenen Haare, das goldene Kleid. Ihre strahlenden Augen. Einfach atemberaubend.

Unterdessen zieht Keeran die Erbin von Arasá zu sich und flüstert ihr etwas ins Ohr, was ihre Miene ernst werden lässt.

Ich verschließe mein Herz vor einer Eifersucht, die ich nicht zu fühlen habe, und gehe auf Red und Medisa zu, die ein wenig entfernt von mir an einem Tisch Met trinken. Keeran liebt Alishan nicht. Da bin ich mir sicher. Und doch fällt es mir schwer, sie zusammen zu sehen.

Ohne Red zu begrüßen, nehme ich ihm das Glas ab und trinke es mit einem Zug aus.

»Dir auch einen schönen Abend, Sari«, lacht er und winkt eine Magd zu uns, die mit einem Tablett weitere Met an unseren Tisch bringt. Red muss schneller geritten sein als unsere Kutsche. Vielleicht um noch einmal mit Keeran zu sprechen.

»Wo ist Jarrusch?«

»Oben in seinem Zimmer und schmollt, weil Keeran ihm verboten hat am Fest teilzunehmen«, erklärt Red beiläufig.

Ich atme schwer. Wir haben besprochen, dass Jarrusch nicht zu den Festen kommen soll. Die Adeligen, die schon dem Monarchen gedient haben, sind nicht dafür bereit. Vor allem, weil er ihre wahren Gesichter erkennt, das hat er im Kampf gegen den Monarchen deutlich demonstriert. Und das würde sie nur zornig und unruhig machen, und wir brauchen sie.

Ich sehe kurz zu Medisa, die ihren Blick abgewendet hat, als ich zu ihnen getreten bin, und dann ergreife ich aus einem Instinkt heraus ihre Hand.

»Ich werde dich nicht noch einmal allein leiden lassen«, flüstere ich, während Red der Bedienung schöne Augen macht.

Ihr Blick trifft mich und schließlich nickt sie ganz sanft. »Hoffen wir, dass es gar nicht erst dazu kommt, dass Red und Keeran noch einmal etwas zustößt.«

»Ladys«, unterbricht uns Red und hält jeder von uns einen Tonbecher entgegen.

Ich lasse Medisas Hand los und ergreife ihn. Am liebsten würde ich ihn wieder einfach austrinken, doch Keerans Stimme lässt mich schaudern.

»Ihr trinkt ohne mich?« Er klingt so düster, dass man seine Worte als Drohung auffassen könnte. Gemächlich kommt er um mich herum und nimmt mir den Becher aus der Hand, bevor er selbst davon trinkt und mich abwertend anschaut. Seine dunklen Augen durchbohren mich beinahe. Schnell blicke ich hinab, bleibe aber an seinen kantigen Gesichtszügen hängen. Fahre weiter zu seiner starken Brust unter der schwarzen, majestätischen Kleidung von Kalipar, die eher einer Kampfkleidung gleicht. Ich sehe wieder auf. Halte seinem Blick stand und konzentriere mich auf die dunklen Strähnen, die ihm in die Augen fallen. Dann öffne ich meinen Mund, um etwas zu sagen, doch nichts verlässt ihn.

»Mach was dagegen, wenn es dich ärgert«, raunt er.

Ich bin wie erstarrt, denn das hier ist kein Spaß unter Freunden. Er ist herablassend.

»Hol dir selbst was«, brummt Red und versucht ihm den Becher abzunehmen.

Aber Keeran packt seine Hand und mustert ihn ernst. »Nein.«

»*Do no acc lik a dir bastard!*«, knurrt Red und löst sich aus seinem Griff.

Ich spüre Keerans Macht wegen der Beleidigung zu mir schwappen. Sie knistert in der Luft.

»Willst du deinen Met wiederhaben?«, richtet er sich dann an mich.

Immer noch finde ich keine Worte. Also schüttle ich den Kopf und drehe mich um. Ich gehe. Langsam, damit es nicht wie eine Flucht wirkt. Dann fange ich die Bedienstete ab und nehme mir einen neuen Met, bevor ich mich allein an einen Tisch stelle. Ich vermisse Keeran. Ich will ihm helfen und ihn zurück. Und doch kann ich nicht alles gutheißen, was er tut. Egal wie sehr seine Seele verwundet wurde, ich werde nicht zulassen, dass er den bösen, schwarzen Teil seiner Selbst an mir auslässt.

Es dauert nicht lange, bis er hinter mir auftaucht. Ich spüre ihn. Fühle die schwarze Mauer, die seine Seele vor mir verschließt, und nehme seinen Geruch wahr.

»Sari.« Seine Stimme ist mir plötzlich so nah, dass ich mich zusammenreißen muss, nicht zu erschaudern. Sein Atem streift meinen Nacken. »Es tut mir leid.«

Ich drehe mich um und sehe ihn ernst an. »Tut es das wirklich?«

»Ja«, raunt er heiser. »Ich …« Er stockt. »Ich weiß nicht, was manchmal in mich fährt.« Er ballt seine Hand zur Faust, als müsste er erneut verhindern, dass diese dunkle Seite Besitz von ihm ergreift.

Ich nicke nur. Denn ich fühle, die einzige Lösung ist der Monarch. Als Keeran nach seiner Rückkehr aus dem Reich der Toten herausgefunden hat, dass ich ihn nicht getötet, sondern eingefroren habe, ist er durchgedreht und hätte ihn beinahe zerschlagen. Aber ich habe ihn daran gehindert. Ich werde nicht aufgeben in Marruk Karis' Seele nach einer Lösung zu suchen.

»Du schläfst nicht bei mir«, stelle ich fest.

»Das ist richtig, Sari.«

»Warum?«

Ich will mehr fragen als das. Ja, ich will ihn endlich fragen, ob er mich wirklich liebt, wie er gesagt hat, oder ob das alles nur im Run existiert hat. In einem anderen Keeran.

»Ich denke, dass du deine Ruhe brauchst.«

»Du hast nicht für mich zu entscheiden. Und wenn du ehrlich bist, hast du das auch nicht getan. *Du* wolltest nicht bei mir sein.«

Sein Blick verengt sich. Seine Nähe löst einen Krieg in mir aus. Verlangen gegen Angst. Liebe gegen Hass.

»Ich könnte dich verletzen, Sari«, raunt er ganz leise und so verdammt ernst.

»Du würdest mich nie verletzen«, platzt es aus mir raus und ich umfasse seinen starken Oberarm mit meinen schmächtigen, vernarbten Fingern.

»Ach nein?« Er hebt herablassend einen Mundwinkel. »Wie kannst du das nach all dem sagen, was ich dir und deinem Bruder angetan habe?«

Ich beiße die Zähne zusammen. Ich habe ihm nicht verziehen.

Das weiß er. Alles, was ich ihm versprochen habe, ist, es zu versuchen.

»Ich reise noch heute Nacht nach Kalipar zurück. Also erübrigt sich das.«

Ich schüttle den Kopf, weil das aus dem Nichts kommt.

»Keeran«, flehe ich fast. Aber wen flehe ich an? An wen appelliere ich hier?

»Ich will dich weiterhin retten und mich von dir retten lassen. Doch ich kann im Moment nicht in deiner Nähe sein, weil ich das Gegenteil davon bewirken könnte«, raunt er und haucht mir einen Kuss auf die Stirn.

Mein Herz wird schwer. Es gibt ihn noch. Den Keeran, an den ich mein Herz verloren habe. Aber der dunkle Teil seiner Seele lässt ihn glauben, dass er mich verletzen wird.

»Wir sehen uns in Kalipar«, sagt er dann, und ehe ich ihn aufhalten kann, verschwindet er in dunklem Nebel und zurück bleibt nur schwarzer Sand. Ich spüre seine Magie. Rieche sie, während sie langsam versiegt.

»Netter Abgang«, gibt Red zum Besten. Ich drehe mich um und starre ihn an.

»Wie lange stehst du hier schon?«

»Nicht lange«, gibt er schulterzuckend zurück. »Man muss sich Keerans Macht ja aus der Nähe anschauen, so lange, wie der Monarch dafür gesorgt hat, dass er den schwarzen Sand nicht befehligen kann.«

»Witzig«, brumme ich. Dabei ist das hier nicht einmal im Ansatz witzig. Aus dem Augenwinkel beobachte ich Keeran, der sich zu den Adeligen am anderen Ende des Raums gesellt hat. Die Männer nehmen eine angespannte Haltung an und wechseln argwöhnische Blicke. Einer von ihnen entfernt sich sogar.

»Wie wär's, wenn wir uns betrinken?«, holt mich Red zurück in die Gegenwart.

»Wie wär's, wenn du mit mir zum *casta te ahh* fährst?« Ich lächle unschuldig.

Er schüttelt den Kopf. »Das Thema hatten wir jetzt so oft, Sari. Und du warst einige Male im Gefängnis der Asche und hast diese gruselige Eisstatur angefasst, um ihre Wahrheit zu erkennen. Akzeptier es endlich. Das geht nicht. Du kannst die Wahrheit des Monarchen nicht sehen.«

»Es muss gehen. Wofür habe ich die Gabe der Klarheit?«

»Keeran hat dir damals bereits erklärt, dass Menschen komplexer sind als Gegenstände. Und der Monarch hat seine Wahrheit ganz offensichtlich mit seiner letzten Kraft verschlossen.«

Ich schnaufe und blicke zu Medisa, die mit einer verstohlenen Geste Richtung Leoán deutet.

»Entschuldige mich«, sage ich und folge ihrem Wink. Als ich bei Leoán angekommen bin, werden seine Gesichtszüge weich.

»Sari«, gibt er erfreut von sich, steht auf und schließt mich in die Arme. Aber noch mehr erlöse ich ihn gerade von denselben Gesprächen, die Keeran ins Laufen bringen will. Nur dass Leoán als Alb viel abwertender behandelt wird.

»Vielen Dank für die Rettung«, flüstert er grinsend und zieht mich mit sich an einen der Tische, um mir von dem Met der Alben einzuschenken. Die Gäste im Raum beobachten uns, als wären wir Attentäter, die jederzeit zuschlagen könnten. »Wann besuchst du endlich Anemoras?«, fragt er dann und ich trinke mit Bedacht, denn auch damit habe ich während unserer nächtlichen Gespräche bereits Bekanntschaft gemacht.

»Das Gefängnis der Asche liegt auf dem Weg. Wenn wir jetzt losfahren …«

»Sari«, ermahnt er mich. »Was versprichst du dir davon?«

»Meine Gabe funktioniert«, entgegne ich und sehe dabei zu, wie das Symbol der Klarheit golden aufleuchtet, als ich in dem Kelch in meiner Hand danach suche.

»Das ist ein Kelch und kein machtgieriges Monster, das jahrelang geherrscht und die Menschen unterdrückt hat, Sari.« Ich lasse meinen Arm resigniert sinken.

»Einmal noch«, flehe ich. Dabei wissen wir beide, dass ich die Macht besitze, allein zum Monarchen zu gelangen. Die Wachen am *casta te ahh* würden mich sofort eintreten lassen. Schließlich bin ich die Erbin der Emza und die Bezwingerin des Monarchen, wie sie mich gerne nennen. Er ist meine Beute. Warum also sollte ich ihn nicht aufsuchen dürfen? Aber ich will es nicht allein machen. Und vor allem nicht ohne Leoáns Genehmigung. Das hier ist sein Königreich.

»Ich kann das Fest nicht verlassen«, sagt er ernst und sieht sich um. »Außerdem lässt Keeran dich wie immer von Ferroe bewachen.« Er deutet mit dem Kopf in Richtung Tür, wo meine Leibwache steht und unser Gespräch beobachtet. Wahrscheinlich hört er sogar mit. Falls er eine solche Gabe besitzt. Ich lächle ihm zu und wende mich wieder Leoán zu.

»Und weiter? Keeran bestimmt nicht über mich.«

»Wenn du das machen willst, Sari, dann werde ich dich nicht aufhalten«, entgegnet er und streicht sich sein rotes Haar hinter seine spitzen Ohren. Glänzende Schuppen schmücken seine Schläfen.

»Nimm ihn aber mit. Auch wenn er dich ständig beschattet, ist er stark und …«

»Kann mich vor einem Eisklotz beschützen?«, lache ich und verziehe dankbar den Mund. »Ich mache mich auf den Weg, sobald das Fest vorüber ist.«

Er atmet tief ein und aus, nickt dann aber.

»Was war das?«, fragt Red, als ich mich wieder zu ihnen geselle.

»Medisa und ich gehen zum *casta te ahh.* Mir egal, was du machst.«

Medisa blinzelt irritiert, sagt jedoch nichts. Wir wissen beide, dass sie mitkommen wird. Vor allem, weil sie mich nicht allein lassen würde, wenn ich den Monarchen aufsuche.

»Hervorragend«, brummt er und leert seinen Becher, als würde es das besser machen.

Als die meisten Gäste gegangen sind, nicke ich Leoán zu und verlasse zusammen mit Medisa und Red den Saal. Ferroe folgt uns stumm. Zumindest mischt er sich nicht in meine Angelegenheiten ein, obwohl er fast schon mein Schatten ist und sicher alles, was ich tue, an Keeran weitergibt.

»Na, dann schlaf mal gut«, neckt Medisa Red, der nur die Brauen hebt. »Ich heiße das zwar nicht gut, aber den Spaß verpasse ich deshalb sicher nicht.«

»War ja klar«, lacht Medisa und pfeift, bis wir draußen ankommen. Als ich Aradas, meinen Greif, am Himmel erkenne, flackert meine Brust auf. Ein vertrautes Gefühl breitet sich in mir aus. Hinter ihm fliegen weitere Greife.

Bevor er landet, sehe ich noch einmal zurück zum *res pale.* Die roten Mauern des Palastes machen seinem Namen selbst bei Nacht alle Ehre.

»Wir haben wenig Zeit«, flüstere ich Aradas zu, während ich seine Federn streichle und mich dann auf seinen Rücken schwinge. Leoán hat mir versprochen auf Jarrusch aufzupassen und ich, dass ich vor dem Morgengrauen zurück sein werde. Mein Blick fällt auf Ferroe, der gelassen unsere Greife mustert.

»Was, Wachmann, etwa keinen Greif zur Verfügung?«, rufe ich siegessicher.

Ein Grinsen malt sich auf seine Lippen. »Keeran hat Euch nicht sehr viel über seine und meine Gaben berichtet, nicht wahr?«

Ich stocke. Er provoziert mich. Weist mich in meine Schranken. Und das gefällt mir. Ich muss lächeln. So kann ich ihn um einiges besser leiden.

Er hebt seine Hände und bewegt ganz sanft seine Finger. Es dauert einen Moment, bis schwarzer Sand zu ihm aufsteigt und sich in seinen Händen sammelt. Dann öffnet er ruckartig seine Finger und der schwarze Sand formt sich zu Flügeln an seinem Rücken.

Ich starre ihn fassungslos an. »Das kann Keeran?«

Ferroe lächelt. »Fragt ihn doch.«

Ich schnaufe, konzentriere mich wieder auf Aradas und gebe ihm durch meine Gedanken den Befehl loszufliegen.

Das *casta te ahh* ist nicht weit entfernt, weshalb wir kurze Zeit später bereits zur Landung ansetzen.

Als die Wachen mich erkennen, verbeugen sie sich und öffnen uns das Tor. Mein Herz wird schwer, als ich an den Run zurückdenke. Daran, wie ich durch genau diesen Innenhof gegangen bin. Schwach und gebrochen.

Als ich eintrete, ist es einen kurzen Moment so, als würden mich wieder die Augen dieser Männer anstarren. Als wäre ich erneut entblößt. Als würde Keeran mir ein weiteres Mal meine Schmerzen nehmen.

Ich schüttle den Gedanken ab und steige hinab in die Krypta. Vor einiger Zeit habe ich dafür gesorgt, dass er hier unten eingesperrt wird statt in den Zellen oberhalb.

Als ich den Gang mit den Namen in der Wand entlanggehe, spüre ich ein Stechen in meiner Brust. Es ist fast, als würde das alles zu einer Vergangenheit gehören, die nicht mehr meine ist. Der Tag, an dem ich während meiner Prüfung eine tote Seele, Lenieus, erweckt habe. Und obwohl ich ihn immer noch in mir trage, schweigt er.

Wir gelangen zu einem kleinen Raum. Durch das vergitterte kleine Fenster in der Tür strahlt blaues Licht. Mein Licht, das das Eis um seinen Körper ausstrahlt.

»Ich schaffe das«, sage ich und stoße die Tür auf. Medisa, Red und Ferroe folgen mir nicht, sondern warten an der Tür.

Ich beiße die Zähne zusammen, als ich die Kreatur erkenne, die ich zu Eis habe erstarren lassen. Er sieht nicht mehr aus wie der Monarch, weil Jarrusch und ich sein wahres Gesicht zutage treten lassen haben. Er wirkt wie eine Kreatur aus Gruselgeschichten. Wie ein verbranntes Wesen mit weit aufgerissenen grünen, bestialischen Augen, die den Tod bringen können.

Ich zögere kurz, dann hebe ich meine Hand und berühre das Eis auf der Höhe seiner Brust. Die Kälte spüre ich nicht einmal. Aber ich fühle auch nichts anderes. Weder seine Seele noch seine Wahrheit.

Ich könnte das Eis verschwinden lassen. Nur ein wenig. Nur so viel, dass ich sein Fleisch berühren kann. Ich …

»Eure Majestät.« Ferroe erscheint hinter mir. »Das werdet Ihr nicht tun.« Ich schließe meine Augen und drehe mich zu ihm um, bevor ich meine Lider langsam hebe.

»Was ist das für eine Gabe?«, frage ich geradeheraus. Ich hatte schon zu oft das Gefühl, dass er meine Gedanken lesen kann.

Ferroe hebt seine Hand und umfasst dann ganz langsam meinen Arm, um ihn zu sich zu ziehen. »Ich bin ein Totenbringer, Sari«, flüstert er und zieht sein Oberteil hoch, damit ich einen Blick auf das Symbol an seinem Bauch werfen kann.

Ich stocke kurz, weil er plötzlich die Höflichkeitsform ablegt. Ich habe ihn bereits dutzendmal darum gebeten, aber erst jetzt spricht er mich persönlich an und zeigt mir gleichzeitig seinen nackten Oberkörper. Wir haben wohl ein paar Schritte auf einmal übersprungen.

»Was bedeutet das?«, hake ich mit belegter Stimme nach.

»Ich kann Menschen die Gaben nennen, die sie brauchen, um Tote zu beschwören.«

»Was hat das damit zu tun?«, stoße ich hervor. Mein Körper bebt. Warum wusste ich bisher nur von den Wahrheitsbringerinnen und den Schattenbringern?

»Tote reden. Tote sehen mehr. Sie erlauben mir einen kurzen Blick in die Zukunft. In eine Variante der Zukunft.«

»Und was hast du gesehen?« Ich entreiße ihm meinen Arm.

Seine Augen sind immer noch fest auf mich gerichtet. »Dass du dieses Monster erweckst.«

»Ich wollte nicht …«

»Du hättest aber.« Ferroes Miene bleibt hart, während ich meine Hände zu Fäusten balle.

»In Ordnung. Ich werde es nicht tun«, gebe ich nach und lege noch einmal meine Hand auf seine Brust. Nichts. Und dann ein Name. Jerimias. Ich blinzle.

»Ich muss zu den Zellen«, sage ich wie in Trance und gehe an Ferroe vorbei hinaus. Medisa und Red mustern mich fragend, aber es ist, als würde ich einem Ruf folgen, den ich nicht benennen kann.

Die drei kommen mir die Treppe hinauf nach, hinein in den düsteren Turm. Wie damals höre ich die schrecklichen Schreie der uralten Seelen, die hier eingesperrt sind, und diejenigen, die hier gestorben sind, doch ihr Leiden zurückgelassen haben. Mein Herz pocht hart gegen die Brust, als ich die tropfenden, kalten Gänge entlangschreite, bis ich vor einer Zelle zum Stehen komme und hinab auf Jeri sehe. Er sitzt an die steinerne Wand gelehnt da und lächelt, als er mich erkennt. Ein Krieg aus Emotionen tobt in meinem Inneren. Ich verachte ihn, weil er seinem Vater treu war und nie der war, den ich damals geliebt habe. Aber gleichzeitig fühle ich immer noch Zuneigung und die Vergangenheit, die uns verbindet.

Wir konnten ihm nach allem nicht mehr vertrauen, weshalb wir auch ihn hier einsperren ließen. Ich habe ihm mehr als einmal die Chance geboten, sich von Marruk abzuwenden. Und obwohl wir den Monarchen gestürzt haben, ist Jeri ihm treu ergeben.

»Ich wusste, dass du kommst«, krächzt er geschwächt.

Ich lecke mir über meine spröden Lippen und straffe meine Schultern. Dann wandert sein Blick zu Red.

»Redian«, knurrt er mit heiserer Stimme.

Red hebt seine Brauen. »Der ist irre geworden«, flüstert er mir dann zu. »Lass uns abhauen.«

Ich schüttle den Kopf und gehe einen Schritt auf die eisernen Stäbe zu. Bevor ich herausfinden kann, warum mir die Seele des Monarchen seinen Namen genannt hat, muss ich etwas anderes erfahren. Schon lange brennt mir diese Frage auf der Seele.

»Warum hast du Jarrusch nie verraten, wenn du doch auf der Seite deines Vaters standest?«

Er grinst erst, bevor er in schallendes Gelächter ausbricht.

»Oh, die große Sari. Nur dieses Geheimnis hast du noch nicht gelüftet.«

Ich presse meine Lippen aufeinander, hebe meine Hand und schieße ihm eisige Luft in sein Gesicht. Er erschaudert, bibbert, zittert. Sein Lachen vergeht ihm und ich versuche in seiner Seele nach der Antwort zu suchen.

»Dort findest du nichts«, lacht er, aber nun ist es belegt. Als würde sich Schmerz hinter dieser Wahrheit verbergen. Und ich kann erkennen, dass er recht hat.

»Es ist nichts mehr da. Mein Vater hat dafür gesorgt, dass ich seine Geheimnisse nicht preisgebe.« Bitterkeit strömt mir entgegen. Aber keine Antworten.

»Das hat er dir angetan? Und für so jemanden hast du gekämpft?«

»Du kennst die Antwort, Sari aus dem Hause Lakar. Doch du suchst immer nur in den anderen danach. Wann hast du das letzte Mal in deine eigene Seele gesehen?« Er prüft meinen Blick. Dann lacht er wieder auf. »Zu viele Seelen um dich herum, die du auszuspionieren versuchst. Nur deine eigene hast du dabei vergessen.«

»Diese Antworten kann ich mir nicht selbst geben, Jerimias. Und das weißt du.«

Er steht auf, gebeugt und gebrochen. In mir wächst der Drang zurückzuweichen, aber ich bleibe stark. Es gibt einen Grund, warum ich seinen Namen gehört habe. Er kommt mit schweren, humpelnden Schritten an die Gitterstäbe und umfasst sie mit seinen verschmutzten, schwieligen Händen.

»Du trägst alle Antworten in deiner Seele.«

»Nein.«

Er verzieht den Mund und legt den Kopf schief. »O doch. Und deshalb bist du so gefährlich.« In diesem Moment greift er durch das Gitter und packt meinen Hals. Schmerz und Macht strömen durch mich hindurch. Ich ringe nach Luft. Höre, wie die anderen schreien und ihre Waffen ziehen.

»Einen Schritt näher und ich breche ihr das Genick.«

»Vorher töte ich dich, indem ich deine Schlagader platzen lasse, du kleiner Bastard!«, knurrt Red. Es muss eine seiner Gaben sein.

»Das wirst du nicht. Denn Sari hier muss etwas sehen.« Seine Stimme ist ein unheilvolles Hauchen.

»Lass sie los!«, faucht nun Medisa und kommt näher.

Er drückt meine Kehle weiter zu. Ich hebe meine Hand und bringe sie so zum Stehen. Wir alle wissen, warum sie nicht wirklich einschreiten. Warum sie ihn nicht töten. Ich denke, sie wissen, dass ich ihnen das nie verzeihen würde. Denn Jeri hat Antworten.

»Sari«, fleht Red, etwas unternehmen zu dürfen.

Aber ich schüttle mit all meiner Kraft meinen Kopf. »Zeig es mir!«, krächze ich dann und Jeri drückt noch fester zu. So stark, dass meine Sicht verschwimmt und mein Bewusstsein in schwarze Leere gehüllt wird.

Bilder blitzen vor mir auf. Jeri, der meine Hütte verlässt. Und dann sehe ich seinen Vater, den Monarchen. Er tritt aus dem Wald und mustert Jeri, der erschrocken zurückweicht. Der Monarch hetzt Schatten auf ihn und lässt ihn wegbringen. Weitere Bilder erscheinen. Bilder von einer Zelle. Von schrecklichen Foltergeräten. Bilder von Jeri, dessen Körper gestreckt wird, um Antworten aus ihm herauszuholen.

Ich spüre nicht, was Jeri fühlt, obwohl ich in seiner Erinnerung bin. Aber mein eigenes Herz bricht und bricht, als ich begreife, was Jeri durchgemacht hat, als ich ihn für tot hielt. Als ich ihn habe gehen lassen.

Wahrheitsbringerinnen und Schattenbringer kommen und gehen. Jeris Körper wird immer schwächer. Und dann sehe und spüre ich, wie er bricht. Seine Augen werden leer. Irgendwann wird er an einen Ort gebracht, an dem Jugendliche kämpfen. Ich erkenne Jeri, der kämpft oder es zumindest versucht. Sein schmächtiger Körper am Boden, und als er aufschaut, steht ein junger Mann vor ihm. Er kommt mir bekannt vor. Rote Iriden, dunkelrote Haare. Er sieht aus wie …

KAPITEL 3

Hamza, Passus IV Emza, gestrichener Vers 2

Emza hatte alles zu Eis werden lassen.

Und noch ein letztes Mal sollte sie Kalipar begegnen, denn die Götter waren gezwungen, einen Lauf durch die Königreiche zu absolvieren, um sich als Herrscher zu beweisen, doch stellte sich heraus, dass es viel mehr war als nur das.

Ein letzter Funken lebte in Emza. Als sie Kalipar aber gegenüberstand, tötete er ihn mit einem gezielten Schlag. Ihre Seele schwand. Sie bat Tunis ihr das ewige Leid zu ersparen und sie in das Reich der Toten ziehen zu lassen.

Tunis bot Emza einen Ausweg, indem er ihr riet, ihr Leben an das eines anderen zu binden. Doch warnte er sie auch, denn diese Macht war eine so dunkle, dass sie sie verschlingen würde und eines Tages das große Feuer erwecken würde.

»Sari!« Ich öffne meine Lider und starre in rote Augen. Red. Panik breitet sich in mir aus. Mein Herz will nicht begreifen, was ich da gesehen habe. Wie viel Schmerz ich gespürt habe.

»Ist alles in Ordnung?«, fragt er und streicht mir eine nasse

Strähne aus dem Gesicht. Er wirkt ängstlich und ich merke, dass er bereut, mich nicht daran gehindert zu haben, zum Monarchen und Jeri zu gehen.

»Red, ich …« Blinzelnd schaue ich mich in dem Raum um, in dem wir uns befinden. Ich liege auf einem Bett.

»Wo sind wir?«

Er räuspert sich schuldbewusst und verzieht den Mund. »In Kalipar, im *blah pale.*«

»Was? Und was ist mit Jeri? Und wo ist Jarrusch?«

»Wir haben Jeri im roten Turm gelassen. Er hat dich fast umgebracht, Sari. Du hast einen Krampfanfall bekommen und dann …«

»Und dann was?«

»Na ja«, druckst Red herum und sieht immer wieder zur selben Stelle des Raums. Ich vermute, dass dort die Tür ist. Aber genau sagen kann ich es nicht. Der Raum ist komplett schwarz. Die Wände, die Möbel, einfach alles.

»Dann hat Ferroe irgendwie Keeran gerufen und der ist sofort gekommen. Er hat Jeri halb totgeprügelt und dich anschließend hierhergebracht. Jarrusch hat er auch abholen lassen.«

Ich stöhne und berühre angestrengt meine Stirn. Mir fallen wieder diese roten Augen ein, die denen von Red so sehr ähnelten. Es kann sich nur um seinen Bruder gehandelt haben. Red erzählte mir damals beim Run von ihm. Davon, wie er seinen Vater getötet und sein grausamer Bruder den Platz ihres Varras eingenommen hat.

»Ich denke, dass ich deinen Bruder gesehen habe. In Jeris Erinnerungen. Er wurde von ihm ausgebildet. Hat er damals nicht den Sitz deines Vaters im geheimen Rat des Monarchen eingenommen?«

»Er war aber gleichzeitig Ausbilder im *eduacamp.* Im Ausbildungscamp, in dem ich auch gewesen bin. Wenn Jeri wirklich da war, wundert mich seine Geisteskrankheit nur noch ein bisschen.«

»Das ist nicht witzig, Red«, brumme ich und setze mich auf. Meine Glieder schmerzen. Mein Kopf platzt beinahe. Dann streiche ich ihm über die Wange. Er selbst wurde dort ausgebildet und durch das, was er sagt, will er stark sein. All das unterdrücken, was er dort erlebt hat. Was ihn gebrochen hat. Vielleicht erzählt er mir eines Tages mehr darüber. Doch er ist noch nicht so weit, das lese ich in seiner Seele.

»Warum hast du zugelassen, dass er Keeran dazuholt? Und wie ist das überhaupt möglich?«

»Ganz ehrlich, ich will mittlerweile gar nicht mehr wissen, was dieser Ferroe alles kann. Als wären er und Keeran Zwillinge, direkt aus der Unterwelt.«

»Jetzt wird mich Keeran wahrscheinlich noch stärker bewachen lassen.«

»Vielleicht hat er auch allen Grund dazu, Sari. Das war wirklich gefährlich. Du weißt, wer Jeris Vater ist. Ich traue ihm nichts Geringeres zu.«

Ich schnaufe, gehe aber nicht weiter darauf ein. »Wo ist Jarrusch?«

»Eine von Keerans Wachen hat ihn mitgebracht. Und ich soll dir ausrichten, dass er sauer ist.«

»Sauer?«, frage ich irritiert, weil das nicht wirklich zu Jarrusch passt.

»Ja, er meinte, dass er jetzt groß genug sei, um bei solchen Sachen dabei zu sein.«

Mir bleibt das Lachen im Halse stecken. Jarrusch ist zu schlau, zu clever, als dass man das abtun könnte. Er will wirklich kämpfen. Doch dafür ist er zu jung.

»Ich werde zu ihm gehen«, sage ich und erhebe mich. Jemand hat mir etwas anderes angezogen. Meine schwarze Kleidung. Ich tippe auf Medisa.

»Vielleicht solltest du zuerst mit Keeran sprechen.«

»Und warum?« Mir bricht die Stimme weg. Ich will ihn zurück. Ja. Aber gerade jetzt kann ich ihn nicht sehen. Er wird enttäuscht sein. Und das wird mich nur wütend machen, weil ich mein eigener Mensch bin. Ich kann meine eigenen Entscheidungen treffen und muss mich dafür nicht rechtfertigen.

»Bitte«, raunt Red einfühlsam. »Er war wirklich außer sich. Wir mussten ihn von Jeri wegziehen, damit er ihn nicht umbringt. Er liebt dich, Sari, ich weiß es, selbst wenn er es nicht weiß. Er verliert sich von Tag zu Tag mehr. Und du bist die Einzige, die das aufhalten kann.«

Ich will ihm widersprechen. Aber bleibe stumm. Vor allem, weil ich Red die letzte Hoffnung nicht nehmen will, dass Keeran wieder der Alte sein kann.

Also nicke ich, stehe auf und lasse mich von Red zu Keeran führen.

Er steht in einem genauso schwarzen Raum an einem großen, runden Tisch. Wahrscheinlich ist dieser gesamte Palast wirklich aus schwarzem Turmalin erbaut worden.

Keerans Hände sind auf das Holz gestützt und sein Blick ruht auf einer Landkarte der vier Lande. Er wartet, bis Red sich entschuldigt und die Tür hinter uns schließt. Dann endlich, nach einer gefühlten Ewigkeit, sieht er zu mir auf. Mein Atem stockt, als ich Besorgnis in seinen schwarzen Iriden erkenne.

»Wie geht es dir?«, fragt er kühl, und doch spüre ich, dass es ihm wichtig ist.

»Gut«, gebe ich knapp zurück.

»Hast du bekommen, was du wolltest?« Seine Stimme bleibt kühl, aber ich bemerke, wie sich seine Besorgnis in leisen Zorn wandelt.

»Ich will …«, setzt er an, räuspert sich dann aber und spannt seine Unterarme an. »Ich würde mich freuen, wenn du bis zum Fest hierbleibst. Jarrusch kann sich im Kämpfen üben und du könntest … mein Königreich kennenlernen.«

Ich schlucke schwer. Noch kein einziges Mal hat er mich gefragt, ob ich Kalipar und seine Hauptstadt Salava sehen will. Als hätte er mich bis jetzt von hier fernhalten wollen.

»Ich will nicht hier rumsitzen und nichts tun.«

»Wie Ferroe mir berichtet, machst du genau das auch in Emza.«

Ich balle meine Hände zu Fäusten. »Aber da bin ich wenigstens ein kleines bisschen zu Hause. Und du kannst nicht verhindern, dass ich zum Monarchen gehe.«

Keeran hebt seine Brauen und stößt sich vom Tisch ab, um zu mir zu schreiten. Er ist so verdammt groß und düster, dass ich meine Schultern straffe, um mich ihm entgegenzustellen.

»Der Monarch hat nichts, was das hier ändern würde, Sari. Er ist gefährlich.«

»Weißt du, wer gefährlich ist? Du. Deine Seele. Der Schatten darauf. Weil du dich jeden Tag anders verhältst. Verdammt, Keeran, du hast Jeri beinahe getötet.«

»Red erzählt zu viel.«

Ich erschaudere. Bei solchen Aussagen habe ich das Gefühl, ihn für immer verloren zu haben.

»Was willst du dagegen tun?«

»Wogegen?«

»Gegen die Dunkelheit in dir. Dagegen, dass du dich von mir entfernst.«

Er atmet schwer und lehnt sich dann direkt vor mir gegen den Tisch. »Du musst mir Zeit geben«, raunt er nachdenklich. »Ich werde es bekämpfen. Aber …«

»Aber was?«

»Du musst aufhören, mir Druck zu machen und mich immer wieder in diese Lage zu bringen.«

»In welche Lage bringe ich dich denn, Keeran?«, hake ich bedrückt nach.

»Du machst mich wütend. Ich muss mir ständig Sorgen machen. Du provozierst mich, wo du kannst.«

»Ich provoziere dich?«, frage ich entsetzt. »Womit? Das bin einfach nur ich.«

»Dann reicht es wahrscheinlich schon aus, einfach du zu sein.«

Ich pruste herablassend. Vor allem um den Stich in meiner Brust herunterzuspielen. »Das ist lächerlich. Wenn du nicht magst, wie ich bin, ist das eine Sache. Aber von mir zu verlangen, mich zu ändern, Keeran … das ist widerlich.«

Er fährt sich angestrengt durch sein Gesicht. Muss so sehr gegen den Zorn in sich kämpfen, dass mein Herz brennt.

»Du hast gesagt, dass du mich liebst. Du hast mit dem Tod verhandelt, um mich zu retten. Ich saß zwei Wochen an deinem Bett, Keeran, und als du wach wurdest, hast du mich noch geliebt.«

»Ich liebe dich auch jetzt, Sari.«

»Warum, warum richtet sich dieses schwarze Ding in dir dann ausgerechnet gegen mich?«, frage ich wispernd.

»Weil ich mich bei dir auf meine Seele verlassen muss. Ich weiß nicht, wer du wirklich bist. Da ist nur meine Seele, die sich erinnert, dass du alles für mich bist. Und die wird schwarz, Sari. Tag für Tag ein Stück mehr. Und ich verliere dich.«

Ich schließe die Augen, um meine Tränen zu unterdrücken.

Aber es hat keinen Sinn. Ganz sanft spüre ich seine Finger, die meine berühren. Und ich fühle, wie sehr er darum kämpft, mich nicht zu hassen.

Ich öffne meine Lider wieder, trete vor und nehme seine Hand, schließe sie um meinen Unterarm. »Nimm mir eine Erinnerung.«

Er leckt sich bedauernd über seine Lippen und senkt die Lider. »Nein. Das tue ich nicht.«

»Bitte, Keeran. Nur eine. Vielleicht reicht sie, damit auch du spürst, dass ich nicht nur in deiner Seele existiere.«

»Ich werde dir nichts nehmen, Sari.« Er zieht die Hand zurück und streicht über meine Wange. Kurz fühlt es sich ganz normal an. Als wäre er wieder Keeran, der mich beschützt und liebt, der mich ansieht, als würde er mich besser kennen als ich mich selbst.

»Was tust du dann, damit dich diese Dunkelheit nicht vollkommen einnimmt?«

Er blickt mich nachdenklich an. »Wir schaffen neue Erinnerungen.«

»Keeran, seit Wochen gehst du mir aus dem Weg. Du willst keine Erinnerungen mit mir.«

Wir sehen uns an. Eine halbe Ewigkeit. Ich wusste die ganze Zeit, dass es so ist. Trotzdem bohrt sich sein Schweigen in meine Brust und hinterlässt nur Schmerz und Leere. Ich will ihn packen. Ihn schütteln. Ja, ich wünschte, ich könnte ihn zwingen, mich wieder zu lieben.

Aber er wird sich nicht erneut in mich verlieben. Das Problem ist, dass er mich nicht einmal mag. Ich spüre es ganz deutlich. Auch wenn er sich das offenbar nicht eingestehen will.

»Du erinnerst dich an alles, was passiert ist, nachdem der Monarch dir im Tempel von Muri die Erinnerungen genommen hat. An das, was du mir im Krankenhaus des Lichts gesagt hast. Dass du gegen das Schicksal entscheidest, mich zu lieben. Du erinnerst dich an den letzten Kampf und dass du für mich gestorben bist, Keeran. Reichen diese Erinnerungen nicht?«

Er atmet tief ein und aus. »Es ist, als würde mir ein Schlüsselmoment fehlen, Sari. Etwas, das mich deine Seele auf eine Art hat sehen lassen, dass ich sie lieben musste.«

»Und das siehst du jetzt nicht mehr?«, frage ich mit leiser Stimme.

Er schüttelt den Kopf.

Ein so allumfassender Schmerz ergreift Besitz von mir, dass ich mich zwinge, Zorn zu fühlen. Ich will lieber wütend sein, als das hier zu spüren. Die Wahrheit darüber, wie er mich sieht. Ich wünschte, ich würde den Moment kennen, in dem er entschied, dass ich es wert bin, geliebt zu werden. Aber wahrscheinlich bin ich diese Person nicht einmal mehr.

»Ich …«

»Bitte bleib«, unterbricht er mich und blickt mich flehend an.

Hoffnung keimt in mir auf. Er will diese neuen Erinnerungen schaffen. Doch ein Teil von mir spürt, dass ich Keeran verloren habe. Aber auch er dachte schon oft, mich verloren zu haben, und hat trotzdem um mich gekämpft. Also werde ich das ebenfalls tun.

»Ich bleibe«, sage ich also und weiche einen Schritt zurück. »Ich besuche Jarrusch. Vielleicht kann ich einer eurer Kampfstunden beiwohnen?«

»Sicher«, sagt Keeran und kommt erneut auf mich zu. Dann beugt er sich vor und küsst mich auf die Stirn.

Ich halte es nicht länger aus, also stürme ich hinaus, den Gang entlang, bis ich eine Nische finde und mich darin verstecke, bevor ich auf meine Knie sinke und weine.

Nichts von alldem habe ich gewollt. Keinen Titel. Keine Krone, die mich erdrückt. Kein Schloss. Kein Königreich. Und als mir klar wird, dass es die ganze Zeit Keeran war, den ich wollte, schmerzt mein gesamter Körper.

... ● ...

Die Tage vergehen und jedes Mal, wenn ich Jarrusch und Keeran bei ihren Übungen zusehe, ignoriert Keeran mich. Medisa kämpft mit ihnen, doch Ferroe und Red leisten mir Gesellschaft und überreden mich irgendwann dazu, Salava zu besuchen. Wahrscheinlich konnten sie meine gedrückte Stimmung nicht mehr ertragen.

Doch auch hier lässt Keeran sich entschuldigen. Das zum Thema *Wir schaffen neue Erinnerungen.* Die Einzige, die neue Erinnerungen schafft, bin ich. Salava ist wunderschön. Kalipar benannte seine Hauptstadt nach dem Mädchennamen von Emza. Alles hier ist aus dem schwarzen Sand erbaut. Aber er glänzt in der Sonne und lässt die Stadt glitzern. Gegen Reds und Ferroes Widerstand habe ich mich entschieden, meine Kopfbedeckung zu tragen. Ja, vielleicht hatte Leoán recht und ich bin noch nicht bereit zu akzeptieren, was ich geworden bin.

Als wir nach Hause kommen, wird der Palast bereits für das Fest vorbereitet. Gelangweilt gehe ich hinauf in mein Zimmer und schmeiße mich aufs Bett, während Red mich grübelnd mustert. »Ich hasse diese Feste. Es ist immer dasselbe.«

»Du wirst Keeran sehen. Das ist doch was.«

Ich schnaufe. »Hervorragend«, ist alles, was mir dazu einfällt.

»Du solltest dich umziehen. Das Fest beginnt gleich. Und so, wie Keeran gelaunt ist, wird er dich eventuell köpfen, wenn du jetzt auch noch zu spät kommst.«

Ich verdrehe nur die Augen, rutsche vom Bett und gehe zum Schrank. Darin befinden sich mehrere Kleider. Als hätte ich gewusst, dass Keeran meinen Schrank hat ausstatten lassen.

»Du sollst das da tragen.« Red deutet auf ein blaues Kleid, das auf einem Stuhl liegt.

»Ach so? Befiehlt mir das der mächtige Erstgeborene des Kalipar?« Ich pruste und suche weiter in dem Schrank nach einem Kleid. Das hier müssen alte Kleider der Königin sein. Sie war für ihre Freizügigkeit bekannt. Ich grinse, nehme ein schwarzes, offenherziges Kleid heraus und drehe mich damit zu Red. Er pfeift und entlockt mir damit ein Lachen.

»Keeran wird sauer sein.«

»Er ist nicht mein Herrscher, Red. Und vielleicht wird es Zeit, ihm das zu zeigen.«

»Wenn er aber seinen ganzen gottähnlichen Zorn über alle legt, die in diesem Festsaal deine Brüste zur Hälfte sehen können, dann sag ihm bitte, dass ich dagegen war.«

Ich schüttle lachend den Kopf und trete dann ins Bad, um mich umzuziehen. Das Kleid bedeckt wirklich kaum etwas von meinem Körper und ich fühle mich nackt. Es sind eher zwei Stoffbahnen, die rechts und links meine Brüste bedecken und an meiner Taille mit einem Gürtel befestigt sind. Aber dennoch spüre ich eine Art Freiheit, meine Haut und meinen Körper zeigen zu dürfen. Ich bin nicht mehr das namenlose Phantom aus dem Hause Lakar, das ein Tahill wie eine Maske trägt und niemandem auch nur ein Stück seiner Haut zeigt. Ich bin mehr. Und vielleicht ist es das, was Keeran fehlt. Was mir fehlt. Vielleicht muss ich ihn und vor allem mich daran erinnern, wer ich wirklich bin. Und mich nicht länger verstecken. Ich habe aufgehört, mich selbst zu mögen, obwohl ich genau das beim Run gelernt habe. Und mich zu zeigen, wie ich jetzt bin, ist der erste Schritt, den ich gehen muss, um mich selbst anzunehmen.

Mein Blick wandert im Spiegel hinab zu meinem Dekolleté, in dessen Mitte die Arme des weißen Baums der Wahrheitsbringerinnen herausragen. Darüber steht sein Name in der Schrift der Götter. *Keeran.* Weil ich ihm einst seine Erinnerungen nahm und dafür eine Gabe nannte.

Ich schiebe den Gedanken beiseite und trete aus dem Badezimmer zu Red, neben dem mittlerweile Medisa auf meinem Bett sitzt.

Mit großen, strengen Augen mustert sie mich. »Das da willst du tragen?« Ihre Abscheu ist kaum zu überhören.

»Ja«, gebe ich knapp zurück und drehe mich einmal, damit sie auch noch einen Blick auf meinen freien Rücken werfen kann.

»Was ist das?«, fragt sie irritiert, steht auf und berührt ganz sanft meinen Rücken.

»Was?«, hake ich nach und bemühe mich, über die Schulter zu spähen, was mir nicht gelingt.

»Ein Symbol«, stellt Red fest, der ebenfalls hinter mich getreten ist.

»Und was für ein Symbol?«, frage ich ungeduldig.

»Es sieht aus wie eine leuchtende Blumenranke«, murmelt Medisa, als würde sie das selbst nicht verstehen. Jäh stockt ihre Hand. »Es ist … ein albisches Symbol, Sari.«

Ich nicke nur und drehe mich wieder um. Ihre betrübten Blicke treffen mich.

»Wir wissen alle, dass ich mich nach und nach in eine Albin verwandle. Keerans Seele schützt mich nicht mehr davor.« Meine Stimme klingt stark und kühl, doch ihnen kann ich nichts vormachen. Es trifft mich, weil dieses Band das Einzige ist, was mir von ihm geblieben ist.

Ich räuspere mich und deute dann zur Tür. »Wollen wir?«

Medisa sieht noch einmal skeptisch an mir auf und ab. »So gehe ich nicht zusammen mit dir in Keerans Thronsaal. Er würde mich töten.«

Mit verzogenem Mund nicke ich. Red hingegen streckt seinen Arm aus, damit er mich hinausgeleiten kann.

Ich bin beinahe erschlagen von den riesigen schwarzen Gängen hier oben. Dieser Palast muss wirklich aus dem turmalinfarbenen Sand erbaut worden sein. Es ist, als würden die Wände leben. Als würden sie eine eigene Geschichte zu erzählen haben. Ganz vorsichtig strecke ich meinen Finger aus und berühre das kühle Gemäuer. Bilder blitzen vor mir auf. Von Blut, Krieg, aber auch von Schmerz. Seelischem Schmerz, der in Kalipar gelebt haben muss.

Mein Zimmer liegt ganz oben in einem Turm, weshalb wir eine lange Wendeltreppe hinabsteigen, bis wir in der großen Eingangshalle ankommen.

Keerans Blick streift mich ganz kurz, als er gerade ein älteres Pärchen begrüßt. Wut schwappt zu mir herüber. Nur für den Bruchteil einer Sekunde. Dann ist da wieder diese schwarze Mauer, gegen die ich nicht ankomme. Sie versperrt mir die Sicht auf seine Seele. Und vielleicht ist das auch besser so.

»Sari«, begrüßt Keeran mich knapp, als wir an ihm vorbeischreiten. Er sieht nicht noch einmal zu mir. Sein Körper ist angespannt. Alles an ihm ist jetzt diese harte Mauer.

»Keeranath«, gebe ich zischend zurück. Seine Lider zucken, aber er schaut mich immer noch nicht an, also gehen Red und ich weiter, bis wir den gigantischen Thronsaal erreichen. Auch hier sind die Wände schwarz und unendlich. Als würden sie nirgendwo enden. Und doch fühle ich mich erdrückt. Erdrückt von dem Erbe, dem Keeran immer mehr verfällt. Dem Erbe seines Vaters Kalipar, dem er, glaubt man der Hamza, immer ähnlicher wird.

Als wir eintreten, zieht mein Kleid alle Augen auf sich. Ich straffe die Schultern. Soll Keeran sehen, wer ich geworden bin. Und vor allem, wer er geworden ist. Denn das Band zwischen uns bröckelt und ich trage diese Risse auf meiner Haut. Auf meinem Rücken.

Im Gegensatz zu Leoán hat Keeran große Tafeln und Stühle aufstellen lassen.

»Ich denke, dass du da oben sitzt«, flüstert Red mir zu und deutet auf einen einzelnen langen Tisch mit vier Plätzen, an dem bereits Alishan und Leoán Platz genommen haben.

Mein Herz wird schwer, und doch lasse ich Red los. Es ist, als würde ich meinen Anker verlieren. Tatsächlich ist er, neben Leoán, im Moment der Einzige, der mich versteht. Der weiß, was in mir vorgeht. Ich wüsste nicht, wie ich die letzten Wochen, vor allem die Nächte, ohne ihn überlebt hätte.

»Danke für alles, Red«, flüstere ich und sehe ihn liebevoll an.

»Ich hab dich im Auge, Kleines«, raunt er mir zu, haucht einen Kuss auf meine Schläfe und geht dann zu dem Tisch, an dem Medisa sitzt.

Als ich an meinem Platz ankomme, hebe ich zur Begrüßung nur meine Hand, bevor ich mich setze. Meine Stimme ist verschwunden. Leoán wirft mir einen traurigen Blick zu. Er gibt sich die Schuld für all das, was mit Keeran passiert ist. Aber er konnte ihn nicht davor schützen, dass das Totenreich einen Teil von Keerans Seele behalten hat. Und vor allem hat er nichts damit zu tun, dass mein Platz ganz außen neben ihm ist, während Alishan neben Keeran platziert wurde. Es ist die Anordnung unserer Königreiche. Mehr nicht. Zumindest rede ich mir das ein. Denn natürlich will ich bei Keeran sitzen. Ihn am liebsten zu jeder Stunde daran erinnern, wer ich bin und dass er mich liebt. Und obwohl ich es hasse, dabei zuzusehen, wie Alishan, die mir zur Begrüßung kurz zunickt, all die Zuneigung von Keeran bekommt, die ich will, kann ich es ihr nicht übel nehmen. Ihre Seele schreit so sehr, ist so zerbrochen und verloren, dass ich manchmal sogar glaube, es ist gut für sie, Keeran zu haben.

Der Monarch hat den Mann, den sie liebte, töten lassen, um ihm all die Erinnerungen an sie zu nehmen und sie Keeran einzupflanzen. Und ich glaube, dass er einen Teil von diesen Erinnerungen immer noch spürt. Dass er sie immer lieben wird. Denn nur die Liebe zu mir hat ihm damals gezeigt, dass seine Gefühle für Alishan nicht echt sind. Diese Verbindung zwischen den beiden tut weh, vor allem weil er die Zuneigung zu mir, obwohl sie echt war, nicht mehr fühlt. Nicht mehr ganz.

Stille breitet sich im Thronsaal aus, als Keeran ihn betritt und zu uns an den Tisch kommt. Ich halte die Luft an, um nicht zu schreien. Aber vielleicht auch einfach, weil mich seine mächtige, kühle Gestalt erschlägt und ein Teil in mir weiß, dass ich ihn längst verloren habe. Dass ich für eine Seele kämpfe, die nicht mehr da ist.

»Willkommen in Salava, der Hauptstadt von Kalipar«, tönt seine Stimme durch den Saal. Er muss sie nicht einmal erheben, damit jeder hier sie hört.

Ich werfe einen Blick auf seine Arme. Die Ärmel des schwarzen, festlichen Mantels sind leicht hochgekrempelt und gewähren freie Sicht auf seine dunklen Adern, auf seine Gaben. An seinem linken Arm erkenne ich das Mal des Windes, das ich ihm geschenkt habe. Wobei man da wohl nicht von einem Geschenk reden kann.

Ich folge Keerans Blick zu Ferroe, der nicht weit von mir entfernt an einer der turmalinfarbenen Wände steht und nickt. Dann breitet er seine Handflächen aus und lässt Sand aus den Wänden in sie strömen. Ich blinzle und sehe wieder zu Keeran, der genau dasselbe tut. Was wird das?

»De blah sant borné,
Tu fiht emit,
De stor las bres,
Fi strogs in yor hart.«

Ich hebe meine Brauen. Ich kenne den Trinkspruch der Kalipar aus einem von Jarruschs Büchern.

Aus schwarzem Sand geboren,
zum Kämpfen ausgesandt,
des Sturmes letzter Atem,
füllt Stärke dein Herz.

Ihn aus Keerans Mund zu hören ist seltsam und befremdlich.

Langsam reibt er seine Finger aneinander, bevor er seine Arme nach vorne stößt und den turmalinfarbenen Sand durch den Raum wehen lässt, hinein in die Gläser aller Anwesenden. Auch in meines. Ich beuge mich ein wenig nach vorn und sehe dabei zu, wie er sich in meinem Met auflöst und ihn schwarz färbt.

»Ist das ein Gift?«, frage ich über den Tisch.

Keeran wirft mir einen kühlen Blick zu. »Du glaubst, mein Turmalin ist giftig, Sari?«, raunt er so leise, dass nur wir ihn hören können.

Ich schlucke schwer. Natürlich glaube ich das nicht. Aber es ist schon Gift genug, dass er es als seinen Turmalin bezeichnet. Alle im Raum sind davon beeindruckt. Als würde hier gerade Kalipar höchstpersönlich vor ihnen stehen. Sie mustern ihre Gläser und raunen ehrerbietungsvoll. Ich weiß, dass Keeran mächtig ist. Aber ich habe ihn nie bei einer solchen Machtdemonstration gesehen. Das passt nicht zu ihm.

»Trinkt mit mir«, sagt er dann wieder an alle gerichtet. Seine Worte versetzen mir einen Stich. Es erinnert mich an unsere erste Begegnung in der Schenke. Mein Herz wird schwer, und doch ergreife ich den Kelch und erhebe mich, wie Leoán und Alishan.

»Auf eine bessere Welt«, sagt Keeran und alle im Saal wiederholen den Satz, bevor sie ihren Kelch ansetzen. Seine Augen ruhen dabei auf mir und ich trinke den kompletten Becher leer. Soll er doch sehen, dass ich ihm trotz seines kranken Kalipar-Getues vertraue.

Keeran kommt zu uns und raunt Leoán etwas zu, der sofort den Platz frei macht und sich auf Keerans Stuhl setzt.

»Das hättest du lieber nicht tun sollen«, sagt er und hebt einen Mundwinkel. Ich will etwas erwidern, aber meine Zunge wird so schwer, dass ich kein Wort herausbringe.

»Das Turmalin ist stark, Sari.«

Ich erwidere nichts, versuche eine gelassene Miene aufzusetzen und nehme wieder Platz. Er tut es mir gleich. Seine Nähe erdrückt mich und dieses Zeug lässt mich keinen klaren Gedanken fassen. Ich fühle mich überfahren. Fast so, als hätte ich gerade zehn Met getrunken.

Als endlich das Essen kommt, mache ich mich über das Brot her wie eine Verhungernde. Ich muss diesen Alkohol aus meinem Kopf bekommen.

Angespannt blicke ich von Keeran zu Medisa und Red. An ihrem Tisch sitzen einige hochrangige Adelige. Wobei »Adelige« hier nur bedeutet, dass sie vom Monarchen viel Land und gute Ämter erhalten haben, die wir ihnen nicht einfach nehmen können. In ihren Dörfern sind sie hoch angesehen. Ihre Meinung zählt also.

»Geht es dir gut?«

Blinzelnd wende ich mich Keeran zu. Leoán steht mittlerweile unten bei den anderen Alben aus Anemoras. Keeran hat sie eingeladen, um die Beziehungen zwischen den vereinten Königreichen und ihnen zu verbessern. Und trotzdem ernten sie immer wieder abfällige Blicke von den adeligen Menschen.

»Ja«, lüge ich.

»Was wolltest du mir damit beweisen, Sari?«

»Sag nicht ständig meinen Namen, ich weiß, wie ich heiße«, brumme ich und berühre angestrengt meine Schläfe.

Er lacht heiser. »Was wolltet Ihr mir damit beweisen, kleines Phantom?«

Ich stocke und starre ihn an. »Du erinnerst dich daran?« Mein gesamter Körper ist angespannt. Mein Herz schlägt unregelmäßig und erwartungsvoll.

»Natürlich«, gibt er zurück und streicht mir eine Strähne aus dem Gesicht.

»Und wie?«, hake ich nach, weil ich es fragen muss. Weil er sich nicht erinnern kann.

Er holt tief Luft. Sein Kiefer knackt unruhig.

»Hör auf, meine Gedanken zu lesen«, zische ich und verziehe zornig den Mund.

»Ich lese nur deine Ängste.«

»Das ist dasselbe, Keeran!«

»Ach, jetzt nennst du mich nicht mehr Keeranath?«

»Ist das nicht dein Name? Was stört dich also?«

Er räuspert sich, fährt sich durch sein dunkles Haar und wirft mir dann einen ernsten Blick zu.

»Was soll dieser Aufzug?«, wechselt er das Thema.

Ich lächle falsch. »Was? Gefällt es dir etwa nicht?«

»Du bist nackt, Sari«, knurrt er rau. Zorn blitzt in seinen schwarzen Augen auf.

»Ist es nicht das, wofür wir kämpfen wollen? Dass jeder das tragen darf, was er will?«

»Nicht du. Du bist eine Herrscherin.«

Ich lache auf, und als seine Miene dennoch ernst bleibt, lache ich wieder, diesmal hysterischer.

»Hör mir genau zu, Keeran, Erbe des Kalipar. Ich bin Sari aus dem Hause Lakar. Und du hast mir nichts vorzuschreiben. Verstanden?«

Er presst seine Lippen aufeinander, nickt aber.

»Entschuldige mich«, gebe ich dann noch von mir, bevor ich mich erhebe und den Raum verlasse.

Er folgt mir nicht und das ist auch gut so. Kälte durchströmt meine Adern. Das Eis kitzelt in meinen Fingerspitzen. Ich stürme den Gang entlang, bis ich endlich durch die Glastüren eines großen Saals nach draußen auf die Terrasse trete und schreie. Ich will das Eis loswerden. Also schreie ich wieder, laufe hinab in den Schlosspark aus Sand und stoße meine Hände nach vorn. Dann stocke ich. Denn statt Eis verlässt ein blau schimmerndes Licht meine Hände, das nichts einfriert. Es erweckt Blumen um mich herum. Es erschafft sie. Mitten in dem schwarzen Turmalin. Ich stolpere zurück und starre irritiert auf meine Hände.

Es ist das Erbe meines Vorfahren Perseres. Des Erschaffers der neuen Welt.

»Nein!«, knurre ich und schieße wieder meine kalte Macht auf diese dummen Blumen. Sie wachsen. Diese verdammten Dinger wachsen, statt zu erfrieren.

Mein Kiefer bebt und ich lasse mich auf meine Knie sinken.

»Was habe ich den Göttern getan? Was habe ich dir getan?« Ich spreche mit Emza. Sie hat mich verlassen. Seit dieser Vision von ihr, an der Quelle des Lebens damals, gibt es sie und ihre Macht nicht mehr in mir. Wie also soll ich mir anmaßen, einen Lauf um ihre Herrschaft anzutreten?

»Ist das wirklich ihre Macht?«

Ich drehe mich um, dabei weiß ich längst, dass hier niemand ist. Es ist dieser verdammte Lenieus, der in mir spricht. Die Seele, die ich im Gefängnis der Asche zum Leben erweckt habe.

»Verschwinde!«, fauche ich.

»Ist das Eis wirklich ihre Macht, Sari?«

Ich balle meine Hände zu Fäusten. »Natürlich.«

»Die Macht des Lebens?«, fragt er in meinem Kopf.

»*Stasis es lifere.* Stillstand ist Leben«, gebe ich zurück.

»Ergibt das Sinn?«

»Ja!« Ich weiß nicht, warum. Ich habe mich nie gefragt, wie die Macht des Lebens das Eis sein kann. Dafür muss erst ein Verstorbener mit mir reden. Als wäre ich zu töricht, mein eigenes Erbe zu hinterfragen.

Ich atme die staubige Luft ein und strecke meinen Finger nach einer der Blumen aus, die ich erschaffen habe. Schmerz flammt in meinem Geist auf. Ich krümme mich. Stöhne. Der Schmerz übertönt sogar Lenieus' Stimme.

Und dann sehe ich Bilder vor mir. Bilder von Emza. Ich erkenne sie sofort wieder. Ihre strahlend blauen Augen richten sich auf mich. Verachtung und Enttäuschung stehen in ihnen.

»Was?«, knurre ich. Ich weiß, dass sie nicht wirklich hier ist. Oder etwa doch? Ist meine Macht ein Tor zu ihr? So wie damals, als ich das Eis der *ble ice montar* berührte und zu ihr gelangte?

»Was tust du da?«

»Leben hervorbringen«, gebe ich herablassend zurück.

Sie lächelt. Nein, sie belächelt mich. »Du bist der Sturm, Sari. Und du sitzt hier und leidest.«

Ich presse meine Zähne aufeinander. Sie hat keine Vorstellung von meinem Schmerz.

»Ach nein?« Sie lacht wieder. »Ich kenne deinen Schmerz. Es war auch mein Schicksal, vergiss das nicht.«

Ich verenge meinen Blick.

»Und? Was bringt es mir? Soll ich so handeln wie du und alles Leben zu Eis werden lassen? Das kann ich nicht mehr!«, fluche ich und schieße meine Macht auf den schwarzen Sand, nur damit weitere Blumen entstehen.

Emza begutachtet mein Werk einige Sekunden, bevor sie ihr wunderschönes Gesicht wieder mir zuwendet. »Wenn du genug Schmerz, Wut oder Angst in deiner Seele spürst, Sari, dann wirst du erneut Eis hervorbringen können. Aber willst du das?«

Ich sehe sie atemlos an und versuche zu verstehen, was genau das zu bedeuten hat. Erst als ich den Schmerz in ihren Augen erkenne, begreife ich, dass das Eis nicht ihre ursprüngliche Macht ist. Die Macht des Lebens hat sich gewandelt, als sie diesen schrecklichen Verrat in ihrer Seele spüren musste.

Und auch ich habe das Eis nur nutzen können, als Keeran mich verletzt hat. Und später, als ich dachte, Keeran wäre tot, und ich meinen Bruder und all die anderen schützen wollte.

Emza lächelt wie eine stolze Lehrerin. Genauso wie damals.

»Können die anderen Nachfahren das ebenfalls? Ihre Mächte umkehren?«

Emza schüttelt den Kopf und beugt sich dann zu mir. »Es ist eine mächtige Gabe, Sari. Vor allem verbunden mit der deines albischen Vorfahren. Finde heraus, was du kannst. Und besiege sie.«

»Ich will sie nicht …«

»Du hast keine Wahl. Du musst. Von dir und deiner Macht hängt alles ab.«

Ich lecke mir über meine spröden Lippen und schüttle den Kopf. »Ich will diesen Schmerz nicht spüren. Und ich will ihn nicht verlieren.«

Sie hebt ihre Hand und streicht mir ganz sanft über meine Wange. »Dann weißt du, was du tun musst.«

»Und was?«

»Sari?« Ich blinzle. Emza ist verschwunden.

»Nein!« Ich sehe mich um. »Nein. Komm zurück!«

»Sari!« Keerans Stimme dringt an mein Ohr.

»Was willst du?«, fahre ich ihn an und stehe auf.

Er schaut mich skeptisch an. »Mit wem hast du geredet?« Langsam kommt er näher.

»Das geht dich nichts an.«

Er nickt gelassen. »Ich wollte mich nur entschuldigen. Natürlich habe ich dir nicht vorzuschreiben, was du tragen darfst.«

»Herzlichen Glückwunsch zu dieser Erkenntnis«, zische ich und beiße mir dann selbst auf die Unterlippe. Was ist nur los mit mir? Seit wann benehme ich mich derart kindisch?

»Es tut mir leid«, setze ich direkt hinterher. »Aber ich brauche kein Drama in meinem Leben, Keeran. Das hatte ich zur Genüge. Und zwar echte Dramen. Nicht irgendein Gerangel, ob man sich nun liebt oder nicht.«

Er nickt. Als gäbe es dazu nichts zu sagen. Meine Brust brennt. Doch das, was ich gesagt habe, ist die Wahrheit. Ich habe Jarrusch zurück. Er darf leben. Draußen. Ich habe meinen ersten Run überstanden und ich werde Jarrusch und mir ein gutes Leben ermöglichen können, sobald ich den Herrscher Run hinter mich gebracht habe.

»Vielleicht haben wir uns in einer Zeit kennengelernt, in der wir uns aneinander festhalten mussten.«

Er bleibt starr. Sieht mich einfach nur an. Und dann tritt er noch einen Schritt näher. »Tu das nicht.«

»Was denn, Keeran?« Ich schüttle lachend den Kopf. Verzweiflung nimmt mich ein. Aber das hier ist keine ausweglose Situation. Es ist nichts im Vergleich zu dem Hunger und der Angst, die ich beim Lauf spüren musste. Den Verlust, als der Monarch Jarrusch zu sich holte. Warum also fühlt es sich genauso schlimm an wie der Hunger und die Ausweglosigkeit und diese alles verzehrende Angst? Wie ein Loch in meinem Magen und meiner Brust, das sich schmerzhaft bis zu meiner Kehle zusammenzieht, um endlich wieder geschlossen zu werden. Warum hat das hier eine solche Macht? Warum hat Liebe eine solche Macht?

»Ich werde mich nicht so von dir abhängig machen, wie es mein Varra mit meiner Marra getan hat. Ich lasse nicht weiter zu, dass mein Seelenheil von dir abhängt, Keeran. Ich bin kein kleines Kind! Ich weiß, was echter Schmerz bedeutet!«

»Und das heißt, dass man wegen anderer Dinge keinen Schmerz empfinden darf?«, fragt er heiser und sieht mich ernst an. »Heißt stark zu sein für dich, nie zu straucheln? Nie zu fühlen?«

»Ich fühle!«, schreie ich ihn plötzlich an. »Ich! Aber du nicht. Und ich renne keinem Bild von dir hinterher, das verschwunden ist. Nicht existiert.«

Er verzieht den Mund und nickt herablassend. »Dann lass es. Und leb mit den Konsequenzen.«

»Oh«, lache ich. »Und die wären, mächtiger Kalipar?«

»Lass das«, knurrt er. Zorn glitzert in seiner Seele. Es ist, als könnte ich sie greifen. Als könnte ich sie in meiner eigenen Seele spüren. Als wäre die Dunkelheit in ihm gerade nicht stark genug, um das vor meiner Gabe zu verstecken.

»Bei den Göttern, Keeran. Ist das etwa eine echte Gefühlsregung dort in deiner kalten Seele?« Ich bereue es, noch während ich es sage.

Keeran hebt seine Hand. Ich packe sein Armgelenk und schieße das Eis, das jetzt wieder da ist, durch seine Venen. Doch er regiert sofort und reißt sich los.

»Denkst du wirklich, dass du eine Chance gegen mich hättest? Nur weil ich dir ein einziges Mal in den *ice montar* unterlegen war, Sari? Das hier ist mein Königreich.« Er hebt seine Hand und schwarzer Sand umschließt meinen Körper und … drückt zu.

»Keeran!«, krächze ich, als der Sand mir Brust und Kehle abschnürt. Schmerz erfüllt mich. »Keeran!«

»Was? Wo ist deine Macht jetzt, Sari aus dem Hause Lakar?«

»Keeran, bitte!«, flehe ich tonlos. Ich kann kaum reden. Kaum atmen.

In Keerans Augen entflammt seine Macht. Dann lässt er den Sand sinken und mit ihm stürze ich auf meine Knie und umkralle meine Kehle. Schnappe nach Luft. Doch bevor ich mich wirklich beruhigen kann, packt Keeran mich und zieht mich zu sich hoch.

»Was? Ich dachte, wir testen ein bisschen unsere Mächte, kleines Phantom. Hast du nicht damit angefangen?« Er hebt einen Mundwinkel. Meine Lippen beben, so kalt und herablassend wirkt diese Geste. Und dann sehe ich für den Bruchteil einer Sekunde Bedauern in seinen Iriden. Sein Blick flackert kurz zu meinem schmerzenden Hals und wieder zu meinen Augen. Er schaut mich an, so wie damals. Doch schon ist der Ausdruck verschwunden und nur Dunkelheit bleibt zurück. Und ich spüre, dass Keeran, der Keeran, den ich kannte, endgültig gegangen ist. Etwas in mir zerbricht.

Doch er ist noch nicht fertig mit mir. Ruppig umfasst er meine Arme und schießt mir seine Macht in mein Blut. Ein so allumfassender Schmerz erfüllt mich, dass meine Beine versagen, aber er hält mich aufrecht.

»Du weißt, was echter Schmerz ist, Sari?«, dringt seine Stimme zu mir, als wäre sie weit entfernt. »Das hier ist echter Schmerz.«

Meine Sicht verschwimmt. Bilder blitzen vor mir auf. Und ich beginne zu begreifen, dass das hier nicht Keerans, sondern meine Macht ist. Er zwingt mich, seine Wahrheit zu sehen.

Und die besteht nur aus Blut, Schmerz und Dunkelheit. Einer so bitteren Einsamkeit, die mich schluchzen lässt.

Ruckartig lässt er mich los und wieder knalle ich auf den Boden.

»Weißt du, vielleicht verstehe ich ja sogar, warum du dafür nicht weiterkämpfen wolltest. Dass meine schwarze Seele es einfach nicht wert ist. Es dir nicht wert ist.«

»Was … ich …«

»Was, Sari?«, knurrt er und setzt sich vor mich. Begutachtet mich wie ein verwundetes Tier.

»Das ist es doch, was du mir gerade gesagt hast. Ich bin für dich ein Drama, das du nicht länger brauchst.« Er spuckt neben sich auf den Boden.

Ich starre ihn fassungslos an.

»Keeran …«

»Sag meinen Namen nicht. Nie wieder. Verstanden?«

Ich öffne meinen Mund, aber er bringt mich mit seiner Macht zum Schweigen. Schiebt meine Kiefer zusammen, als wäre ich eine verdammte Puppe.

Und als ich seine kühlen Augen sehe, begreife ich, dass ich den Keeran, den ich kannte, umgebracht habe. Ich spüre es in seiner Seele, die immer noch zu verwundet ist, um sich vor mir zu schützen. Ich war alles, was ihn hier gehalten hat. Was verhindert hat, dass er sich vollends dieser seelenlosen Dunkelheit hingibt. Und als ich das erkenne, verschwindet seine Seele vollkommen. Da ist keine schwarze Mauer mehr. Kein verschlossenes Tor. Nein. Es ist, als wäre da nicht einmal mehr eine Seele.

KAPITEL 4

Hamza, Passus III Tunis, Vers 66

»Soll das Tor des Todes euch den Weg eurer Vorfahren zeigen, das Totenreich eure Seelen beherbergen, das Gefängnis der Asche eure Sünden strafen. Soll die rote Asche euch verbrennen und euch in den roten Turm sperren. Soll seine Wahrheit eure Wahrheit sein. Sein Verderben eures.

Sollen euch die Drachen zerfleischen, wenn ihr es wagt, euch mir zu widersetzen. Sollen die Alben sterben, die euch alles nahmen. Bestraft wird, wer den Tod nicht ehrt und die Götter und ihre Macht verachtet. Sollen Blitz und Donner aus Nachnyl auf euch niederprasseln, wenn ihr entehrt, was wir erschufen.«

Keeran steht auf und will gehen. Nein. Ich muss ihn zurückholen.

»Keeran!«, flehe ich.

Er hält inne. Sein Körper ist vollkommen angespannt. Bereit, mich zu zerquetschen wie ein Insekt.

»Es tut mir leid.«

Er dreht sich um und blickt auf mich herab. Und es ist, als würde er mich nicht kennen.

»Wir sehen uns, Erbin der Emza«, raunt er und verschwindet in die Nacht.

Ich starre auf die Stelle, an der er gerade stand. Minuten oder Stunden. Und immer wieder denke ich an das, was Emza gesagt hat. *Dann weißt du, was du tun musst.* Da begreife ich es. Meine letzte Hoffnung ist ausgerechnet mein größter Feind. Marruk Karis ist das einzige Lebewesen, das Keerans Erinnerungen wiederherstellen kann.

»Aradas!«, schreie ich. Aber vor allem rufe ich ihn in meinem Geist. Es dauert nicht lange, bis er bei mir auftaucht. Wie damals, als ich ihn brauchte, um Keerans Leben zu retten. Und jetzt werden wir das wieder tun. Mir ist egal, was der Monarch dafür verlangt. Ich bin in der besseren Verhandlungsposition. Mit dem Offenlegen seines wahren Gesichts haben wir ihm den Großteil seiner Macht genommen. Er ist schwach und wird auf ewig eingefroren bleiben, wenn er nicht tut, was ich sage. Und doch bin ich mir im Klaren darüber, dass Marruk Karis die Karten, die er in der Hand hält, spielen wird. Und das sicher nicht gerecht.

»Wir müssen zum *casta de ahh*«, flüstere ich Aradas zu, bevor ich mich auf seinen Rücken schwinge. Das hier wird Konsequenzen haben. Und die werde ich tragen. Ich weiß, was ich tue. Und es ist das einzig Richtige.

Schreie ertönen hinter mir. Red und Medisa. Sie werden es verstehen. Eines Tages. Auch sie lieben Keeran.

»Schnell!« Aradas fliegt los. Der Wind peitscht in mein Gesicht und auf meine nackte Haut. Aber ich nehme ihn entgegen. Ich bin der Sturm. Das sagte Emza zu mir. Und ich werde es sein. Ich werde Keeran wiederholen.

Als wir über Golassa hinwegfliegen, sehe ich den gigantischen Palast von Arasá unter mir. Alishan hat ihn mit ihren Mächten neu errichtet. Keerans, Leoáns und mein Palast haben die Jahre ohne Herrscher hingegen unbeschadet überstanden.

Schließlich kommen wir beim Gefängnis der Asche an. Ich springe von Aradas und laufe in der Dunkelheit auf die Wachen zu.

Als sie mich erkennen, verbeugen sie sich, werfen sich aber verdutzte Blicke zu.

»Eure Gefangenen sind nicht mehr hier, Eure Majestät.«

Ich schüttle den Kopf, weil sie sich irren müssen. »Nein. Ich …«

»Der Herrscher von Kalipar hat sie in den *res towe* gebracht.«

Der rote Turm. Ich öffne meinen Mund und starre sie an. Keeran wusste also, was ich tun würde, wenn ich ihn vollends verliere. Obwohl er keine Erinnerungen mehr hat, kennt er mich.

Ich nicke und nicke, wahrscheinlich eher um mir selbst Mut zuzusprechen, während ich rückwärtsgehe und mich auf Aradas schwinge.

Ich spüre seinen Widerwillen, als ich ihm unser neues Ziel nenne. Der *res towe* ist wie das Feuer Tunis'. Heiß und stickig. Der Greif ist ein Wesen des Eises. Aber er gehorcht.

Der rote Turm ist ein Teil unseres *sover ran.* Eigentlich dürfte ich das nicht wissen. Doch ich habe die heiligen Schriften studiert und in einer von ihnen den Hauch ihrer Wahrheit gespürt. Doch ich werde gleich keine Prüfung meistern. Keine, die die Götter mir auftragen, sondern eine, die mir meine eigene Seele aufzwingt.

Ich erkenne den Turm schon von Weitem. Es ist, als würde er glühen. Als wäre er aus roter Lava erschaffen worden. In einem Buch habe ich gelesen, dass Tunis einst Gefangene vom *casta de ahh* hierherbrachte, um sie auf ewig zu foltern. Noch mehr als in dem grausamen Gefängnis.

Aradas wird langsamer, während die Luft so heiß wird, dass ich kaum atmen kann. Was hat Keeran sich nur dabei gedacht, den Monarchen an diesem Ort einsperren zu lassen? Dass er mich so daran hindern kann, zu ihm zu gelangen? Dass ich mich von dieser feurigen Hitze abhalten lasse? Hat er etwa seine eigenen Worte vergessen?

Ich schließe meine Augen, als die Erinnerung vom *hospita te lit* in meinem Geist aufblitzt.

»*Was, wenn ich entscheide, dass ich dich liebe, Sari aus dem Hause Lakar? Wer will sich mir in den Weg stellen? Das Schicksal? Ich werde es mit all meiner Macht zerschlagen. Der Monarch? Ich werde ihn töten! Ich werde alles und jeden aus dem Weg räumen, wenn sie sich zwischen uns stellen. Und dafür brauche ich keine Gründe. Keinen, außer dass ich dich, deine Stärke und jeden Teil deiner Seele liebe*«, hallen seine Worte von damals in mir wider. Und dieses Mal werde ich es sein, die sich allem und jedem entgegenstellt, um ihn zurückzubekommen.

Aradas landet und kreischt ungehalten. Er verträgt die Hitze nicht. Ich streichle ihm ganz sanft über sein Gefieder.

»Flieg dorthin, wo du atmen kannst, und warte auf mich«, sage ich und gehe los. Laufe gegen die Hitze an, die sich mir wie eine Wand in den Weg stellt.

Der Boden um mich herum ist rissig und spuckt mir Glut entgegen. Sie versengt den Saum meines Kleides, das über den Boden gleitet und immer wieder an dem schroffen, rauen Untergrund hängen bleibt. Schwer atmend suche ich nach der Kälte in mir, um mich dem Feuer zu widersetzen. Und tatsächlich ist sie da. Wie Emza sagte, sie wird durch meine Wut und meinen Willen geleitet.

Plötzlich höre ich ein Knurren und erstarre. Es klingt beinahe wie das des Purratis, der schwarzen Raubkatze aus dem roten Wald, die mich mit einem Blick zum Erstarren hätte bringen können, als ich ihr während meines Runs begegnet bin. Aber ich spüre, dass das hier ein noch mächtigeres Wesen ist. Und es bewacht den Turm.

Ich blinzle, bis es durch den Rauch tritt. Eine riesige Raubkatze mit glühenden Streifen. Ein Feuergeist. Ein Tirrag. Ein Wächter des Totenreichs. Er hat so viele Namen. Doch keiner von ihnen wird dem gigantischen, mörderischen Wesen gerecht, das da vor mir steht und ganz langsam den Kopf schief legt.

Mein Herz pumpt Angst durch meine Venen, doch ich bleibe stark und suche nach seiner Seele. Nach der Stelle, an der er angreifbar ist. Als wüsste ich nicht, dass Wesen aus der Unterwelt keine Seele besitzen.

Ganz vorsichtig berühre ich die Goldmünze an meinem Handgelenk. »Möge Tunis mir eine sichere Überfahrt gewähren«, flüstere ich, bevor ich meinen Schmerz in mir sammle. Mit ihm kommt das Eis und ich schieße es dem Tirrag entgegen. Aber er ist schneller und entkommt mir mit Leichtigkeit. Er springt und landet auf seinen Tatzen, die größer sind als mein gesamter Oberkörper.

»Ich will nur da rein!«, schreie ich ihm entgegen.

Er verengt seinen bedrohlichen Blick. Versteht er mich etwa? Das ist unmöglich. Er besitzt keine Seele.

Langsam schreitet er hin und her und fixiert mich mit seinen glühenden Augen. Als wäre ich seine Beute.

»Ich werde dir nichts tun.«

Er reagiert nicht. Und wie sollte er? Er versteht mich nicht. Und es ist auch nicht so, dass menschliche Stimmen ihn abschrecken, so wie es bei dem Purratis der Fall ist.

»Du musst kämpfen!«, sagt Lenieus in meinem Kopf.

»Ich weiß!«, brülle ich ihm entgegen.

Der Tirrag erstarrt und sieht mich mit gebleckten Zähnen an. Er greift aber nicht an. *Noch nicht.*

Ich versuche mich zu wappnen, denn das hier muss ich allein machen. Hier ist kein Pfeil, der durch die Luft sirrt und mich rettet, wie im roten Wald. Kein Aradas, keine Medisa, kein Red und vor allem kein Keeran, die an meiner Seite kämpfen. Hier bin nur ich.

Und doch will ich nicht kämpfen. Ich will es genauso wenig, wie ich gegen Aradas kämpfen wollte. Und gegen den Purratis. So, wie ich nie gegen ein Tier kämpfen wollte.

Ich habe früh angefangen mir selbst Waffen zu bauen, um zu jagen, damit wir irgendwie überleben. Und noch schneller habe ich danach kämpfen gelernt. Habe mich so oft verprügeln lassen, bis ich begriffen habe, worauf es ankommt. Nur um nicht mehr selbst Tiere töten zu müssen. Ich habe Schmerz gespürt, als ich die Agame erstach und sie aß. Und auch als ich den Saurier umbrachte und den Amphisbaena tödlich verletzte. Ich will kein Tier töten. Das wollte ich nie. Es liegt nicht in meinem Blut.

Aber hier wird keine Verbeugung helfen, so wie bei meinem Greif damals. Ich habe Respekt vor diesem Feuergeist, ja, nur dieses Mal muss er Respekt vor mir haben.

Und den erlange ich nicht mit meinen Emza-Kräften, also ziehe ich das schwarze Messer, das ich immer an meinem Bein trage, unter meinem Kleid hervor. Es ist das Messer, das Keeran mir damals gegeben hat. Und wenn ich damit für ihn in den Tod gehe, werde ich mit der Gewissheit sterben, wofür ich es getan habe. Ich muss Keeran zurückholen. Jarrusch wird es verstehen. Er ist in Sicherheit, muss sich nicht mehr in einer Kammer verstecken und ist nicht länger auf mich angewiesen.

Der Tirrag mustert mich immer noch. Und dann renne ich mit

gezücktem Messer los. Da ist keine Angst in ihm. Nicht einmal in seinen Iriden. Ich erreiche ihn und steche zu. Aber er zerfließt unter mir zu roter Asche und ich knalle mit meinem Gesicht auf den harten Boden. Meine Nase knackt. Meine Augen tränen, trotzdem richte ich mich sofort wieder auf und suche nach ihm. Er steht nur ein wenig entfernt. Warum greift er mich nicht an?

Ich renne erneut los. Wieder und wieder. Doch die Klinge meines Messers bohrt sich immer nur in rote Asche. Er ist ein verdammter Feuergeist. Wie soll ich ihn besiegen?

»Kämpfe!«, schreie ich ihn an und ein weiteres Mal legt er den Kopf schief. Versteht er mich also doch? »Kämpfe!«, knurre ich wieder. Er bleckt seine Zähne, und bevor ich es begreife, stürzt er sich auf mich.

»Halt!«, schreie ich, kurz bevor er mir seine riesigen Zähne in meinen Hals rammen kann.

Er hält inne. Sein Gesicht direkt über meinem. Ich spüre seinen heißen Atem. Rieche ihn. Fühle seine Tatze auf meinem Körper. Sie ist schwer, aber nicht erdrückend. Anstatt mich zu zerquetschen, zieht er sich zurück. Was? Ich blinzle und sehe dabei zu, wie er sich wieder entfernt und hin und her läuft. Mich beobachtet.

»Leg dich hin!«, befehle ich und er gehorcht. Er … gehorcht.

Mit offenem Mund starre ich ihn an und versuche zu begreifen, was hier gerade passiert.

Ich dachte, die Tiere aus Emza würden mir nur gehorchen, weil ich sie erlöst habe. Dieses Wesen hier gehört nicht zu meinem Königreich, und doch tut es, was ich will.

Also hat das hier offenbar nichts mit meinem Emza-Erbe zu tun, sondern mit dem meines Vorfahren, Perseres, der die Göttin verführte und ihr Kind stahl. Er war ein Alb und hat schon vor den Göttern auf dieser Erde gelebt. Genauso wie die Tiere.

Ich fange mich und stehe wieder auf. »Bleib da!«, befehle ich und komme mir völlig verrückt vor, ein so mächtiges Tier zurechtzuweisen. Doch er befolgt meinen Befehl und ich gehe weiter, bis ich beim roten Turm angekommen bin.

Vorsichtig strecke ich die Hand aus und berühre das glühende Tor. Aber es verbrennt mich nicht. Ich schreite hindurch. Schreite einen steinernen, dunklen Gang entlang, bis ich eine gewundene Treppe erreiche. Meine Gedanken überschlagen sich. Ich musste den Tirrag nicht töten. Das gibt mir Kraft, um mich dem Monarchen zu stellen. Denn ich weiß, wie mächtig er auch ohne seine Gaben ist. Wie manipulativ sein gesprochenes Wort wirkt. In Trance steige ich hinauf.

Ich spüre Jeri irgendwo hier. Aber er ist nicht mein Ziel, also gehe ich weiter, bis ich vor einer Tür stehen bleibe und durch das Gitterfenster hineinblicke. Und da ist er. Der vereiste Körper des Monarchen. Ich hebe meine Hand und leite Eis in das Schloss. Es bricht und so kann ich eintreten. Ein letztes Mal berühre ich den eisigen Körper und suche nach seiner Seele oder seiner Wahrheit. Nichts.

Kurz schließe ich die Augen und atme ruhig ein und aus. Gehe all die Konsequenzen im Geiste durch, die meine Tat haben könnte, und entscheide mich, sie anzunehmen.

Ich bin bereit.

Ich hebe meine Lider und lasse Wärme und Leben durch meine Adern, in meine Hände und in seinen Körper fließen. Tränen laufen über mein Gesicht, während unter meinen Händen das Eis schmilzt und ich langsam seinen warmen Körper spüre.

Ich schließe noch einmal die Augen. Kann mir selbst nicht dabei zusehen, wie ich alles zerstöre, nur um den einen Mann wiederzubekommen, für den ich so tief fühle. Und ein Teil von mir weiß, dass Keeran mir nie ganz verzeihen wird, dass ich das Monster wiedererweckt habe, das ihm alles genommen hat.

Ein Lachen lässt mich schaudern. Ich keuche auf und muss den Drang unterdrücken, loszuschreien und zu weinen. Wie gerne würde ich hier und jetzt auf meine Knie sinken, mein Gesicht in den Händen vergraben und heulen wie ein Kind. Stattdessen hebe ich meine Lider und blicke in das lebendige Gesicht von Marruk Karis. Sein wahres Gesicht, das Monster, das Jarrusch und ich nach außen getragen haben, ist verschwunden. Er ist wieder der Alte. Die eisblauen Augen, die grauen Haare, der Bart. Das böse Glitzern in seinen Iriden.

»Phantom aus dem Hause Lakar«, sagt er und lacht erneut grausam auf. »Ich wusste, dass wir uns wiedersehen.«

Ich weiche zurück. Hass und Widerwille steigen mir in die Kehle.

»Womit habe ich diese Ehre denn verdient?« Seine Stimme bringt all das Leid zurück. All die Ausweglosigkeit, die ich damals gespürt habe, und doch straffe ich meine Schultern und schaue ihn ernst an. Natürlich lässt er sich nichts anmerken. Er weiß genau, warum ich hier bin. Und er wusste schon zuvor, dass ich ihn erwecken werde.

»Ihr wisst, warum ich hier bin. Aus diesem Grund habt Ihr mir doch damals gesagt, dass ich Keerans Erinnerungen mit Euch töten würde.«

»Eine Absicherung ist immer gut, Phantom. Zumal ich mich langsam gelangweilt habe. Wie ist es Euch ergangen, Herrscherin über Emza?« Er zeigt mir seine Zähne. Aber es gleicht eher einem Knurren als einem Lächeln. Er spielt mit mir. Nach unserem Kampf und seiner Niederlage spielt er trotzdem sein altes Spiel weiter.

»Wir reden nicht über mich«, gebe ich zwischen zusammengepressten Kiefern zurück.

»Soso …« Er legt einen Finger an sein Kinn. »Dabei wart Ihr so oft bei mir und habt verzweifelt versucht an meine Seele ranzukommen. Da habt Ihr eher schwach gewirkt.«

Ich knurre innerlich.

»Ihr werdet Keeran seine Erinnerungen zurückgeben.«

Er legt den Kopf schief. »Und was bekomme ich dafür?«

»Ihr?« Ich pruste. »Rein gar nichts.«

»In diesem Fall werde ich das nicht tun.«

»Ihr werdet …« Ich stürze mich auf ihn und halte ihm mein Messer an die Kehle, bis Blut hervorquillt. Ich wusste, dass er etwas verlangen würde, aber so begreift er, dass meine Bereitschaft, ihm etwas zu geben, nicht allzu groß ist.

»Tötet mich, Phantom, oder lasst mich wieder gefrieren. Doch dann sind die Erinnerungen weg.«

Ich setze eine kühle Miene auf. »Was, wenn ich sie mir einfach nehme?«, frage ich und packe seinen Arm. Suche nach den Erinnerungen, aber plötzlich schießt Macht durch mich hindurch. Ich schreie auf und werde nach hinten geschleudert.

»Was hast du gedacht, Sari aus dem Hause Lakar?«, spricht er mich jetzt direkt an. »Dass du gegen mich bestehen kannst?« Er packt seine Ärmel und reißt sie sich von den Armen. Demonstriert mir seine unzähligen Gaben in Form von Tätowierungen.

»Und doch habt Ihr mich noch nicht getötet.« Ich lache. »Also wollt Ihr etwas von mir.« Außerdem weiß ich, dass er nicht mehr seine volle Macht nutzen kann. Wir haben sie ihm genommen. Und auch er wird es früher oder später begreifen.

»Schlaues Phantom«, spottet er belustigt und beinahe stolz.

Ich muss ein Würgen unterdrücken.

»Ihr habt mir meinen Thron gestohlen.«

»Ihr wart nie der legitime Herrscher, Marruk.«

»Ich habe die Königsfamilien getötet und damit laut Gesetz legitim den Thron bestiegen. Merkt Euch das.«

»Und wir haben Euch besiegt«, entgegne ich und rapple mich auf.

»Ihr müsst einen Herrscher Run bestreiten.«

Ich entgegne nichts. Er weiß längst, dass ich es weiß.

»Und weiter?«, fordere ich, weil er die Pause zu sehr genießt.

»Mein Haus wird auch antreten.«

Ich lache und schüttle den Kopf. Aber sein Blick verrät mir, dass er das ernst meint.

»Nein!«

»O doch.«

»Ihr seid schon einmal gegen Keeran und mich angetreten. Wir wissen, wie das ausgeht.«

»Nicht ich. Mein Sohn wird als fünfter Herrscher ins Rennen gehen.« Er grinst siegessicher. »Mit dem Unterschied, dass, sollte er gewinnen, er als alleiniger Herrscher hervorgeht.«

»Nein«, fauche ich wieder. »Außerdem wissen wir beide, dass Jeri nicht dazu in der Lage ist. Er ist schwach. Was soll das also?«

Der Monarch lacht. Und ich hasse mich selbst dafür, ihn in meinem Kopf immer noch als den Monarchen zu betiteln.

»Ihr habt es all die Zeit nicht verstanden.«

»Was?«, entgegne ich genervt, weil er die Oberhand über dieses Gespräch gewinnt. Das darf ich nicht zulassen.

»Er hat Euch wirklich geliebt, Sari.« Alles in mir verkrampft sich. Vielleicht habe ich gedacht, Jeri würde mich lieben. Doch ich musste herausfinden, dass er auf der Seite seines Vaters kämpfte. Gegen mich.

»Das hat er nicht. Jeri hat mich verraten. Aber darum geht es hier nicht. Es geht einzig um Keerans Erinnerungen.«

Er schnalzt ermahnend mit der Zunge, verzieht den Mund und nickt. »Gut. Dann reden wir über Keerans Erinnerungen. Jerimias wird antreten. Und dafür erhält Keeran seine Erinnerungen zurück. Ihr habt es selbst gesagt. Mein Sohn ist schwach. Also, was habt Ihr zu verlieren?«

Ich schlucke schwer. Es bleibt das ungute Gefühl, dass der Monarch etwas weiß, das ich nicht sehe. Einen Trumpf im Ärmel hat, den ich nicht kenne. Aber Jeri hat keinerlei Chance gegen uns. Er ist gebrochen. Weil der Monarch zerstört hat, was er einst war. Und das wird er nicht auch noch mit Keeran machen. Das kann ich einfach nicht zulassen.

»In Ordnung«, willige ich ein, ohne wirklich zu begreifen, was ich da tue und wie sehr ich Alishan, Leoán und vor allem Keeran hintergehe. Das hier ist eine Entscheidung, die ich nicht allein treffen darf. Und doch ist sie besiegelt, sobald der Monarch und ich den Schwur leisten.

»Wirklich?«, fragt der Monarch und kommt näher. Dann streckt er mir seinen Arm entgegen.

Ich hole tief Luft und ergreife seinen Unterarm. »Ihr gebt Keeran, sobald wir bei ihm sind, seine Erinnerungen zurück. Und dafür darf Euer Sohn beim Herrscher Run antreten. Aber Ihr dürft nie wieder die Hand gegen ein lebendes Wesen erheben. Ihr werdet nie wieder herrschen. Verstanden?«

Der Monarch grinst. »Ich werde nicht erneut die Hand gegen Euch oder andere erheben. Ich bin nicht mehr stark genug. Das spüre ich. Dafür darf das alles Jeri tun und am *sover ran* teilnehmen. Und ja, sobald wir Keeran sehen, bekommt er die Erinnerungen, die ich ihm nahm.«

Ich nicke und blicke auf unsere Hände.

»*Tak es as oach*«, gleiten mir die Worte über die Lippen. Ich hebe meine andere Hand, balle meine Finger zu einer Faust und schlage mir dreimal auf die Brust. Der Monarch tut es mir nach.

Ich zucke nicht, als sich der Schwur in meine Haut brennt. Das Mal eines Versprechens, das ich nicht brechen kann. Selbst wenn ich es wollte. Auch der Monarch zeigt keine Regung. Obwohl seine Haut ebenfalls gebrandmarkt wird.

»Ihr kommt mit mir nach Kalipar und gebt ihm alles zurück.«

Er schnalzt erneut mit der Zunge. »So war nicht mein Wortlaut, Phantom.«

Ich stocke. Das kann nicht sein.

»Ich gebe sie ihm wieder. Doch ich entscheide, wann und welche Erinnerungen. Ich sagte ja nur, dass ich ihm die Erinnerungen gebe, die ich ihm nahm. Aber ich nahm ihm sehr oft Erinnerungen. Und Ihr habt nicht von allen Erinnerungen gesprochen.« Er legt erneut einen Finger an sein Kinn, als müsste er nach einer gerechten Lösung suchen. »Sagen wir, nach jeder eurer bestandenen Prüfungen bekommt er einen Teil zurück.«

»Ihr seid ein Monster!«, knurre ich voller Hass. Hass auf ihn, aber vor allem auf mich. Ich wusste doch, dass der Monarch nach Falltüren suchen wird. Und ich selbst bin hineingefallen.

»Ich?«, empört er sich und legt sich theatralisch die Hände auf die Brust. »Wir wissen beide, dass es nicht gestattet ist, einen anderen Herrscher hinterlistig zu töten während des Herrscher Runs. Also gehe ich nur auf Nummer sicher, dass Ihr Euch auch daran haltet.«

»Ihr werdet ihm einen Teil schon jetzt geben. Sonst brecht Ihr den Schwur.«

Er verzieht zustimmend den Mund. »In Ordnung, Kleines. Ich

gebe ihm all das, was vor eurer Begegnung passiert ist. Sein ganzes Leben. Nur du kommst später dazu. Das macht es doch tatsächlich spannend, nicht wahr?« Er grinst.

Ich zögere kurz. Doch was habe ich für eine Wahl? »Gut«, entgegne ich, und dann spüre ich ganz kurz Enttäuschung in ihm aufflammen. Er hat gehofft, mich damit mehr zu treffen. Aber das tut es nicht. Mehr, als dass ich will, dass Keeran sich an mich erinnert, will ich, dass er sich an sich selbst erinnert. Ich weiß, wie lange er schon nach seiner verschwundenen Vergangenheit sucht.

»Keine Angst, wie er sein wird? Was, wenn er vor dir ein Monster war?«

»Wir gehen«, knurre ich und drehe mich um. »Wenn ihr euren tollen Kämpfer Jeri sucht, der befindet sich ebenfalls in einer der Zellen.«

Der Monarch lacht überheblich und … ja, so als hätte er ein Ass im Ärmel. Schon wieder. Aber er macht keine Anstalten, Jeri zu befreien. Stattdessen folgt er mir zum Ausgang.

Als ich hinaus in die warme, aschige Luft trete, wird mir das erste Mal bewusst, dass ich nicht weiß, wohin. Aradas fliegt über uns am Himmel. Doch ich werde den Monarchen nicht aus den Augen lassen und auf meinem Greif werde ich ihn definitiv nicht fliegen lassen. Auch wenn wir Tage unterwegs sind.

Ich drehe mich noch einmal zu Marruk um und mustere ihn skeptisch. Er sieht abgeschlagen aus. Seine Kleidung ist lädiert vom Kampf. Und doch strotzt er nur so vor Stärke.

»Was ist mit Eurem Sohn?«

Er verengt seinen Blick und begutachtet nun meinen offenherzigen Auftritt. Ekel liegt in seinen Augen. Wahrscheinlich hätte er es am liebsten, ich wäre wieder verhüllt.

»Ich lasse ihn holen, wenn es an der Zeit ist«, sagt er ganz ruhig.

Bedacht. Etwas, was ich schon so oft an Marruk Karis beobachtet habe, um zu wissen, dass er etwas plant.

»Na, dann los«, fordere ich ihn auf und hebe mein Kleid an. Vielleicht hätte ich mir doch die Zeit nehmen sollen, mich umzuziehen. Gut, dass ich zumindest keine feinen Schuhe besitze und deshalb wie immer meine Stiefel trage.

»Und wie kommen wir an unser Ziel?«, fragt Marruk irritiert.

Wut kocht in mir hoch. Diese Stimme wollte ich nie wieder hören.

»Wir laufen«, gebe ich knapp zurück und setze meinen Weg fort.

»Und wo wollen wir hin?«

Ich stöhne und drehe mich genervt um. »Nach Raccara.«

Er hebt seine Brauen. »Der Weg ist lang.« Er sieht hinauf zu Aradas. »Mit ihm wären wir in kürzester Zeit da.«

Ich balle meine Hände zu Fäusten und stürze mich auf ihn. Hinter ihm brummt der Tirrag, der neben dem Turm liegt, als würde er meiner Wut folgen.

»Niemals werde ich Euch Bastard Aradas reiten lassen!«, schreie ich ihn an.

Er umfasst mein Handgelenk und sendet Schmerz durch meinen Körper. Aber er ist schwach, also löse ich mich von ihm und schlage ihm ins Gesicht.

»*Beca u yo, ai hat tu freice e!*« Meine Kehle brennt, als ich die Worte auf Albisch sage. Deinetwegen musste ich ihn einfrieren.

Er sieht mich gelassen an, während in mir ein Krieg tobt.

Ich rufe Aradas zu mir und bitte ihn darum, nach Kalipar zu fliegen und den anderen mitzuteilen, dass wir uns in Raccara treffen. Das ist von hier am nächsten und ich muss ihnen so schnell wie möglich mitteilen, was ich getan habe. Medisa wird die Nachricht in seinen Erinnerungen lesen können. Bei der Vorstellung, wie sie und die anderen darauf reagieren werden, steigt mir Galle die Kehle hinauf.

»Los!«, knurre ich Marruk an und gehe weiter. Obwohl er recht hat. Zu Fuß werden wir zu lange brauchen.

Ich schließe meine Augen, während meine Beine weiter gehorchen, und denke nach. Streife innerlich die Karte der vier Lande, bis mir ein kleines Dorf einfällt, das zwischen dem *res towe* und Raccara liegt. Sie haben sicher Pferde oder Wisente dort, die ich ihnen abkaufen kann.

Also wende ich mich Richtung Nordosten und gehe weiter, ohne zu Marruk zu sehen. Wir haben einen Pakt. Er kann ihn nicht brechen, also wird er mir folgen. Auch wenn er genauso gut wie ich weiß, dass ich vollkommen unüberlegt gehandelt habe. Und vielleicht wird mich das alles kosten.

••• ● •••

Wir erreichen das Dorf nur ein paar Stunden später. Am Horizont geht die Sonne auf und glitzert hinter den Strohdächern. Die Menschen hier beginnen gerade ihren Tag, und so entdecke ich Frauen mit Wasserkrügen, Männer, die ihr Vieh über den winzigen Marktplatz treiben, Händler, die Hühner in Käfigen stapeln, und Marktschreier, die auf die anderen Dorfbewohner warten.

Als sie uns erblicken, fallen einige von ihnen auf die Knie und preisen unsere Götter. Aber nicht meinetwegen. Nein, es ist Marruk Karis, dem sie Ehre erweisen. Mich hingegen mustern sie mit Abscheu.

Für sie ist er ihr Herrscher. Der Mann, der ihnen alles gegeben hat, was sie verloren glaubten, als die Nachfahren der Götter starben. Ihren Glauben und eine starke Hand, die sie leitete. Karis' ekelerregendes Grinsen macht das alles noch schlimmer. Dieses Volk wurde Jahrzehnte von ihm unterdrückt. So sehr, dass sie vergessen haben, für sich selbst und frei zu leben. Für sie nehmen wir Nachfahren ihnen ihr Leben und die Beständigkeit, die sie all die Jahre erlernt haben.

»Steht auf!«, befehle ich und sehe mich um, bis ich einen Mann mit Kaliperen erkenne. Schwarze, große Pferde, die schneller sind als alle anderen Tiere am Boden.

Ich gehe voran und mustere erst die Kalipere, bevor ich den Mann anschaue. Er selbst ist ein Kalipar. Dunkle Haare, dunkle Augen und er trägt die schwarzen Schmuckelemente des Königreichs des Kampfes.

»Ihr kommt aus Kalipar?«, frage ich und ernte einen unsicheren Blick.

»Seid Ihr die Erbin der Emza? Ich habe Zeichnungen von Euch gesehen«, sagt er geradeheraus und tritt einen Schritt zurück, als hätte er Angst vor mir.

»Ja«, antworte ich irritiert. Mir entgeht nicht, wie sein Adamsapfel springt, als er schwer schluckt. Immer wieder schaut er zu meinem Hals.

Unsicher hebe ich meine Hand und berühre meine Haut.

»Ihr seid eine Albin!«, stößt er hervor. Durch seine entrüstete, laute Stimme werden die Pferde unruhig.

Mein Finger gleitet über die Ranken, die nun von meinem Rücken bis zu meinem Hals gewachsen sind. Ich kann die Erhebung spüren und wage es nicht, auch noch meine Ohren zu berühren, denn etwas in mir weiß, dass ich den Schutz, den Keeran über mich gelegt hat, nun vollends verloren habe.

Keeran ist mir entglitten und damit dieses Band.

»Ich will Eure Pferde!«, versuche ich meine Unsicherheit zu überspielen. Der Mann wirft einen fragenden Blick zu Marruk.

»He! Hier spielt die Musik!«, fahre ich ihn an. »Ich gebe Euch ein Mal, durch das Ihr Euch die Münzen auszahlen lassen könnt.

»Und auf das Wort einer Albin soll man sich verlassen?«, fragt ein anderer Mann, tritt vor und spuckt vor mir auf den Boden.

Ich presse meine Lippen aufeinander. Beruhige meine Sinne, denn ich darf nicht reagieren. Affektiertes Verhalten würde sie nur noch mehr anstacheln. Und ich bin in der Unterzahl. Eindeutig.

»Ich bin die rechtmäßige Herrscherin von Emza!«, sage ich stark und sicher.

»Eine Albin? Niemals. Eure Vorfahren haben unsere Götter betrogen. Sich als Menschen verkleidet, sie verführt und anschließend ihre Kinder entführt!«, faucht der Tunis und funkelt mich so zornig an, als wäre ich diese Albin von damals.

Macht strömt durch meinen Arm und prickelt in meinen Fingerspitzen. Es ist Eis. Ich balle meine Hände zu Fäusten, um die Gabe unter Kontrolle zu bringen, aber es kostet mich alle Kraft.

»Wie heißt Ihr?«, fragt Marruk und lässt damit noch mehr Eis durch meine Venen strömen.

»Haras, Mylord«, antwortet er und senkt den Kopf zu einer kaum merklichen Verbeugung.

»Herr Haras, wir würden gerne die Pferde dieses Mannes kaufen. Ich befürchte, damit habt Ihr rein gar nichts zu tun.« Er tritt einen Schritt vor und Haras verbeugt sich tiefer. »Es ist unhöflich, sich in die Geschäfte eines anderen einzumischen. Tatsächlich ist es sogar untersagt. Ihr seid kein Ehrenmann.«

»Bitte entschuldigt mein Verhalten, Monarch.«

Ich atme tief ein, als er ihn so betitelt. Haras zieht sich zurück, aber nicht ohne mir noch einen angeekelten Blick zuzuwerfen. Am liebsten würde ich schreien.

»Wie viel wollt Ihr?«, frage ich den Händler erneut, bevor Marruk auch das in die Hand nimmt.

»Hundert Goldmünzen«, brummt er. »Und Ihr müsst speisen.«

Ich beiße mir auf die Zunge. Damit hätte ich rechnen müssen. Es gehört in den vier Landen dazu, dass man die Schenke des Dorfs aufsucht und speist, wenn man als Ortsfremder einen Handel abschließt. Meine Marra hat mir davon erzählt.

Dieser Brauch beruht auf einer alten Sage, in der es heißt, dass einst ein Mann auf einem Schimmel angeritten kam. Einem *wit ros*. Man sagt, dass diese weißen Pferde göttlich sind, weil nur in Nachnyl reines Weiß existieren kann.

Der Mann gelangte zu einem Dorf und wollte Nahrung erstehen, weil er bereits seit Wochen unterwegs war. Er hatte Goldmünzen bei sich, doch der Wirt lehnte ab und forderte das *wit ros* als Bezahlung für eine Speise, Met und eine Übernachtung.

Der Mann sagte ihm, dass er das Pferd nicht aufgeben könne, weil er eine Aufgabe zu erfüllen hätte, aber der Wirt ließ nicht locker.

So suchte der Mann den Marktplatz auf und ging einen Handel ein. Er kaufte einen Anhänger als Kette und zeigte sie dem Wirt. Denn belohnt wird, wer im Dorf etwas kauft. Es ist ein alter Brauch, der Reisende dazu anhält, das Dorf zu unterstützen. Doch auch da weigerte sich der Wirt. Also ritt der Mann weiter. Und noch in dieser Nacht wurden Blitze und Hagelkörner von den Göttern aus Nachnyl gesandt und zerstörten das gesamte Dorf. Töteten jede Seele. Seither ist es nicht nur Brauch, sondern Pflicht, dass jeder Fremde Speisen und Getränke erhält, sobald er einen Handel abschließt. Dafür wird dem Dorf eine reiche Ernte von den

Göttern geschenkt. Der Landwirt, der Händler, bei dem gekauft wird, und der Obra teilen sich dann den Erlös.

Wir könnten ablehnen, doch ich werde diese Menschen nicht in der Angst zurücklassen, die Götter würden sie bestrafen.

»Gut«, sage ich also und halte ihm meinen Arm entgegen.

Er zögert, bevor er meinen Arm ergreift und damit den Handel besiegelt. Kurz flackern Bilder vor mir auf. Ich erkenne eine Frau und ein Kind, das im Bett liegt und krank wirkt. Die Frau kniet neben ihm und weint.

Als der Mann seinen Arm wegzieht, sehe ich ihn durchdringend an. Wie gerne würde ich meine Hilfe anbieten, denn ich begreife, dass das seine Frau und sein Kind waren. Deshalb ist er hier, zusammen mit den Kaliperen. Er will Geld verdienen, in Landen, in denen die Pferde selten sind, um Medizin für sein Kind zu erwerben.

Und das kann er jetzt auch tun, denn das Zeichen, das sich auf seiner Haut befindet, kann er in den Hauptstädten bei den Schatzmeistern vorzeigen und wird sofort sein Gold erhalten. Danach wird das Mal verschwinden.

Nur Erben der Götter können diese Magie nutzen. Ich wusste davon, aber es ist das erste Mal, dass ich sie angewendet habe. Die Magie fließt immer noch wie flüssige Lava heiß und brennend durch meinen Körper. Ich muss all meine Konzentration und Willensstärke aufbringen, um sie zu beherrschen. Das hier ist neu und eine so große Macht, dass ich sie beinahe verliere. Doch ich kriege sie wieder zu fassen.

»Bitte!«, fordert er uns auf und deutet zu der Schenke am Rande des Marktplatzes.

Als ich eintrete, strömt mir stickige Luft entgegen. Der Raum ist dunkel und der Obra sieht uns irritiert an.

»Sie haben einen Handel abgeschlossen«, erklärt der Kalipar und deutet auf die Bar. »Gib ihnen, was sie verlangen.«

Der Obra nickt und kippt Met in zwei Krüge.

Marruk und ich setzen uns in eine Ecknische. Ich lasse den Monarchen nicht aus den Augen, obwohl sein Anblick Hass und Übelkeit in mir auslöst.

»Meinst du wirklich, dass Keeranath dir das verzeiht, Lakar?«, fragt Marruk, als der Obra uns die Krüge hingestellt hat und wieder verschwunden ist.

»Er wird es eines Tages«, gebe ich zurück und frage mich gleichzeitig, warum ich überhaupt antworte.

»Du weißt nicht im Geringsten, wer Keeranath mit all seinen Erinnerungen ist.«

»Er kann nicht so schlimm sein wie Ihr!«

Ein breites Grinsen legt sich auf seine Lippen.

»Er ist schlimmer«, haucht er dann ganz leise.

Meine Kehle schnürt sich zu. Ich darf ihm keinen Glauben schenken. Er will mich aus der Reserve locken, wie er es schon so viele Male getan hat. Aber das werde ich nicht zulassen.

Wieder erscheint der Obra und stellt Schweinshaxen vor uns auf den Tisch.

»Trinkt Euren Met und esst! Ich will hier weg.« Meine Stimme weist so viel Unsicherheit auf, dass der Monarch erneut lacht. Wie gerne würde ich sein Grinsen zum Sterben bringen. Ich lasse meinen Blick durch die Schenke schweifen und entdecke einen älteren Mann, der am Tresen sitzt und ein Soetbeer trinkt. Etwas in meiner Brust zuckt, denn dieser Mann weckt Erinnerungen an Varra.

Nachdem Keeran mich verraten und Jarrusch zum Monarchen geholt hat, hat er ihn ins *hospita* gebracht. Ich habe ihn einmal besucht, ein paar Tage nach dem Run, aber er hat mich wie immer nicht wahrgenommen und seitdem bringe ich es nicht mehr übers Herz.

Endlich haben wir die Mahlzeit hinter uns gebracht, und als ich mich gerade erheben will, schreit plötzlich jemand durch den Schankraum.

»Wo ist die Albin?« Ich senke meine Lider für einen winzigen Moment und wappne mich gegen Beleidigungen, doch als der Mann mich entdeckt, stürmt er auf mich zu und trifft mich unerwartet mit der Faust im Bauch. Ich keuche und suche nach meiner Fassung. Nach Luft. Er weicht ein wenig zurück und stellt sich mit erhobenen Fäusten vor mich. Als ich aufstehe und ihn anblicke, erkenne ich Tränen in seinen Augen.

»Alben haben vor Jahren meine Frau und Kinder getötet!«, schreit er und spuckt dabei.

Ich schüttle den Kopf, was ihn noch zorniger werden lässt.

»Sie kamen aus Anemoras!«, sagt er gebrochen. »Sie haben mein Dorf niedergebrannt!«

»Warum sollten sie so etwas tun?«, frage ich irritiert und halte Abstand.

»Weil sie Monster sind! Sie haben die Drachen benutzt!«

»Ich kann mir nicht vorstellen …«

»Hört auf, Ausflüchte für Euer Volk zu finden!«

Ich schüttle erneut den Kopf. Traurig, weil die Alben nicht mein Volk sind. So wie die Emza nicht mein Volk sind. Meine Heimat ist Arasá. Und nichts von dem bleibt mir.

Ich hebe meine Hand. Der Mann zuckt zusammen und schaut mit aufgerissenen Augen dabei zu, wie sich rote Asche durch jede Diele des Bodens drängt und in meiner Hand sammelt. Unsere Gaben lassen es zu, auch die Elemente der anderen Königreiche zu beherrschen, sobald wir uns in ihnen befinden. Zwar nicht so präzise und mächtig wie ihr eigener Nachfahre, aber es reicht, um Eindruck zu schinden.

»Sieh her. Ich bin eine Nachfahrin der Götter!«, sage ich fest und lasse die glühende Asche in meiner Hand herumwirbeln. Ich bin eine Herrscherin, und das sollen sie erkennen. Sie müssen begreifen, dass ich eine wahre Nachfahrin bin, wenn ich ihren Respekt will.

»Ihr seid eine dreckige Albin!«

Gerade als der Mann erneut auf mich losgehen will, packt ihn ein Vermummter von hinten und reißt ihn zu Boden.

»Es reicht!«, knurrt er und sieht auf ihn hinab.

Der Tunis rappelt sich auf, stiert mich noch ein letztes Mal an, spuckt vor meine Füße, wie auch der Händler, und verschwindet aus der Schenke.

Mein Blick wandert zu dem Vermummten. Ist er ein Phantom? Ganz langsam wendet er sich mir zu. Er trägt keinen Mundschutz und so kann ich eine riesige Narbe an seinem Kinn und seinen Lippen erkennen. Seine Gesichtszüge kommen mir … ja, bekannt vor. Seine Augen aber liegen im Dunkeln.

»Da bist du ja«, sagt der Monarch zufrieden und erhebt sich.

Ich verfolge die Szene, als wäre ich nicht anwesend, und dann hebt der Mann die Hände an seine Kapuze und streicht sie nach hinten. Blaue Augen schauen mich an. Ich erkenne sie sofort, auch wenn sich in ihnen etwas verändert hat.

»Jeri?« Mein Verstand begreift nicht, warum er hier vor mir steht. Und vor allem, warum ich das Gefühl habe, ihn das erste Mal, seit er zum Run aufgebrochen ist, wiederzusehen.

Ich lecke mir verständnislos über die Lippen, weiche zurück und schüttle den Kopf. Ich war bei Jeri. Im *casta de ahh.* Das hier ist jemand anders. Diese Narbe. Diese Augen. Diese Statur. Diese Brutalität und Seelenlosigkeit, die ich in ihm spüre.

»Du erinnerst dich?«, fragt der Monarch belustigt.

Jeri sieht mich kühl an. Sein Blick ist so fest auf mich gerichtet, als würde er gerade meine Seele lesen und nicht andersrum.

»Ich …«, stottere ich, nicht in der Lage, klar zu denken.

»Er hat dich so sehr geliebt, dass es Jahre gedauert hat, an Informationen über dich ranzukommen«, sagt der Monarch.

Sofort fallen mir die grausamen Bilder ein, die mir der Jeri im Kerker gezeigt hat.

»Und du hast dich nicht einmal genug um ihn geschert, um ihn von seinem Bruder unterscheiden zu können.«

Die Worte reißen ein Loch in meine Brust. Ich habe es gefühlt. Ab und zu und vor allem, als wir bei den Rebellen im Zelt zusammen waren, wusste ich, dass das nicht Jeri ist. Nicht der Mann, den ich kannte. Aber ich dachte, dass er sich einfach nur verändert hat. Mein Verstand wollte nicht begreifen, was mein Herz die ganze Zeit wusste.

Ich spüre heiße Tränen in meinen Augen

»Ich hatte mehr von dir erwartet, Phantom.«

Ich schlucke gegen den Schmerz in meiner Kehle an. Ein Brennen, das ich nicht stillen kann. Wieder und wieder schaue ich in Jeris Gesicht. Als wäre ich vorher blind gewesen.

Natürlich. Jeri wusste von Jarrusch. Warum habe ich mich erst so spät gefragt, weshalb er ihn nicht verraten hat, wenn er doch auf der Seite seines Vaters gekämpft hat?

Die Antwort ist so einfach. An der Seite des Monarchen habe ich nie Jeri gesehen, nie den Mann, den ich damals kannte, den ich verloren glaubte. Der Mann im Gefängnis hat mir Erinnerungen gezeigt, die nicht seine waren. Es waren Jeris Qualen.

Mein Kiefer verkrampft sich.

Ein Teil meiner Seele will den echten Jeri hier vor mir in die Arme schließen. Aber auch der Mann vor mir wurde vom Monarchen zu einem seelenlosen Wesen gemacht, so wie er es bei Keeran getan hat. Das spüre ich.

»Er ist stark geworden, nicht wahr?«, haucht der Monarch.

Jeri steht da wie eine Marionette. Und doch merke ich, dass er mich erkennt.

»Und wer war der andere Jeri?«, frage ich endlich.

»Naras, sein Zwillingsbruder. Ich wusste, dass es mir einen Vorteil verschafft, wenn niemand davon weiß. Seine Mutter hat diese Gene. Und Zwillinge sind, wie du weißt, sehr mächtig, verbinden sie ihre Kräfte. Also hielt ich es für angemessen, ein Ass im Ärmel zu haben. Und glaub mir, Naras war überglücklich, als er endlich aus seinem Versteck treten und leben durfte.«

Ich schüttle wieder den Kopf. »Aber er wusste so viel«, flüstere ich eher mir zu. Denn ich weiß längst, dass der Monarch das mit ihm getan hat, was er auch mit Keeran gemacht hat. So wie er die Erinnerungen des Geliebten von Alishan gestohlen und Keeran eingesetzt hat, so hat er seinem Sohn die Erinnerungen an mich genommen und dem anderen eingepflanzt. Ein perfider und dennoch perfekter Plan. Vor allem, weil ich einen Pakt mit ihm geschlossen habe, dass Jeri als Herrscher antreten darf. Und dieser Jeri hier wirkt, als könnte ihn kaum etwas besiegen. Sein Unterarm ist übersät mit schwarzen Adern.

»Bevor du in Tränen ausbrichst, kleines Phantom. Jeri hat dich wirklich sehr geliebt, wofür er bestraft wurde. Und doch hat er nie die Erinnerung an Jarrusch freigegeben. Bis heute nicht. Das war dein geliebter Keeranath.«

Bei dem Wort »Jarrusch« zucken Jeris Lider.

Mein Herz wird schwer. Er hat das alles über sich ergehen lassen. All die Jahre. Und hat Jarrusch nie verraten. Wie viel innere und körperliche Kraft muss das kosten? Wie viele Schmerzen muss man erleiden, um steuern zu können, welche Erinnerung der Schattenbringer oder die Wahrheitsbringerin nicht nehmen können?

Ich gehe einen Schritt auf ihn zu und hebe meine Hand. Selbst nicht ganz sicher, ob ich ihn berühren will. Aber er nimmt mir die Entscheidung ab und weicht zurück.

Ich schlucke mühsam.

»Wir gehen«, bestimmt der Monarch.

»Ihr habt nicht das Sagen«, entgegne ich mit gebrochener Stimme. Ich hasse den Monarchen noch mehr als zuvor. Nie hätte ich gedacht, dass das möglich ist.

»Dann sag doch du, dass wir losmüssen, Prinzessin«, raunt Jeri verächtlich. »Wenn dir das besser gefällt.«

Ich stocke, entgegne jedoch nichts, sondern gehe an ihnen vorbei hinaus aus der Schenke zu unseren beiden Kaliperen. Ich stütze mich an einen Pfosten und keuche. Panik, Unglauben, Trauer und so viel mehr ballt sich in meiner Brust zu einem Brennen. Einem so stechenden, atemlosen Schmerz, dass ich kaum denken kann. Als ich die beiden hinter mir höre, reiße ich mich wieder zusammen. Aber all die Gefühle bleiben und drohen mich zu zerquetschen.

»Du reitest mit mir«, weise ich Jeri an, bevor es der Monarch tun kann. *Der ehemalige Monarch*, verbessere ich mich selbst. Sie beide können nicht zusammenreiten. Also entscheide ich mich für das kleinere Übel.

Ich muss unbedingt herausfinden, wie Jeri überhaupt so schnell hier sein konnte und wie der Monarch es geschafft hat, ihm mitzuteilen, wo wir uns aufhalten.

Wir reiten den ganzen Tag, bevor wir die Grenzen von Tunis und damit den Wald erreichen. Die Kalipere sind wirklich schnell und ausdauernd, also reiten wir auch dann noch, als es bereits dunkel ist. Jeris Nähe ist seltsam für mich. Aber vor allem löst sie Schuldgefühle in mir aus. Er hat jahrelang meinetwegen gelitten. Und ich … ich habe nichts getan. Habe ihn vergessen. Einen anderen für ihn gehalten.

Vor uns ertönen Geräusche, und dann entdecke ich Licht. Rotes Licht. Und dahinter Red, von dem dieses Leuchten ausgeht. Er benutzt eine seiner Gaben, um den Wald zu erhellen. Hinter ihm erkenne ich Medisa und … Keeran. Sie wollen uns also vor Raccara abfangen.

Wir stoppen kurz vor ihnen. Ihre Augen scheinen nicht zu begreifen, wer meine Begleiter sind. Medisa ist die Erste, deren Maske fällt und tiefem Entsetzen weicht.

»Was hast du getan?«, keucht sie fassungslos.

Ich schwinge mich von dem Kalipere und gehe auf sie zu, doch sie weicht zurück. Auch Marruk und Jeri steigen ab.

»Was hast du getan, Sari?!«, schreit sie nun.

Red kommt auf mich zu. Alles an ihm strahlt eine so bittere Enttäuschung aus, dass mein Körper erbebt.

»Schön, euch wiederzusehen«, gibt der Monarch belustigt von sich. »Redian, Medisa«, sein Blick wandert zu den teilnahmslosen Augen von Keeran, »Keeranath.«

»Sari«, raunt Red und berührt meine Schulter. »Warum hast du das getan?« Sein Schwert aufrecht haltend mustert er den Monarchen, aber auch den deutlich veränderten Jeri.

»Du weißt, warum.«

»Verdammt, Sari. Denkst du wirklich, dass Keeran wollte, dass du dieses Monster erweckst? Du hast alles noch schlimmer gemacht.« Medisa fährt sich angestrengt über ihr Gesicht. »Du musst ihn wieder einfrieren! Und was zum Tunis ist mit Jeri passiert?«

»Das kann ich nicht. Und Jeri …« Ich bin nicht in der Lage, ihr in diesem Moment zu erklären, wer Jeri wirklich ist.

»Ich töte ihn hier und jetzt!« Sie zückt ihr Schwert.

»Nein!« Ich ziehe scharf die Luft ein. »Dann ist Keeran für immer verloren und …« Ich schiebe meinen Ärmel hoch und zeige ihnen das Mal unseres Paktes. Eine Schreibfeder, ummantelt von einem Band.

Medisas Augen weiten sich fassungslos, und dann beginnt sie zu schreien und tritt gegen einen der Bäume.

»Du dummes, naives Mädchen!«

Ich beiße die Zähne zusammen und sage nichts. Ich weiß, was ich getan habe, und ich wusste, dass ich sie alle damit hintergehe. Aber ich würde es wieder tun.

Medisas Blick richtet sich auf mich. »Du wirst es nie lernen, oder?«

»Was?«, gebe ich zurück und straffe meine Haltung, während der Monarch neben mir kichert wie ein Irrer. Am liebsten würde ich ihn selbst töten.

Jeri hingegen beobachtet die Szene beinahe so teilnahmslos wie Keeran. Als würde er all die Emotionen nicht verstehen.

»Dass du nicht immer nur für andere leben und handeln sollst, verdammt!«, antwortet Medisa und kommt auf mich zu. »Keeran hat mit dem Tod verhandelt, um dich zu retten, ja. Aber das war *seine* Entscheidung.«

»Und das hier war meine! Du kannst es nicht immer nur gutheißen, wenn Keeran über andere entscheidet. Vor allem über mich. Dann miss uns wenigstens mit gleichem Maß!« Ich zeige auf den Monarchen und Jeri. »Und der Pakt schließt ein, dass Jeri als fünfter Herrscher antritt.« Ich versuche meiner Stimme Sicherheit zu verleihen. Aber meine Maske fällt, als Keeran anfängt zu lachen. Düster und rau. Er legt einen Finger an sein Kinn und kommt näher. Mustert Jeri, und dann treffen mich seine schwarzen Augen.

»Und das hast du einfach mal so beschlossen, Lakar? Woher willst du wissen, ob das überhaupt geht?«

In mir gefriert alles zu Eis. Ich atme gegen die Starre an, die seine Gefühllosigkeit in mir auslöst. »Ja, das habe ich. Und du kennst Marruk Karis. Würde es nicht gehen, hätte er keinen Schwur geleistet.«

»Und du denkst, dass du diese Macht hast? Dass du uns alle überstimmen und hinter unserem Rücken handeln kannst?«

»Ich habe einen Pakt geschlossen. Einen Schwur geleistet, und durch meine Adern fließt göttliches Blut. Also ja, Keeran. Ich besitze diese Macht.«

Er hebt seine Brauen. »Also kann ich jetzt auch durch die Weltgeschichte laufen und mit irgendwelchen Leuten einen Pakt schließen, bis wir gegen hundert andere antreten müssen? Es ist nicht unser Schwur, sondern deiner. Und du hast diese Macht nicht.« Er lacht wieder. So verdammt herablassend. »Du bist immer noch das kleine naive Mädchen ohne Sinn und Verstand, das affektiert handelt.« Ich spüre den flammenden Zorn in seiner Seele. Mein Blick wandert zu seinem Arm, wo die schwarzen Adern zu glühen beginnen.

»Woher willst du das wissen, Keeranath?«, frage ich zwischen zusammengepressten Zähnen und funkle ihn zornig an. »Du hast mich doch vergessen!«

Er tritt näher und am liebsten würde ich zurückweichen. Seine Macht prickelt gefährlich in der wenigen Luft zwischen uns. »Was? Willst du mich jetzt verletzen? Mich umbringen?«

Er hebt wie in Zeitlupe seine Hand. Schwarzer Sand fließt um seine Finger und schwebt über seiner Handfläche. Dann lässt er sie sinken und schenkt mir einen abwertenden Blick. »Das ist es mir nicht wert, Lakar.«

Ich öffne meinen Mund, aber nichts verlässt ihn. Der Schmerz in meiner Brust ist einfach zu allumfassend.

»Wie auch immer«, bringe ich schließlich hervor und gehe an den dreien vorbei. »Ich muss Alishan und Leoán in Kenntnis setzen und sie darum bitten, meine Entscheidung zu verstehen. Sind sie im *res pale*?«

»Ja, sie sind deiner Aufforderung gefolgt. Also hast du jetzt doch begriffen, dass es nicht allein deine Macht ist?« Keeran hebt die Brauen.

»Wenn du verhindern willst, dass ich meinen Schwur einhalte, Keeran, werde ich dich nicht aufhalten«, sage ich ehrlich. Denn natürlich habe ich über ihren Kopf hinweg entschieden. Das hier ist kein göttliches Gesetz. Ich habe entschieden, dass wir vier unsere Macht aufgeben müssen, sollte Jeri als der Stärkste von uns hervorgehen, ohne überhaupt zu wissen, wie dieser Stärkste ermittelt wird. Und ja, es steht Keeran, aber auch Leoán und Alishan zu, es zu verweigern. Doch ich habe es für ihn getan.

»Ich begleite dich.« Jeris Stimme lässt einen Schauer über meinen Rücken laufen. Ich balle meine Hände zu Fäusten, nicke aber. Dann warte ich, bis sich Jeri auf den Kalipere geschwungen hat, und steige ebenfalls auf. Die Blicke der anderen treffen mich. Es ist vor allem die Enttäuschung in dem von Red, die mich schmerzt.

»Marruk!«, fordere ich den Monarchen auf.

Medisa stellt sich zwischen ihn und den Kalipere. »Ihn hier bewache ich ganz persönlich«, zischt sie und nimmt die Zügel, um den Rappen zu führen.

»Wir reiten vor«, sage ich dann und sporne das Pferd an.

Es dauert nicht lange, bis wir mitten in der Stadt am roten Palast ankommen.

Ich steige ab und ignoriere Jeris Körperwärme, aber vor allem das Gefühl, als sie verschwunden ist. Sie hat mir Sicherheit gegeben, nachdem meine Freunde mit aller Berechtigung nur mit Kälte auf mich reagiert haben.

»Wie ist dein Plan?«, ertönt Jeris tiefe Stimme.

Erinnerungen brennen in meiner Seele.

»Ich muss den Erben der beiden anderen Königreiche sagen, was ich getan habe.«

Er wirft mir einen beinahe schon mitleidigen Blick zu. Ich ignoriere ihn und schreite über den menschenleeren Marktplatz, bevor wir am riesigen Tor ankommen. Tief ein- und ausatmend lege ich meine Hand darauf und öffne es, bevor ich es mir anders überlegen kann.

Ich gehe hinein und frage direkt die erste Wache an der Tür, wo sich Alishan und Leoán aufhalten. Ich hätte warten können, bis ich meine eigene Tat reflektiert habe und nicht mehr so voller Emotionen bin. Aber ich kann nicht. Ich muss es ihnen jetzt sagen und offen bekunden, dass Jeri als fünfter Herrscher am Run teilnehmen wird, damit Marruk Keeran seine Erinnerungen wiedergibt.

Mein Blick wandert den goldenen Gang entlang zu einem Saal, aus dem Violinenklänge tönen.

Leoán muss bereits hier gewesen sein und ein paar Menschen zu Besuch haben.

Mit gestraffter Haltung gehe ich hinein und suche die beiden, bis ich sie gefunden habe und an ihren Tisch trete. Es sind nicht viele Menschen hier. Nur die, die sich oft in Leoáns Nähe aufhalten. Ihre Blicke streifen mich kurz. Aber sie stören sich nicht an meinem Äußeren.

Alishan allerdings nimmt genau wahr, dass ich immer noch dasselbe Kleid trage und wohlmöglich etwas verwahrlost aussehe. Dann wandert ihr Blick zu Jeri und verengt sich, als sie ihn erkennt. Leoán hingegen wirkt interessiert. Auch er stört sich nicht an meinem Erscheinungsbild.

»Ich habe den Monarchen erweckt und bin einen Pakt mit ihm eingegangen«, bringe ich es hinter mich und wappne mich innerlich.

»Und der sieht wie aus?«, fragt Alishan mit erhobenen Brauen.

»Jeri wird als fünfter Herrscher antreten. Sollte er gewinnen, wird er alleiniger Herrscher sein.«

Alishans verwunderter Blick wandert zu ihm und seiner drahtig starken Figur. »Wann hattest du im Gefängnis die Möglichkeit, dich im Kampf zu üben?«

Jeri räuspert sich und das erste Mal, seit wir hier sind, schaue ich ihn an. Seine Haltung ist stramm. Seine Arme liegen an seinem Rücken, und bevor er spricht, verbeugt er sich leicht vor ihr.

»Ich denke, dass hier ein Missverständnis vorliegt«, sagt er kühl und teilnahmslos. »Ihr habt nicht mich, sondern meinen Zwillingsbruder kennengelernt.«

Alishan sieht wieder mich an. Fast so, als würde sie mich dafür verurteilen, dass ich es nicht erkannt habe.

Jeri senkt erneut seinen Kopf zu einer Art Verbeugung.

»Und der Handel ist besiegelt?«, hakt Leoán nach. In seiner Stimme schwingt keinerlei Verachtung mit.

»Ja«, sage ich schuldbewusst.

»Dann soll es so sein.« Er nickt mir zu und Alishan tut es ihm gleich.

»Der Monarch hat auch mir viel genommen. Vielleicht hat so wenigstens Keeran die Chance, seine Erinnerungen zurückzubekommen«, haucht sie mit engelsgleicher Stimme. Dann mustert sie Jeri. »Es scheint, als hättest du ebenfalls einiges verloren.«

Er hebt eine Braue. »Nur Ballast.«

Die Worte sollten mich nicht treffen, aber sie tun es. Warum auch immer, denn ich bin genau dieser Ballast, von dem er spricht. Ich habe nicht einmal erkannt, dass nicht er vor mir stand, sondern sein Bruder.

Alishan bedenkt mich und meinen Aufzug mit Argwohn. »Hattest du das nicht bereits in Kalipar an?« Ich Blick wandert weiter, bis zu meinen verknoteten Haaren. »Du solltest dich etwas zurechtmachen«, sagt sie schließlich und winkt eine ihrer Mägde zu sich. »Bring sie doch bitte in mein Zimmer und zeig ihr meine Garderobe«, weist sie sie an und sieht mich auffordernd an, bis ich gehe und Jeri mit ihnen allein lasse. Ich höre noch, dass Leoán hinter mir die Leute darum bittet, in einen anderen Saal zu gehen.

Ich hatte nicht das Recht, Marruk zu erwecken. Aber ich habe es getan und nun müssen wir alle mit meiner Entscheidung leben.

Als ich den kleinen Saal in einem neuen Kleid und gebürsteten Haaren betrete, sind Keeran, Medisa, Red und Marruk bereits eingetroffen. Sie stehen zusammen mit Jeri, Leoán und Alishan an einem Tisch. Medisa wendet ihren Blick keine Sekunde von Marruk, während Red an dem hängt, was Alishan über die Lippen geht.

Ich schreite auf sie zu und stupse Red ganz leicht an. »Können wir später reden?«

Er verzieht den Mund. Ich spüre, dass er sauer ist. Nicht, weil ich es getan habe, sondern weil ich ihn nicht eingeweiht habe. Wahrscheinlich hätte er mir sogar geholfen. Ja, vielleicht hätte ich dann nicht blindlings einen Handel abgeschlossen, dessen Wortwahl dem Monarchen Zeit verschafft hat. Ich bin naiv und affektiert, genau wie Keeran es gesagt hat.

»Schön, dass du dem Gesindel Zugang zu diesem Schloss gewährt hast, Alb«, erhebt der Monarch seine Stimme. »Schade nur, dass ihr es bald wieder verlassen müsst.«

Leoán geht nicht auf ihn ein, Medisa allerdings wird von Sekunde zu Sekunde zorniger.

»Ich sperre ihn jetzt ein.« Sie packt seine Schulter. »Und vorher gibst du kleiner Bastard ihm seine Erinnerungen zurück.«

»Um dann eingesperrt zu werden?« Er lacht.

Medisa sieht mich an. »Gehört seine Freiheit zum Pakt?«

Ich schüttle den Kopf und sie lächelt den Monarchen an. »Also los!«

Ein Brennen durchfährt mich an der Stelle, an der das Mal des Paktes prangt. Und auch der Monarch zuckt leicht zusammen. Er wollte gegen den Pakt verstoßen, doch das Mal bestraft das. Würde er sich weiter weigern, würde es ihn töten und mich nur leicht verbrennen. Der Monarch knurrt und packt Keeran.

»Bitte sehr. Es wird dir nicht gefallen.«

KAPITEL 5

KEERAN

Ein Strom aus Bildern prasselt auf mich ein.

Ich erkenne meine Mutter und es ist, als würde ich sie das erste Mal sehen. Ich erblicke sie erneut. Diesmal aber ohne die Maske der Sterblichkeit. Sie ist wunderschön, ihre Haut glänzt und eine Ranke zieht sich über ihren Körper. Sie singt mir Lieder vor, streicht mir über das Haar und lächelt, während ich aus einem Buch vorlese. Sie ist liebevoll und warm und immer da.

Dann sehe ich Saralakis. Ich kenne sie seit ihrer Kindheit. Sie ist meine beste Freundin. Die Tochter von Emza und Perseres, dem Bruder unserer Königin. Ich sehe dabei zu, wie sie erwachsen wird, sich verliebt und bindet und ein Kind bekommt. Und plötzlich ist da Blut und sie stirbt in meinen Armen.

Die Erinnerungen erschlagen mich. Die Emotionen überrennen mich und ich weiß nicht, ob ich Liebe, Zuneigung, Schmerz oder Hass empfinden soll. Mein Kopf pocht. Mein Verstand ist nicht in der Lage, klar zu sehen, bis vor mir ein brennendes Schloss auftaucht. Es ist der Palast des schwarzen Sandes. Ich gehe hinein. Rauch erfüllt meine Lungen. Vor mir wird eine Tür aufgerissen.

Ein junger Mann tritt heraus und ich weiß sofort, wer er ist. Der Erbe des Kalipar. Auch wir sind verwandt. Und er begreift, warum ich gekommen bin. Seine Augen weiten sich.

»Bitte nicht«, wispert er und weicht zurück. Aber ich nehme seine Angst kaum wahr. Spüre und lese sie zwar durch meine Gabe in meinen Gedanken, doch es ist, als würde sie nicht ankommen. Ich nichts damit anfangen können. Als würde ich rein gar nichts fühlen. Da ist nur ein Befehl. Ein Satz. Töte ihn. Und das tue ich. Ich hole aus und schneide ihm mit meiner Macht eine schmale Linie in die Kehle. Er reißt die Augen auf. Blut sickert hinab. Er gurgelt. Sinkt zusammen und stirbt.

»Nein!«, brülle ich durch den Saal und will Marruk Karis von mir stoßen. Aber sein Griff bleibt unnachgiebig.

Ich erkenne Medisa, die hinter mir auftaucht. Ihr Blick auf den toten Königssohn gerichtet.

»Was hast du getan?« Sie schluckt schwer, packt mich jedoch irgendwann und löst mich damit aus meiner Starre.

Wir rennen. Laufen.

Vor mir erscheint der Orden von Muri. Der Tempel und der Hohepriester, der mich mit Gebeten von meiner Schuld befreit. Aber ich spüre, dass sie bleibt. Tief in mir. Auch jetzt ist sie noch da.

Und dann sehe ich eine Frau vor mir. Ich spüre Leben in ihr.

Der Monarch lässt mich los und grinst, als er mir in die Augen blickt. »Na, gefällt dir, wer du wirklich bist, Keeranath?«

Ich beiße die Zähne aufeinander und schaue zu Lakar. Ich kenne sie, doch niemand ist mir so fremd wie sie. »War es das, was du wolltest? Dass ich all diese schrecklichen Dinge sehe, die ich erleiden und tun musste?«, spucke ich ihr entgegen.

Sie zuckt zurück. »Du wolltest …«

»Maß dir nicht an zu entscheiden, was ich wollte!«

Sie blickt zu Boden und beißt sich nachdenklich auf die Unterlippe. Und obwohl diese Dunkelheit in mir sie verachten will, empfinde ich Schmerz dabei, sie so zu sehen. Sie ist müde und schwach. Aber vor allem ist sie gebrochen. Und da ist diese Angst in ihr, die sie mir förmlich entgegenschreit. Eine allumfassende Angst, mich zu verlieren. Und obwohl ich es nicht will, berührt es mich, dass sie das Monster, das ich bin, so sehr retten will.

»Keeran«, höre ich dann eine so vertraute Stimme, dass meine Brust kurz brennt. Ich schaue an Sari vorbei.

»Red!«, stoße ich hervor und schließe ihn in die Arme.

»Keeran«, sagt er ruhig, schiebt mich von sich und mustert mich mit Argwohn.

»Wie viel hast du gesehen?«

Ich schlucke schwer und versuche zwischen all den unendlichen Bildern einen Endpunkt zu finden. »Eine Frau kam in meinen Orden, den Orden von Muri, und ich spürte ein Kind in ihrem Unterleib.« Ich blicke zu Lakar, weil ich weiß, dass sie das Ungeborene war.

»Er hat ihm alles gegeben, bis zu dem Moment, wo er mir das erste Mal begegnet ist«, flüstert Sari so leise, dass ich es kaum hören kann. Es scheint eine Bestrafung des Monarchen zu sein.

Ich sage nichts. Stattdessen schaue ich Medisa an und nicke ihr zu. Sie war nie für Umarmungen zu haben.

Beide kannte ich bereits, bevor Saris Mutter in meinen Orden kam. Schon da waren sie meine Verbündeten. Trotzdem wirken ihre Blicke anders. Skeptisch und ein wenig zornig. Ich habe in den letzten Wochen nicht nur Sari von mir gestoßen, sondern auch sie.

Und dann fällt mein Blick wieder auf Sari.

»Können wir reden?«, fragt sie und kommt einen Schritt auf mich zu.

»Nein«, antworte ich und greife mir einen Met, das einer der Gäste hat stehen lassen.

»Bitte«, fleht sie.

Wut kocht in mir hoch. Ich atme tief ein und nicke dann. Sie geht sofort auf eine Tür zu, öffnet sie und wartet, bis ich bei ihr im Gang bin, bevor sie die Tür wieder schließt und schwer einatmet.

»Es tut mir so leid, Keeran.«

»Was tut dir leid?« Ich hebe meine Brauen. Ihre Ängste schwappen mir entgegen.

»Dass ich dir gesagt habe, ich würde nicht kämpfen. Ich werde für dich kämpfen.« Sie kommt näher und berührt ganz sanft meine Hand mit ihren Fingerspitzen.

Ich mustere ihre leicht glänzende Haut und das Mal an ihrem Hals. Dann sehe ich in ihre goldenen Augen und hinab auf ihren Körper.

»Ich will nicht, dass du um mich kämpfst«, sage ich irritiert. »Ich wüsste nicht einmal, für was.« Mein Kiefer verkrampft sich, als all die Bilder meiner Vergangenheit vor mir auftauchen. Ich wollte so lange wissen, wer ich war. Habe so lange nach der Wahrheit gesucht. Aber fast die gesamte Zeit über war ich nur eine mörderische Marionette.

»Es gibt so vieles an dir, wofür es sich lohnt, Keeran.«

Ich schließe kurz meine Lider. Ihre Finger streichen weiter über meine. Ich ergreife sie und schiebe ihren Körper gegen die Wand. Sie keucht erschrocken auf.

»Du bist schön«, sage ich. Ihre Augen weiten sich ganz leicht und sie schluckt hart. »Sehr hübsch und ansehnlich. Und dein Körper gefällt mir. Du bist nicht so mager wie manch andere Frauen.«

Sie leckt sich angespannt über ihre spröden Lippen.

»Und das war's?«, fragt sie mit sicherer Stimme. Fast so, als wüsste sie die Antwort bereits.

»Was willst du hören?«

Sie zuckt mit den Schultern. Aber ich weiß es. Sie will, dass ich sie liebe. Und das werde ich nicht. Sie liefert mir keinen Grund dazu.

»Dann gehen wir zurück«, flüstert sie und will sich aus meinem Griff lösen, doch ich halte sie fest.«

»Eins noch«, sage ich eindringlich. »Wenn du mich oder uns noch einmal derart hintergehst, werde ich dich töten.«

Sie lacht auf. »Du drohst mir? Du, der du mich immer und immer wieder betrogen hast?« Sie schüttelt verächtlich den Kopf.

»Es ist nicht mein Problem, dass du dumm genug warst, mir immer wieder zu vertrauen.«

Sie versucht erneut sich aus meinem Griff zu befreien. Ich halte sie fest.

Ihre Angst, mich zu verlieren, wird stärker. Aber da ist noch eine Angst. Die, sich zu befreien und damit meine Nähe und Berührungen zu verlieren.

»Das ist es also, was du willst?«, frage ich und lache. Sie sieht mich verwundert an. Ich lehne mich weiter zu ihr. So nah, dass sich unsere Lippen beinahe berühren. »Wie gesagt, du bist hübsch. Ich hätte nichts dagegen, wenn wir …«

In diesem Moment schießt Eis durch meine Venen. Ich lasse ihre Hand los und sie schlägt mir ins Gesicht.

»Bastard!«, faucht sie und will gehen.

Ich halte sie noch einmal auf. Und wie erwartet lässt sie es zu. Sie ist wirklich verdammt naiv.

»Ich werde dich nicht lieben, Sari aus dem Hause Lakar.«

Tränen steigen in ihre Augen und wieder spüre ich etwas in ihr.

Eine Erinnerung blitzt als Angst auf. Ein Satz. *Ich liebe dich, Sari aus dem Hause Lakar.*

Sie sagt nichts mehr, sondern dreht sich einfach um und geht.

Ich empfinde keine Reue. Da ist ein viel zu dunkler Schatten, der meine Seele bedeckt. Aber ich hoffe dennoch, dass sie es begreift und aufgibt. Auch wenn ich dafür etwas nachhelfen muss. Denn trotz allem ist da ein Teil in mir, der sie beschützen will und verehrt. Und das winzige Gefühl reicht, um nicht zu wollen, dass sie ein Monster wie mich liebt.

KAPITEL 6

Hamza, Passus III Tunis, Vers 4

Mit den Göttern kam die Glut. Sie verbrannte alles und ließ nichts zurück. Keine Natur, keine Elemente, kein Leben. Nur die Alben waren weiter in der Lage, ihre Natur aufrechtzuerhalten. So sammelte Tunis, als er auf die Erde kam, all das Blut aus dem Boden, das je vergossen worden war, und schmiedete aus ihm sein Reich. Viel mehr noch, er erschuf die Unterwelt. All das fehlende Blut in der Erde hinterließ einen Krater. Und so tränkte er diesen trockenen Lauf mit seinen Tränen und einte die Erde und die Unterwelt. Und der Bach, der aus ihm entstand, sollte fortan den Namen Sanguis tragen.

Nachdenklich sehe ich aus dem Fenster von Alishans goldenem Palast. Wir sind heute in Golassa angekommen, meiner Geburtsstadt, von der ich nicht mal mehr weiß, ob ich sie Heimat nennen sollte.

Hier findet das letzte Fest statt. Sieben Tage ist es her, dass ich den Monarchen erweckt und er Keeran einen Teil seiner Erinnerungen zurückgegeben hat. Nach unserer Auseinandersetzung ist er sofort nach Kalipar geritten. Jarrusch ist bei ihm geblieben und war an dem Tag gar nicht erst in Tunis. Und ich bin bei Leoán geblieben, nachdem Red mir sagte, dass Keeran ihn jetzt bräuchte.

Ich sammle mich und trete dann aus dem Zimmer in die langen Gänge, um den goldenen Festsaal aufzusuchen. Durch eines der riesigen Fenster erkenne ich die Kathedrale, in der ich mir damals meine Gabe der Wahrheitsbringerin habe nennen lassen. Es kommt mir vor, als wäre es ein Leben her.

Als ich mein Ziel erreiche, ist es ausgerechnet Keeran, dem ich als Erstes über den Weg laufe. Oder wohl eher, in den ich hineinrenne. Während er gerade mit einer jungen Frau spricht. Sein Blick verengt sich.

»Sari«, stellt er dann fest. Ich bin beinahe dankbar, dass er mich nicht mit Lakar anspricht.

»Entschuldige«, sage ich schnell und mustere die Frau. Sie wirkt wütend. Aber vor allem, weil Keeran jetzt mich anblickt und nicht mehr sie. »Du siehst … bedeckter aus.«

Ich schaue kurz an mir hinab. Alishan hat mir ein hellblaues Kleid herauslegen lassen, das zwar auch einen leichten Ausschnitt hat, doch nicht nur aus zwei Bahnen Stoff besteht.

»Soll das ein Kompliment sein?«, brumme ich.

»Ich weiß nicht. Es hat mir gefallen.«

Ich mahle mit meinen Kiefern. »Hat es das?« Seine Dunkelheit und sein Geruch umhüllen mich.

»Sari, ich wollte damit eigentlich sagen, dass du sehr gut aussiehst. Genießt du das Fest?«

Ich runzle die Stirn. »Ich bin gerade erst angekommen, Keeran. Hat Red dich darum gebeten, nett zu mir zu sein?«

»Ja, und ich habe ihm versichert, du magst es böse. Wie man sieht, hatte ich recht. Komplimente gefallen dir nicht.«

Ich atme tief ein und erinnere mich selbst daran, warum ich für ihn kämpfen will.

»Ich begrüße mal die anderen«, murmle ich dann und gehe, bevor ich zornig werde. Er hat es nicht verdient.

Langsam sehe ich mich um und entdecke bekannte Gesichter, aber auch Fremde. Einige Augen erkenne ich sofort. Kalter Schweiß rinnt mir über den Rücken. Es sind andere ehemalige Phantome hier. Phantome, die Steine auf mich warfen. Und obwohl ich weiß, dass sie keine Wahl hatten, kann ich ihre Blicke nicht ertragen. Dieselben Blicke, die damals auf meiner nackten Haut hafteten.

Tief durchatmend versuche ich mich auf die Stehtische und die goldene Dekoration zu konzentrieren. Ich bin mir sicher, dass die Feste von Arasá genauso gewesen sein müssen. Alles hier wirkt prunkvoll und fröhlich. Als würde man in diesem Gold baden.

»Wie ist es mit Keeran gelaufen?«, fragt Red, als ich bei ihm und Jeri ankomme. Jeri ist im Gegensatz zu Marruk frei. Ihn können wir nicht einsperren, aber er wird sicher sowieso in unserer Nähe bleiben, schließlich will er den Herrscher Run gewinnen.

Ohne ein Wort nehme ich Red den Met ab und leere ihn in einem Zug.

»Gut, das beantwortet es dann wohl.«

»Bitte ihn nie wieder, nett zu mir zu sein. Ich habe noch nie etwas so Gruseliges erlebt«, gebe ich zurück.

Red grinst. Mein Blick wandert zu Jeri, der mich nachdenklich ansieht. Er steht viel zu nah.

»Du wirkst betrübt«, raunt er. Es ist seltsam, ihn etwas so Einfühlsames sagen zu hören, und doch schwingen keinerlei Emotionen dabei mit. Keine Empathie. Aber wer ohne Empathie würde so etwas bemerken? Erinnert er sich also vielleicht doch noch an mich?

»Ich bin betrübt«, gebe ich zurück, weil alles andere eine Lüge wäre.

»Deshalb?«, fragt er und deutet auf Keeran, der gerade mit einer jungen Arasá redet. Viel eher flirtet.

»Nein.«

»Woran liegt es dann?«

Seine Stimme löst Wärme in mir aus. Ich habe mich immer noch nicht an diese Vertrautheit gewöhnt. Trotz der Kälte in ihr. Aber Naras, der falsche Jeri, hat genau diese Vertrautheit in den letzten Monaten nie bei mir ausgelöst. Und ich habe es nicht einmal hinterfragt. Ich bereue es so sehr, verachte mich so sehr dafür, dass ich mich zwingen muss, Jeri anzusehen.

»An allem«, sage ich schnell, weil ich bereits viel zu lange schweige, und gebe ihm ein Glas, um mit ihm anzustoßen.

Das Schankmädchen wirft ihm verstohlene Blicke zu. Aber ich kann es ihr nicht verübeln. Jeri sieht gut aus. Er sah schon damals, bevor er ging, gut aus, doch jetzt ist er ein Mann geworden. Sein blondes Haar ist dunkler und seine blauen Augen sind immer noch das Meer selbst. Er ist schön. Trotz der Narbe, die sich von seinem Kinn bis zu seiner Wange zieht.

»Ich …« Er atmet schwer. Ein Krieg tobt in ihm. Fetzen dieses Krieges schwappen aus seiner Seele zu mir herüber. Ich spüre, dass ihn etwas mit mir verbindet, er es aber nicht zu fassen kriegt.

»Alles ist gut«, sage ich behutsam und lege meine Finger auf seinen Arm. Er zuckt zurück und sieht mich fast schon zornig an. »Dein Varra hat dir zu viel genommen. Dazu hatte er kein Recht.« Allein der Gedanke an Marruk treibt mir einen Schauder über den Rücken. Medisa lässt ihn rund um die Uhr bewachen, obwohl sie in irgendwo eingesperrt hat, ohne mir den Standort zu nennen.

»Sprich nicht über ihn!«, fährt er mich an und trinkt einen großen Schluck des Mets.

Sein Blick wandert zu Keeran, der uns nachdenklich beobachtet.

»Ich wollte dich um einen Tanz bitten«, sagt Jeri dann mit einem verführerischen, aber auch bösen Grinsen auf den Lippen.

»Ich kann nicht tanzen«, entgegne ich erschrocken.

Jeri grinst wieder, nimmt mir das Glas ab und stellt es zusammen mit seinem zurück auf den Schanktisch, bevor er meine Hand ergreift und mich zu den anderen auf die Tanzfläche zieht.

Er nimmt meine Arme und legt sie sich auf die Schultern. »Folg einfach meinen Bewegungen, kleiner Schatten«, raunt er.

Ich zucke zusammen und starre ihn fassungslos an. Meine Brust beginnt fürchterlich zu brennen. Er hebt nur einen Mundwinkel. Kleiner Schatten. So hat er mich damals genannt.

Bevor wir uns kannten, habe ich ihn ständig in den Wäldern herumschleichen sehen und bin ihm schließlich gefolgt. Tagelang. Bis er mir irgendwann eine Falle gestellt hat, weil er schon die ganze Zeit von mir wusste. Deshalb hat er mich danach immer als kleinen Schatten bezeichnet. Damals habe ich es geliebt. Dieser Kosename gehörte nur mir.

Jeri beginnt sich ganz langsam zu bewegen und ich folge ihm. Seine Hand wandert zu meinem unteren Rücken und er zieht mich dichter zu sich. Immer wieder verliere ich seinen Blick.

»Was erwartest du zu erreichen, wenn du Keeran provozierst?«

»Du bist schlau.«

»Deine Blicke sind eindeutig. Also?« Wir folgen weiter der Musik.

Jeri beißt sich kurz auf seine Unterlippe. »Du leidest, Sari.«

Ich verenge meine Augen. »Ist das so?«

»Ja, so ist es. Ich kann es spüren.«

»Gibt es eigentlich auch nur einen einzigen Menschen auf der Welt, der keine Gabe hat, um Menschen in ihre Köpfe zu sehen?«, frage ich resigniert.

»Dafür brauche ich keine Gabe, kleiner Schatten. Ich erkenne es in deinen Augen und deiner Haltung, wenn er in deiner Nähe ist. Ich spüre es, als wäre es mein eigener Schmerz, denn obwohl ich bestimmte Dinge vergessen habe, haben sie mir nicht alles genommen. Und ich kenne dich. Ich wusste schon damals, wann dir etwas auf dem Herzen lag.«

Ich schlucke schwer und bin nicht in der Lage, etwas zu erwidern. Meine Kehle schnürt sich zu.

»Ich muss nicht verstehen, warum ausgerechnet er dein Herz erobert hat und besitzt, aber ich mache ihn nervös. Also … wenn ich ihn auch nur ein kleines bisschen aus der düsteren Ecke holen kann, in die sich sein Herz verzogen hat. Dann tue ich das. Für dich.«

Mein Gewissen beißt zu. Und trotzdem will ich, dass er weiß, wer Keeran wirklich ist.

»Er ist mehr, als du glaubst. Und das da …« Ich schaue kurz zu Keeran. Sein Blick sprüht vor Zorn. Fühlt er also doch noch etwas für mich? Oder ist das hier nur ein persönlicher Kampf mit Jeri? »Daran bin ich schuld. Er hat für mich mit dem Tod verhandelt.«

Jeri verzieht den Mund. Fast als würde er lachen. Und ich beginne mich zu fragen, warum ich ihm das eigentlich erzähle.

»Sieht so aus, als würdest du meinen Schutz brauchen.«

Ich grinse. »Nein. Er wird mir nichts tun.«

Er erwidert mein Lächeln und blickt dann zu Red, der jetzt bei Keeran steht. »Ihn hat der Tod nicht verändert, nicht wahr?«

Ich schüttle den Kopf. Marruk muss ihm von seinem Tod erzählt haben. »Red wusste vorher, wer er war. Er war stark. Er hatte uns und sich selbst. Keeran wusste kaum etwas. Er war nicht in der Lage, der Dunkelheit entgegenzutreten. Obwohl er der stärkste Mensch ist, den ich kenne. Aber er musste sich so sehr auf das verlassen, was seine Seele fühlt, gerade weil ihm die Erinnerungen fehlen.«

»Ist er es wert, dass du so viel Schmerz empfindest, wenn du über ihn sprichst?«

»Ja«, gebe ich rasch zurück. »Er hat mich immer wieder gerettet. Ohne ihn wäre ich längst tot. Und ich befürchte, ich habe mich nie richtig bedankt.«

»Also ist der Pakt mit meinem Varra dein Dank.«

Ich atme tief ein. »Ein bisschen. Doch vor allem finde ich, dass es jeder verdient hat, seine eigenen Erinnerungen zu besitzen. Auch du.« Ich sehe ihn fest an. Er hält meinem Blick stand. Dann flackert etwas in seinen Augen auf. Sein Griff wird fester.

»Ich bin froh, dass du jemanden hattest, der dich beschützt hat, als ich es nicht mehr konnte.«

Schmerz. Das war es, was ich gerade gesehen habe. Meinetwegen wurde er von seinem Vater in dieses Camp gebracht. Meinetwegen wurden ihm die Erinnerungen genommen. Meinetwegen hat er gelitten, um diese eine Erinnerung nicht preiszugeben, und er steht hier und empfindet Schmerz, weil er mich in der Zeit nicht beschützen konnte. Dabei war ich es, die ihn nicht beschützt hat.

Ein Räuspern reißt mich aus dem Sog, in den Jeri und seine Gefühle mich gezogen haben.

»Jerimias Karis, es ist unhöflich, eine hübsche Dame den ganzen Abend zu beanspruchen.« Keerans düstere Stimme legt sich wie eine Gänsehaut über mich.

Jeri tritt zurück und hebt beschwichtigend seine Hände.

»Sie hat mich in ihren Bann gezogen und die Zeit vergessen lassen«, sagt er und wirft mir einen verstohlenen Blick zu, kurz bevor er zwinkert. »Ich gebe gerne an dich ab, Keeran aus dem Hause Kalipar.«

Steif stehe ich da und versuche zu begreifen, warum ich nicht will, dass er geht und mich mit Keeran allein lässt. Aber er verschwindet und Keeran tritt vor mich.

»Lasst ihr alte Gefühle aufleben?«

Erst starre ich ihn nur an, und dann lache ich. Bitter und schmerzerfüllt. Alte Gefühle aufleben lassen. Das ist das Stichwort. Nur dass es bei Keeran keinen Sinn hat.

Er kommt näher und legt seine Hände an meine Hüften. Ich lege meine auf seine Schultern und fühle mich kurz, als wäre ich in einem Wald. Als wäre ich frei, als ich seinen Geruch einatme.

»Bist du bereit für den Herrscher Run?«

Ich schenke ihm ein Lächeln und gebe ihm dieselbe Antwort wie vor ein paar Wochen, als er gerade wieder erwacht war. »Kann man dafür bereit sein?«

»Im Moment fühle ich mich, als hätte ich alle Schrecken der Welt gesehen«, sagt er ehrlich, nahbar. »Aber vielleicht liegt das daran, dass all diese Erinnerungen auf einmal auf mich eingeprasselt sind.«

»Du bist stark. Das warst du schon ohne diese Erinnerungen.«

»Vielleicht war ich es auch, weil sie gefehlt haben. Denn diese Erinnerungen zeichnen das Bild eines Mannes, der immer nur getan hat, was andere ihm auftrugen.«

»Das ist nicht länger dein Schicksal.«

Er lacht heiser. »Es fühlt sich wie gestern an.«

»Du bekommst mehr. Du musst nur die erste Prüfung bestehen, und dann wird Marruk dir mehr geben.«

Er nickt. Doch es wirkt nicht so, als wollte er wirklich wissen, wie seine Geschichte weiterging. Unsere Geschichte.

Den Rest des Liedes schweigen wir. Es gibt so vieles, was ich gerne noch sagen würde. Es fühlt sich wie die letzte Gelegenheit an, weil niemand von uns weiß, ob uns der Run trennen wird. Aber bei den Prüfungen werde ich da sein. Und er. Und der Monarch wird ihm einen Teil von unserer Geschichte wiedergeben müssen.

••• ● •••

Wir beenden den Tanz und Keeran verbeugt sich leicht, bevor er geht.

Ich bleibe noch einen Moment auf der Tanzfläche stehen und versuche zu atmen. Aber die Blicke der Adeligen machen es mir unmöglich, also entscheide ich mich zu gehen.

Als ich auf den Flur trete, wartet Red bereits auf mich. Angelehnt an der Wand, mit verschränkten Armen, mustert er mich, als hätte er gewusst, dass ich nach diesem Tanz flüchten werde.

»Ich hätte dich einweihen sollen«, sage ich und verziehe entschuldigend den Mund.

»Hättest du«, gibt er mir recht und stößt sich von der Wand ab. »Aber du bist eine Einzelkämpferin. Das hast du so gelernt.«

»Es war eine Kurzschlussreaktion«, gebe ich zu. »Und doch würde ich es wieder tun.«

Er nickt. »Du solltest ein wenig schlafen, Sari. Diese Feste sind sowieso immer gleich und sterbenslangweilig.« Seine Stimme nimmt diesen väterlichen Unterton an, wie so oft in den letzten Monaten, wenn ich nachts nicht schlafen konnte.

Ich nicke und folge ihm dann durch den Gang, bis wir bei meinem Zimmer ankommen.

»Schlaf gut, Kleines«, raunt er und drückt mir einen Kuss auf die Stirn.

Ich warte, bis er verschwunden ist, bevor ich eintrete und direkt zum Schrank gehe. Ich habe keinesfalls vor zu schlafen. Etwas zieht mich nach draußen, in meine alte Heimat. Also öffne ich die Türen. Ein schwarzer Anzug wie der des Tahills fällt mir in die Augen und ich ziehe ihn an, nachdem ich das Kleid losgeworden bin.

Dann verlasse ich mein Zimmer und schließlich den Palast.

Ich sehe noch einmal zurück. Mein Blick gleitet über den goldenen Sand, den Alishan zum Glänzen gebracht hat, und über den riesigen Palast, den sie daraus erbaut hat. Er wirkt wie ein Märchenschloss aus den Büchern von Jarrusch. Wahrscheinlich, weil sie und er mehr gemeinsam haben, als man manchmal sieht. Auch sie war jahrelang eingesperrt und hatte nichts als Bücher.

Golassa liegt in nächtlicher Ruhe vor mir. Mein Herz fühlt sich zu Hause. Ich trete auf den Marktplatz, auf dem gerade einige wenige ihre Stände zusammenräumen.

Meine Gedanken schweifen zu dem letzten Tag vor meinem Run, als ich genau hier Getreide und ein Buch für Jarrusch gekauft habe. Ich vermisse alles hier so sehr, dass ich kaum atmen kann. Dann sehe ich hinauf zur Kathedrale und setze mich in Bewegung.

Wie damals betrete ich das Haus der Wahrheitsbringerinnen. Mein Blick landet auf einem vermummten Mann, der vorne auf den Holzbänken sitzt, aber ich beachte ihn nicht weiter. Und doch ist es, als wäre ich seinem Ruf gefolgt. Ich schüttle den Kopf. Das kann nicht sein. Ich will auf ihn zugehen, doch etwas in mir verbietet es und drängt mich zu dem verschleierten Gang.

»Sari aus dem Hause Lakar«, ertönt eine flüsternde Stimme hinter dem Vorhang. Es ist dieselbe Stimme von damals.

Ich schiebe die Vorhänge zur Seite und trete ein. Die Frau ist allein, sitzt auf dem thronartigen Stuhl und wirft mir einen liebevollen Blick zu.

»Warum bist du hier?«

Ich atme tief ein. Ich weiß es selbst nicht. Hier sollte ich mein Leben verbringen. Als eine von ihnen, eine Wahrheitsbringerin im Auftrag des Monarchen. Aber nun, da er gestürzt ist, gibt es niemanden mehr, der mich an diesen Ort zwingen kann. Vor allem nicht, weil ich eine Nachfahrin der Götter bin und mich dem *sover ran* stellen muss.

»Möchtest du eine Gabe erhalten?«

»Ist der Preis dafür noch immer eine Erinnerung?« Ich weiß, dass sie sie genommen haben, um dem Monarchen alles zu geben, was wichtig sein könnte. Aber ich weiß mittlerweile auch, dass die Wahrheitsbringerinnen die Wahl haben, ob sie Erinnerungen nehmen.

»Ja.«

»Was passiert mit ihnen? Jetzt, da der Monarch entmachtet ist.«

»Wir bewahren sie.«

»Warum nehmt ihr sie überhaupt?«

»Für das Gleichgewicht«, sagt sie ruhig und ernst zugleich.

Ich schüttle den Kopf. »Das ist … nicht richtig. Die Erinnerungen, sie gehören nicht euch.«

»Nein. Doch jeder Mensch kann sich dagegen entscheiden, sich eine Gabe nennen zu lassen.«

Ich balle meine Hände zu Fäusten.

»Du bist aber aus einem anderen Grund hier, Sari. Ich sehe, dass du das Mal der Alben trägst.«

Ist es vielleicht das Mal, das mich ausgerechnet hierhergebracht hat? »Was bedeutet es?«

»Warum hast du das nicht den Alben namens Leoán gefragt? Die Frauen seines Volkes tragen es ebenfalls.«

Ich schlucke schwer. Ich wollte es nicht. Das ist die einzige Begründung.

»Der Shadbrig«, sagt sie mitfühlend. »Er entfremdet sich.«

Ich nicke. Dabei will ich sie eigentlich verbessern. Denn er hat sich bereits vollends entfremdet.

»Also, was willst du wissen, Sari? Was dieses Mal auf deiner Haut zu bedeuten hat oder wie du es wieder loswirst?«

»Beides?« Ich verziehe unsicher den Mund.

»Das fragst du mich? Hör in dein Herz.«

»Ich … will es nicht loswerden. Ich will nur Keeran nicht verlieren.«

Sie deutet auf ein Sitzkissen vor sich und ich nehme Platz.

»Du kannst mit diesem Mal Großes bewirken, Sari aus dem Hause Lakar. Es ist der Schlüssel zu der Identität eines ganzen Volkes. Nur die Alben selbst sind imstande, es zu lesen und Kraft daraus zu schöpfen.«

»Und wie?«

»Das kann nicht einmal Leoán dir erklären. Es ist etwas, was in dir wachsen muss. Und du musst es annehmen. Du bist eine Halbalbin. Das ist dein Schicksal. Der Shadbrig hat dich nur so lange davor geschützt, wie du diesen Schutz auch nötig hattest.«

»Aber wie kann ich Keeran wiederbekommen? Werden seine Erinnerungen an mich ihn zurückbringen?«

Sie schüttelt den Kopf. »Das allein reicht nicht.« Sie löst ihren perlenbesetzten Mundschutz. »Er kann dich nicht lieben, weil er sich selbst nicht liebt. Viel mehr noch. Er verachtet sich. Er hat mit dem Tod verhandelt. Und der hat ihm einen Teil seiner Seele genommen. Dunkelheit ist zurückgeblieben. Und diese Dunkelheit wird ihn entweder zerstören oder mächtiger machen denn je.«

»Wird er dunkel bleiben?«, frage ich resigniert und verletzt.

»Vielleicht solltest du dich fragen, ob es nur er ist, der seine dunkle Seite nicht lieben kann.«

»Ich lie…« Die Worte bleiben mir im Halse stecken. Ich kann es nicht sagen. Immer noch nicht. Hat sie also recht? Bin ich nicht fähig, ihn so zu lieben, wie er jetzt ist?

»Finde dich. Deinen Weg, deine Bestimmung. Und entscheide dann, ob du ihn liebst.«

Ich nicke und stehe auf, als sie ihren Mundschutz wieder schließt und schweigt. Doch bevor ich gehen kann, erhebt sie ein weiteres Mal ihre Stimme. »Ich werde dir eine Gabe schenken, Sari. Und keine Erinnerung dafür nehmen. Du bist eine Schwester und jemand möchte, dass du sie erhältst.«

»Wer und was ist mit dem Gleichgewicht?«

»Es kann wanken. Und den Namen darf ich dir nicht verraten, aber du wirst ihn erfahren. Derjenige meint es gut mit dir. Glaub mir.« Sie lächelt unter ihren Perlen. »Tritt näher.«

Ich folge ihrer Aufforderung und spanne meinen Körper an, während ich vor ihr auf die Knie gehe. Sie legt ihre Hand an meine Schläfe und schiebt erneut ihren Mundschutz zur Seite.

»Deine Gabe, Sari, Erbin von Emza und dem König der neuen Welt …« Sie stutzt, als sie fühlt, welche Gabe in mir schlummert. »Deine Gabe ist die Glut.«

»Die Glut?«, frage ich irritiert und warte auf eine Erklärung.

Ihre Augen sind geschlossen und bewegen sich unter ihren Lidern unruhig hin und her. So als würde sie etwas sehen.

»Das kann nicht sein«, raunt sie. Ihre Stimme wirkt ängstlich, weshalb ich am liebsten zurückweichen will.

Dann öffnet sie ihre Augen und in diesem Moment flammt Schmerz an meinem Arm auf. Ich zische. Das Mal brennt sich in meine Haut. Ein Kreis mit einer Art Flamme in sich.

»Sari … die Glut ist sehr gefährlich«, sagt die Wahrheitsbringerin, schaut sich um und zieht mich dann zu sich.

»Du musst …« Wieder stockt sie. »Meine Vorfahren verbieten mir, darüber zu sprechen. Frag ihn!«

»Wen?«

»Den Shadbrig«, flüstert sie ganz leise.

»Aber es ist eine helle Gabe«, will ich mich wehren.

Die Wahrheitsbringerin schüttelt den Kopf. »Sprich mit ihm! So schnell du kannst!«

Gehorsam nicke ich und rapple mich auf. Ich will nicht mehr hier sein. Ehrlich gesagt frage ich mich, warum ich mir überhaupt eine weitere Gabe habe nennen lassen.

Als ich hinaustrete, blicke ich noch einmal zu der Bank, auf der der vermummte Mann saß, doch er ist verschwunden. Draußen fühle ich mich verfolgt. Sehe mich immer wieder um. Mein Kopf dröhnt. Meine Augen brennen und tränen. Was ist los mit mir? Was bedeutet die Glut?

Ich renne die letzten Meter zum Schloss. Das Fest ist bereits vorbei, also sprinte ich die Treppen hinauf, laufe an den Türen vorbei, bis ich Keerans Seele hinter einer spüre. Ich warte einen Moment, höre in mich hinein, bis ich mir sicher bin, dass er allein ist, und klopfe.

Keine Antwort, und doch trete ich ein. Ich erwarte, dass Keeran schläft, aber er sitzt halb liegend auf dem Bett und mustert mich mit seinen schwarzen Augen. Sein Oberkörper ist nackt und demonstriert in all seiner Pracht seine unfassbare Macht. Die Adern, die sich bis zu seiner Brust ziehen. Den Wolfskopf, das Mal der Shadbrigs, und die unzähligen Wappen und Male auf seinem linken Arm.

»Ich erinnere mich nicht, dich hereingebeten zu haben.«

Ich sage nichts, sondern versuche meinen Ärmel hochzuschieben. Doch das Mal ist zu hoch, weshalb ich das Oberteil hinunterziehe. Sein Blick ruht auf meinen Brüsten, die nun nur noch von einem schmalen Tuch verdeckt sind, das meine Brüste hält.

»Was bedeutet das? Die Trubrig sagte, es sei die Glut.«

Keeran legt den Kopf schief und winkt mich dann näher zu sich. Als ich neben ihm am Bett ankomme und mich setze, beginnt mein Herz laut zu schlagen. Seine Hand wandert zu meinem Oberteil und zieht es ein wenig runter. Seine Fingerspitzen fahren über meine Haut und diese winzigen Berührungen brennen sich in meine Haut. Ich erschaudere. Spüre seine Finger selbst dann noch an den Stellen, als er längst weitergezogen ist. Alles in mir will mehr davon.

Er mustert den Kreis mit der Flamme und die albischen Symbole in ihm.

»Wie kommst du darauf, dass ich etwas darüber weiß?«

»Sie hat es gesagt.«

Er verengt seinen Blick und legt nun seine Handfläche auf das Mal. Auch er scheint etwas zu sehen. Mein Puls rast. Sein Geruch betäubt mich, weil er sich so nach zu Hause anfühlt.

»Das ist seltsam«, murmelt er dann und sieht mir tief in die Augen.

Mein Herz sticht zu. Unerbittlich. Es ist das erste Mal seit Langem, dass er mich so tief ansieht. So intensiv, als könnte er meine Seele in meinen Augen erkennen.

»Sari, die Glut«, raunt er und ich begreife, dass nichts Gutes kommen kann, wenn er mich bei meinem Namen nennt. »Sie ist das Ende der Welt. Das große Feuer.«

»Das große Feuer? Das aus der Hamza?«

Er nickt. Und ich erinnere mich an die Stelle aus Tunis' Passus.

Kurz bevor die Götter die Erde betraten, hat sie ein großes Feuer heimgesucht und fast gänzlich zerstört. Aus der Asche des Bluts hat Tunis dann sein Königreich erbaut.

»*Embre wi brig das*«, sagt er und sieht mich ernst an.

Ich verstehe seine Worte. Die Glut wird den Tod bringen.

»Aber was wird sie töten?«

Keeran zieht die Luft ein und streicht noch einmal über das glühende Mal. »Ich weiß es nicht.«

Ich nicke und will mich erheben, doch er hält mich fest. »Warum bist du das Risiko eingegangen, den Monarchen zu erwecken, nur um mir meine Erinnerungen zu geben?«, fragt er und rückt ein Stück weiter aufs Bett, damit ich mehr Platz habe. »Dachtest du, dass wir dann wieder …«

Ich unterbreche ihn. »Vor allem wollte ich, dass du sie hast. Sie gehören dir.«

»Und ich bin so viel wert?« Er wirkt beinahe, als könnte er nicht glauben, dass er das ist.

»Das bist du. Ich verdanke dir so viel. Mein Leben. Du hast mich immer wieder gerettet, als ich zu schwach war. Wenn das nur einen Funken davon gutmacht, reicht mir das.«

»Ich habe schreckliche Dinge getan, Sari.«

»Ich kann dir helfen, dich ihnen zu stellen.«

Er schüttelt den Kopf und verschließt die leichte Trauer und Reue, die in seiner Seele aufgeflackert sind, vor mir.

»Ich denke, dass du etwas wissen musst.«

»Was?«

»Ich habe mit Red geredet.«

»Und weiter?«, frage ich, bevor mir die Stimme versagt.

»So, wie wir zueinander stehen … standen. Hast du eine Wahrheit aus meiner Vergangenheit verdient.«

Ich halte den Atem an. Ich will alles über Keeran wissen. Aber ich wollte, dass er in diesem Moment auch alles über mich weiß und mir freiwillig davon erzählt. Jede Geschichte, die durch Narben in seinem Gesicht und an seinem Körper verewigt ist. All das, was ihn zu dem gemacht hat, was er ist. Ich wollte, dass er es mit mir teilt, wenn er so weit ist, und nur, weil er mich liebt. Jetzt klingt es beinahe, als wollte er mir zeigen, wie grausam er doch ist, um mich von sich zu stoßen.

»Bist du dir sicher?«

Er nickt und berührt ganz sanft meine Schläfe. »Du weißt, was ich dafür tun muss?«

In mir verkrampft sich alles. Er wird mich küssen, um mir diese Wahrheit, diese Erinnerung zu zeigen. Es ist seine Gabe. Und ich will nichts mehr als das. Aber nicht so. Und doch ist es ihm wichtig, dass ich es weiß, also nicke ich.

Seine kühlen Finger wandern in meinen Nacken. Wie in Zeitlupe beugt er sich vor. Ich schließe die Augen und spüre seine Lippen auf meinen. Ich will mehr. Würde ihn am liebsten an mich ziehen. Doch dann blitzen Bilder vor mir auf und ich bin nicht mehr ich.

KAPITEL 7

Hamza, Passus II Arasá, Vers 310

Mit der Weisheit kommt die Macht und mit der Macht kommt die Gier. Auf ewig wird dieser Hunger in den Menschen existieren. Ein Hunger nach Macht. Nach Liebe. Nach körperlicher Befriedigung. Nach mehr und immer mehr.

Das Licht der Weisheit ist zwar rein. Aber es fördert auch zutage, was nie gesehen werden sollte. Was nicht gesehen werden will. Es zeigt uns die Fratzen der Wahrheit und eint uns.

Vielleicht erst dann, wenn wir erkennen, dass wir alle diese Maske tragen. Dass uns allen, die die Weisheit in sich haben, etwas innewohnt, das weder gut noch böse ist. Weder richtig noch falsch. Es ist nur das, was wir alle sind. Uns selbst am nächsten.

Goldene Augen durchbohren mich. Mordlust tanzt darin mit Machtgier. Sie ist meine Herrin. Die nächsten zwanzig Jahre. Der Pakt ist geschlossen. Sie hat mich meinem vorherigen Herrn abgekauft.

»Ihr dürft auf Euer Zimmer gehen und Euch umziehen.« Die Königin von Arasá, Alana, begutachtet meinen langen Mantel. »Etwas Vornehmeres. Ich möchte Euch ab sofort immer in meiner Nähe wissen. Und heute Abend haben wir Gäste.«

Ich nicke und entferne mich von ihrer einnehmenden Ausstrahlung. Die goldenen Augen, das goldene Haar. Diese wunderschönen vollen Lippen. Sie ist die geborene Nachfahrin der Göttin Arasá.

Als ich zum Abendmahl in den Speisesaal trete, begrüßen mich zwei weitere Adelige. Ein Mann, der mich mit Argwohn mustert, und eine Frau, eindeutig eine Emza, die nicht ihre Augen von mir lassen kann. Der Blick meiner Herrin verdunkelt sich.

»Nalia!«, ermahnt sie sie bissig.

»Was?«, entgegnet sie selbstsicher und grinst mich an. Etwas in mir regt sich.

»Er ist mein Shadbrig! Stell dich hinten an.«

»Ist ein Shadbrig jetzt automatisch ein Liebhaber, Alana?« Nalia lacht ausgiebig und trinkt dann von ihrem Met.

»Setz dich, Keeranath!«, befiehlt meine Herrin und deutet auf den Stuhl neben ihr. Gegenüber von Nalia, deren Wangen sich röten, als mein Blick auf ihr landet.

»Wo habt Ihr vorher gedient?«, fragt sie mich. Neben mir ballt meine Herrin die Hand zur Faust.

»In Kalipar.«

»Oh, bei Kandor? Er ist ein Scheusal«, winkt sie unbeschwert ab. Als könnte ihr keine Silbe, die über ihre Lippen gleitet, etwas anhaben. Als wäre sie übermächtig oder übermütig. Eins von beidem.

Ich sage nichts. Wir alle wissen, dass ich kaum Details über die letzten zwanzig Jahre beim Herrscher der Kalipar kenne. Sie wurden mir genommen. Wie auch all die Erinnerungen zuvor.

»Ich muss ein paar Angelegenheiten im eduacamp klären. Dürfte ich mir deinen Shadbrig ausleihen, Alana?«

Meine Herrin hebt empört ihre Brauen. »Bist du von allen Göttern verlassen?«, faucht sie wie ein Tier, das ihre Beute beschützen will.

»Ach, Alana«, haucht Nalia liebevoll. Aber das ist nur das Oberflächliche. Eine Drohung schwingt in ihren Worten mit.

»Willst du mir wirklich etwas verwehren?«

Meine Herrin presst die Lippen aufeinander. Sie muss sich einige Sekunden zusammenreißen, bevor sie den Kopf schüttelt.

»Wie lange brauchst du meinen Shadbrig?«

»Ich wollte heute Abend aufbrechen und morgen zurückkehren. Schließlich bleibe ich ja eine Weile bei dir, bis sich meine Familie beruhigt hat.«

»Gut«, gibt die Königin von Arasá von sich und spießt die Haxe auf ihrem Teller auf.

Nach dem Essen weist mich Nalia sofort an, zu ihrer Kutsche zu gehen. Ich gehorche. So wie immer.

»Es dauert nicht allzu lange. Morgen früh müssten wir da sein. Ich besitze feinste Kalipere«, sagt sie, als sie zu mir in die Kutsche steigt und ihren Rock so legt, dass ich einen Blick auf ihre nackten Beine werfen kann.

»Gefällt Euch, was Ihr seht, Keeranath?« Ihre Stimme strotzt vor Selbstbewusstsein.

»Es sind nackte Damenbeine. Natürlich gefallen sie mir«, gebe ich kühl zurück. Ich weiß, was sie vorhat. Sie will mich verführen. Mir sind viele Erinnerungen genommen worden. Doch ich besitze welche von dem ein oder anderen Beischlaf mit einer Frau. Sie wollen alle dasselbe. Sie wollen nicht einfach nur mich. Nein. Sie wollen meine Macht.

»Wie würde es Euch gefallen, mehr von mir zu sehen, Keeranath?« Sie betont meinen Namen erneut. Als wollte sie mir zeigen, dass sie eine persönliche Bindung zu mir hat. Als wäre mein Name etwas, das mir Bedeutung verleiht. Aber das tut er nicht. Ich weiß nicht einmal, wer ihn mir gegeben hat.

Sie hebt ihr Kleid weiter an. Lust flammt in mir auf. Diese Frau ist anders. Mir imponiert ihre Art. Mir gefällt, wie sie selbst eine so mächtige Herrscherin wie meine Herrin in ihre Schranken gewiesen hat. Und vor allem gefällt mir ihr Körper.

»Ihr wollt einen Beischlaf? Hier in dieser Kutsche? Obwohl ich das Eigentum der Königin bin?«

»Eigentum«, winkt sie ab und schüttelt den Kopf. »Ihr seid niemandes Eigentum, Keeranath!« Sie beugt sich zu mir und schiebt meinen Ärmel hoch. »Ihr seid so verdammt mächtig!«

Ich hebe meine Brauen und fixiere sie. Spüre die Berührung an meinem Arm. Ihre Fingerspitzen, die meine Adern nachfahren.

»Ihr könntet diese Welt beherrschen!«

»Ich will diese Welt nicht beherrschen, Nalia«, sage ich ruhig und benutze mit voller Absicht ihren Namen, obwohl es mir nicht gestattet ist.

»Das wollt Ihr.«

»Ach ja?«, hake ich nach und lehne mich zurück.

Sie kommt näher. Ihre Hand streicht mir eine Strähne aus dem Gesicht. »Ich verrate Euch ein Geheimnis, Keeranath. Aber dafür müsst Ihr etwas für mich tun.« Sie stupst meine Lippen an und lächelt.

»Und das wäre?«, frage ich desinteressiert. Mich reizt ihr Geheimnis nicht. Doch ich will wissen, was sie von einem Shadbrig will.

»Ihr tötet Alana.«

Ich lache. »Ich töte meine Herrin nicht. Ich schütze sie vor Menschen, die das tun wollen. So wie Ihr.«

Sie stimmt in mein Lachen ein, als wäre das alles nur ein Witz. Aber ich bin treu. Zumindest, was das Geschäft angeht.

»Ihr werdet es tun. Früher oder später.«

»Und warum? Was habt Ihr davon?«

Sie zuckt mit den Schultern. »Als meine Familie mich ausgestoßen hat, habe ich einen Pakt mit einem Mann geschlossen, der sehr mächtig ist. Und wir werden eine neue Welt erschaffen.«

»So?« Ich lache erneut.

»Das Problem, Keeranath, ist, dass das Geheimnis, das ich über dich weiß, ihm alle Karten in die Hand spielen würde. Aber das ist nicht meine Absicht. Ich will nicht, dass er zu mächtig wird.« Sie legt die Höflichkeitsform ab. Kein gutes Zeichen.

»Ich werde meine Herrin nicht töten.«

»Schön, dann unternimm nichts, wenn ich es tue.« Sie greift mir in den Nacken und zieht mein Gesicht zu sich.

Ich schüttle den Kopf. Wieder grinst sie. Überheblich. Mächtig.

»Warten wir den Morgen ab. Ich werde Euch davon überzeugen, meine Wünsche zu erfüllen. Die geschäftlichen. Und die anderen.«

Ich beuge mich vor. Ganz langsam, bis ich sie im Nacken packe und an den Haaren zu mir ziehe. »Unterschätzt mich nicht, Nalia«, raune ich dicht an ihrem Ohr. »Und vor allem denkt nicht, ich wäre schwach, nur weil ich einer Herrin gehorche.«

Sie sieht erstaunt aus. Aber dann ändert sich ihr Gesichtsausdruck und sie presst ihre Lippen auf meine. Verlangen kocht in mir hoch, also gebe ich nach. Berühre ihr nacktes Bein und lehne mich über sie.

Ich blinzle, reiße mich los und starre Keeran entsetzt an. »Ist es das, was du mir zeigen wolltest? Was du mit irgendwelchen Frauen getrieben hast?«

Keeran hebt seine Brauen. »Ich kann nicht wirklich beeinflussen, wie viel ich dich sehen lasse, Sari. Ich bin kein Wahrer, wie Medisa es ist. Meine Gabe beschränkt sich darauf, dir eine Wahrheit zu zeigen. Und offenbar gehört das dazu.«

Ich hole tief Luft. »Ich will das nicht mit ansehen.« Meine Stimme ist leise, aber stark.

»Ich werde mir Mühe geben.«

Er kommt wieder näher. Mein Herz schlägt dumpf gegen meine Brust, kurz bevor er meine Lippen berührt und ich erneut in seiner Wahrheit, seiner Erinnerung abtauche.

Wir laufen über die rote Asche von Tunis. Weiter hinten am Horizont erkenne ich die ice montar von Emza. Das Ausbildungscamp vor uns liegt mitten im Wald versteckt und nur nach und nach erkenne ich das Ausmaß des Lagers. Das Gefühl lässt mich nicht los, schon einmal hier gewesen zu sein.

»Kommt es Euch bekannt vor?«, deutet Nalia meinen Blick und spricht mich wieder förmlich an.

Ich entgegne nichts, vor allem weil sie dieses wissende Lächeln auf ihren Lippen trägt. Stattdessen sehe ich mich um. Erkenne einige Kampfplätze und Hütten.

»Ihr wart schon einmal hier«, sagt sie dann etwas enttäuscht, weil ich nicht die neugierige Reaktion gezeigt habe, die sie sich gewünscht hat.

»Ihr habt einen jungen Kämpfer für Kandor ausgesucht.«

»Ist das so?«, entgegne ich gelangweilt und folge ihr weiter durch den Wald, bis wir vor einem Platz zum Stehen kommen, auf dem ein Dutzend Jungen kämpfen. Mein Blick fällt auf einen jungen Rothaarigen. Vielleicht zwölf Jahre alt.

»Erkennt Ihr ihn?«

»Es kann wohl kaum der Junge sein, den ich für meinen Herrn ausgesucht habe.«

»Klug«, sagt sie. Ich verkneife mir ein Stirnrunzeln. Das war ziemlich eindeutig. Und doch kenne ich diesen rothaarigen Burschen. Er löst etwas Seltsames in mir aus. Einen Beschützerinstinkt.

»Der Tunis sollte ausgesucht werden, aber Ihr habt Euch für einen anderen entschieden. Man behauptet, um ihn zu schützen.«

»Und warum sollte ich das tun?«, frage ich. Wahrscheinlich war er einfach noch nicht so weit. Selbst jetzt ist er kleiner als alle anderen und kämpft nicht gerade gut.

Nalia zuckt mit den Schultern. »Ihr hattet etwas für Redian übrig. Man sagt sich, Ihr habt ihm Narben genommen, die er auf der Haut trug.«

Ich verenge meinen Blick, als eine Erinnerung zu mir vordringen will. Aber sie ist nicht greifbar. Trotzdem ruft eine Stimme in mir, dass sie die Wahrheit sagt.

»Ihr wurdet bestraft und Redian wurden die Erinnerungen daran genommen.«

»Warum erzählt Ihr mir das?« Ich wende meinen Blick von dem Jungen ab und sehe sie ernst an. »Keine Spielchen!«, fordere ich.

»Gut, dann sage ich es geradeheraus.« Sie nickt und verzieht anerkennend den Mund. »Ich habe lange gesucht, um ein Geschöpf zu finden, das Euch nicht ganz kaltlässt, Keeranath. Und ich bin fündig geworden.«

»Ihr wollt also diesen Jungen töten, sollte ich meine Königin nicht töten?« Ich lache. Keiner würde je mehr meine Loyalität genießen als meine Herrin. Nicht einmal ein unschuldiger Junge.

»Ich habe mir gedacht, dass Ihr so reagiert, und aus diesem Grund habe ich noch einen weiteren Jungen gefunden. Ich habe ihn eigenhändig herbringen lassen. Sein Lauf ist dieses Jahr. Er hat bereits eine Verlobte, die nächstes Jahr den Lauf antreten wird.«

Sie deutet auf einen jungen Mann, der am Rand des Kampfplatzes steht und den Jungen Anweisungen zuruft.

»Zet«, gleitet mir der Name wie selbstverständlich über die Lippen. Mein Herz fühlt etwas. Dieser Junge dort ist erst achtzehn

Jahre alt und dennoch weiß ich, dass wir uns schon lange kennen. Dass wir uns bereits kannten, als wir noch Kinder waren.

»Ihr wart es, Keeranath. Ihr habt den Lauf der Dinge für ihn geändert und ihn zurück ins Leben geholt.«

Mein Kiefer verkrampft sich. Die Erinnerungen sind nicht greifbar, doch dann berührt Nalia meine Schläfe.

»Für diese Erinnerungen habe ich einen hohen Preis gezahlt«, sagt sie, bevor ich alles sehe.

Zet und mich als Kinder. Wir laufen durch einen wunderschönen Wald. Wir werden älter. Wir sind verbunden. Beste Freunde. Und dann werden wir achtzehn und Männer kommen. Wir verteidigen uns. Wir kämpfen, doch Zet stirbt. Und ich weiß, was ich zu tun habe. Ich muss mit Tunis verhandeln. Ich muss ihn retten. Aber dafür brauche ich Zeit und einen Plan.

Jahrelang warte ich darauf, bis der Tag gekommen ist und ich ihn erwecke. Doch der Tod verlangt immer einen Preis. Er muss sich an das Leben eines anderen binden.

Ich blinzle und schaue Nalia an. Schmerz strömt in meine Seele und mein Herz. Das erste Mal seit Langem, dass ich etwas aus meiner Vergangenheit spüre.

»An wen habe ich ihn gebunden?«, frage ich geradeheraus. Denn diese Erinnerung hat sie mir nicht gezeigt. Aber ich bin mir sicher, dass sie es weiß. Sie droht mir nicht damit, Zet zu töten, nein. Sie wird die Person töten, an deren Leben er gebunden ist, und ihn damit zu einem seelenlosen Wesen in einem menschlichen Körper machen.

»Das werde ich dir nicht verraten und das weißt du.«

»Und ich kannte die Person?«, versuche ich mehr Informationen aus ihr herauszubekommen. Zet ist gerade einmal achtzehn Jahre alt. Seine Wiedererweckung kann nicht lange her sein. Warum also

wurde mir diese Erinnerung genommen, wo ich mich doch all die Jahrhunderte zuvor offensichtlich genug an ihn erinnert habe, um ihn retten zu wollen.

»Es ist vor vier Jahren passiert«, beantwortet sie meine unausgesprochene Frage.

Mein Kiefer verkrampft sich. Also habe ich Kandor hintergangen und während meines Dienstes bei ihm einen Menschen zum Leben erweckt. Und er hat mir die Erinnerungen daran genommen.

»Es ist seine zukünftige Frau, nicht wahr?« Es ist eher eine Feststellung, denn Nalia hätte mir nicht von der Verlobung erzählt, wäre sie nicht wichtig für die Geschichte. Ihr bedeuten Menschen und ihre Verbindungen nichts, solange sie keinen Vorteil für sie bergen.

»Das ist sie. Aber sie ist rebellisch. Ich bin gespannt, wie lange sie leben wird, wenn du den Handel akzeptierst. Eine kleine Chance besteht.«

Ich atme die glühende Luft von Tunis ein und wende mich ihr zu. Zet ist alles, was ich habe. Vor allem jetzt, da sie mir die Erinnerungen gezeigt hat.

»Was soll ich tun?«

Nalia grinst. »Du wirst Alana töten. Und dann wird ein Mann kommen und dich zu seinem obersten Shadbrig ernennen. Du wirst ihm gehorchen, komme, was wolle.«

Ich verenge meinen Blick. Sie spielt ein doppeltes Spiel. Mit ihr einen Handel einzugehen gleicht Selbstmord. Und doch habe ich keine andere Wahl.

»Und wann ist die Zeit gekommen?«

Sie kommt näher, mit fließenden, eleganten Bewegungen, und berührt meinen Arm. »Wenn die Zeit gekommen ist. Einverstanden mit dem Handel?«

Ich will knurren, reiße mich aber zusammen und nicke stattdessen.

»Tak es as oach.« Und in diesem Moment spüre ich das brennende Mal unseres Paktes an meinem Arm.

KAPITEL 8

Hamza, Passus I Kalipar, Vers 650

Der sover ran sollte die Götter alles kosten. Doch mehr noch als ihre Kraft forderte es ihre Ehre.

Kalipar begriff, dass Emza bereits fort war, und sah nur die eine Möglichkeit. Geleitet von Arasás Worten brach er sein oberstes Gebot und hinterging jemanden, der ihm wohlgesonnen war. Und diese Tat würde ihn auf ewig verfolgen.

»Zet«, flüstere ich, als Keeran von mir ablässt und die Bilder verschwimmen. »Zetario«, wispere ich dann den Namen meines Vaters. Ich habe viele Fragen. Doch sie alle bedeuten nichts, denn ich begreife, dass mein Varra seit Marras Tod wirklich verschwunden ist. Für immer.

»Es tut mir leid«, sagt Keeran ehrlich. Aber er kann am wenigsten dafür.

»Danke, dass du ihn zurückgeholt hast. Und … dass du ihn erneut schützen wolltest«, flüstere ich. »Hast du die Königin getötet?«

Er nickt und sieht mich mit einem seltsamen Blick an. Er spürt, was ich spüre. Dieser Moment ist so verdammt vertraut und gleichzeitig auch nicht.

»Und was war mit Nalia?«

»Ich …«, er atmet schwer, »… weiß nur, dass ich sie, bevor diese Frau in meinen Orden kam – laut Red deine Mutter –, oft gesehen habe. Immer wieder.«

»Auf romantische Weise?«, erkundige ich mich.

»Ja«, antwortet er knapp und beobachtet meine Reaktion. »Und ja, obwohl sie mich erpresst hast.« Er verzieht den Mund, weil er die Frage in mir gelesen hat.

»Hast du sie geliebt?«

Er schweigt und wendet seinen Blick ab, um die Decke zu begutachten. »Ich denke schon.«

Ich versuche mir kein Urteil zu bilden. Trotzdem verletzt es mich. Vielleicht, weil ein Teil von mir will, dass er sich an das erinnert, was uns verbindet, und nicht daran.

»Wir sollten ein wenig schlafen«, unterbricht er plötzlich die Stille.

»Gut.« Ich stehe auf.

»Du bist gekränkt«, stellt er fest.

Ich lache herzlos. »Natürlich bin ich das. Aber du könntest genauso gekränkt sein.«

»Warum? Weil ich sie geliebt habe? Ihr nah war? Und das, obwohl ich Hass für sie empfand?«

Ich senke meinen Blick, weil ich schmerzhaft feststellen muss, dass wirklich ein Teil von mir genau darauf wütend ist. Dass er sie trotz der Verachtung und dem, was sie getan hat, bei sich haben wollte. Und mich nicht. Aber etwas anderes kränkt mich mehr. Etwas, das ich, so gut es geht, in der hintersten Ecke meines Herzens versteckt habe. Und jetzt und hier und nach all dem, was ich in seinen Erinnerungen gesehen habe, bin ich zu schwach, es weiter zu ignorieren.

»Schlimmer ist für mich, dass ein Teil in mir geglaubt hat, du würdest bei unserer ersten erneuten Begegnung dasselbe fühlen wie bei unserer ersten Begegnung damals in meiner Hütte.«

Er bewegt ganz leicht den Mund hin und her. »Und was schließt du daraus?«

»Dass du mich damals nicht geliebt hättest, hättest du gewusst, wer du wirklich bist. Das ist es, was mir wehtut. Weil es unumstößlich ist. Selbst wenn du dich eines Tages daran erinnerst, mich geliebt zu haben. Dein wahres Ich tut es nicht. Wir haben uns kennengelernt, als du nicht wusstest, wer du warst. Damals hast du dich in mich verliebt. Derjenige, der du jetzt bist – tut das nicht.«

Er sagt nichts, und doch bleibe ich stehen.

Und dann räuspert er sich. »Alles, was ich will, Sari, ist, dass wir diesen Herrscher Run bestehen. Gemeinsam. Und du danach ein neues Leben beginnen kannst.«

Ich nicke mit zusammengepressten Lippen und verlasse den Raum. Er hält mich nicht auf. Aber es ist auch nicht so, als hätte ich damit gerechnet.

Auch in dieser Nacht finde ich wenig Schlaf, doch dieses Mal sind es die Gedanken an den Run, die mich wach halten. Und auch noch begleiten, als ich eine Woche später auf meinem Bett in Emza sitze. Heute ist es so weit, wir müssen zum *tempe de muri* reisen, um dort vom neuen Hohepriester die Zeilen aus der Hamza zu hören, die nur ihm und uns Herrschern vorbehalten sind. Wir werden gesegnet und geweiht. Erhalten ein neues Mal, und dann beginnt der Run.

Red, Medisa und Ferroe werden uns Nachfahren zum Tempel begleiten, aber bisher wissen wir nicht, ob sie auch beim *sover ran* unsere Gefährten sein dürfen oder ob wir auf uns allein gestellt sein werden. Ich weiß, dass Leoán niemanden mitnehmen will. Jeri und Alishan haben wohl niemanden, den sie mitnehmen könnten.

Ich atme schwer. Und für einen winzigen Moment bin ich erleichtert, dass dies nicht mehr mein Schicksal ist. Dass ich Menschen habe, die mich begleiten.

Aber was ist dann mit Jeri? Ich werde ihn nicht wieder zurücklassen. Er hat für mich und Jarrusch gesorgt, und dann hat er sich dieser Folter ausgesetzt, um ihn zu schützen.

Eine kleine Stimme in mir meldet sich. Aber diesmal ist es nicht mein Gewissen. Es ist Lenieus.

»Was willst du mit Jeri machen, wenn ihr gewinnt?«

»Wie meinst du das?«, stelle ich eine Gegenfrage. Laut, als wäre er wirklich hier.

»Weil dich sein Schicksal nicht kaltlässt.«

»Das ist allein seine Entscheidung. Nicht meine, nicht unsere, nicht die seines Vaters.«

Lenieus schweigt. Als würde er mich bestrafen, weil ich nicht ehrlich war. Aber so wird es sein. Keiner von uns wird ihn danach verstoßen. Zumindest hoffe ich das.

»Lenieus?«, frage ich vorsichtig in die Stille.

»Ja?«

»Wie alt bist du?«

Kurz herrscht Stille in meinem Kopf. Dann höre ich ein leises »Achtzehn«.

»Bist du beim Run gestorben?«

»Ja.«

»Und wieso warst du dort? Im *casta de ahh*?«

»Dort liegen alle Teilnehmer begraben, die beim ersten Run gestorben sind.«

Fragen fluten meinen Verstand. »Beim *ersten Run*? Aber warum hattet ihr Namen? Und …« Ich stoppe mich selbst. Ich will mehr über die Geschichte des Runs erfahren und vor allem über die vier Götter. Über unsere Vorfahren. Aber ich muss mich konzentrieren.

»Wir waren nie Phantome.«

»Also ist das nie von den Göttern gewollt gewesen?«

»O doch«, sagt er.

Ich schließe die Augen und stelle ihn mir vor. So alt wie ich, wie er hier vor mir sitzt und mir von seinem Run und der Geschichte danach erzählt.

»Wir haben all die Jahre jeden Run mitbekommen. Unsere Seelen wurden dort eingesperrt und konnten alles mit ansehen. So auch, wie die Götter entschieden, alle Menschen unter achtzehn vor dem Run zu Phantomen zu machen.«

»Aber warum?«, hake ich ein.

Er lacht leise in meinem Kopf. »Dafür, dass du mich immer in die hinterste Ecke deines Verstands geschoben hast, hast du es jetzt ziemlich eilig, Sari.«

Ich schmunzle, als er meinen Namen so vertraut benutzt. Ein schlechtes Gewissen überkommt mich. Lenieus hätte mir helfen können, doch ich wollte nicht wahrhaben, dass da jetzt noch jemand in meinem Kopf herumspukt.

»Es tut mir leid«, flüstere ich und öffne die Augen, um hinaus in den dunkelblauen Himmel zu sehen.

»Die Menschen begannen sich gegen den Run aufzulehnen. Sie verstanden seinen Sinn nicht, also gaben die Götter ihm einen«, setzt Lenieus seine Erklärung fort.

»Einfach so?«, frage ich enttäuscht. »Das war einfach nur ein Mittel, um die Menschen gefügig zu machen?«

»Nicht ganz«, sagt er ernst und in mir zuckt kurz Schmerz auf. Aber es ist seiner. Nicht meiner.

»Der Run hat eine große Bedeutung. Er ist wichtig.«

»Warum? Was macht ihn wichtig? Für mich fühlt es sich an, als wäre er nur Schikane.«

»Nein, Sari. Such in dir nach dem, was der Run dir gebracht hat. Wozu er dich gemacht hat.«

»Ich habe ihn nicht einmal beendet.«

»Aber du hast die Prüfungen bestanden. Bis auf eine. Du bist eine Halbalbin und konntest damit die fehlende Komponente ausgleichen. Und so trägst du all die Elemente in dir, aus denen diese Welt erschaffen wurde. Ohne sie könntest du nicht leben.«

»Warum nicht? Ich konnte auch zuvor leben.«

Ich stehe auf und schreite zum Fenster. Lege meine Hand gegen das kühle Glas. Mein Blick wandert zu meinem Arm und den Symbolen der Königreiche, die ich erhielt, als ich die Prüfungen der Götter bestanden habe.

Was wäre ich ohne das Feuer des Tunis? Ich hätte Aradas nicht aufwecken können, hätte ihn aber gleichzeitig nie einfrieren müssen.

»Das ergibt keinen Sinn, Lenieus. Wir können genauso gut ohne diese Elemente leben.«

»Nein, Sari.«

»Und warum nicht?«

»Weil die Götter etwas übersehen haben. Sie erschufen diese Welt und machten die Natur und ihre Gesetze von dem abhängig, woraus sie entstanden sind. Alles auf dieser Welt muss diese Elemente in sich tragen. Sonst vergeht es.«

»Und was ist mit den Alben?«, frage ich nervös.

»Die Alben haben eine eigene Natur. Eine eigene Entstehungsgeschichte. Sie wurden nicht auf den Elementen erbaut. Auf der roten Asche, dem blauen Eis, dem schwarzen Sand und dem goldenen Staub. Das könntest du wissen, wenn du dein Albenmal erhören würdest.«

Ich lache auf. »Es ist nicht so, als würde es nach mir rufen.«

»Vielleicht tut es das, nur hörst du nicht zu. Ich verbringe schon eine Weile mit dir, Sari. Du bist nicht gut darin, anderen richtig zuzuhören. Zwischen den Zeilen zu lesen.«

Ich presse meine Lippen aufeinander. Es trifft mich, was er sagt. Vor allem, weil er recht hat. Ich habe auch nicht hingehört, als Medisa mich brauchte oder als Keeran mich immer wieder gerettet hat.

Ich seufze und berühre meine heiße Stirn mit meiner kühlen Hand. »Sind die Alben dann nicht mächtiger?«

»Das sind sie. Sie sind an keine Naturgesetze und Elemente gebunden. Und genau deshalb haben die Götter sie verbannt und töten lassen. Genau deshalb haben sie die Jugendlichen zu Phantomen gemacht. Spätestens wenn sie erwachsen sind, brauchen sie diese Elemente zum Leben.«

»Und warum geben sie die Male nicht einfach allen?«

»Weil das nicht geht. Man muss sich sein Element verdienen. Das ist ein Naturgesetz.«

»Und warum der Herrscher Run?«

Plötzlich herrscht Leere in meinem Kopf. Als hätte Lenieus einfach eine Tür zugeschlagen. »Wo bist du?«

»Mit wem redest du da?« Ich schrecke fürchterlich zusammen und drehe mich zur Tür, wo der Grund für Lenieus' Verschwinden steht. Keeran. Ich beiße die Zähne zusammen und will ihn fragen, was er hier macht, aber mir gleitet nur ein »Mit Lenieus« über die Lippen. Er verengt seinen Blick. »Dem Toten, den ich im *casta de ahh* erwecken musste«, füge ich dann hinzu, als ich begreife, dass er sich nicht erinnert.

»Ich rede nie mit meiner Toten«, stellt er fest.

Ich schaue ihn irritiert an, schüttle den Kopf und fasse mich wieder. »Was tust du hier? Du bist doch nach Kalipar aufgebrochen und wolltest von dort anreisen, oder nicht?«

»Nein«, sagt er und tritt von der Türschwelle hinein in mein Zimmer. Mehr sagt er nicht. Sieht mich einfach nur an.

»Warum bist du hier?«, starte ich einen neuen Versuch, während ich mich bemühe meinen Atem zu beruhigen.

»Ich bin hier, um das Sicherheitskonzept durchzugehen und dafür zu sorgen, dass hier alles steht, während wir weg sind und Jarrusch allein ist.«

Ich presse meine Lippen aufeinander und nicke. Natürlich. Ich habe ihn zwar darum gebeten, mir dabei zu helfen, aber ich wusste nicht, dass er selbst dafür herkommt. Am liebsten würde ich das alles machen, so wie ich schon immer allein für Jarruschs Sicherheit gesorgt habe. Doch ich kenne keine fähigen Kämpfer, so wie es Keeran tut. Trotzdem führt er alles genau so durch, wie ich es verlangt habe.

»Ich lasse dir ein Zimmer herrichten.«

»Danke. Ich werde dich auch nicht weiter belästigen. Ich bin gar nicht hier«, sagt er und hebt einen Mundwinkel, bevor er sich umdreht. Dann dreht er sich noch einmal um und kommt auf mich zu, reicht mir eine kleine Schachtel und flüstert: »Alles Gute zum Geburtstag, Sari.«

Ich bringe kein Wort mehr heraus. Ich hatte schon ganz verdrängt, was für ein Tag heute ist. Aber ein Grinsen malt sich auf meine Lippen, als er den Raum verlassen hat. Zumindest ist er hier. In meiner Nähe.

Tief durchatmend öffne ich das Kästchen. Darin liegt ein geflochtenes Band. Ich nehme es heraus und entdecke erst da den Obolus, der darangebunden wurde. Das Lederband ist mit einem blauen Faden verflochten. Ich sehe auf mein altes Band an meinem Handgelenk, an dem der Obolus ruht. Mehrere Knoten halten es zusammen. Und in diesem Moment breche ich in Tränen aus. Ich weine unendliche Sekunden stumm vor mich hin, bis ich mir das salzige Nass aus dem Gesicht wische und mich dem stelle, was der Tag für mich bereithält.

Als ich am Nachmittag den Speisesaal betrete, lächle ich. Katerin, die oberste Dienstmagd, hat alles so wunderschön hergerichtet, als könnte sie meine Seele lesen. Es ist bodenständig und rustikal. Nur Tischdecken und Blumen aus dem Garten.

Wir essen alle zusammen und Jarrusch lacht mehr als die letzten Tage.

Doch die Zeit verfliegt viel zu schnell, und ehe ich mich's versehe, ist niemand mehr da. Niemand außer Jarrusch, der neben mir auf einer Bank liegt und schläft.

Medisa ist relativ früh Keeran gefolgt und Red … In diesem Moment betritt er den Saal. Ich lache auf. »Es ist gruselig, wie oft du auftauchst, wenn ich an dich denke.«

»Vielleicht denkst du einfach zu oft an mich, Kleines.«

»Witzig«, brumme ich und werfe dann einen skeptischen Blick zur Tür, wo ich eine Bewegung wahrnehme.

»Das ist nur Ferroe«, erklärt Red und setzt sich neben mich.

»Der kleine Lord ist ziemlich müde, dafür, dass er am liebsten bei all den Festen dabei gewesen wäre.«

»Nicht müde genug, um nicht noch zwei Stunden mit mir zu diskutieren, dass er mit zum Tempel von Muri will.«

»Und du hast Nein gesagt?«

Ich werfe ihm einen vielsagenden Blick zu. »Meinst du wirklich, dass er dann hier liegen und schlafen würde?«

»Eher nicht«, gibt Red lachend zurück.

»Ich werde Katerin und zwei andere Mägde mitnehmen und Wachen, die ihn wieder hierherbringen, damit er in Sicherheit ist.«

»Das wird er sein. Und wenn wir euch nicht begleiten dürfen, dann werde ich höchstpersönlich sein Leibwächter sein. Ansonsten hat Keeran gute Männer eingestellt.«

Ich lege meinen Kopf auf seine Schulter und schließe die Augen. »Danke, Red.«

Er nickt, das spüre ich, und dann muss ich kichern. »Erinnerst du dich noch an unsere Prügelei?«

»Natürlich, ich habe dich fertiggemacht«, lacht er, woraufhin ich ihm in die Seite pike.

»Ich glaube, da stimmt was mit deinen Erinnerungen nicht.«

Als unser Lachen verstummt, liegt plötzlich etwas zwischen uns. Ich hebe meinen Kopf und sehe ihn an.

»Weißt du, warum meine Marra deine tötete?«

»Nein«, erwidert er knapp und rau.

»Ich habe damals meine Eltern belauscht. Marra hatte irgendeinen Auftrag in Tunis. Was wirklich ihr Beruf gewesen ist, hat sie uns nie erzählt. Aber sie sagten etwas darüber, dass sie zu viel über die Machenschaften des Königreichs in Erfahrung gebracht hätte.«

»Mmh«, entgegnet Red und streicht mir dann mit dem Finger über das Kinn.

»Wir werden es nie erfahren.«

»Ich denke manchmal, dass ich die letzte Prüfung nachholen sollte. Die, in der man seinen Vorfahren begegnet.«

»Und weiter? Erwartest du, dass deine Marra dir die ganze Geschichte erzählt? Was, wenn sie für den Monarchen gearbeitet hat? Dann sind diese Machenschaften wohl eher etwas Gutes gewesen und jetzt nicht mehr von Bedeutung.«

»Das kann ich mir nicht vorstellen«, sage ich und setze mich wieder aufrecht hin. »Aber du hast recht, es hat keinen Sinn«, stöhne ich, obwohl ich insgeheim hoffe, dass mich der Herrscher Run noch einmal an das Tor des Todes führen wird.

»Ich bringe Jarrusch in die Kutsche«, sagt Red schließlich und steht auf, um den schmächtigen Körper meines Bruders hochzuheben.

»Ich komme nach«, murmle ich und schicke ihn vor. Als er verschwunden ist, tritt Ferroe in den Durchgang zum Flur und mustert mich.

»Was?«, gifte ich ihn an.

Er lacht nur, denn mein Leibwächter hat längst begriffen, dass er nicht mein Problem ist, sondern nur der, an dem ich meine Laune auslasse.

»Entschuldige«, füge ich also hinzu und erhebe mich.

»Ich wollte dich nicht hetzen. Ich wollte nur …«

Ich hebe fragend meine Brauen und schenke ihm ein Lächeln.

»Dass du weißt, dass du nicht allein bist. Das wirst du auch beim Run nicht sein. In Ordnung?«

Ich nicke, weil ich nicht in der Lage bin zu sprechen. Und dann gleitet mir doch ein winziges »Danke« über die Lippen, bevor ich ihm hinausfolge und mich in die Kutsche setze.

Der Herrscher Run beginnt also. Und er wird alles verändern. Das spüre ich.

KAPITEL 9

Naraté, das letzte Buch der Alben, Anemoras

Anasoals Bruder Perseres, der Erschaffer der neuen Welt, war mit der Maske der Sterblichkeit nach Emza gegangen und mit einem Kind zurückgekehrt, das sie wie ihr eigenes aufzog. Doch die Götter übten Rache und töteten Saralakis. Daraufhin nahm der Erbe des Kalipar das Kind von Saralakis mit, um es zu schützen.

Dunkelheit breitete sich in Anasoal aus und so zerstörte sie die nicht siegende Quelle der Liebe, die sie den Göttern geschenkt hatte. So sollte es nur den Alben möglich sein, wahrhaft zu lieben.

Als aber nichts davon etwas änderte, begriff Anasoal, dass die Götter sie schon damals betrogen hatten und nie das Element der Liebe hatten erhalten wollen. Es war etwas anderes, was sie ihr an diesem Tag aus der heiligen Krypta der Alben gestohlen hatten. Und das würde den Alben eines Tages den Tod bringen.

Nach zwei Tagen kommen wir am *tempe de muri* an. Ich habe kaum Zeit nachzudenken, denn als ich an den riesigen Säulen vorbei den Tempel betrete, begrüßt mich bereits der neue Hohepriester.

»Sari aus dem Hause Lakar«, sagt er mit melodischer Stimme.

Ich nicke nur und bemerke aus dem Augenwinkel, dass die anderen bereits da sind. Abwartend stehen sie vor den hohen steinernen Wänden, die von Fackeln beleuchtet werden und einen Blick auf Bilder der Götter und Statuen zulassen.

Der Hohepriester breitet seine Hände aus und zwei Frauen treten vor. »Ihr müsst nun Eure Reinigung erhalten«, sagt er und blickt zu Jarrusch. Als würde er mich damit auffordern, mich jetzt zu verabschieden.

Also knie ich mich hin und streiche Jarrusch über sein wunderschönes Gesicht. »Mach dir keine Sorgen. Dieser Run ist nicht dazu da, Schwache sterben zu lassen.«

Er verzieht das Gesicht. »Du könntest trotzdem sterben.«

»Das werde ich nicht.« Ich wuschle ihm durch die Haare und drücke ihm einen Kuss auf die Stirn. »Ich bin bald zurück.«

Ich will mich gerade erheben, als hinter mir ein gebrochenes »Jarrusch« ertönt.

Mein Blick wendet sich zu Jeris fassungslosem und doch liebevollem Gesicht.

Jeri tritt vor. Jarrusch blickt ihn argwöhnisch an.

»Ich …«, versucht Jeri etwas zu sagen, aber es ist, als könnte er es nicht greifen.

Ich allerdings spüre die Liebe und Verbundenheit, die Jeri in seiner Seele trägt. Für Jarrusch. Er hat diese Erinnerung also tatsächlich nicht hergegeben. Keine der Erinnerungen, die er an meinen kleinen Bruder hat.

»Ich freue mich, dich wiederzusehen.«

Jarruschs Blick sucht meinen. »Der Monarch hat uns nur etwas vorgespielt, Jarrusch. Der, den wir beim Run für Jeri gehalten haben, ist nicht der echte Jeri gewesen. Es war sein Zwillingsbruder.«

»Ich weiß«, sagt Jarrusch trocken. Ich stocke kurz, aber dann begreife ich, dass er es die ganze Zeit gesehen hat. Er ist das wahre Gesicht. Es wäre nur schön gewesen, wenn er mich an seinem Wissen hätte teilhaben lassen. »Und ich erinnere mich an dich«, haucht er an Jeri gewandt. »Du hast mir Salbe aufgetragen.«

Ich atme tief ein. Jeri macht einen weiteren Schritt auf uns zu und lächelt. »Genau. Und ich habe dir ein Buch geschenkt. Erinnerst du dich?«

»*Die Unendlichkeit des Eises*«, bestätigt Jarrusch.

Jeri lächelt wieder, und dann wirft er mir einen Blick zu. Kurz blitzt etwas in seinen Augen auf. Es ist, als würde er sich erinnern. Doch kurz darauf senkt er seine Lider und räuspert sich. »Ich entschuldige mich«, raunt er und tritt zur Seite. Ich sehe ihm nach. Würde ihn am liebsten aufhalten, doch ich tue es nicht.

»Ich muss dir noch etwas sagen«, flüstert Jarrusch und nimmt ein Buch aus seiner Tasche. Er zieht mich zu sich. »In einer alten Abschrift der Hamza stand etwas Merkwürdiges.« Er blättert in dem Buch, und als er die Seite gefunden hat, hält er es mir hin. Ich erkenne die Stelle sofort. *Der Tod verlangt immer einen Preis. Aber auch das Leben.*

Ich nehme das Buch in die Hände und studiere die geschriebenen Worte. Der letzte Satz steht in keiner mir bekannten Hamza. »Und was bedeutet das?«, frage ich nachdenklich und zeige auf die Passage. *Denn was ewig lebt, wird den Tod bringen und zu Asche zergehen.*

»Ich weiß es nicht. Doch ihr solltet es herausfinden, denke ich.«

Ich erhebe mich und berühre seine Wange. »Ich werde wiederkommen«, verspreche ich erneut, gebe ihm das Buch zurück und folge den Frauen, die komplett verschleiert an einer Tür auf uns warten. Unsere Begleiter bleiben zurück. Genauso wie Jeri, der der

Reinigung nicht beiwohnen darf, weil er kein wahrer Nachfahre ist. Ich will nicht, dass Jarrusch erneut diese Ängste um mich ausstehen muss. Aber ich habe keine Wahl. Keiner in dieser Welt hat eine Wahl.

Die beiden Frauen führen uns in einen Baderaum, in dem dampfende Becken in den Boden eingelassen sind. Umrahmt werden sie von hellen und gewaltigen Säulen. Durch die Nebelschwaden erkenne ich Keeran, hinter dem zwei Mönche aufgetaucht sind und ihn gerade entkleiden. Weiter hinten haben sich auch Leoán und Alishan eingefunden.

Ich atme tief durch und straffe meine Haltung, bevor ich meine Arme ausstrecke, damit die Frauen mir die Kleidung vom Körper nehmen können. Es war Leoán, der mir von dieser Reinigung erzählt hat. Manchmal glaube ich, dass er mehr über unsere Religion weiß als ich selbst. Wir alle stehen mit dem Rücken zueinander, sodass uns nur die geweihten Frauen und Mönche entblößt sehen können. Trotzdem fühlt es sich fremd und schutzlos an.

Als ich vollkommen nackt dastehe, deuten sie auf das heiße Wasser und ich betrete die schmale Treppe. Das Wasser ist heiß und lässt mich zusammenzucken, aber ich gehe weiter, bis mein Körper bedeckt ist. In diesem Moment zieht der Hohepriester meinen Blick auf sich, als er durch die Tür tritt. Er schreitet an den Becken vorbei bis zum hintersten. Zu Keeran. Er steht im Wasser, weshalb ich seine Brust sehen kann, auf der der Wolf prangt. Das Mal der Schattenbringer.

»Kalipar betrat zuerst die Erde. Aus schwarzem Sand geboren, geh nun hin und werde eins mit der Gabe, die dir das Turmalin schenkte«, erhebt der Priester die Stimme, kniet sich neben das Becken und drückt Keerans Kopf unter Wasser. Er lässt es zu.

»Möge Kalipar dir die Kraft geben, ein Krieger auf seinem Pfad zu sein. Lege er dir die Waffen seines schwarzen Sandes in die Hände.«

Ich kenne das Gebet. Es ist das, was ich immer zusammen mit Marra gebetet habe.

Er tunkt Keerans Kopf ein letztes Mal unter, bevor er aufsteht, zu Alishan läuft und das Ritual wiederholt.

»Als Zweite betrat Arasá die Erde. Aus goldenem Staub geboren, geh nun hin und werde eins mit der Gabe, die dir der Tsilaisit, der gelbe Turmalin, schenkte.« Auch ihren Kopf bedeckt er mit Wasser, bevor er weiterspricht: »Möge Arasá dich ziehen lassen durch das Reich des Lichts, der Liebe und Heilung. Sie sei dein Schutzschild mit ihrem goldenen Staub.«

Er schreitet zu Leoán und sagt ebenfalls das Gebet auf.

»Der dritte Gott, der die Erde betrat, trug den Namen Tunis. Aus roter Asche geboren, geh nun hin und werde eins mit der Gabe, die dir der rote Feuer-Opal schenkte.« Er tunkt seinen Kopf kurz unter und spricht anschließend weiter. »Möge er dir erlauben, an seinem Tisch des unendlichen Todes und der Unterwelt zu speisen, bis du zu roter Asche vergehst.«

Er erhebt sich und kommt auf mich zu. »Emza war die Letzte auf der Erde. Aus blauem Eis geboren, geh nun hin und werde eins mit der Gabe, die dir der blaue Feuer-Opal schenkte«, sagt er hauchend und blickt mich liebevoll an, als er sich neben mich kniet und seine Robe ordentlich auf seinen Schoß faltet. Dann legt er seine Hand auf mein Haupt und drückt mich hinunter. Stille. Angenehme, betörende Stille breitet sich in meinem Kopf aus. Als wäre für einen winzigen Moment alles vergessen. Ich tauche wieder auf und denke über die Bezeichnung nach, die er verwendet hat. Nie zuvor habe ich von diesem Edelstein gehört.

»Möge Emza dir die Kraft ihres blauen Eises geben. Sie lasse dich eintreten in ein Reich, in dem alles Leben erstarrt ist und die Hektik des Tages vergessen.«

Ein letztes Mal taucht er meinen Kopf unter. Dieses Mal öffne ich die Augen und fühle mich, als würde ich in blauer Macht schweben. Alles um mich herum glitzert in diesem wunderschönen Licht, das ein Teil meiner Seele ist.

Eine dumpfe Stimme reißt mich aus meinen Gedanken. »Die Weihe steht bevor.« Vielmehr verstehe ich diese Worte, weil ich sie in seiner Seele hören kann. Ich begreife, dass ich viel zu lange unter Wasser geblieben bin, und tauche auf.

Als ich mich umsehe, ist der Hohepriester verschwunden. Stattdessen stehen die beiden Frauen, die mich entkleidet haben, mit einem blauen seidenen Mantel am Beckenrand und warten auf mich.

Sie sind Dienerinnen des Ordens, die den Anweisungen folgen, und doch kann ich erkennen, dass ihre Blicke immer wieder auf meiner schimmernden Haut und der Ranke landen, die von Tag zu Tag weiterwächst. Ich kann es ihnen nicht verübeln. Wahrscheinlich sind sie nie zuvor einer Albin begegnet.

Ich erinnere mich noch an den Moment, als ich den toten Alben im *hospita* gesehen habe. Und obwohl er tot war, strahlte er immer noch diese besondere Anziehungskraft aus. Frieden und Liebe.

Als der Mantel mich etwas getrocknet hat, ziehe ich mich an, bevor wir den Baderaum verlassen und den Gebetsraum betreten. Die Bänke sind verschwunden. Da ist nur der Altar, auf den die vier Wappen der Götter eingeritzt wurden.

Meine Haare tropfen, als wir vier uns nebeneinander auf den steinernen Boden knien. Auch Jeri erscheint und setzt sich ebenfalls zu uns.

»Verlasst den Raum!«, weist der Hohepriester die Mitglieder seines Ordens an und wartet, bis die schwere Holztür ins Schloss fällt. Dann geht er um den Altar herum und schlägt eine große, dicke Hamza auf, die darauf liegt. In ihr stehen mit Sicherheit all die Passagen, die niemand je zu Gesicht bekommen hat.

»Diese Hamza wurde aus der *biblio te hamza* hierhergebracht, damit ihr Wissen an euch weitergegeben werden kann«, sagt der Hohepriester und beugt sich über das geschriebene Wort.

Er liest einige Passagen stumm, als dürfte er sie uns nicht vorlesen, bevor er sich räuspert und wieder seine Stimme erhebt. Ehrfurcht klingt daraus, als er spricht:

»Ein Lauf, sie als Herrscher zu testen.
Ihre Gaben zu vereinen und gleichzeitig zu trennen.
Zu sehen, was niemand je sah,
in den unendlichen Weiten des Landes Kalyra.
Doch seid wachsam, denn niemand ahnt,
welch Macht eure Gabe wirklich hat.
Der Dämon war gekommen
und nahm sie mit zu sich.
Vier Völker sind gespalten
und finden nicht zurück.«

Ich beiße die Zähne zusammen, als ich den Text des Liedes höre, das mir so vertraut ist. Ich dachte immer, dass mit dem Dämon der Monarch gemeint wäre. Bis Keeran mir die Strophen auf Albisch vorsang und ich wusste, dass dieses Lied viel älter sein musste. Wenn das Lied aber vielleicht sogar noch älter ist als die Götter selbst, wer sind dann die vier Völker? Und was hat das mit unserem Herrscher Run zu tun?

»Findet die Elemente eurer Gaben«, sagt der Hohepriester und sieht uns fest an. »Und vergesst nie, was eure Aufgabe ist.«

Ich will ihn fragen, was genau er damit meint. Sollen wir die Völker vereinen? Oder herausfinden, was wirklich unsere Gaben sind? Und was davon beweist, dass wir gute Herrscher sind? Oder ist es doch genau so, wie auch Lenieus den Run beschrieben hat? Geht es nur darum, uns Elemente anzueignen, die wir brauchen, um als Herrscher zu leben? Würden wir sonst sterben?

»Erhebt euch!«, befiehlt der Hohepriester und tritt zuerst vor Keeran.

»Hiermit erhaltet ihr das Mal des Herrscher Runs. Hört stets auf das, was es euch zuflüstert.«

Ein Zischen, als es sich in die Haut der anderen brennt. Einmal, zweimal, dreimal, dann nimmt er meinen Arm, und meine Haut zischt ebenfalls, als sich das Mal hineinbrennt. Zuletzt erhält Jeri das Zeichen. Der Hohepriester tritt hinter seinen Altar und blättert die Seite um.

»Einer von euch wird scheitern, einer als Stärkster hervorgehen. Ihr alle werdet herrschen. Doch nur einer hat die volle Macht.«

Er nickt, als wäre er bereit. Und dann … schwindet das Leben aus seinem Blick.

Ich starre ihn fassungslos an. Er fällt einfach um. Die Hamza vor ihm blättert, als würde ein starker Windzug durch den Tempel wehen. Nun schlägt sie vollends zu und ein Siegel legt sich verschließend um sie.

Ich renne auf den Hohepriester zu, drehe seinen Kopf zu mir und sehe in tote Augen. »Was …?«

Keeran tritt neben mich. Er legt seine Hand auf meine Schulter und bringt mich dazu, den toten Leib loszulassen.

»Er darf diese Zeilen nicht kennen, Sari. Niemand darf das. Außer uns.«

Ich presse meine Lider zusammen, um die aufsteigenden Tränen zu unterdrücken, als eine andere Erkenntnis mein Herz zerquetscht. Wenn er sterben musste, weil er als Nicht-Nachfahre diese Worte kannte. Dann … muss Jeri ebenfalls sterben, sollte er den Herrscher Run nicht gewinnen. Er wäre damit ein Außenstehender. Ein normaler Mensch. Und würde durch die Macht, die diesen Run versiegelt, sterben.

Als ich seinem Blick begegne, sehe und fühle ich, dass auch er es begreift. Seine Miene wird hart.

»Wir müssen los!«, fordert Alishan ungeduldig und umklammert mit schmerzerfüllter Miene ihren Unterarm.

Ich war so geschockt, dass ich das innere Brennen nicht einmal wahrgenommen habe. Jetzt allerdings ist es überdeutlich. Eine Art Ziehen. In eine Richtung.

»Wir … wir haben zu wenig Informationen«, murmle ich verwirrt, folge Alishan und Leoán aber aus dem Gebetsraum. »Dürfen wir zusammenarbeiten? Müssen wir zusammenarbeiten? Was ist mit den anderen?«

Ich will noch mehr fragen, dann wird meine Aufmerksamkeit jedoch auf die menschenleere Halle des Tempels gezogen.

»Wo sind sie?«, fragt Leoán irritiert und sieht sich um.

Keeran tritt vor und mustert die Statuen, die plötzlich rings um den runden Saal aufgestellt sind.

»Wo kommen die her?«, setzt Leoán hinterher.

»Das hier ist nicht echt, oder wir sind nicht mehr im Jetzt«, stellt Keeran mit schief gelegtem Kopf fest.

»Was soll das heißen?«, hake ich nach.

Er dreht sich mir zu und mustert mich mit seinem dunklen Blick, bevor er auf zwei Statuen deutet. »Das sind albische Abbilder.«

Ich trete vor, um mir den Mann und die Frau genauer anzusehen. Spitze Ohren, große Augen und die Ranke am Rücken und Hals.

»Der Tempel dient den Göttern!«, wirft Alishan ein. »Hier dürfen keine Statuen von Alben stehen.«

Ich gehe weiter und mustere die anderen Ikonen. Menschen. Und dann erblicke ich einen Mutanten. Genau wie Jarrusch. »Was bedeutet das?«, flüstere ich und beginne die Statuen zu zählen. Acht Stück.

»Ist das hier ein Mensch?«, fragt Leoán, der vor einer steinernen Frau steht. Ich gehe zu ihm und schaue auf ihre gespreizten Finger, zwischen denen dünne Häute gewachsen sind. Es wirkt beinahe, als wären sie …

»Sind diese Statuen mal echte Lebewesen gewesen?«, fragt Leoán, als hätte er meine Gedanken gelesen.

»Was ist sie?«, frage ich an Keeran gerichtet. Er tritt zu uns und mustert ihre Augen. »Ebenfalls ein Mutant.«

»Für mich sieht sie aus wie ein Fisch«, mischt sich Alishan ein, die über meine Schulter späht.

Dann tritt Jeri vor. »Keeran hat recht. Mein Vater hat solche Wesen bei sich im *casta de ahh* gefangen gehalten.«

»Also zwei Mutanten und zwei Alben … und vier Menschen? Oder sind es Götter?«

Leoán geht zu den Statuen der Menschen und sieht sie sich nacheinander an. »Es sind zwei Menschen und zwei Götter«, stellt er fest und deutet auf ihre Finger. Bei zweien befindet sich Sand in ihren Händen. Die Menschen hingegen tragen Schwerter.

»Vier Völker sind gespalten«, wiederhole ich und zähle noch einmal durch, obwohl ich es längst weiß.

»Menschen, Alben, Mutanten, Götter. Das sind die vier Völker.« Ich presse die Lippen zusammen, weil mich diese Erkenntnis an allem zweifeln lässt, was ich bisher wusste. Aber vor allem, weil ich mich nun mehr denn je frage, warum meine Marra mir dieses verbotene Lied vorsang und … woher sie es kannte. Sie durfte es nicht kennen, wenn es nur den Herrschern vorbehalten ist.

»Und wer war der Dämon?«, hakt Jeri ein und verschränkt die Arme vor der Brust, während er den Blick verengt, um sich hier alles noch einmal genau anzusehen.

»Wahrscheinlich dein Vorfahre«, gibt Keeran bedrohlich und herablassend von sich.

»Sicher. Das wäre dir recht, nicht wahr?« Jeri lacht abfällig.

Keeran tritt auf ihn zu und lässt schwarzen Sand in seiner Hand herumwirbeln. »Meinst du wirklich, das alles hier ist nur purer Zufall? Dass du hier bist, nur der Fehler eines Mädchens?«

Ich verziehe den Mund und wende mich ab, um in meinem Kopf nach Lenieus zu rufen. Ich spüre seine Anwesenheit.

»Weißt du etwas darüber?«, frage ich in Gedanken.

»Nein, Sari. Ich bin kein Nachfahre.«

»Und du hast nie etwas mitbekommen?«

»Du musst zuhören. Denk daran.«

Er verschwindet. Was will er mir damit sagen? Wem soll ich zuhören? Ich schüttle den Kopf und gehe zu dem Mutantenjungen, der mich so sehr an Jarrusch erinnert. Ich hebe meine Hand und lege sie auf die Brust des jungen Mannes, während die anderen zu mir treten.

Erst spüre ich nichts, doch dann bewegt sich etwas unter meinen Fingern. Ein Herz. Ich weiche erschrocken zurück und knalle gegen Jeri.

»Was ist los?«, fragt er behutsam und hält mich von hinten an den Schultern fest.

»Ich kann ihre Wahrheit lesen!«, platzt es aus mir heraus. »Und ich glaube, sie leben.«

»Was hast du gespürt?«, fragt Keeran düster und stellt sich vor mich. Sein Blick ist fordernd.

»Einen Herzschlag.«

»Und seine Wahrheit?«

»Ich … muss es noch mal probieren. Menschen sind komplexer. Erinnerst du dich?«

Sein Ausdruck bleibt starr und mir wird bewusst, dass er sich natürlich nicht erinnert. Wie auch?

Ich fasse all meinen Mut zusammen und berühre erneut die Brust des Mutanten. Erst ist dort wieder der Herzschlag, der mich erschaudern lässt, und dann endlich erkenne ich Bilder.

Doch sie sind nicht klar. Da ist nur Geschrei und Blut. Schwerter, die klirrend aufeinandertreffen. Und im nächsten Moment erkenne ich ein Wesen. Nie zuvor habe ich so etwas gesehen, aber es erinnert mich an Jarrusch. Das Wesen ist halb Mensch und halb … Saurier?

Meine Hand wird abgestoßen. Weggeschleudert. Verbrannt. Mehr lässt er mich nicht sehen.

»Sind die Mutanten … Saurier?«, frage ich in die Runde und erinnere mich an die Einleitung der Hamza. Die Götter vertrieben die herrschenden Alben, Drachen und Saurier. Was, wenn Saurier nie einfach nur Tiere waren, sondern Menschen … Mutanten. »Ist Jarrusch ein Saurier?«, füge ich ungläubig hinzu.

»Dann wären die Völker … Saurier, Götter, Menschen und Alben.«

»Und was ist mit den Drachen?«, wirft Alishan ein.

Leoán verkrampft sich kurz und verzieht den Mund. Mein Blick fällt auf seine Schläfe. So wie damals beim toten Alb im *hospita* kann ich auch dort winzige Schuppen erkennen.

»Die Alben und Drachen sind ein Volk. Es gibt nur sehr wenige, die wirklich eine Drachengestalt haben. Sie leben in der *canio te drago.*«

»Die Schlucht der Drachen ist ein Mythos.« Alishan klingt ungläubig.

»Alben sind Drachen?«, fragt Jeri, als würde ihn diese Erkenntnis verstören.

»Sozusagen«, gibt Leoán gequält zurück. Es gibt wohl einen Grund, warum davon keiner von uns etwas wusste.

Keeran wirft mir einen verstohlenen Blick zu. Fast so, als würde er auch an mir nach Schuppen suchen. Aber die wird er nicht finden. Und ich hoffe, dass das so bleibt.

»Und was machen wir jetzt?«, fragt Alishan und stellt sich in die Mitte des großen Saals. »Mein Zeichen zeigt mir keine Richtung.«

Ich horche in mich hinein. Sehe auf das Mal, das dem des ersten Runs gleicht. Auch dieses hier besteht aus einer Windrose. Doch es fließen noch mehr Elemente ein. Vor allem Dreiecke. Aber auch mir zeigt das Mal nichts Richtungsweisendes an. Also ist unsere Aufgabe hier nicht erledigt.

»In welcher Zeit sind wir? Oder ist das hier eine Zwischenwelt, wie in der Grube der Unendlichkeit?«, frage ich und gehe noch einmal alle Statuen entlang. »Dort muss man sich wehren. Man muss wieder zurückwollen.«

»Ich will definitiv nicht hier sein. Und siehe da, schlaue, kleine Lakar. Ich bin noch hier.« Keeran wirft mir einen finsteren Blick zu.

Na, das kann ja heiter werden.

»Vielleicht müssen wir unsere Gaben benutzen«, schlägt Alishan vor.

»Nur dass der Held dort drüben keine besitzt«, lacht Keeran und schaut zu Jeri.

»So, wie ich das sehe, bin ich hier der einzige Mensch. Ihr alle seid Alben und Götter. Ich bin also nicht das Problem, Kalipar. Sondern der fehlende Mutant unter uns.«

Alle Blicke richten sich auf mich. »Was?«, zische ich. Was erwarten sie von mir? Dass ich Jarrusch hierherhole? Selbst wenn ich es könnte, wäre das viel zu riskant.

»Kennst du noch einen anderen Mutanten?«, fragt Keeran genervt.

»Wag es ja nicht!«, fährt Jeri ihn an. »Jarrusch ist keine Option.«

Keeran lacht und mein Herz schmerzt, aber ich ignoriere es. Er ist nicht er selbst.

»Können wir uns bitte der Tatsache zuwenden, dass Sari sowieso nicht in der Lage wäre, ihren Bruder herzuholen«, unterbricht Leoán die beiden. »Welche Gaben besitzt du?«, fragt er dann an Jeri gerichtet.

»Unzählige.«

Keeran schnaubt. »Irgendeine, die auch nur im Ansatz unseren Elementen entspricht?«

»Ob ich Asche oder Sand beschwören kann, meinst du?«, entgegnet Jeri und hebt herablassend seine Brauen. »Muss nicht sein.«

»So kommen wir nicht weiter!«, flucht Alishan. Und stellt sich vor Jeri und Keeran. Und obwohl sie so klein und schmächtig ist, wirkt sie tatsächlich bedrohlich.

»Du musst irgendeine Gabe besitzen!«, faucht sie Jeri an. »Eine ähnliche bitte, bevor du hier deine ganze Macht aufzählst, nur damit ihr beide weiter euren Revierkampf austragen könnt.«

Da ich keine Lust habe, mich an dem Streit zu beteiligen, wende ich mich ab und gehe zu dem Alben-Paar. Ein Mann und eine Frau. Und tatsächlich sieht die Frau mir so ähnlich, dass ich erschaudere.

Ich lege meine Hand ebenfalls auf ihre Brust. Diesmal ist da kein Herzschlag und ich fühle mich auch nicht abgestoßen. Nein. Vielmehr zieht es mich zu ihr. Zu ihrer Realität.

»Ihr müsst sie berühren!«, sage ich schnell, weil mein Bewusstsein zu schwinden beginnt und ich meine Hand nicht mehr lösen kann.

»Leoán!«, rufe ich ihn zu mir und zeige auf den Alben.

»Ihr nehmt die Götter!«, weise ich Keeran und Alishan an. »Und Jeri, einen der Menschen.«

Sie folgen meinen Worten, und dann wird alles um mich herum in Dunkelheit getaucht. Tiefe, erdrückende Dunkelheit.

••• ● •••

Als ich die Augen wieder öffne, schmerzt mein Körper und mein Kopf dröhnt. Meine Hände wollen ihn berühren, aber sie liegen in Ketten.

Ich blinzle, und bevor ich erkenne, wo ich bin, sehe ich den Alben neben mir knien. Auch er liegt in Ketten und ist stark verwundet. Ich spüre, dass es Leoán ist. Seine Seele in dem Körper des Alben. Das Schlimmste sind die abgeschnittenen Spitzen seiner Ohren. Und ich spüre, dass sie mir genauso abgetrennt wurden.

»Ihr habt einen Pakt mit den Alben geschlossen!«, ertönt eine weibliche Stimme. »Ihr verspracht Frieden, wenn sie euch das Element der Liebe schenken.«

Nach und nach erkenne ich den Saal wieder. Aber hier gibt es keine Statuen. Kaum Licht. Und der Boden ist blutbedeckt. Dann erblicke ich die Sprecherin. Es ist die Mutantin mit den Schwimmhäuten. Ihre Augen sind ebenfalls animalisch. Und ihre Haare blau. An ihrem Hals prangen Kiemen.

Sie sieht zu … Kalipar. Ich erschrecke fürchterlich, weil er Keeran so verdammt ähnlich ist.

»Mir ist egal, welchen Pakt wir geschlossen haben. Diese Monster müssen sterben.«

»Das ist Hochverrat!«, zischt Leoán neben mir. »Wir haben euch vertraut. Wo sind die anderen beiden?«

Kalipar grinst und wirft einen schnellen Blick zu Arasá. Ich spüre Alishans Seele sofort.

»Emza und Tunis sind schwach. Vor allem, was euch Vieh angeht.«

»Vieh?«, empört sich der andere Mutant. Der, der Jarrusch so ähnelt. »Und wir sind als Nächstes dran?«

»Kommt drauf an, wie ihr euch mir beweist.«

»Wir werden euch nichts beweisen«, zischt die Mutantin.

»Dir bastard!«, zische ich in Kalipars Richtung. Aber es ist, als hätte ich keine Kontrolle über das, was ich sage. Und die anderen wohl auch nicht. Ein Mann tritt vor. Jeri. Während Kalipar mich auslacht.

»Darf ich sprechen?«, richtet er sich ehrfürchtig an Kalipar. Arasá steht nur hinter ihm, als wäre sie sein Schatten. Oder als würde sie ihn aus der Dunkelheit heraus leiten.

Er winkt dem Mann zu.

»Diese Alben könnten uns von Vorteil sein.«

»Und wie?«, fragt Kalipar gelangweilt.

»Sie besitzen etwas, was Eure Beschwerden lindern könnte.«

Kalipar knurrt. Wahrscheinlich, weil dieser Mensch eine seiner Schwächen aufführt.

»Und was wäre das?«

»In der heiligen Krypta von Anemoras verstecken sie jemanden, der noch viel mehr bewirken kann als Eure Bringer.«

»Mehr als meine Schattenbringer, Arasás Wahrheitsbringerinnen oder Tunis' Seelenbringer? Was soll das sein?«

»Eine Vorzeitbringerin.«

»Das ist unmöglich. Emza hat sie alle töten lassen, als sie ihren Wutanfall hatte«, mischt sich nun Arasá ein.

»Nicht alle, Mylord. Eine hat Schutz bei den Alben gesucht. In Anemoras.« Der Mensch sieht mich an. Ich beiße die Zähne zusammen und spüre Schmerz über diesen Verrat.

»Und was bringt sie mir? Ich habe nie erlebt, welche Gaben sie nennen.«

»Ihr vergesst, wie stark Emza ist, Kalipar. Ihre Vorzeitbringerinnen bringen nicht nur Gaben. Sie bringen eine ganze Welt.«

Kalipar legt seinen Finger an sein Kinn und schreitet auf und ab. »Welche Welt kann sie mir bringen?«

Der Mensch atmet tief ein, dann bildet sich ein Lächeln auf seinen Lippen. »Die Vorzeit. Eine Zeit, in der es Leben gab und Götter verehrt wurden. Eine Welt, die nach Euren Regeln funktioniert.«

»Kalipar lacht. »Diese Welt funktioniert bereits nach meinen Regeln.«

»Nein. Und das wisst Ihr. Die Natur schwächt Euch. Denn Euch fehlen wichtige Elemente. Als würden dieser Mutantin hier die Kiemen genommen werden. Eines Tages würde sie in ihrem ekelhaften See ertrinken. Und so auch Ihr, wenn Euch das Licht des Lebens fehlt. Denn Emza hat es eingefroren.«

»Und diese Vorzeitbringerin … kann mir diese Welt bringen?«

»Ja. Sie kann noch viel mehr.«

Kalipar wendet sich wieder uns Alben zu. »Ihr werdet uns nach Anemoras bringen«, sagt er und zeigt uns ein Furcht einflößendes Grinsen.

KAPITEL 10

Hamza, Passus IV Emza, Vers 123

Und Emza trat vor und sah ihr zu Eis erstarrtes Land. Doch es gab noch Leben und einige von ihnen trotzten dem Eis. In den Augen vierer Frauen erkannte sie eine Gabe, die das Leben auf Erden retten konnte.

Sie nannte sie die Vorzeitbringerinnen und hielt sie versteckt. Sodass die anderen Götter sie für tot hielten. Denn Emza wollte die Welt, die die Götter erschaffen hatten, nicht retten. Sie wollte, dass die Vorzeit wieder heranbricht. Und deshalb schützte sie eine von ihnen. Und ihre eigene Gabe tief in ihrem erfrorenen Herzen.

Ich öffne die Augen und starre auf die steinerne Figur vor mir, in deren Kopf ich gerade war. Wir sind also immer noch in der Halle mit den Statuen, die nicht die Realität sein kann. Dann wende ich meinen Blick den anderen zu. Wir alle schweigen. Bis Leoán das Wort erhebt.

»Ich kenne diese Geschichte aus dem letzten Buch der Naraté, unserer Schrift. Zumindest das, was danach geschah.«

Keeran beißt die Zähne zusammen. »Ja, sie sind nach Anemoras gekommen, haben um Hilfe gebeten und kurz darauf die Vorzeitbringerin gestohlen. Und später haben sie uns Alben angegriffen.«

Ich blicke zu Boden, als ich begreife, worüber er da spricht. Über den Tod von Saralakis, den ich in der Grotte der Unendlichkeit gesehen habe.

»Und was geschah dann?«, frage ich vorsichtig. »Wie haben sie die Welt verändert?«

Leoán und Keeran schweigen und tauschen seltsame Blicke.

»Redet mit uns«, bittet Alishan und nimmt dafür wieder ihren lieblichen Unterton an.

»Ihr kennt die Geschichte«, sagt Keeran leise und sieht mich an. »Das Feuer hatte die Welt bis auf Anemoras und kleine Teile der Utlands zerstört. Und auch Anemoras und seine Natur hatten Schaden davongetragen. Als die vier Götter kamen, haben sie ihre Königreiche aus schwarzem Sand, roter Asche, goldenem Staub und blauem Eis erschaffen. Keine Natur. Habt ihr euch nie gefragt, woher sie kam? Woher das Meer kam oder die Wälder? Das Grün, die Früchte und Tiere?«

Ich schlucke schwer. Natürlich habe ich mich das nie gefragt. Ich bin einfach davon ausgegangen, dass die Götter auch das erschaffen haben … Doch diese Macht haben sie nie besessen. Das war es also, was ihnen gefehlt hat. Das ist es, was den Menschen selbst heute noch fehlt und wieso sie den Run durchlaufen müssen. Es ist die Natur selbst. Vielleicht war Emza die Einzige, die für all das hätte sorgen können. Aber der Verrat von Kalipar hat sie so bitter werden lassen, dass sie alles Leben eingefroren, zum Stillstand gebracht hat. Und so gab es kein Leben. Und auch niemanden, der diese eine Gabe besaß, alles wiederzuerwecken. Außer meinem Vorfahren Perseres und seiner Tochter Saralakis. Zumindest habe ich nie von jemand anderem gehört, der diese Gabe besessen hat. Und schließlich töteten die Götter ihn und sie.

»Sie haben also die Vorzeitbringerin eingesetzt, um die Natur aus der Zeit vor dem Feuer wiederherzustellen, und dann die Alben getötet, die ebenfalls Natur hervorbringen konnten«, sage ich nachdenklich. »Warum haben sie nicht einfach die Alben gefangen genommen und darauf angesetzt?«

»Die Alben hätten sich lieber selbst umgebracht, als das zu tun, Sari«, entgegnet Leoán und kommt näher, um seine Stimme zu senken. Die anderen schweigen. Als wüssten sie hier alle, dass diese Alben meine Vorfahren waren. Und auch die Vorzeitbringerin zu meinem Erbe gehört. »Und die Götter hätten sich niemals von einem Alben abhängig gemacht.«

»War das unsere Aufgabe?«, fragt Alishan und reißt mich damit aus meinen Gedanken. Ich werfe einen flüchtigen Blick auf Keeran, der ebenfalls getroffen wirkt.

»Das Mal zieht mich nicht weiter«, sage ich und verziehe den Mund. Was, wenn wir schon an der ersten Aufgabe scheitern?

»Habt ihr irgendetwas in dieser Vision gesehen, was sie von uns verlangen könnten?«, fragt Jeri und schaut zu Leoán und mir.

»Was?«, blafft Leoán, der sonst eher ein ruhiges Gemüt hat. »Etwa, dass wir uns die Ohren abschneiden müssen?«

»Ihr Mal«, murmelt Alishan plötzlich nachdenklich. »Das Mal der Albin hat kurz geglüht.«

Ich versuche mich daran zu erinnern, etwas gespürt zu haben. Aber da war kein Brennen.

»Ich habe das nicht mitbekommen«, gebe ich zu.

»Hast du irgendetwas Intensives wahrgenommen?«, fragt Keeran und tritt näher.

Meine Kehle schnürt sich zu, weil sein finsterer Blick

sich genauso wie der von Kalipar schmerzhaft in mein Herz bohrt.

»Es leuchtet wieder!«, ruft Alishan aufgeregt und deutet auf das Albenmal an meinem Nacken, als wäre ich eine Attraktion.

»Was fühlst du?«, raunt Keeran heiser.

»Schmerz. Abscheu«, gebe ich mit bebender Stimme zu. Und dann ist es, als würde Kalipar wirklich vor mir stehen.

»Ich spüre, dass du mein Untergang bist und dass Jeri mich verletzt. Mich hintergeht.«

Jeri räuspert sich. »Wie kommst du darauf?«

»Du bist der Mensch gewesen. Und die Albin, in der ich war, sie hat sich verraten gefühlt. Aber nicht einfach so. Du hattest diese Informationen von ihr.«

»Das bringt uns nicht weiter«, knurrt Keeran und wendet sich ab.

»Nein«, sagt Jeri flehend, tritt vor mich und packt meine Schultern. »Dieses Mal nicht. Nicht in diesem Leben, Sari. Ich habe dich und Jarrusch nicht verraten.«

Ich blinzle, als das Mal der Klarheit auf meiner Haut zu brennen beginnt. Es ist die Wahrheit und es fühlt sich so an, als würde ein Schmerz, ein Fluch geheilt werden, der mein Erbe war. Ich sehe hinab und entdecke einen blau glänzenden Dolch an seinem Waffengurt. Woher hat er diese Waffe? Und wofür will er sie einsetzen? Mein Mund wird trocken. Ich würde ihm so gerne vertrauen. Aber sein Vater hat ihn zu seiner Marionette gemacht.

Ein Donnern ertönt, eine Fanfare und die Statuen sind verschwunden. Stattdessen sehe ich in Reds und Medisas schockierte Gesichter.

Der Dämon war gekommen und nahm sie mit zu sich. Vier Völker sind gespalten und finden nicht zurück.

Ich erstarre, als ich glaube zu begreifen, wer dieser Dämon war.

Kalipar, der nach Anemoras kam und die Vorzeitbringerin mit zu sich nahm. Er … hat damit die Völker gespalten.

Ganz leise singe ich die vorherige Passage:

»Das Licht des blauen Eises
kämpft nun am Firmament.
Es strahlt bis in die Wüste
aus schwarzem Turmalin.«

Was, wenn damit Emza gemeint ist, die gegen Kalipar kämpfte? Es verhindern wollte. Oder ist dieses Licht des blauen Eises das der Vorzeitbringerin? Das eine neue Welt bis hin zur schwarzen Wüste erschaffen hat?

Ich singe weiter:

»Das Gold auf unsrem Haupte
zerfließt im Wind der Macht.
Es weht bis in die Feuer
aus roter Asche Blut.
Der Mythos war geboren
und alle glaubten ihm.
Doch hinter all den Lügen
gab's einen, der entfloh.«

Mein Kopf brummt, während die anderen mich mustern, als hätte ich jetzt den Verstand verloren. Ich muss mit ihnen reden. Das ist etwas, was ich nicht allein lösen kann. Was, wenn uns die Szene gerade zeigen sollte, dass sich die Dinge wiederholen? Und wir sie ändern müssen. So wie es Jeri tat, als er Jarrusch mit all seiner Macht vor Marruk beschützte, statt mich zu verraten.

»Wo wart ihr?«, fragt Red als Erster.

Keiner von uns sagt etwas. Das Mal des *sover ran* auf unserer Haut lässt es nicht zu.

»Wir müssen weiter«, hauche ich dann wie in Trance, weil meine Gedanken noch zu verworren sind, und gehe auf die Tür zu. Etwas Mächtiges zerrt an mir.

»Stoßt am roten Turm zu uns«, werfe ich Red zu, als ich begreife, dass wir sie dort sehen dürfen.

Die anderen bleiben zurück, während wir als Teilnehmer des Herrscher Runs hinaus in das goldene Ödland treten. Die Sonne wird bald untergehen und ein unruhiger Wind weht. Der Sand peitscht in mein Gesicht und das erste Mal wünsche ich mir wirklich mein Tahill zurück. Stattdessen ziehe ich mein schwarzes Oberteil ein wenig hoch, damit es meine Nase und meinen Mund verdeckt. Während wir stumm durch die Wüste laufen, wird der Sturm schlimmer.

»Wir brauchen einen Unterschlupf!«, ruft Keeran irgendwann und lässt mich schaudern. Seine Stimme ist so vertraut und gleichzeitig fremd.

Wir suchen nach schützenden Felsen und finden erst ein passendes Versteck, als die zwei Monde von Arasá erscheinen und mir die Sicheln die Erinnerungen an Keerans Verletzung zurückbringen. Tief in meinem Herzen spüre ich, dass wir zu den Menschen geleitet werden, die ihm das angetan haben. Dem Wüstenvolk. Doch warum, erschließt sich mir nicht.

Leoán sucht ein paar verdorrte Sträucher und spricht albische Gebete, als er sie abreißt. Alishan beobachtet ihn interessiert, während mein Blick immer wieder prüfend auf Jeri und Keeran landet. Sie sind eindeutig gefährlich. Beide. Ich wende mich wieder Leoán und Alishan zu.

»Was sagst du da?«, fragt sie interessiert und legt den Kopf schief. Leoán wendet sich ihr zu und streckt seine Hand aus. Sie folgt seiner Bitte und legt ihre in seine. Dann zieht er sie zu sich und führt ihre Finger an einen kleinen Ast eines Wüstenstrauchs.

»*Prote yo las strogs so yo lit shin agai*«, flüstert er und nickt ihr zu.

Sie atmet tief ein und wiederholt die Worte. Dann öffnet sich ihr Mund und sie reißt die Augen auf. »Es …«, sagt sie fasziniert, »es zieht sein Wasser zurück in seine Wurzeln.«

Leoán nickt. »Beschütze deine letzte Stärke, damit du wieder scheinst«, übersetzt er und schenkt Alishan ein liebevolles Lächeln.

»Das heißt, dass er nicht sterben muss, um uns Licht und Wärme zu geben. Nicht wahr?«

»So ist es.«

»Das ist wunderschön«, haucht sie und knickt den Ast ab. »Danke.«

Ich weiß nicht, ob sie es zu Leoán oder den Sträuchern sagt. Wahrscheinlich zu beiden. Aber es wirkt betrübt.

Sie setzen sich erneut zu uns und Leoán lässt die Sträucher mit nur einer Handbewegung brennen. Das erste Mal wird mir bewusst, wie sehr zwei Seelen, zwei Schicksale in ihm leben müssen. Der Alb mit seiner Verbundenheit zur Natur. Und dann dieses Feuer, entfesselt durch das Erbe Tunis', das so zerstörerisch für die Natur sein kann.

»Was könnte uns erwarten?«, fragt Alishan irgendwann in die Stille. »Und wann bekommen wir endlich was zu essen?«

Leoán lacht leise, wofür er einen leichten Hieb von ihr erntet.

»Trink Wasser, das nimmt den Hunger. Hier in der Wüste werden wir nichts zu essen finden«, wirft Jeri ein und deutet auf ihre Feldflasche. Es ist das Einzige, was wir dabeihaben. Nur dass sich niemand von uns erklären kann, woher wir sie haben. Sie waren einfach da, nachdem wir aus dieser vergangenen Welt wieder im Jetzt ankamen.

Ein Geräusch zieht meine Aufmerksamkeit auf sich und ich hebe die Hand. »Pscht!«

Ich erhebe mich und schließe die Augen. Es ist so leise, dass ich kaum etwas höre. Es könnte ein Tier sein, also suche ich in der Dunkelheit nach einer Seele. Und es sind Dutzende. Ich beiße die Zähne zusammen.

»Das Wüstenvolk ist hier.«

Ich suche nach ihren Absichten. Und fühle, dass sie uns bedrohen. Dass sie Pfeile mit Gift auf uns gerichtet haben. Sie nähern sich immer weiter. Erschrocken hebe ich meine Lider.

»Kniet euch hin! Hebt eure Hände!«

»Was?«, knurrt Keeran und bewegt sich in meine Richtung. Die Seelen um uns herum werden angespannter.

»Nein!«, rufe ich den Fremden zu und sinke selbst in den Sand. »Wir werden nicht angreifen.« Ich sehe zu Keeran, der den Griff seines Schwertes in der Hand hält. Umklammert.

»Vertrau mir!«

Es fällt ihm so schwer, dass ich trotz der Bedrohung seinen Schmerz über das fehlende Vertrauen zu mir in meiner Brust spüre. Doch er folgt meiner Bitte und auch die anderen gehorchen.

Die Seelen kommen näher, und dann erkenne ich endlich die dazugehörigen vermummten Gestalten vor uns. Die grünen Augen eines Mädchens fixieren mich, bevor sie ausholt und mir ihren Bogen gegen die Schläfe schlägt. Alles um mich herum wird dunkel und kalt.

••• ● •••

»Verdammt, sie sind geschützt!«, höre ich dumpf eine Frau fluchen. Mein Verstand spürt, dass sie mich auf den Rücken dreht und mein Albenmal berührt. Wirklich fühlen kann ich es kaum. Ich öffne die Lider, drehe mich wieder und erkenne die grünen Augen des Mädchens. Aber auch die Frau, die sie zurechtweist, erkenne ich. Ankara Karis – die Frau des Monarchen.

»Was macht Ihr hier?«, presse ich hervor. Ihr Blick landet auf mir. Böse. Zornig. Ich zittere am ganzen Körper. Doch sie reagiert nicht auf meine Frage.

Schnell setze ich mich auf und versuche mich umzusehen. Ich bin irgendwo eingesperrt. In einer Art Sandhöhle. Über uns ein Gitter, das die sengende Sonne hineinlässt. Offenbar sind Stunden vergangen, seit uns das Wüstenvolk gefunden hat. Die Wände sind aus Lehm. Unzerstörbar. Undurchdringlich.

Ankaras schneidende Stimme erfüllt den Raum. »Ihr seid das Phantom, für das mein Sohn geknechtet wurde.«

»Ich …« Zu viele Gefühle mischen sich in meiner Brust. Angst, weil ich eingesperrt bin und diese Frau immer nur an der Seite des grausamsten Menschen der Welt gesehen habe. Und Reue, weil ich den Schmerz über Jeris Qualen in jedem ihrer Worte hören kann.

»Ich will nichts hören!«, zischt sie und lässt meinen Arm los. Er fällt schwach auf den Boden. Alles an mir schmerzt.

»Wo sind die anderen?«

Ankara schaut auf mich hinab, als würde sie sich fragen, ob ich schwer von Begriff bin.

»Sie wurden empfangen.«

Ich öffne meinen Mund. Doch was soll ich schon sagen. Ich bin diejenige, wegen der sie zusehen musste, wie einer ihrer Söhne über all die Jahre gequält wurde, während der andere eine Rolle spielte, die nicht seine war.

»Ich wusste nichts davon!«, presse ich nun bestimmter hervor, weil ich in ihrer Seele ihren wahren Schmerz spüren kann. »Ihr schon! Und Ihr habt Euren Sohn nicht geschützt!«

Sie holt aus und schlägt mir mit der flachen Hand ins Gesicht. An ihrem Finger aber trägt sie eine eiserne Kralle, die mir eine Wunde in die Wange reißt. Ich will stark sein, ihr keine Schwäche zeigen. Deshalb stöhne ich nicht einmal. Stattdessen nehme ich alles zusammen, was mir an körperlicher Kraft geblieben ist, und stehe auf.

»Und statt jetzt für ihn da zu sein und ihn vor Eurem Mann zu schützen, seid Ihr was? Die Königin des Wüstenvolks?« Ich lache abwertend.

Sie starrt mich einfach nur an, während ich das Blut tropfen spüre. Es benetzt ganz langsam mein Oberteil an der Schulter. Das Mädchen hat den Kopf gesenkt, als würde es auf Anweisungen warten.

»Das hier ist mein Erbe. Mein Zuhause. Bevor Marruk kam und mich und meine Schwestern mitnahm!« Ihre Stimme bebt und ich muss nicht einmal ihre Seele lesen, um den Schmerz zu spüren. Zu hören. In jedem einzelnen Ton.

Ich mustere ihr jugendliches Gesicht. Sie ist so jung. Sie wurde direkt nach ihrem Run verheiratet und bekam kurz darauf ihr Kind – ihre Kinder.

»Ihr kommt ursprünglich vom Wüstenvolk?«, wiederhole ich ihre Worte. Sie hört das Zittern in meiner Stimme und sieht auf das Mal an meinem Hals. Ihr Blick wandert bis zu meiner Schläfe und ich begreife, dass es sich weiter ausgebreitet haben muss.

»Und Ihr ganz offensichtlich vom Volk der Alben.« Ihre dunklen Augen werden gütiger. Ihre harten Gesichtszüge weicher. Doch das gilt nicht mir. Ich spüre in ihrer Seele, dass es am Volk der Alben liegt, das ihr etwas bedeutet.

»Gara hat auf Euch eingetreten, nachdem sie Euch hierhergebracht hat, und Ihr steht dennoch.« Sie sieht an mir hinab.

Mein bebender Körper will nachgeben. Aber ich bleibe stark. Sie soll begreifen, dass ich nicht das kleine Mädchen bin, das ihren Sohn in den Untergang gerissen hat, für das sie mich hält.

»Solltet Ihr Eure Kräfte nicht für Euren Run sparen?«

Ich ziehe die stickige Luft ein. »Doch, nur bin ich nicht sonderlich gut darin, schlaue Entscheidungen zu treffen. Ihr müsst also hiermit vorliebnehmen.« Ich versuche, stark zu klingen. Aber um ehrlich zu sein, bin ich mir nicht sicher, ob mich Ankara lange genug leben lassen wird, um den *sover ran* zu beenden.

»Seid Ihr Euch sicher?«

Ich lache trostlos. »Ich habe oft genug in irgendeiner Zelle gelegen und mich meinem Schmerz hingegeben. Mich in ihm gesuhlt. Mich bemitleidet. Das hat es nicht besser gemacht.«

Sie hebt anerkennend ihre Brauen, dann sieht sie zu dem Mädchen, Gara. »Bring Jeri her!«

Sie nickt und verschwindet in der Dunkelheit, wo offenbar eine Tür hinausführt. Ankara und ich blicken uns einfach nur an, während wir warten. Als bräuchten wir keine Worte mehr, um uns zu verstehen. Ich spüre, dass sie meinen geschundenen Körper mustert, und ihre Seele verrät mir, dass sie sich wünscht, sie hätte auch ein einziges Mal gestanden, während Marruk sie am Boden sehen wollte.

Schritte. Und dann steht Jeri in dem Kerker.

»Gara, du kannst gehen«, sagt Ankara mit einem Blick auf ihren Sohn. »Was soll ich mit ihr machen?«

Jeri blickt mich an. Das Meer in seinen Augen tobt. Glüht. Es lebt.

»Sie ist eine Nachfahrin, Marra.«

»Und gegen die trittst du an, nicht wahr?«

Jeri schüttelt den Kopf. »Um ihren Tod geht es aber nicht. Wir dürfen uns nicht gegenseitig aus dem Spiel nehmen.«

»Du würdest sie ja nicht töten. Ich mache das.«

Jeri sieht mich wieder an und tritt näher. Ich recke mein Kinn. Er mustert mich, hebt seine Hand und berührt mein Gesicht. Mein Atem geht schneller. Seine Macht fließt schmerzhaft durch mich hindurch und ich muss mich zusammenreißen, nicht zu schreien. Was ist das für eine Gabe? Als würde er das Blut aus mir heraussaugen. Ich ramme meine Nägel in meine Handflächen, um stark zu bleiben. Dann endlich lässt er los.

»Nein«, raunt er und ich spüre, dass er die Gefühle für mich nie ganz ablegen konnte.

»Liebst du sie noch?«, fragt Ankara, während sie mich fixiert.

»Nein«, wiederholt Jeri und schaut seine Mutter an. »Aber sie trägt keine Schuld an dem, was mir passiert ist. Ich entschied mich damals, ihre Hütte aufzusuchen. Ich entschied mich, ihre Seele an mich ranzulassen und sie lieben zu lernen. Es war meine Entscheidung, Marra. Und ich würde es wieder tun.«

Ich halte den Atem an. Mein Herz schlägt sich beinahe durch meine Brust.

»Und jetzt lass sie frei!«, knurrt er fast bedrohlich.

Sie verzieht den Mund. Nickt aber und verschwindet dann.

Es dauert unendlich lange Sekunden, bis Jeri seinen Blick von der Stelle, an der Ankara gerade stand, auf mich richtet und mich damit mitten ins Herz trifft.

»Komm«, sagt er und deutet zur Tür.

Erleichtert folge ich ihm und steige eine Lehmtreppe hinauf. Ich erwarte, die Wüste zu erblicken. Aber das hier ist eine Stadt. Erbaut aus dem goldenen Sand, den das Wüstenvolk zu Lehm und

Glas verarbeitet hat. Mit offenem Mund versuche ich die vielen kleinen Gebäude und die großen Türmchen zu erfassen. Die Veranden, die mit Leinen überspannt sind, und die Kamele, die von verhüllten Menschen durch die Straßen geführt werden.

»Kaum jemand weiß von diesem Ort«, erklärt Jeri, der meinen fassungslosen Blick gesehen haben muss.

»Und das hat der Monarch zugelassen?« Ich schüttle irritiert den Kopf.

»Es war ein Handel. Er bekam Ankara und ihre Schwestern und dafür ließ er das Wüstenvolk leben.«

»Deine Mutter muss sehr wertvoll für ihn gewesen sein.«

Jeri lacht und runzelt die Stirn. »Sie hat gute Gene. Ein Drilling bringt meist selbst Drillinge oder zumindest Zwillinge zur Welt. Außerdem besitzen die Mitglieder des Wüstenvolks große Weisheit und machtvolle Gaben, weil sie die ersten Menschen waren, die Arasá erschuf. Manche behaupten sogar, sie seien schon vor den Göttern hier auf Erden gewesen.«

»Ankara ist doch eine Kalipar«, wende ich ein und werfe kurz einen Blick hinter uns, wo sie uns mit genügend Abstand folgt.

»Ist sie nicht. Nicht ganz. Meine Großmutter war eine Kalipar.«

Wir gehen weiter, bis wir einen Platz erreichen, der wie ein Marktplatz aussieht, aber gerade einsam vor uns liegt. Nur in der Mitte sitzen einige Männer und Frauen an einer Feuerstelle. Und bei ihnen auch Alishan, Leoán und Keeran.

Ich gehe auf sie zu, und dann fällt mein Blick auf Ankaras Schwestern und Angelic, Jeris jüngeren Bruder.

»Was wollen wir hier?«, frage ich, als ich zu den anderen stoße.

Leoán springt sofort auf und berührt meine Wange. »Was ist passiert?« Er klingt besorgt, und doch schüttle ich nur den Kopf. Ich will nicht darüber reden.

»Da es diesmal keinen Monarchen gibt, der uns sagt, was wir tun sollen, müssen wir das wohl allein herausfinden«, antwortet Keeran kühl auf meine Frage und erhebt sich ebenfalls.

Ich versuche seinem Blick standzuhalten, aber er ist so groß, dass mich die Sonne blendet, die im Zenit steht. Trotzdem spüre ich kurz Sorge in ihm aufflackern. Schnell verscheuche ich meine Ängste zu Ankara und meinem schmerzenden Körper, damit er sie nicht in mir lesen kann.

»Sie sagte, sie will nur mit dir reden«, knurrt nun Leoán.

»Ich weiß, was ihr hier zu suchen habt«, sagt sie und ignoriert Leoáns Wut. Ihre beiden Schwestern haben sich mittlerweile hinter ihr versammelt. Immer noch tragen sie die seidenen Verhüllungen über ihren stummen Mündern.

»Du?«, fragt Jeri skeptisch. In seiner Stimme klingt uralter Zorn mit. Enttäuschung. »Woher?«

»Es gibt acht Orte in unserer Welt, die von den Göttern gesegnet wurden.« Sie bedeutet uns, ihr zu folgen, und verlässt den Marktplatz, um zu einer Art Kapelle zu laufen.

»Genauso viele wie die Statuen«, flüstert Leoán mir zu.

Als wir eintreten, steigt mir ein starker Geruch in die Nase. Sandelholz und Lilien. Das Innere ist nur durch rötliches, gedämpftes Licht erhellt.

»Diese Prüfung im *tempe de muri* diente dazu, den Run der Herrscher einzuläuten.«

»Was soll das heißen?«, unterbreche ich sie.

Sie lächelt überlegen. »Seht selbst«, haucht sie und deutet auf die hintere Wand der Kapelle. Glühende, glänzende Adern ziehen sich an ihr hinauf und wachsen, als würden sie leben. Sie strahlen rotes Licht aus und wirken wie Lava, die die Wand hinauffließt.

»Was ist das?«, fragt Alishan mit ängstlicher Stimme.

Ich trete näher. Mustere die Adern. Und zähle fünf Äste.

»Warum fünf? Die Götter hätten nicht wissen können, dass wir fünf sein werden.«

Ankara schenkt mir ein Lächeln, das beinahe mitleidig wirkt.

»Die Götter wissen alles, Sari aus dem Hause Lakar.«

Ich atme tief ein und sehe zu Keeran. Er hat den Kopf schief gelegt und mustert die Wand.

»Berührt euren und ihr werdet wissen, was ihr zu tun habt.«

Leoán tritt als Erster vor, doch Alishan hält ihn zurück. »Was, wenn wir wieder in einer Zwischenwelt landen und diesmal nicht herauskommen?« Angst steht in ihren Augen.

»Wir müssen«, raunt Leoán und nickt ihr zu.

Sie presst die Lippen aufeinander, gehorcht aber und sucht sich einen der Äste aus. Ich folge ihr und stelle mich neben sie. Als auch Jeri und Keeran bereit sind, bin ich die Erste, die ihre Hand auf die glühenden Adern legt.

Diesmal werde ich nicht in eine andere Welt gezogen. Stattdessen ist es, als würde sich mein Bewusstsein erweitern. Als würde ich mich plötzlich an Dinge erinnern, die ich nie zuvor erlebt habe.

Und dann höre ich sie. Emza. Ich erkenne ihre Stimme sofort.

»Dein Lauf, Sari, wird aus einigen Prüfungen bestehen. Aber deine Seelenprüfung soll drei davon umfassen«, hallt ihre liebliche Stimme in meinem Kopf wider. »In der ersten Prüfung musst du dich lösen. Dich reinigen. Die Dinge klären, die ungeklärt sind. Du musst der Mensch sein, der du einst warst, um der Mensch werden zu können, der du sein sollst.«

Macht erfüllt jede Faser meines Körpers, während ihre Stimme mich in Sicherheit wiegt. Sie fließt aus der Wand, aus den feurigen Adern in mich hinein.

»Deine zweite Prüfung wird daraus bestehen, zu verzeihen und dadurch zu einen.«

Ich will sie fragen, was sie damit meint, aber meine Stimme ist stumm. »Und die letzte Prüfung wird daraus bestehen, dich von allem zu lösen. Bereit zu sein, allein weiterzugehen und die anderen hinter dir zu lassen.«

Ich schlucke schwer. Mein Herz pumpt laut.

»Deine erste Prüfung beginnt jetzt.«

»Was heißt das?«, hake ich unsicher nach, endlich wieder meiner Stimme mächtig. Ich versuche mich umzusehen, die anderen zu erkennen, aber sie sind wie verschwommen.

»Ich werde dich an den Punkt zurückbringen, an dem du etwas Ungeklärtes zurückgelassen hast.« Ich höre Schmerz in ihrer Stimme und weiß insgeheim, dass sie bei ihrem Run zu dem Punkt zurückgebracht wurde, als Kalipar sie hinterging. Es ist, als wären wir verbunden. Als würde ihr Schmerz für diesen Moment auch mir gehören.

»Viel Erfolg. Und vergiss niemals, wer du bist, Sari. Und übersieh deine Feinde nicht!«

Ich will noch etwas fragen. Aber Emzas Gegenwart verschwindet und mit ihr ein Teil von mir. Der Run – er – verschwindet vor meinen Augen. Ich sehe dabei zu, wie er in schwarzem Nebel vergeht. Wie ich rückwärts durch den Wald laufe. Zu Hause in der Hütte sitze und ohne Tränen trauere. Ich sehe dabei zu, wie die Jahre rückwärtslaufen und schließlich verblassen.

Dann höre ich etwas an meinem Fenster, und als ich hinausblicke, erkenne ich Jeri. Er verabschiedet sich. Geht, nachdem ich ihn gerade das erste Mal ohne seinen Tahill gesehen habe.

Diese Erinnerung bleibt. Und ich begreife, dass Jeri meine ungeklärte Sache ist.

KAPITEL 11

Hamza, Passus II Arasá, Vers 198

Arasá wusste, wie es um Emza stand. Und auch, was die Folgen sein würden. Also schuf sie heilige Orte, an denen die Götter auf ewig Zugang zu den dort verweilenden Menschen haben würden.

Und zudem schuf sie Waffen, die nicht von dieser Welt waren. Doch würden sie auf ewig Unheil und Segen zugleich sein.

Meine Finger gleiten von der Wand vor mir. Ich weiß nicht genau, warum ich hier bin. Und gleichzeitig spüre ich, dass ich einen Lauf um meine Herrschaft absolvieren muss. Etwas auf meiner Haut brennt, das mir diese Erkenntnis in mein Blut rammt. Verwirrt sehe ich mich in dem Saal um. Es gleicht einer Heilstätte oder Kapelle.

Dann wandert mein Blick zu drei Fremden und dahinter …

»Jeri!«, rufe ich und gehe auf ihn zu. »Was machst du hier? Hast du deinen Run schon bestanden?«

»Sari«, raunt er abwesend. Was ist los mit ihm?

»Er ist tot«, sagt die junge Frau hinter mir und bricht in Tränen aus.

Ich drehe mich um, ohne wirklich zu wissen, ob ich sie trösten will. Dabei entdecke ich eine düstere große Gestalt hinter ihr. Fast schrecke ich zurück, als mich diese dunklen Augen treffen. Er sieht mich so durchdringend an, dass es sich anfühlt, als würde er mir direkt in die Seele blicken.

»Wer?«, frage ich das Mädchen vorsichtig, als ich mich endlich von seinem Antlitz gelöst habe.

»Mein Geliebter. Mein Verlobter. Der Monarch hat ihn getötet.« Ihr Blick landet voller Hass auf Jeri. Der düstere Kalipar nimmt sie liebevoll in den Arm.

»Er ist nicht sein Vater!«, wende ich ein und hebe beschwichtigend meine Hand.

»Kann mir jemand erklären, was mit euch los ist?«, fragt der andere Mann, und als ich ihn anschaue, weite ich erschrocken meine Augen. »Du bist ein Alb«, platzt es aus mir heraus und ich sehe mich unruhig in der verfallenen Kapelle um. Wenn hier Wachen sind, die uns zusammen mit einem Alben entdecken, der eigentlich gar nicht leben dürfte, werden wir alle am Pranger landen.

»Du auch, Prinzessin«, erwidert er mit erhobenen Brauen.

Ich schüttle lachend den Kopf. Aber alle blicken mich an, als würde er die Wahrheit sagen. Selbst Jeri wirkt erschüttert von meinem Aussehen.

Ich berühre wie in Zeitlupe meine Ohren und schreie, als ich ihre Spitzen fühle. Dann hebe ich meinen Arm, der erstens nackt ist, zweitens voller Male und drittens glänzt.

»Was ist hier los?«

»Das wüsste ich auch gerne«, brummt der Alb und wirft jedem von uns ratlose Blicke zu. »Erinnert sich irgendeiner von euch außer mir?«

Das Schweigen ist Antwort genug, denn ich weiß nicht einmal, woran ich mich erinnern sollte. Das Einzige, was ich spüre, ist, dass mich dieses Mal auf meiner Haut weiterdrängt. Weiter Richtung Westen, nach Tunis. Ich sehe hinab und erkenne eine unfertige Windrose auf meiner Haut. Und dann komme ich endlich zu Verstand. »Wo ist Jarrusch?« Panik breitet sich in mir aus. Was mache ich hier, wenn Jarrusch in seiner Kammer eingesperrt ist? Wer kümmert sich um ihn?

»Er ist in Sicherheit«, sagt der Alb behutsam und sieht mich durchdringend an. Ein seltsames Gefühl durchzuckt mich und ich spüre, dass er die Wahrheit spricht. Sie festigt sich in meinem Herzen.

»Keeran, woran erinnerst du dich?«, wendet er sich an den düsteren Kalipar.

»Ich ...« Sein dunkler Blick landet wieder auf mir. »Ich habe dich verraten.« Kurz sieht er zu dem weinenden Mädchen. Als würde sie eine tiefe Liebe verbinden.

»Mich?«, frage ich irritiert und schaue mich um, als würde jemand hinter mir stehen, den er anspricht. »Ich kenne dich nicht einmal.«

Der Kalipar muss ein Schattenbringer sein. Keeran. Er fährt sich angestrengt durch sein Haar.

»An wen verraten?«, mischt sich Jeri ein und stellt sich schützend vor mich.

»An deinen Vater«, knurrt Keeran, als würde er ihn für sein Erbe verurteilen.

»Beruhigt euch, ich kläre euch auf«, sagt der Alb und scheint dann selbst in der Kapelle nach etwas zu suchen. Sein Blick wird skeptisch. »Was ist hier passiert?«, murmelt er kurz eher zu sich selbst, bevor er wieder uns ansieht.

»Wir wurden an einen Punkt zurückgeschickt, an dem etwas

ungeklärt für uns ist. Unsere Prüfung besteht darin, es zu klären.«

»Und woher weißt du das?«, will ich skeptisch wissen.

Der Alb grinst mich vertraut an. Nicht wie es ein Fremder tun würde. Sind wir etwa Freunde?

»Weil die Stimmen es mir verraten haben.«

»Und warum bist du dann nicht … zurückgeschickt worden?«

»Offensichtlich bin ich etwas anders aufgewachsen als ihr. Ich bin im Reinen mit mir, Sari.«

»Wie heißt du?«, frage ich, weil es vielleicht das seltsame Gefühl nehmen kann, wenn er meinen Namen sagt, als würde er mich kennen. Ich spüre ganz deutlich, dass wir eine unzertrennliche Verbindung haben. Aber es ist, als würde ich das spüren, was er für mich fühlt. Wahre Freundschaft. Doch wo kommt das her?

»Leoán.«

Ich warte, ob mir dieser Name ein Gefühl zurückgibt. Das tut er jedoch nicht.

»Wir müssen weiter«, sagt Keeran.

Kurz spüre ich seinen Schmerz. Aber wie? Angst macht sich in mir breit.

»Du kannst Seelen lesen, Sari«, raunt er heiser und rau.

Ich sehe zu Boden. Woher wusste er, was ich gefühlt habe? Warum kennt er mich so gut? Falls das eines der perfiden Spiele des Monarchen sein soll, spiele ich nicht mit! Doch ich muss mir eingestehen, dass der ziehende Schmerz des Mals an meinem Handgelenk schlimmer wird.

Also treten wir zusammen aus der Kapelle und stehen in einer verlassenen Stadt. Die Gebäude wurden aus Sand erbaut und wunderschön verziert. Der Schattenbringer stützt die junge Arasá.

»Wo sind wir?«, frage ich.

»*Empire te deser*, im Reich des Wüstenvolks«, erklärt der Alb.

»Und wo ist dieses Wüstenvolk?«, hake ich nach und mustere weiter die kleinen und großen Häuschen, deren goldener Sand in der Sonne glitzert.

»Darauf hätte ich auch gerne eine Antwort. Vielleicht sind wir doch wieder in einer Zwischenwelt.« Der Alb, Leoán, zuckt mit den Schultern.

»Vielleicht hat dieses Volk aber auch nie existiert«, gebe ich skeptisch zurück. Ich weiß nicht, ob man einem Alben vertrauen kann. Der Erkenntnis zum Trotz, dass ich offensichtlich selbst eine Albin bin.

»Er hat ihn einfach getötet, Keeran«, schluchzt die junge Frau. Sie kennen sich also. Er schenkt der Arasá ein mitleidiges Lächeln.

»Unser nächstes Ziel liegt in Richtung *res towe*«, sagt Keeran dann.

Ich würde ihn gerne fragen, woher er das weiß. Aber auch ich weiß es. Als wäre es in meine Seele gebrannt worden.

»Das heißt, wir müssen durch die *volkano rockla*«, murmelt der Alb. Ich werfe ihm einen nachdenklichen Blick zu und streife dabei kurz den von Jeri, der stumm Keeran beobachtet.

»Wir sind im *gol wastla*?«, erkundige ich mich nun, weil das vulkanische Felsenland zwischen dem goldenen Ödland und dem roten Turm liegt.

»Was dachtest du, wo das Wüstenvolk lebt?«, entgegnet er.

Ich verziehe den Mund. »Entschuldige, dass ich nie zuvor davon gehört habe.«

»Ich verzeihe dir«, lacht er freundschaftlich und ein Teil von mir wünscht sich, ich könnte diese Freundschaft auch fühlen. Der Alb wirkt liebevoll, treu und sehr schlau, beinahe weise.

»Wo sind Red und Medisa?«, fragt Keeran, während wir durch die verlassene Stadt Richtung Westen laufen. Jeri bleibt immer an meiner Seite. Auf dem Weg durchsuchen wir die Häuser nach Essen und Trinken, weil wir nichts bei uns haben und der Weg lang ist. Ein bisschen was finden wir.

»Wir treffen sie am *res towe.* Dort dürfen sie zu uns stoßen«, beantwortet der Alb.

Ich weiß zwar nicht, von wem er spricht, aber ich spüre, dass sie diesem Keeran wichtig sind. So gut es geht, bemühe ich mich, den Gedanken abzuschütteln.

Immer wieder schaue ich zu Jeri. Es ist, als wäre er gerade erst gegangen, und doch erkenne ich, dass seitdem viel Zeit vergangen ist. Seine Blicke sind so düster. Fast so, als würde er mir die Schuld an etwas geben. Außerdem ziert eine Narbe sein Gesicht. Wann ist das passiert?

»Gebt acht auf die Berg-Purratis«, unterbricht Keeran meine Gedanken und sieht sich wachsam um.

Nach einer ganzen Weile wandelt sich der Boden unter uns von Sand zu Stein. Meine Beine brennen vom Laufen durch den Sand und ich bin dankbar, dass die Sonne nach und nach tiefer steht und nicht mehr diese sengende Hitze verbreitet. Doch die Freude verebbt, als der steinerne Boden unter uns zu glühen beginnt.

Das vulkanische Felsgebiet von Tunis ist ein gefährlicher Ort. Überall lauern Abgründe und heiße Lava, die einen zu verschlingen drohen.

Es wird vollends dunkel und die Sicheln am Himmel spenden nur mäßig Licht. Selbst das rötliche Licht der Lava unter uns hilft nicht wirklich dabei, seine Schritte weise zu wählen.

Als ich gerade vorschlagen will, eine Rast zu machen, bebt die Erde. Bei den Göttern, was ist das?

Mein Blick fällt auf den Boden. Auf den Stein, der sich pochend bewegt.

»Gargolas!«, schreit Leoán, aber bevor ich es begreifen kann, erhebt sich der Stein unter mir und schleudert mich von sich.

Ich lande unsanft auf einem anderen Felsen. Meine Knochen knacken und bestialischer Schmerz strömt in meinen Körper. Doch der Anblick, der sich vor mir erhebt, lässt meinen Körper taub werden. Der kleine Felsvorsprung, auf dem ich gerade noch stand, erhebt sich mit lautem Grollen zu einem riesigen Wesen.

Ich habe einmal von Gargolas gehört. Sie sind ein Überbleibsel der Drachen, versteinert, bis man sie weckt und ihren Zorn auf sich zieht. Hüter der Unterwelt von Tunis. Aber was machen sie hier? Mir bleibt keine Möglichkeit, darüber nachzudenken. Dieses mächtige Wesen richtet seinen Blick auf mich. Seine spitzen Zähne sind größer als mein gesamter Körper. Seine Augen glühen rot und bohren sich brennend in meine Seele. Sein steinerner Körper ähnelt einem Drachen und die spitzen Ohren einem Alben.

»Sari, renn weg!«, schreit Keeran, doch ich kann mich nicht bewegen. Der Schmerz in meinen Knochen lähmt mich.

Trotzdem versuche ich aufzustehen und schreie, als es mir beinahe den Körper zerreißt.

Der Gargola gibt einen bestialischen Laut von sich. Er reißt das Maul auf.

»Sari!«, brüllt der Schattenbringer wieder.

Ich schaue ihn an. Sein Blick ist sanft, aber von Macht erfüllt, und dann sind die Schmerzen verschwunden. Ich keuche, versuche aufzustehen, doch eines meiner Beine klappt einfach weg. Also humple ich. Weg von dem Monster. Mir bleibt keine Zeit, mich nach den anderen umzusehen, denn da spuckt er Wasser.

»Weg von der Lava!« Es ist erneut Keeran.

Das Geräusch, als das Wasser auf die Lava trifft, lässt mich taub zurück.

Ich sehe zu Keeran, der auf der anderen Seite steht und sich bückt, um seine Finger in das Wasser zu tunken und abzulecken.

»Salzwasser!« Seine Stimme ist so panisch, dass auch ich endlich begreife. Die Dämpfe, die neben mir durch das Wasser und die Lava emporsteigen, sind hochgradig giftig. In dem Moment, in dem das Salz des Salzwassers auf die Lava trifft, entsteht Salzsäure.

Ich humple weiter. Versuche nur zu atmen, wenn meine Sicht einigermaßen frei ist, um nicht den tödlichen Dampf einzuatmen. Dann entdecke ich die Arasá vor mir. Sie liegt zwischen zwei Felsen, ohne Bewusstsein.

Ich stürze mich auf sie und schlage ihr ins Gesicht. Doch sie wacht nicht auf. Und endlich erscheint der Schattenbringer hinter mir.

»Bring sie weg!«, sage ich fest. Hinter uns stößt der Gargola weitere Fluten aus. Die Dampfwolken kommen näher und näher.

Keeran sieht verzweifelt zwischen ihr und mir hin und her.

»Los! Ich schaff das.«

Er presst die Lippen aufeinander, dann beugt er sich kurz über das goldblonde Mädchen und berührt mein Bein. Macht strömt durch mich hindurch und ich spüre, wie es heilt.

»Renn, Phantom aus dem Hause Lakar!« Mit diesen Worten hievt er sich den Körper des Mädchens auf die Schulter und läuft voraus.

Ich versuche Schritt zu halten, aber obwohl mein Bein geheilt ist, sticht meine Lunge. Ich muss gebrochene Rippen haben.

»Denk nach, Sari!«, bläue ich mir ein. »Keine Angst, nur Respekt.«

In meinem Kopf gehe ich jede Geschichte durch, die Jarrusch mir über die Gargolas erzählt hat.

Sie werden zu Stein, wenn die Sonne aufgeht. Verdammt. Das kann noch Stunden dauern. Dieses Ding ist gerade erst aufgewacht.

Ich renne weiter über die Felslandschaft, bis sich vor mir eine schwarze Mauer erhebt. Ich öffne erschrocken meinen Mund. Gerade ist doch Keeran hier durchgelaufen.

Ich höre die Schreie der anderen, aber sie wirken weit weg. Und dann wird es mir klar. Das hier vor mir ist keine Mauer, sondern erkaltete Lava. Um mich herum ist überall dieser Dampf. Ich sitze in der Falle.

Ich drehe mich um und erblicke einen weiteren Gargola.

»Sari!«, schreit Jeri von der anderen Seite der Mauer. Der Gargola kommt näher. Bedacht. Grausam.

Ich stehe wie erstarrt da, als würden mich diese glühenden Augen hypnotisieren. Bis der Boden erneut bebt. Endlich sehe ich hinab. Unter mir reißt der Fels auf.

»Ruf Aradas!«, schreit Leoán. Ich weiß jedoch absolut nicht, was er damit meint. Also treffe ich eine Entscheidung, kurz bevor der Gargola mich ertränken oder mit seinen Zähnen zerfetzen kann, und lasse mich in die Felsspalte sinken. Ich kralle meine Finger in die steinerne Wand, kann mich aber kaum halten.

Ich weiß, dass hier unter den Felsen eine Quelle liegt. Ich weiß es, weil Jarrusch es mir vorgelesen hat. Und es muss einfach stimmen.

Ich rutsche ab, halte mich mit meiner letzten Kraft und spüre, wie meine Nägel splittern.

Meine Füße finden keinen Halt. Der Gargola brüllt unmenschlich auf und rammt seine Krallen in den Spalt. Und ich – lasse los.

Ich falle die schmale Felsspalte hinab, knalle immer wieder gegen den Stein, versuche aber mit aller Macht bei Bewusstsein zu bleiben.

Und dann pralle ich mit einem allumfassenden Schmerz auf eine Wasseroberfläche und gehe unter.

Ich kriege keine Luft. Meine Lunge wird zerdrückt. Mein Bauch ist seltsam verkrampft. Und endlich schwimme ich gegen meine Schmerzen an und tauche auf. Hole Luft. Ringe nach Atem.

Jarrusch hatte recht. Hier unten gibt es eine Quelle. Das Bild von dieser Grotte mit den tropfenden Steinen erinnert mich an etwas, das ich nicht zu fassen bekomme. Als wäre ich schon mal an einem ähnlichen Ort gewesen.

Ich kämpfe mich ans Ufer und danke meiner Marra, dass sie mich das Schwimmen gelehrt hat. Es ist unüblich für Arasás, aber ihr war es wichtig. Um Atem ringend lasse ich mich rücklings zu Boden sinken, um meine stechenden Rippen zu entlasten.

Die Höhle glänzt rötlich und es scheint, als ob die Echos von Gesängen hier hereingetragen werden würden.

Ich atme ein paarmal tief durch, bis ich mich erhebe und ein paar Schritte gehe.

Ab und zu tropft Lava von oben in das Wasser. Dieses Mal ist es allerdings Süßwasser. Quellwasser, das kein Gift hervorbringt. Dennoch ist es nebelig hier, weshalb ich einmal die gesamte Höhle umrunde und nach einem Gang oder einem Tunnel suche. Aber hier ist nichts außer Gestein. Kein Weg hinaus. Nur dieser riesige See zu meinen Füßen.

»Was soll ich jetzt tun?«, frage ich in die Stille.

Ich sehe zur Wasseroberfläche. Was weiß ich über Wasser? Es ist der Ursprung von allem. Quellen sind der Anfang. Und auch das Ende. Der Übergang ins Totenreich wird ebenfalls von Wasser geleitet. Ist das hier also der Weg in Tunis' Unterwelt? Aber so nah können wir nicht am *gat te das* sein. Wir haben nicht einmal die Höhe der *biblio te hamza* erreicht.

Und doch sagt mir ein Gefühl, dass diese Quelle hier vor mir der Weg zum Leben und dem Tod ist. Ich muss durch diese Quelle schwimmen, um einen Ausweg zu finden. Ich berühre das Wasser ganz sanft und spüre die Wahrheit darin.

Also steige ich hinein und hole tief Luft. Tauche unter und schwimme hinab. So schnell und weit ich kann. Bis meine Lunge zu bersten droht. Als ich gerade wieder umkehren will, sehe ich ein Licht, und dann zieht es mich in sich hinein.

Ich tauche auf und höre die Schreie der Seelen um mich herum. Rieche Tod und Blut. Fassungslos begreife ich, wo ich bin. Das rötliche Wasser des Flusses und die kahle Leere hier unten. Ich weiß genau, dass Leichen in diesem Fluss liegen. Zumindest besagt das die Hamza. All diejenigen, die keinen Obolus besitzen, werden hiergelassen. Dies ist der Eingang zur Unterwelt.

Bin ich durch die Quelle hergekommen oder beim Versuch hinabzuschwimmen gestorben?

»Komm da raus!«, knurrt jemand mit Angst einflößender Stimme.

Ich schlucke schwer, als ich mich am Ufer hinaufziehe und in das Gesicht des Mannes sehe. Ich weiß sofort, wer er ist. Mir gegenüber steht Tunis. Ich weiche zurück, erhebe mich dann jedoch, um mich aufrecht vor ihn zu stellen. Ich darf keine Angst zeigen.

»Was machst du hier?«, fragt er mit seltsam hallender Stimme. Er ist ganz ruhig, und doch wirkt alles an ihm wie pure Bedrohung. Und gleichzeitig vertraut. Er erinnert mich an Leoán. Sein rötliches Haar, diese liebevollen, aber ernsten glühenden Augen, die dem Sonnenuntergang so sehr gleichen, und die starke, drahtige Statur.

Sein düsterer Blick gleitet zu meinem Arm, wo die Goldmünze mein Handgelenk schmückt.

»Ich bin nicht gestorben, also werde ich Euch meinen Obolus nicht geben«, sage ich fest.

Tunis legt den Kopf schief. »Bist du dir da sicher?«

Ich nicke, obwohl sich Unsicherheit in mir breitmacht.

Tunis kommt näher. Geht um mich herum, mustert mich und … schnuppert an mir.

»Dein Leben wird von jemandem geschützt. Du warst tot.«

»Was soll das heißen?« Panik ergreift Besitz von mir.

Er schnuppert weiter, was mir einen Schauder über den Rücken fahren lässt. Als müsste er erriechen, wer genau mich schützt.

»Die kleine Emza«, stellt er dann fest. »Wie konnte mir das entgehen.« Er stellt sich vor mich und zeigt mir seine leicht spitzen Zähne.

»Ich habe es genossen, mit dem Sohn meines guten Freundes Geschäfte zu machen. Aber mich hat schon da interessiert, warum er sein Leben ausgerechnet an die kleine Emza binden wollte, obwohl sie doch eine – sagen wir – unangenehme Vergangenheit begleitet.«

»Ich weiß nicht, wovon Ihr redet!«, zische ich mit geballten Fäusten.

Er verengt seinen Blick. Und dann lösen sich seine Gesichtsmuskeln, als hätte er etwas verstanden. »Ihr wurdet zurückgeschickt«, stellt er fest. Und ja, das passt zu dem, was Leoán sagte. »Ich erinnere mich daran, wie die anderen sich fast die Köpfe eingeschlagen haben, während ich … ich habe mich an alles erinnert.«

»Falls es Euch beruhigt, Euer Erbe macht Euch in diesem Punkt alle Ehre.«

Tunis grinst breit, aber es wirkt nicht gerade positiv.

»Du bist offensichtlich genau wie Emza, das arme Ding. Also kläre ich dich gerne auf.« Er leckt sich über die Lippen, fast so, als wäre es eine Art Festmahl, mir zu berichten, was er weiß. »Dafür würde ich dich jedoch gerne zu mir bitten. In meine Gemächer.«

»Gemächer?«, frage ich und folge seinem Blick den roten Fluss entlang. Meine Augen verengen sich. Ich stocke. »Ist das der Sanguis?«

Tunis lacht. »Ja, kleine Emza, das ist er.«

Ich sehe an mir hinab und berühre meine Kleidung. Würde sie mir am liebsten vom Körper reißen. Schlimmer noch, als im Totenfluss der Unterwelt zu schwimmen, ist die Erkenntnis, dass dieser Fluss gleichzeitig der tödliche Sanguis ist. Immer wieder werfe ich panische, Hilfe suchende Blicke zu Tunis, der wirkt, als würde er mein Verhalten studieren.

»Das Wasser tut dir nichts«, erklärt er dann irgendwann.

»Jeder, der darin badet, verschwindet.«

»Das ist richtig. Diese Menschen kommen entweder hier oder in Nachnyl an. Da du bereits hier bist ... wird er dich nicht verschwinden lassen, Kleines.« Er tippt sich gegen die Schläfe, als hätte ich nur ordentlich nachdenken müssen, um das zu begreifen.

»Also?«

»Ich werde nicht in die Unterwelt gehen.«

»Das Reich des Todes wirst du besuchen. Ihr absolviert den Herrscher Run und dort wird eine Prüfung auf euch warten.«

Ich stöhne. Ich darf mich nicht auf Tunis einlassen. Er lockt Seelen in sein Totenreich. Und er wird mich nie wieder gehen lassen, da bin ich sicher.

»Aber nicht jetzt!«, sage ich bestimmt und will mich umdrehen. Doch Tunis hält mich auf.

»Ich habe etwas, das du sehen musst. An deiner Stelle würde ich es mir überlegen«, gibt er überheblich von sich. So als wüsste er bereits, dass ich einknicken werde.

»Nutz deine Kraft!«, ertönt eine Stimme in meinem Kopf, die ich nicht kenne. Und doch weiß ich instinktiv, was zu tun ist. Ich bücke mich und lege meine Hand auf die tote Asche unter mir. Macht fließt durch mich hindurch wie eine Droge, die mich schweben lässt. Ein so allumfassendes Gefühl habe ich nie zuvor gespürt, und dann schaue ich dabei zu, wie sich ein glänzendes Licht über dem Boden ausbreitet und ihn zum Leben erweckt. Blumen sprießen heraus und aus der roten Asche wird gesunde Erde.

»Stopp das!«, knurrt Tunis voller Zorn und kommt auf mich zu. Aber er unternimmt nichts. Er hat mich auch zuvor nicht einfach in seine Unterwelt gezogen. Er kann seine volle Macht also nicht nutzen. Denn obwohl er ein Gott ist, ist er tot.

»Dann hört auf, Spiele mit mir zu spielen!«, sage ich fest und stehe auf.

Sein Mund ist verzogen und seine Haut glüht vor Zorn.

»Ich werde dir trotzdem die Erinnerung geben.« Er tritt wieder näher. Ein väterlicher Ausdruck schleicht sich auf sein Gesicht. Einer, wie Varra ihn hatte, bevor Marra starb. Das sanfte Lächeln, die gütigen Augen. Und dieses Ein- und Ausatmen, als wäre man stolz und gleichzeitig gezwungen, das Kind seinen eigenen Weg gehen zu lassen.

Er berührt meinen Arm. Ein Brennen zuckt durch mich hindurch und plötzlich tauchen Bilder vor mir auf. Da, wo ich mich gerade befinde, steht plötzlich der Schattenbringer. Keeran.

»Ich habe Eurem Erben einen Obolus gegeben.«

»Das sichert dir nur eine Überfahrt, und das weißt du, Kee-

ranath«, lacht Tunis und legt den Kopf schief. Sein Blick wandert zu der dunklen Höhle, die in die Unterwelt führt.

Hinter Keeran liegt der tote Körper eines jungen Mannes mit roten Haaren.

»Ich weiß, was Ihr wollt. Ich werde es Euch geben.«

»Und das wäre?« Wieder lacht Tunis. Er wirkt so verdammt mächtig. Aber der Schattenbringer ist ihm ebenbürtig.

»Ich werde unsere Leben an die von anderen Menschen binden.«

Tunis hebt seine Mundwinkel. »Das ist nicht alles, Keeranath. Du wirst einen Teil deiner Seele verlieren. Über sie wird sich ein Schatten ziehen, wenn du nicht stark genug bist.«

»Das ist mir egal!«, schreit Keeran und tritt einen Schritt vor. Erst da erkenne ich einen weiteren Körper. Meinen Körper. Meine Gliedmaßen stehen in seltsamen Positionen von meinem Körper ab. Der Schattenbringer dreht sich zu meinem Leichnam, beugt sich hinunter und hebt mich auf seine Arme.

»Gebt ihr mein Leben.« Seine Stimme bricht und eine Träne verlässt seine Augen. »Gebt beiden mein Leben.«

»Warum?« Tunis legt seine Finger an sein Kinn. »Du bist der Sohn eines Gottes, Keeranath. Du bist nicht in der Lage, der Dunkelheit zu entsagen.«

»Das ist mir egal!«, haucht er gebrochen. »Sie ist alles für mich. Ich liebe sie.«

Tunis schüttelt den Kopf und schnalzt ermahnend mit der Zunge. »Binde dein Leben nicht an Emza. Du magst denken, dass du weißt, wie die Geschichte abgelaufen ist. Aber ganz so war es nicht. Emza ist tief in ihrer Seele tot und böse.«

»Sie ist nicht Emza!«, knurrt Keeran und drückt meinen Leib fester an sich. »Sie ist Sari. Und ich werde einen Handel mit Euch schließen!«

»Du weißt, dass du mir ihren Gegenpart liefern musst, Keeranath.«

Keeran stockt. »Ich bin es nicht?«, fragt er.

»Nein. Das bist du nicht.«

»Wer sonst?« Seine Lippen beben, während er seine Finger weiter in meinen Körper krallt.

»Jerimias Karis. Er ist ihr Gegenpart.«

Keeran lacht herzlos. »Dann bindet ihr Leben an seines. Ich werde dafür sorgen, dass er am Leben bleibt. Und statt etwas von ihrer Seele zu nehmen, nehmt Ihr es von meiner.«

Tunis sieht Keeran an, als hätte er Mitleid mit ihm. Als wüsste er, dass er und ich niemals zueinanderfinden würden.

»Und dein Leben? Was denkst du, an wen ich es binden muss?«

Keeran blickt zu Boden, dann legt er meinen Körper ganz behutsam ab und fasst sich. »Ihr wisst, dass ich kaum Erinnerungen habe, also spielt nicht, sondern sagt es mir.«

Tunis lächelt und deutet mit einem Mal auf Keerans Arm. Eine Feder. Ein Pakt.

»Es ist Nalia aus dem Hause Haras«, haucht Tunis, als wäre es eine Prophezeiung. »Du wirst dich erinnern müssen, wenn du sie schützen willst. Sonst wirst du eine leere Hülle, so wie dein Freund Zet.« Keerans Lider zucken.

»Und was ist mit Red?«

Tunis sieht auf den toten Rothaarigen hinab und sucht in ihm nach etwas. »Interessant. Redians Gegenpart ist Anali, Ankaras Schwester.«

»Gut. Dann tut es.«

»Noch eine letzte Frage, Keeranath aus dem Hause Kalipar.«

Keeran nickt ihm auffordernd zu.

»Ist sie es wert?« Tunis schaut auf meinen Körper hinab, als würde er nicht verstehen, was er in mir sieht.

»Sie ist viel mehr wert. Sie verdient die ganze Welt. Aber vor allem verdient sie ein Leben. Auch wenn ich dann darin durch meine Dunkelheit keine Rolle mehr spiele.«

»Du weißt, dass eure Verbindung damit vergehen wird. Der Schutz, den du auf sie gelegt hast, als sie noch nicht einmal geboren war?«

Keeran nickt. Tunis grinst bei seinen nächsten Worten. »Du wirst sie töten wollen, wenn die dunkle Seite Besitz von dir ergreift.«

»Nein. Das werde ich niemals. Ich liebe sie.«

»Dann sei es so.« Der Gott des Todes bewegt seine Hand und lässt rote Asche tanzen. Einen Wimpernschlag später ist mein Körper verschwunden.

Ich öffne meine Augen und sehe wieder in die von Tunis.

»Warum habt Ihr mir das gezeigt?«, frage ich verwirrt, vor allem aber über das, was der Schattenbringer gesagt hat. Haben wir uns etwa wirklich geliebt?

»Weil du wissen musst, in welcher Gefahr du schwebst, Sari, Erbin von Emza«, flüstert er, als wäre das wirklich ein Geheimnis.

Ich verenge meinen Blick. »Er wird mich töten?«

»Er ist es nicht, der dich töten will. Es gibt Menschen, Mächte, die für euch Nachfahren eine große Bedrohung sind. Einige von ihnen wissen von Keeranaths Handel mit mir.«

»Wer sind sie? Und was soll ich dagegen tun?«

»Überlebe! Und sieh genauer hin!«

»Warum? Warum will ausgerechnet der Totengott, der meine Seele haben könnte, dass ich überlebe?«

Er schaut sich um. Seine roten Augen glühen. Dann beugt

er sich weiter vor, bis ich seinen Atem an meinem Ohr spüren kann.

»Ich habe Emza geliebt. Ich liebe sie noch. Aber vor allem, Sari, bist du der einzige Weg, um die Königreiche zu retten. Du bist die Einzige, die Leben erschaffen kann.«

Ich atme schwer. Etwas in mir ist nur ein Mädchen, das erst in zwei Jahren überhaupt einen Run bestreiten muss. Wie soll ich das ausschalten?

»Ich weiß, welche Gabe dir die Wahrheitsbringerin gab, denn ich wollte es so. Irgendwann wirst du dich erinnern. Die Glut könnte uns alle vernichten. Und du brauchst eine weitere Gabe.« Er holt Luft und beugt sich noch weiter vor. »Du brauchst die Gabe der Vorzeitbringerin. Und hüte dich vor Nalia und dem Bruder des Rothaarigen, Red. Und vor allem vor den Göttern.«

»Sari!« Ich schrecke zusammen. Tunis zischt. »Denk daran! Von dir hängt alles ab. Und deshalb werden sie dich entweder benutzen oder töten wollen.«

Mein Geist wird weggezogen. Nein. Ich habe weitere Fragen. Das kann nicht alles sein. Ich muss wissen, was er meint.

Doch bevor ich etwas erwidern kann, verschwimmt sein Gesicht und alles um mich herum verpufft wie ein Trugbild. Ich spüre Wasser. Spüre meine berstende Lunge. Schreckliche Schmerzen in meinen Rippen. Und dann spucke ich Flüssigkeit aus. Über mir erkenne ich Keeran. Seine panisch aufgerissenen Augen richten sich ungläubig auf mein Gesicht. Seine Hände ruhen auf meiner Brust. Er atmet erleichtert aus und legt seine Finger auf seine Stirn.

»Verdammt«, entfährt es ihm. Er steht auf und zieht mich zu sich. Seine Berührung brennt sich in meine Haut.

»Was ist passiert?«

Ich blinzle und sehe mich in der Grotte um. Bin ich etwa nie hinab in die Unterwelt geschwommen, sondern beinahe ertrunken und deshalb zu Tunis gekommen?

»Ich weiß es nicht«, sage ich unehrlich. Aber was soll ich auch sagen? Dass ich dachte, ich könnte bis in die Unterwelt hinabschwimmen und dort dann mit Tunis reden? Nein.

»Wo sind die anderen?«, frage ich vorsichtig und sehe mich erneut um, als könnten sie sich hier irgendwo verstecken.

»Ich habe dafür gesorgt, dass sie weitergehen, und bin dir durch eine andere Felsspalte gefolgt. Ich habe deine Ängste gehört.«

»Warum?«

Seine dunklen Augen treffen mich. Doch sie sind verschlossen. »Ich habe dich schon einmal verraten. Das wollte ich nicht noch mal tun.«

Ich schaue ihn weiter an. Die Bilder von ihm bei Tunis lassen mich nicht los. Er hat um mich geweint. Gesagt, dass er mich liebt. Dass ich alles verdient habe. Er hat sogar einen Teil seiner eigenen Seele für mich geopfert, damit Tunis meine Seele verschont.

»Wir müssen hier raus«, lenkt er ab und reckt den Nacken, doch ich halte ihn fest, während ich immer noch am Ufer hocke. Sein Atem geht schnell, als er sich wieder zu mir wendet und auf die Stelle hinabsieht, an der meine Finger seine Haut berühren.

»Erzähl mir etwas über uns.« Ich lasse ihn los, erhebe mich und stehe nun genau vor ihm. Er ist groß, drahtig und riecht nach Regen bei Nacht. Meine Brust flattert leicht. Als würde sie etwas spüren, das mein Verstand nicht fühlt.

»Das hat doch keinen Sinn«, raunt er und verzieht schmerzerfüllt das Gesicht. »Wenn ich Leoán richtig verstanden habe, dann erinnere ich mich eigentlich an gar nichts davon, und du …«

»Was ist mit mir?«, hake ich nach.

»Du kämpfst um jemanden, der nicht mehr da ist.«

Ich hole Luft, weil ich weiß, dass er die Wahrheit spricht. Tunis sagte ihm, wir würden ein Band verlieren, das wir vorher hatten, und seine Seele würde dunkler werden.

»Erzähl mir trotzdem etwas.«

Er lacht freudlos auf. »Ich musste dich bei deinem Run begleiten. Und du bist anstrengend und undankbar.«

»Undankbar?«, hake ich verdutzt nach. Aber ja, Danke sagen fällt mir nicht sonderlich leicht.

»Sind wir … ineinander verliebt?«

Er hebt seine Brauen. »Ich glaube nicht, dass du mich sonderlich gut leiden kannst. Konntest.«

»Nein? Und du?«

»Ich habe andere Ziele als dich. Und Alishan …« Er verzieht den Mund. »Trotzdem fühle ich etwas, wenn du in meiner Nähe bist.«

»Seit wann bin ich eine Albin?«, frage ich, weil ich nicht weiter über seine Gefühle reden will. Er löst etwas in mir aus. Und gleichzeitig liebe ich Jeri. Ich spüre den Schmerz darüber, dass Jeri zu seinem Run aufbrechen musste. Und das nimmt mein Herz fast vollkommen ein. Aber nur fast, denn hier steht Keeran vor mir. Ein mächtiger, dunkler Schattenbringer, und es fühlt sich an, als könnte er in meine Seele blicken. Ein Teil von mir will ihn anfassen. Seine winzigen Narben im Gesicht nachfahren. Seine Arme berühren. Ja, ein Teil in mir will alle seine Geschichten hören. Und ihn küssen. Als wäre es das, wozu mein Herz bestimmt ist. Aber nicht mein Schicksal. Das spüre ich eindeutig. Mein Schicksal ist Jeri.

Keeran sieht mich an, als könnte er jeden meiner Gedanken mithören. Schmerz breitet sich in seinen düsteren Iriden aus.

»Ich weiß nicht. Damals warst du ein Mensch.«

Ich presse die Lippen aufeinander und sehe beschämt hinab.

Doch er hebt mein Gesicht an und streicht mir dann das Haar hinter die Ohren. »Als Mensch oder Albin, Sari. Du bist wunderschön. Es macht keinen Unterschied. Nicht für mich.« Er hebt seinen Mundwinkel. »Ich find es ehrlich gesagt ziemlich imposant. Du solltest es nicht verstecken. Du bist etwas Besonderes. Das wusste ich schon, als du den Jungen in der Schenke vermöbelt hast.«

Ich lächle, weil das wirklich nach mir klingt. Und gleichzeitig wird mein Herz schwer. Wenn das hier vorbei ist und wir wieder an dem Punkt sind, an dem wir wirklich stehen, dann werde ich mich erinnern. An alles. Aber wird er das auch? Er hat mich so sehr geliebt, dass er mit dem Tod verhandelt hat, um mich nicht zu verlieren. Und durch diesen Handel mit Tunis wird er dunkel sein.

»Wie kommen wir hier raus?«, frage ich, nachdem wir uns eine halbe Ewigkeit stumm in die Augen gesehen haben. In seinen erkenne ich eine Zerrissenheit. Und in meinen wird er lesen, dass ich jemand anders bin … war.

»Wir warten, bis das erste Licht durch den Fels strahlt und die Gargolas wieder zu Stein werden. Dann werde ich uns nach oben bringen.«

Ich nicke, weil er so sicher klingt, und fröstle kurz.

»Du musst frieren, du bist ganz nass.«

»Ist in Ordnung«, gebe ich beschämt zurück. Diese Situation ist wirklich seltsam.

Keeran seufzt über meine Lüge und zieht seinen Mantel aus, um ihn mir um die Schultern zu legen. Sein Geruch löst Verlangen in mir aus.

»Was sagt dir dein Zeichen? Darfst du Aradas rufen?«

»Aradas?« Erneut dieser Name.

»Er ist dein Greif. Du musstest ihn während deines Runs auf

Anweisung des Monarchen einfrieren. Aber ich gehe davon aus, dass du ihn bereits wiedererweckt hast.«

Ich verziehe den Mund und schließe die Augen, wie es mir mein Herz befiehlt. Tief in meiner Seele spüre ich eine Verbindung zu dem Greif und rufe nach ihm. Sofort brennt das Mal mit der Windrose auf und verhindert, dass mein Ruf hinausgeht.

Ich zische. »Nein. Es verbietet mir, ihn zu rufen«, gebe ich gepresst von mir und umfasse die Windrose, um meine Haut zu kühlen. »Ich brauche unbedingt meine Erinnerungen wieder. Erbin von Emza. Ein Greif. Und da ist diese Stimme in meinem Kopf.«

»Lenieus. Dein Toter«, erklärt Keeran knapp, nimmt seinen Mantel und schlingt ihn fester um mich.

Frust macht sich in mir breit. *Dein Toter.* Als würde das irgendetwas erklären.

»Keeran?«, frage ich, als wir bereits eine Weile auf dem Boden sitzen und uns anschweigen, während wir immer wieder hinauf zu dem Spalt sehen.

»Sari?«, erwidert er mit rauer Stimme, die mich einhüllt und schaudern lässt. Er spielt mit einem kleinen Stock herum und malt Symbole in die rote Erde unter uns. Sein Blick bleibt darauf gerichtet.

»Wer ist Red?« Ich habe eine so tiefe Verbindung zu ihm gespürt, dass ich es einfach wissen muss. Tatsächlich ist er das Einzige neben Jeri, was mir bisher bekannt vorkam, obwohl ich mich nicht an ihn erinnere.

»Woher weißt du …?«, fragt er heiser.

»Ich spüre eine Verbindung zu ihm.«

Keeran schweigt eine ganze Weile, bevor er sich räuspert. »Er ist mein bester Freund. Und ich denke, seit ihr euch geprügelt habt, habt ihr irgendwie eine seltsame Art der Bruderschaft miteinander geschlossen.« Er lacht. »Aber jetzt wüsste ich wirklich auch gerne, was danach passiert ist, wenn du dich an ihn erinnerst.«

»Es fühlt sich an, als wäre er mein Seelenverwandter«, versuche ich das zu erklären, was ich gespürt habe, als ich ihn in dieser Vision gesehen habe.

»Die Sonne geht auf«, sagt Keeran, erhebt sich und damit ist dieser kurze Moment von Frieden vorbei.

Ich weiß nicht, warum es sich so ruhig und richtig angefühlt hat, hier allein mit ihm zu sein. Selbst Schweigen fühlt sich mit ihm gut an. Und doch sehnt sich mein Herz nach Jeri. Und es fragt sich immer mehr, wie es dazu kam, dass ich Jeri hinter mir gelassen und Keeran einen Platz in meinem Herzen eingeräumt habe. Was ist nur geschehen?

K A P I T E L 12

Hamza, Passus IV Emza, Vers 233

Emzas Seele war kalt, und doch sah sie, dass die jungen Menschen Kraft brauchten, um ihren Run bestehen zu können. So entschied sie, Feste veranstalten zu lassen, bei denen sie ihre Male erhalten sollten. Sie überzeugte auch die anderen Götter und so sollten diese prunkvollen Feste den Achtzehnern als Kraftquelle dienen. Emza wollte ihnen beweisen, dass das, was sie da durchmachten, wichtig war und ihnen zur Ehre gereichte.

»Denkst du, wir kriegen unsere Erinnerungen bei der nächsten Prüfung wieder?«, frage ich vorsichtig, als vor uns der Waldrand erscheint. Wir sind den ganzen Tag gelaufen, um die anderen einholen zu können.

»Ich denke schon«, gibt Keeran zurück. Unentschlossenheit und Angst schwappen aus seiner Seele zu mir.

Und dann erhebt sich der *res towe* vor uns. Ich spüre, dass die erste große Prüfung nah ist.

»Wir sind bald da!«, sage ich erfreut, weil ich nicht viel länger hätte weitergehen können, doch als ich mich zu Keeran umsehe, ist er nicht mehr da. Mein Herz bleibt stehen. Panisch schaue ich mich um und plötzlich entdecke ich ihn ein kleines Stück hinter mir. Er ist stehen geblieben und starrt mich an.

»Was ist?«, frage ich atemlos.

»Wenn wir da reingehen«, knurrt er und fährt sich nervös durch sein dunkles Haar. »Wenn alles wieder wird, wie es war …«

»Keeran, was soll das?«, frage ich mit zusammengeschobenen Brauen und laufe auf ihn zu.

»Wenn wir wirklich wieder zurückgeholt werden und es stimmt, was Leoán mir erzählt hat, dann …«

»Was hat er dir erzählt?«

»Dass meine Seele dunkel ist und ich mich nicht mehr an die Liebe zu dir erinnere.« Erneut fährt er sich durch sein Haar und richtet seinen dunklen Blick auf mich. Nur dass diesmal etwas anders ist. Verlangen glitzert darin. Ich halte den Atem an. Meine Brust brennt. Unendliche Sekunden sieht er mich einfach nur an. Und dann geht er los. Schnell, aber er rennt nicht. Ich bin wie versteinert. Wie in Trance.

Er kommt weiter auf mich zu, seine Nähe benebelt mich. Als er mich erreicht, legt er seine Hand sanft in meinen Nacken und scheint auf etwas zu warten. Ich begreife, dass er mein Einverständnis braucht. Kurz nicke ich und schon zieht er mein Gesicht zu sich heran. Seine Lippen legen sich auf meine. Als würde er keine Zeit mehr haben, nimmt er mich ein, berührt meine Lippen mit seiner Zunge, bis ich sie öffne und er zuerst ganz sanft und dann wilder über meine Zunge streicht. Mein Herz schlägt laut und unregelmäßig, als mich die Gefühle überrennen und ich mir wünsche, dass das hier nie endet. Er ist mir so vertraut und es fühlt sich an, als hätte mein Herz sich so lange danach gesehnt.

Er packt mich an der Hüfte und hebt mich auf seine, damit ich auf seiner Höhe bin, und krallt seine Finger in mein Haar. Ein Schaudern durchfährt mich. Er küsst mich weiter. Stöhnt in meinen Mund.

Mein Herz schlägt so laut und unerbittlich gegen meine Brust, dass ich mich fühle, als würde ich mein Bewusstsein verlieren. Dunkelheit umhüllt mich. Nimmt mich ein. Nimmt all die Sorgen von mir. Ich keuche. Ich spüre seine Macht in jeder Faser meines Körpers. Sie ist allumfassend. Sie vertreibt jeden Zweifel. Jede Unsicherheit. Mein Rücken prallt gegen etwas Hartes und ich nehme nur halb wahr, dass Keeran mich gegen einen Baum drückt. Seine Hände berühren meinen Hals. Seine Lippen folgen. Ich kann nicht klar denken. Immer mehr von dieser schwarzen Macht durchfährt meinen Körper. Lässt ihn beben und vergessen.

»Keeran«, hauche ich gegen seine Stirn, während seine Zunge über meinen Hals gleitet.

»Was?«, fragt er völlig außer Atem.

»Was ist das?« Ich stöhne erneut, weil ein Zucken aus Magie durch mich fährt.

»Was meinst du?«, fragt er heiser und sieht mich an. So unendlich tief, dass ich schluchzen muss.

»Diese Macht … Diese Dunkelheit …«

»Was?« Seine Augen werden panisch und er lässt mich von seiner Hüfte rutschen. Entfernt sich von mir und ich komme langsam wieder zu Bewusstsein. Zweifel strömen durch mich hindurch.

»Was habe ich getan?«, fragt Keeran und starrt auf seine Hände.

»Das war nicht schlimm, Keeran.«

»Nicht schlimm?« Er lacht abwertend. »Natürlich findest du das nicht schlimm. So wie sie alle.«

»Was soll das heißen?«

Er geht unruhig auf und ab. »Ist es das, was du willst? Loslassen können? Alles vergessen? Dich meiner Dunkelheit hingeben?«

»Keeran …«, murmle ich fassungslos, weil ich nicht einmal verstehe, was sein Problem ist. Er hat *mich* geküsst.

»Beruhig dich und erklär mir, was das gerade soll.«

»Ich habe vergessen, dass der Monarch mich nicht mehr hemmt. Und das, obwohl ich uns gerade erst mit meiner dunklen Macht aus der Grotte geholt habe.«

Er ballt die Hände zu Fäusten und schlägt gegen den Baum hinter mir. Ich zucke zusammen. Und mit diesem Zucken taucht eine Vertrautheit wie eine ungreifbare Erinnerung in mir auf. Als hätte er das schon einmal gemacht.

»Es tut mir leid, Sari. Ich hätte dich nicht küssen dürfen.«

Ich sage nichts. Es hat sich richtig angefühlt. Aber jetzt tut es das nicht mehr.

»Wir müssen zur Prüfung«, murmelt Keeran und geht einfach auf den roten Turm zu. Ich will ihn aufhalten und fragen, was seine Macht mit mir gemacht hat. Und warum er denkt, dass ich ihn deshalb wollte. Doch diese Frage kann ich mir selbst beantworten. Seine Macht, seine Dunkelheit nimmt alles. Und lässt nur Begierde und Freiheit zurück.

Ich fasse mich und folge ihm. Vor dem Turm liegt ein verwundeter Tirrag. Mein Herz brennt so fürchterlich, dass ich vor ihm auf die Knie sinke und seine Brust streichle.

»Kannst du ihn heilen?«, erkundige ich mich hoffnungsvoll. Er hat mein Bein geheilt, also muss er diese Macht besitzen.

Keeran sieht mich unsicher an. Aber er fragt nicht, sondern legt seine Hand auf den Tirrag und schließt seine Augen. Seine Lider zucken. Und das Tier heilt. Es greift uns nicht an, sondern steht auf und schreitet davon.

»Er hätte uns töten können«, sagt Keeran rau.

»Hättest du das für möglich gehalten, hättest du ihn nicht geheilt«, gebe ich sicher zurück und gehe weiter. Hinein in den roten Turm. Auch er löst etwas Vertrautes in mir aus.

Ich schließe meine Augen und suche instinktiv nach Seelen. Längst habe ich begriffen, dass das eine meiner Gaben sein muss. Und Keeran hat es mir gesagt. Als ich die anderen wahrnehme, fühlt es sich vertraut an. Wie etwas, das ich schon mein ganzes Leben lang fühle.

»Sie sind oben«, sage ich dann an Keeran gerichtet und wir erklimmen die Treppenstufen.

Oben angekommen, stehen uns Jeri, das blonde Mädchen und der Alb mit erleichterten Mienen gegenüber. Ich schaue mich um. Hier ist nichts außer der runden Plattform um den Treppenaufgang herum und einer steinernen Umrandung.

Der Wind peitscht mir ins Gesicht. Jeris Blick trifft mich, und als ich hinabsehe, zu der Stelle, wo Keeran und ich uns geküsst haben, weiß ich, warum mir Wut aus seiner Richtung entgegenfegt. Schlimmer als der heiße Wind.

»Gut, dass ihr es geschafft habt«, sagt Leoán und schenkt mir ein Lächeln, während die Arasá sich an Keerans Arm lehnt.

»Was müssen wir tun?«, frage ich, um die Stille zu durchbrechen.

Leoán deutet auf die steinerne Wand in der Mitte. Ich trete näher und entziffere die Inschrift, die in albischer Sprache hineingeritzt wurde.

»*Te das es imorta*«, lese ich den Leitspruch der Tunis und ahne nichts Gutes.

Ich lese weiter, aber einige der Wörter kenne ich nicht.

»Stelle dich dem Tod und sei unsterblich«, raunt Keeran hinter mir, als er durch meine Ängste begreift, dass ich nicht alles übersetzen kann. »Fliege hoch, falle tief, lass gehen, was dich hält. Der Tod verlangt immer einen Preis, aber auch das Leben.«

Ich versuche, gleichmäßig zu atmen, obwohl es mir verdammt schwerfällt.

»Habt ihr eine Idee, was das bedeuten könnte?« Fragend sehe ich in die Runde.

»Ich sage, wir springen.« Jeris Stimme ist düster und voller Zorn.

»Genau, wir springen einfach von einem Turm. Und was soll das beweisen? Dass wir sterben können?«, fragt Alishan zischend. »Dann bin ich wenigstens bei ihm.« In ihrem letzten Satz klingt Bitterkeit mit.

»Deine Aufgabe ist nicht, ihm in den Tod zu folgen, Alishan!«, ermahnt Leoán sie. »Du sollst dich seinem Tod stellen!« In diesem Moment klingt er genau wie sein Vorfahre, Tunis.

Ich studiere noch einmal die albische Schrift und lese den letzten Satz, den Keeran nicht laut übersetzt hat. Blut, Tod, Feuer, Asche. Ich weiß, dass das die Eigenschaften des Tunis sind. Aber auf die soll man während seines ersten Runs geprüft werden. Was also könnte die Prüfung eines Herrschers sein? Womit erweisen wir uns als würdig?

»Macht, was ihr wollt, ich springe«, sagt nun wieder Jeri.

Ich sehe ihn entrüstet an und er erwidert meinen Blick voller Enttäuschung. »Ich lasse dich nicht springen.«

»Wieso nicht? Dann bist du mich los und kannst dich um deinen Schattenbringer kümmern.« Er lacht.

»Das ist nicht witzig, Jeri!«, zische ich und gehe auf ihn zu. Berühre seinen Arm, der mir mit all diesen schwarzen Malen so verdammt fremd vorkommt. Ist das hier wirklich der Junge, der

Jarruschs Leben gerettet hat? Und damit auch meines? »Wir werden nicht einfach springen.«

»Versuch mich aufzuhalten«, sagt er und schiebt meinen Arm von sich, bevor er über die Mauer steigt.

»Nein!«, fauche ich und klammere mich an ihm fest. »Du springst nicht da runter! Du wirst sterben!« Angst breitet sich in mir aus, als ich begreife, dass er das ernst meint.

»Und weiter?« Jeri funkelt mich zornig an und beugt sich nach vorne.

»Ich will nicht, dass du stirbst.« Ich packe ihn wieder und klettere zu ihm über den kleinen Steinvorsprung, doch dann stolpere ich und falle. Jeri hält mich fest. Panik steht in seinen Augen. Mit voller Wucht knalle ich gegen den Turm. Mein Handgelenk, das er umklammert, fühlt sich an, als würde es jede Sekunde reißen.

Der Himmel verdunkelt sich. Und schwarz-rote Wolken hüllen alles in feurige Finsternis. Ein Zeichen der Götter oder nur ein normales Naturereignis? Ich weiß es nicht.

Jeri zieht an meinem Arm. Hinter ihm sehe ich Alishan. Sie weint. Und ich hasse es, obwohl ich tief in mir weiß, dass auch ich schon an diesem Punkt stand.

»Zieh sie hoch!«, knurrt Keeran und packt meinen anderen Arm. Als ich auf dem Plateau lande, starrt mich Jeri fassungslos an. Keeran ballt seine Hände zu Fäusten und will gerade auf ihn losgehen, doch ich stelle mich zwischen sie.

»Du hast sie fast umgebracht!«, knurrt Keeran. Wut funkelt in seinen Augen.

Jeri bringt keinen Ton heraus. Ich berühre nachdenklich meine Stirn und da schießt mir der Leitspruch der Tunis in den Kopf.

Der Tod ist unsterblich. Was bedeutet das eigentlich? Dass der Tod nicht sterben kann, weil er endgültig ist? Für immer bleibt?

Oder bedeutet es, dass Tunis, also sein Erbe, unsterblich ist, auch wenn wir es nicht mehr sind? Leoán hat uns erzählt, dass wir vorsichtig sein müssen, weil ich anscheinend die Quelle des Lebens erweckt habe und damit unsere Unsterblichkeit nahm.

Plötzlich spüre ich so etwas wie Magie in mir. Ich sehe zu Leoán, der mir durch seine Seele eine Information zukommen lässt. Etwas, das ich vergessen habe.

Ich begreife, dass in der Inschrift nicht nur die Rede vom Tod ist, sondern gleichzeitig vom Leben. Es ist eine Passage aus der Hamza. *Der Tod verlangt immer einen Preis, aber auch das Leben.*

Wir wissen, welchen Preis Tunis verlangt. Er verlangt das Leben eines anderen. Einen Teil deiner Seele.

Doch welchen Preis verlangt das Leben? Was ist es, was die Hamza damit sagen wollte?

Fliege hoch, falle tief, lass gehen, was dich hält, lese ich noch einmal die Worte im Stein.

»Das Leben verlangt den Preis von Schmerz, den der Tod dir nimmt«, sage ich mit bebendem Körper und eher zu mir selbst.

Dann wiederhole ich den Auszug aus der Hamza:

»Die Macht des Todes ist nicht grausam. Sie ist nicht kalt und nicht unbarmherzig. Sie ist der Schatten zum Licht. Das Gegenstück, das jegliches Leben erst lebendig macht. Denn was wäre Leben ohne den Tod oder Licht ohne Dunkelheit? Der Tod verlangt immer einen Preis. Aber auch das Leben.«

Mein Blick wandert zu Alishan, der Herrscherin des Königreichs des goldenen Staubes, Erbin von Arasá, der Göttin des Lichts der Weisheit, hin zu Keeran, dem Herrscher des Reichs des schwarzen Sandes, des Kampfes. Der Dunkelheit. Leoán ist der Tod. Ich bin das Leben. Keeran die Dunkelheit und Alishan das Licht. Und was ist dann Jeri in diesem Spiel? Oder wird er diesen Run nicht gewinnen können, weil er keinen Platz unter vier Herrschern hat?

Ich mustere seine blonden Haare, seine blauen Augen, seine dunklen Gaben und spüre seine halb tote Seele. Er vereint all das in sich, was wir sind. Die Erkenntnis beschleunigt meinen Herzschlag. Jeri ist wichtig. Nicht nur für mich. Für uns alle.

Ich strecke meine Hand nach vorne und suche in mir nach der Macht des Lebens. Ich dachte immer, Emzas Macht wäre die des Eises, aber ihre ursprüngliche Macht ist die des Lebens, und so beginnt die Luft blau zu glitzern und in meiner Hand zu schwirren. Und dann drehe ich mich zu Leoán. Er mustert den Wirbelsturm in meiner Hand, bevor er auch seine ausstreckt und rote Asche darin tanzen lässt. Keeran und Alishan tun es uns mit schwarzem Sand und goldenem Staub nach.

Jeri steht einfach nur da. Düster und kühl, und mustert unsere Herrscher-Gaben.

»Und Emza sprach: Jene von euch, die würdig sind, werden meine Gabe des Lebens erhalten«, zitiere ich die Hamza und puste meinen Wirbelsturm zu Jeri. Sein Blick weitet sich, als meine Macht bei ihm ankommt und in seine Brust fließt. Das Blau seiner Augen leuchtet auf und ich spüre Leben in ihm wachsen. Die Gabe von Emza in ihm wachsen.

Leoán zögert, doch dann hebt er seine Stimme. »Und Tunis sprach: Mögen jene Würdigen unter euch die Macht meiner roten Asche in sich tragen.« Er pustet Jeri ebenfalls seine Macht entgegen.

»Und Arasá sprach: Jene von euch, deren Geist rein ist, werden Gaben des goldenen Staubes besitzen«, haucht Alishan und tut es uns nach.

Keeran zögert. Starr fixiert er Jeri. Schließlich ist er unser Feind und dennoch schenken wir ihm hier gerade unsere Gaben. Die Gaben der Götter.

»Und Kalipar schritt aus seinem Palast aus schwarzem Sand und sah über die Menschen, die sich vor ihm versammelt hatten. Nicht nur sein Volk hatte sich dort auf dem turmalinfarbenen Platz zusammengefunden und wartete begierig auf seine Worte. Auch Staubgeborene der anderen Königreiche waren gekommen. Menschen, die das Aussehen der Götter nach außen trugen. Er hob seine Hand und ließ Sand aus schwarzem Turmalin um sie wehen, bis einige von ihnen ganz davon eingehüllt waren.« Keeran schickt seinen schwarzen Sand zu Jeri und auch er wird kurz von ihm umtanzt, bevor der Sand ein Teil von ihm wird.

Wir schweigen, bis das Mal auf unserer Haut zu brennen beginnt. Ich knurre auf, während Alishan schreit und die Männer sich verkrampfen. Und dann erweitert sich die Windrose und ein mir unbekanntes Symbol erscheint. Auch auf Jeris Arm. Wir haben die erste Prüfung bestanden und ein Teil von mir wartet darauf, mich wieder erinnern zu können. Aber das passiert nicht. Keiner wirkt, als würde er sich erinnern. Außer Leoán, der nie etwas verloren hat.

»Gut gemacht«, ertönt eine Stimme, die mir vertraut und fremd zugleich erscheint. Ich drehe mich um und sehe den rothaarigen jungen Mann vor mir. Red. Er will mich in die Arme schließen, aber ich weiche instinktiv zurück.

»Was ist los?«

»Sie weiß nicht wirklich, wer du bist«, erklärt Keeran mit sanfter Stimme, was Red ein Stirnrunzeln entlockt.

»Und was ist mit dir passiert?«, fragt er an Keeran gerichtet.

»Das erkläre ich dir bei einem Met.«

Red grinst und nimmt dann Keeran statt meiner in den Arm.

Dennoch legt er kurz eine Hand auf meine Schulter und schenkt mir ein Lächeln.

»Ich bin stolz auf dich, Kleines.«

Ich nicke nur, während Red uns erklärt, dass es ein Fest im Kellergewölbe geben wird. Als ich nach anderen Seelen unter uns suche, spüre ich sie. Nach Feierlichkeiten ist mir wirklich so gar nicht zumute. Am liebsten würde ich schlafen. Ich kann mich nicht einmal daran erinnern, wann ich es das letzte Mal getan habe, außer während meiner Ohnmacht. Dennoch scheint es ein Brauch zu sein, in den der Hohepriester seinen Nachfahren vor seinem Tod eingeweiht hat. Also füge ich mich und folge Red.

Dieser führt uns in den überraschend großen unterirdischen Teil des Turms, der wie eine Burg unter der Erde wirkt. Mit zahlreichen Gängen, Zimmern und Bädern. Keeran erklärt mir, dass hier die Wärter gelebt haben, die die Gefangenen bewachen mussten. Mir wird nach und nach bewusst, dass er uralt ist.

Schließlich betrete ich das Zimmer, das Red mir zeigt, wasche mich und ziehe mir an, was auf dem Bett bereitliegt. Es ist einfache schwarze Kleidung wie die, die ich normalerweise trage. Dann setze ich mich erschöpft auf die Bettkante. Würde ich mich jetzt hinlegen, wäre ich wahrscheinlich innerhalb von Sekunden eingeschlafen.

Es dauert nicht lange, bis es klopft. Eine junge Frau tritt ein. Ich mustere ihr schwarzes, glänzendes Haar, das sie streng zu einem geflochtenen Zopf gebunden hat, und ihre drahtige Statur. Mein Blick wandert zu ihren vernarbten Händen. Eine Kämpferin. Ihre dunklen Augen treffen mich voller Zuneigung, was allerdings ganz im Gegensatz zu ihrer kühlen und harten Ausstrahlung steht.

»Sari …«, flüstert sie, tritt ein und schließt die Tür hinter sich.

»Red sagte mir, dass du dich nicht an uns erinnerst, an das, was wir erlebt haben. Aber du sollst wissen, dass es Jarrusch gut geht.«

Ich erwidere nichts. Ich bin viel zu geschockt, dass sie von meinem kleinen Bruder weiß. Mit voller Absicht habe ich jeglichen Gedanken an Jarrusch verdrängt, vor allem wenn Keeran in der Nähe war.

»Er ist wieder im Palast und deine Wachen und Dienstmädchen kümmern sich um ihn.«

Meine Wachen?, will ich fragen. Stattdessen sage ich »Danke«, weil ich spüre, dass sie das Beste für Jarrusch will. Und ein Teil von mir ist erleichtert, ihn nicht in seiner Kammer zurückgelassen zu haben.

»Wie kamst du dazu Jeri deine Macht zu geben? Eure Macht?«

»Wir besitzen sie noch«, entgegne ich unsicher. Die Frau wirkt, als wäre sie meine Freundin. Aber für mich ist sie eine Fremde.

»Etwas in mir schreit mir zu, dass es hierbei nicht um einen Gewinner geht, sondern um viel mehr.« Ich rufe mir wieder die Worte des Gottes Tunis ins Gedächtnis.

»Und worum dann? Und war es wirklich klug, Jeri so mächtig zu machen?«

Ich schüttle den Kopf, weil mir ein Puzzleteil fehlt. Etwas, was ich anscheinend herausgefunden habe, bevor ich in diese Sari von vor zwei Jahren zurückversetzt wurde.

»Es war das Richtige. Die Götter haben einst ebenfalls ihre Gaben an Menschen übertragen.«

»Aber was daran hat mit Tunis zu tun, warum war das die Prüfung des Königreichs der roten Asche?«, hakt sie nach.

»Vielleicht nichts. Was, wenn wir nicht auf die Eigenschaften der Götter geprüft werden? Warum auch? Das wurden wir alle bereits während des ersten Runs.«

Die junge Frau nickt. Und ich verziehe den Mund. »Wie ist dein Name?«

Sie stockt, als würde sie erst jetzt begreifen, dass ich mich wirklich an nichts erinnere.

»Medisa.«

»Sind wir Freunde?«, frage ich und alles in mir spannt sich an. Ich war nie mit Mädchen befreundet.

»Ich würde es eher als ›Es ist kompliziert‹ bezeichnen.«

»Warum? Es liegt an mir, nicht wahr?«

Sie hebt ihre Brauen. »Diese junge Sari ist reflektierender als die erwachsene.«

Ich weite erschrocken meine Augen, breche dann aber in Gelächter aus und sie stimmt mit ein. Es ist eins der schönsten Gefühle, die ich seit Langem gefühlt habe. Mit einem anderen Mädchen lachen zu können. Und sie wirkt so, als würde ihr wirklich viel an mir liegen.

»Keeran hat mich geküsst«, sage ich dann, weil ich denke, dass es sich gehört, seiner Freundin so etwas zu erzählen. Medisa wirkt überfordert. »Gut. Wir führen jetzt eines von diesen Gesprächen?«, fragt sie und deutet zwischen uns hin und her.

»Machen wir das sonst nicht?«

Sie spitzt ihre Lippen. »Nein. Definitiv nein.«

»Oh, entschuldige«, versuche ich meine aufsteigende Scham herunterzuspielen und drehe mich um.

»Es ist in Ordnung, erinnerst du dich denn an ihn?«

»Nein«, gebe ich ehrlich zu und warte, bis meine Wangen abgekühlt sind, bevor ich mich ihr wieder zudrehe.

»Dann ist es wohl meine Aufgabe, dir mitzuteilen, dass das nicht euer erster Kuss war.«

»Liebe ich ihn?«, frage ich und sehe sie durchdringend an. Ich brauche unbedingt eine Antwort auf diese Frage.

»Du sagst diese Worte nicht. Du hast es noch nie gesagt«, beginnt sie und klopft neben sich aufs Bett, damit ich mich zu ihr setze. »Ich glaube, dass du ihn liebst, aber dass ein Teil in dir nie die alte Sari losgelassen hat.«

»Wer ist die neue Sari?«

»Die Erbin der Emza und des Königs der neuen Welt. Jemand, der von Keeran geliebt und unterstützt wird. Jemand, der geliebt werden will und Nähe sucht.«

»Und die alte Sari?«, frage ich mit bebender Stimme.

»Die alte Sari hat nie für sich gelebt. Sie hat nur einen einzigen Menschen geliebt. Jarrusch. Die alte Sari wollte nie herrschen und auch nie ihr Herz verlieren. Denn wenn wir beide ehrlich sind, wissen wir, dass du immer wolltest, dass dein Herz nur Jarrusch gehört.«

Ich hole tief Luft und denke darüber nach.

»Und … ich denke, du hast es einmal zugelassen«, fährt Medisa zögerlich fort. »Bei Jeri. Doch er ist verschwunden und damit auch das bisschen Platz, das du in deinem Herzen für jemand anderen als deinen Bruder hattest. Und dann hast du es verschlossen.« Sie seufzt. »Aber du hast diesen Platz bereits für Keeran frei gemacht. Selbst wenn du ihm einiges noch nicht verziehen hast. Ich denke, dass du ihn liebst, obwohl du es nie sagen konntest.«

Ich nicke, fühle es jedoch nicht. Natürlich lässt Keeran mich nicht kalt. Aber immer wenn ich an ihn denke, sticht mir mein Gewissen einen Dolch ins Herz.

»Was denkt diese Sari hier gerade?«

»Ich … liebe Jeri. Und ich würde ihn gerne aufhalten, weil etwas in mir weiß, dass er verschwinden wird und niemand nach ihm sucht.« Tränen rinnen aus meinen Augen. »Er wird leiden, Medisa. Und ich vergesse ihn. Ich trauere um ihn, ja, aber ich werde ihn einfach vergessen und weiterziehen und ihn nicht einmal erkennen. Das alles spüre ich so schmerzhaft in meiner Seele, als wäre es bereits passiert. Ich darf ihn nicht verlieren. Ich kann nicht noch einmal nicht um ihn kämpfen. Er ist mein Schicksal.«

Schmerz strömt mir entgegen. Tiefer Schmerz. Und es dauert einen Moment, bis ich begreife, dass er nicht aus Medisas Seele kommt. Mein Blick wandert zur Tür, in der Keeran steht. Seine dunklen Augen sehen mich hart an.

»Wir müssen zum Fest«, sagt er gepresst und heiser.

Ich wische mir die Tränen aus dem Gesicht und erhebe mich viel zu schnell.

Wir folgen Keeran tiefer in das Kellergewölbe hinab zu einem großen Saal, in dem Tische aufgebaut wurden. An ihnen sitzen bereits einige Personen, die ich nicht kenne.

Eigentlich ist mir jeder fremd. Jeder außer Jeri, der allein dasitzt, weshalb ich neben ihm Platz nehme. Ich fühle mich, als hätte ich ihn betrogen, dabei waren wir nie zusammen und wissen beide, dass zwischen uns zwei Jahre liegen, die alles verändert haben.

Als ich mich räuspere, um etwas zu sagen, dreht Jeri sich zu mir.

»Ich habe auf dich gewartet«, raunt er, bevor ich sprechen kann. »Jeden verdammten Tag habe ich in diesem Loch gesessen, in meinen eigenen Fäkalien. In meinem Erbrochenen, in meinem Blut, und habe darauf gewartet, dass du kommst und … mich da rausholst.« Seine Stimme ist so voller Enttäuschung, dass sich meine Brust zusammenpresst.

»Was ist denn passiert?«, frage ich und lege eine Hand auf sein Bein, was er angespannt hinnimmt. Ich beuge mich ein wenig zu ihm, um ihn zwischen den ganzen Gesprächen der anderen besser verstehen zu können.

»Mein Vater hat herausgefunden, dass ich Medikamente gestohlen habe. Es fing damit an, dass er wissen wollte, für wen sie sind. Er ist mir zu deiner Hütte gefolgt, und dann hat er mir Erinnerungen genommen. Er ist ebenfalls ein Schattenbringer.« Er atmet tief ein und aus. »Bis er merkte, dass mein größtes Geheimnis war, dass ich ihn hasste und irgendwann stürzen wollte. Dann brachte er mich weg und alles verschwamm zu Folter, Schmerz und Dunkelheit.«

Ich schlucke hart gegen meine zugeschnürte Kehle an.

»Aber ich bin nicht gekommen«, stelle ich fest. Meine Seele wusste bereits, dass ich ihn im Stich gelassen habe.

»Ja, und trotzdem habe ich Jarrusch nicht verraten. Zumindest bis zu dem Tag, an dem meine Erinnerungen enden.«

»Was war an dem Tag?«, erkundige ich mich vorsichtig.

Er blickt hinab zu meiner Hand auf seinem Oberschenkel. »Das Letzte, was ich weiß, ist, dass ich geheult und geschrien habe. Ich habe so lange gegen meine Kerkerwand geschlagen, dass meine Knochen gesplittert sind. Und dann …«

Er sieht mich an. Das Blau seiner Augen wirkt dunkler. Wilder. Ganz langsam bewegt er seine Hand und legt seine Finger auf meine. Mein Atem beschleunigt sich.

»Und dann?«, frage ich leise.

»Dann habe ich entschieden, dich aufzugeben. Die Hoffnung aufzugeben.«

Etwas in mir bricht, als ich in seiner Seele spüre, wie genau dieser Teil damals bei ihm gebrochen ist.

»Ich werde dich nie wieder im Stich lassen.«

Er lacht freudlos. »Du weißt nicht, wer du bist, Sari, und warum du nie nach mir gesucht hast. Also wie kannst du jetzt wissen, wie du in Zukunft handelst?«

Ich schließe benommen meine Augen. »Ich liebe dich, Jeri«, überwinde ich mich die Wahrheit auszusprechen, die unerbittlich in meiner Kehle brennt. »Hätte ich gewusst, wo du bist, ich hätte dich niemals im Stich gelassen.«

Ich hebe meine Lider. Er mustert mich, als würde er nach der Wahrheit suchen. Dann beißt er sich auf die Unterlippe und atmet schwer. »Vielleicht habe ich gehofft, du würdest spüren, dass ich nicht tot bin. Wissen, dass ich noch auf dieser Welt bin.«

Ich würde gerne etwas sagen. Aber was? Was sollte ich jetzt sagen, wenn ich nicht einmal weiß, was ich damals gedacht habe?

Als sich Keeran, Medisa, Red, Alishan und Leoán zu uns setzen, nehme ich meine Hand von Jeris Bein, trinke etwas von meinem Met und stopfe mir Brot in den Mund, das vor uns in einem Korb liegt. Appetit habe ich keinen.

Ich fühle, dass ich etwas übersehe. Wie soll ich mich je wieder erinnern, während ich nicht weiß, was meine Aufgabe ist? Warum bin ich an den Punkt zurückgebracht worden, als Jeri ging? Was gibt es da zu klären?

Eine unausgesprochene Frage steht im Raum, warum wir uns das hier antun, denn jeder von uns wäre jetzt lieber allein, oder zumindest nur zu fünft. Denn wenn wir ehrlich sind, sind wir fünf gerade die einzige Konstante in unserem Leben. Ich spüre es in ihren Seelen. Selbst in Leoán spüre ich eine Heimatlosigkeit. Er sehnt sich nach Anemoras. Nach seinem wahren Zuhause.

»Feiert man solche Feste beim ersten Run auch?«, wende ich mich an Keeran, der mich keines Blickes würdigt. Stattdessen spielt er mit einem Zahnstocher auf seinem Teller herum und malt wieder irgendwelche Zeichen, so wie in der Höhle. Unwillkürlich frage ich mich, ob er das vorher ebenfalls schon gemacht hat und ob es mir damals auch aufgefallen ist. Ob mir die Art aufgefallen ist, wie sein dunkles Haar in seine Augen fällt. Und ob mir schon damals aufgefallen ist, dass ab und zu Lichter in ihnen tanzen.

»Ja«, antwortet er knapp und bricht dabei den Zahnstocher entzwei. Besser könnte man die Art, wie er das sagt, nicht beschreiben.

»Warum?«

Obwohl er mich nicht ansieht, weiß ich, dass er die Augen verdreht.

»Weil man normalerweise erst beim Fest sein Prüfungsmal erhält und weil der Run sowieso schon so tödlich ist, dass sich die Phantome zwischendurch stärken sollen.«

»Danke«, flüstere ich und kratze mich am Kopf, weil mich das alles verunsichert.

Ich versuche meine Gedanken zu ordnen, doch viel Zeit bleibt mir dafür nicht, denn ein lauter Schrei zerschneidet die Luft.

Sofort ist mein Körper angespannt und im nächsten Moment schießt Macht wie ein starker Windstoß durch den Raum. Weitere Schreie. Gleißendes Licht. Die Wachen des *res towe* erstarren und können sich nicht mehr bewegen.

»Was ist hier los?«, schreie ich gegen die Lautstärke an und suche nach Keeran. Aber es ist Jeri, der meine Hand packt und mich mit sich vorbei an umgefallenen Tischen und schreienden Menschen in eine der hinteren Ecken zieht. Er packt einen Tisch, schmeißt ihn um und kauert sich mit mir dahinter.

Ich sehe mich um und entdecke verhüllte Männer mit Pfeil und Bogen. Und vor ihnen eine Frau. Ich kneife die Augen zusammen. Sie kommt mir bekannt vor und ich verbinde ihren Anblick mit Schmerz.

»Keeranath!«, ruft sie durch den Keller.

Keeran, der sich vor Medisa gehockt hat, erhebt sich und tritt vor. Ich will zu ihm rennen, aber Jeri hält mich fest.

Keeran sieht gelassen aus, als er sich vor der Frau positioniert und den Kopf schief legt. »Nalia«, stellt er fest.

Er kennt sie? Hat er mir von ihr erzählt? Alles in mir wird taub, als ich begreife, dass ich ihren Namen von Tunis erfahren habe. Dass sie die Frau ist, an die Keeran sein Leben binden musste. Sein Gegenpart.

»Liebster«, säuselt sie erfreut und reckt den Nacken.

Hinter Keeran tauchen Red und Medisa mit Schwertern in der Hand auf.

»Vergiss es, du Hexe!«, knurrt Medisa.

Keeran hebt seine Hand und bringt sie so zum Schweigen. Beide lassen ihre Schwerter sinken.

»Was willst du hier?«

»Dass du dein Versprechen einlöst«, sagt sie und zuckt mit den Schultern, als würde sie die Frage nicht verstehen.

»Das geht nicht. Ich habe mein Leben an sie gebunden.«

Sie lacht laut und schrill auf, bevor sie ihre Hand auf mich richtet und mich mit unsichtbarer Macht packt und zu sich zieht. Jeri rennt neben mir her und zückt im Gehen ebenfalls seine Waffe.

»Schau sie dir an, Keeranath«, lacht Nalia und lässt meinen Körper in der Luft kreisen. Ich knurre. Dann hört sie auf und ich pralle auf meine angeknacksten Rippen.

»Sie ist eine Albin geworden. Dein Verrat an mir, indem du ihr Leben, damals im Mutterleib, an deines gebunden hast, ist also dahin und jetzt kannst du mir wieder deine Treue beweisen.« Sie tritt vor und streicht ihm fast schon liebevoll über die Wange, während sie mich mit ihrer Macht am Boden festhält.

»Aus welchem Loch bist du gekrochen?«, fragt er angeekelt.

»Das ist eine witzige Geschichte«, erklärt sie und winkt einem der Männer zu, der ihr sofort einen Stuhl bringt, auf dem sie sich gemächlich niederlässt.

Diese Frau muss sich ihrer Macht ziemlich sicher sein, wenn sie sich vor dem unendlich mächtigen Keeran in eine so angreifbare Position begibt. Zumal sich hinter ihm Medisa und Red kampfbereit aufgestellt haben. Und ein Gefühl sagt mir, dass nicht einmal ihre Bogenschützen eine Chance gegen die drei hätten.

»Du erinnerst dich, dass ich Marruk an die Macht verholfen habe, aber ihn irgendwann töten wollte?« Keeran reagiert nicht, also winkt sie ab. »Er hat das herausgefunden und mich und damit meine Macht weggesperrt.« Sie grinst und blickt zu mir. »Und siehe da, eine aus meiner eigenen Familie kam und frierte ihn ein. Und damit auch seine ekelhafte Magie. Danke dafür, Schätzchen.«

Ich hebe nur meine Brauen. Vor Schmerz bin ich nicht wirklich in der Lage, ihr zu folgen.

»Und worauf hast du gewartet? Warum kommst du erst jetzt?«, fragt Keeran.

»Dass du sie endlich ganz vergisst.«

»Falscher Zeitpunkt, Nalia. Ich erinnere mich wieder an sie.«

»Oh, das ist nicht von Dauer, glaub mir, mein mächtiger Shadbrig.«

Red bewegt sich und sofort richten sich Dutzende Pfeile auf ihn.

Ich versuche mich zu erheben, aber meine Rippen lassen es nicht zu. Ich hätte auch sie von Keeran heilen lassen sollen.

»Und was willst du jetzt?« Keeran schlägt einen gelangweilten Ton an.

»Ich will, dass du sie tötest, so wie ich es damals von dir verlangt habe!«, faucht Nalia und deutet wieder auf mich. Das Thema bringt sie aus der Fassung. Nein, *ich* bringe sie aus der Fassung.

»Ich töte sie nicht«, sagt er kühl und doch gefährlich.

Nalia legt einen Finger auf ihre Lippen. Dann lässt sie ihn vorschnellen und mein Blut wird heiß. Ich schreie auf. Keeran stürmt auf Nalia zu und packt sie am Hals. »Lass sie in Ruhe.«

»Was, Keeranath?«, krächzt sie lachend. »Du willst mir nicht wirklich erzählen, dass du ein Mädchen liebst, das du im Mutterleib gespürt hast.«

»Halt dein dreckiges Verrätermaul!«, knurrt Keeran.

Als die Hitze in mir verschwindet, bleibt nur kochende Wut zurück. Ich beiße die Zähne zusammen und erhebe mich trotz der Schmerzen.

»Lass sie los!«, sage ich ernst.

Keeran zuckt mit den Lidern, gehorcht jedoch.

»Hier bin ich. Also, warum erledigst du deine Drecksarbeit nicht selbst?«, frage ich sie direkt. Ihre blauen Augen verhöhnen mich. Aber ihr wird das Lachen noch vergehen. Ich hebe meine Hand und schieße Eis in ihr Gesicht. Sie knurrt, als ihr dreckiges Lachen erstarrt.

Sie ballt ihre Hände zu Fäusten und sprengt das Eis.

»Ich bin nicht Marruk Karis, Mädchen. Ich lasse mich nicht einfrieren. Eis ist *mein* Element.«

»Nein«, sage ich fest und schieße Hagelkörner auf sie. »Es ist meines!«

Unsere Mächte entfesseln sich. Keeran und Jeri wollen einschreiten, doch ich halte sie mit einem Windstoß davon ab. Etwas in mir weiß, dass ich diese Frau hasse. Dass sie den Tod verdient hat. Vielleicht ist es aber auch nicht mein Inneres, das da so voller Verachtung ist, sondern etwas, das ich in Keerans gebrochener Seele lese.

Doch ich spüre, dass sie mächtiger ist als ich. Zumindest im Moment, da ich das ganze Ausmaß meiner Macht nicht kenne. Und ich weiß, dass Keerans Leben durch den Handel mit Tunis an sie gebunden ist.

»Keeran! Ich habe es ihr beigebracht!«, schreit Medisa von irgendwoher, nachdem Nalia mich meterweit durch den Saal geschleudert hat. Was meint sie? Was hat sie mir beigebracht?

Mein Blick fällt auf Keeran, der unsicher wirkt. Nalia schießt währenddessen Eis durch den Raum. Die Macht der Emza. Sie ist also wirklich ebenfalls eine Nachfahrin. Sie baut mit ihrer Magie einen Käfig um uns.

»Keeran!«, schreit Medisa wieder. »Sari weiß es instinktiv!«

Mir bleibt keine Zeit zu fragen, da hebt Keeran bereits seine Hand und hüllt das Kellergewölbe in Dunkelheit. In tiefste Finsternis. Angst durchflutet mich. Ich kann mich nicht erinnern. Weiß nicht, was Medisa meint.

»Hör auf deine Macht!«, ruft sie mir zu.

Ich schließe für den Bruchteil einer Sekunde meine Augen und in dem Moment trifft mich ein Schlag. Nein. Eine Klinge. Sie schlitzt eine tiefe Wunde in meine Schulter. Nalia lacht. Ich weiche zurück, entferne mich, ohne zu wissen, in welche Richtung ich gehe, und bemühe mich, meine Sinne zu schärfen Wieder schließe ich die Augen. Konzentriere mich. Blende all die Seelen um mich herum aus, bis auf ihre düstere, mörderische Seele. Und als ich sie spüre, greife ich instinktiv nach einem Dolch an meiner Hüfte und stürme auf sie zu. Als ich einen Widerstand spüre, schreit Nalia auf und ich schneide tiefer in ihr Fleisch. Sie packt meinen Arm und schießt glühende Macht durch mich, die meinen Körper schmerzhaft beben lässt.

Ein Knall ertönt und Keerans Dunkelheit verschwindet. Ich werde nach hinten geschleudert und lande auf Nalias Körper. Ich will mich aufrappeln, aber ich bin erstarrt durch ihre Macht. Als ich mich endlich bewegen kann, rolle ich mich von ihr herunter und huste.

Dann landet mein Blick auf dem Grund für den Knall. Jeri hat das Eis um uns durchbrochen. Schnaufend steht er da, reckt seinen Hals und kommt ganz langsam auf Nalia zu.

»Verschwinde oder ich reiß dir den Kopf ab!« In seiner Hand sammelt sich ein Wirbelsturm an göttlicher Macht. Nicht nur eine Gabe vereint sich dort zu einer mörderischen Waffe, sondern die von uns Nachfahren.

Nalias Augen weiten sich krankhaft. »Du bist es«, haucht sie voller Befriedigung. Sie versucht nach ihm zu greifen, während sich ihr Körper und der ihrer Männer langsam in Nebel auflöst. Sie nutzt eine Gabe und will Jeri mit sich nehmen. »Ich habe lange nach dir gesucht«, sagt sie und bekommt nun seine Hand zu fassen.

»Nein!«, knurre ich und springe vor, hebe meine Finger, lasse sie ruckartig sinken und schneide ihr mit meinem Eis die Hand ab. Ein grausamer Schrei ertönt, doch er verblasst, als sie zusammen mit ihren Schützen verschwindet. Ihre tote, abgetrennte Hand landet vor mir auf dem Boden. Blaues Blut fließt auf den Boden. Ich blinzle. Was …?

Ich sehe zu Jeri auf. Und in diesem Moment legt sich ein Schatten auf seine blauen Augen. Ich spüre in seiner Seele, wie er so vieles verliert, was ihn ausgemacht hat. So viel Liebe verschwindet. Er ist wieder das, was er war, als wir ins *empire te deser fulk* kamen. Und offensichtlich hatte er da längst mit mir abgeschlossen.

Seine Aufgabe ist erfüllt, weil er erneut sein Leben für mich riskiert hat, obwohl es hätte sein können, dass ich ihn wieder nicht retten kann. Aber dieses Mal habe ich nicht zugelassen, dass dieses Monster ihn mit sich nimmt. Dieses Mal habe ich das Richtige getan. Und doch habe ich ihm damit erneut alles genommen.

Er fällt vor mir auf die Knie und sieht sich um. Alles an ihm wird dunkler. Und erst jetzt begreife ich das Ausmaß unserer Entscheidung, ihm unsere Gaben zu nennen. Er selbst hat es mir erzählt. Der Monarch hat ihn zwei Jahre lang gequält. Hat ihm alles genommen. Und der Moment, von dem er mir erzählte, als er mich aufgegeben hat, liegt nun hinter ihm.

»Jeri«, versuche ich es vorsichtig, knie mich zu ihm und lege meine Hand an seine Wange. Er blickt zu mir und erkennt mich, aber da ist so viel Schmerz. Dann beugt er sich vor und küsst mich. Ich bin so irritiert, dass ich mich nicht einmal wehre. Als er wieder von mir ablässt, überschlägt sich mein Puls.

»Danke«, raunt er und erhebt sich.

Ich schlucke schwer und wage es nicht, Keeran in die Augen zu schauen, der sich zwar nähert, aber uns ignoriert und stattdessen die Hand auf dem Boden mustert. Oder vor allem das ungewöhnliche Blut.

»Hast du so etwas schon einmal gesehen?«

»Nein.«

Seine Stimme ist so dunkel. So seelenlos, dass ich ihn erschrocken anstarre. Auch auf seinen Augen liegt ein Schleier. Und noch schlimmer: Ich kann seine Seele nicht mehr spüren. Nicht einmal mehr diese schwarze Wand, die ich in den letzten Tagen manchmal fühlen konnte.

»Was ist, Lakar?«

»Was ist passiert?«

»Ich habe dich nicht verraten«, gibt er kühl zurück und so, als würde er selbst nicht mehr wissen, worum es da eigentlich ging.

»Du hast deine Aufgabe erfüllt?«, frage ich stockend, weil ich nicht glauben kann, dass er weg sein soll. »Das war's? Du musstest nur sagen, dass du mich nicht töten wirst?«

Ich kann nicht verstehen, wie das zusammenhängt. Da fehlt etwas. Ein Zusammenhang. Etwas, was er getan haben muss, um diese Aufgabe zu erledigen.

»Was hast du noch getan?«

Er mustert mich mit Abscheu. Da ist nichts mehr von diesem besonderen Blick, mit dem er nur mich bedacht hat. Und dann lacht er. »Willst du wirklich wissen, was ich getan habe?«

Ich fixiere ihn. »Natürlich.«

»Ich habe dir vertraut und dich kämpfen lassen.« Das, was er sagt, passt nicht zu dem, wie sich seine Stimme anhört. Als wäre ich die Letzte, der er vertrauen würde.

»Damals, als ich Jarrusch verraten habe, da habe ich über deinen Kopf hinweg entschieden, weil ich dir nicht genug vertraut habe, um dir meine wahren Pläne zu offenbaren. Das war meine Aufgabe. Dir zu vertrauen, weil ich damals hätte mit dir reden müssen, statt dich zu hintergehen.« Er hebt die Hand vom Boden auf, als wäre es nur ein Ding, und richtet sich auf.

Für einen kurzen Moment sieht er zu mir hinab. Als würde er nach der Antwort suchen, warum er sich die letzten Tage zu mir hingezogen gefühlt hat. Schmerz durchströmt meinen Körper. Und ein Teil von mir will sich nicht mehr daran erinnern, ihn geliebt zu haben. Wie schrecklich muss es gewesen sein, dieses seelenlose Wesen zu lieben, das mich verachtet!

KAPITEL 13

KEERAN

Ich sehe auf Sari hinab. Dass sie sich nicht erinnert, hat sie verändert, und doch fühlt sie offenbar mehr für mich, als ich es tue. Ein Anflug von Mitleid erfüllt meine Brust, weshalb ich meine Hand auf ihre Schulter lege und sie heile. Sie wehrt sich nicht und ich nehme ihren Schmerz an, bevor ich sie wieder loslasse und Medisa die abgeschnittene Hand überreiche. Ich muss zugeben, dass Sari mich beeindruckt hat.

»Hol ihn her!«, zischt Medisa zu Red und ich stöhne, weil ich weiß, von wem sie spricht. Aber keine Erinnerung der Welt könnte meine Meinung ändern.

Ich schaue noch einmal zu Lakar. Jeri ist bei ihr und hilft ihr auf. Ihre Augen glänzen, als sie ihn ansieht. Sie glänzen immer auf diese bestimmte Weise, wenn ihr Blick ihn streift. Sie liebt ihn, das hat sie selbst gesagt. Und ich bin froh, dass sie sich an die Liebe zu ihm erinnert, denn in mir wird sie nie das finden, wonach sie sucht. Das ist verschwunden.

Red bringt Marruk rein und ich erkenne, wie Sari sich anspannt, bevor ich ihm in die eisblauen Augen sehe.

»Marruk«, stelle ich gelassen fest. »Bringen wir es hinter uns.«

Marruk schaut zu Jeri und Sari und grinst. Die Befriedigung steht ihm ins Gesicht geschrieben.

»Oh, Keeranath, das wird wehtun.« Er packt meinen Arm und Bilder blitzen vor mir auf. Tausende Bilder. Von ihr. Von Sari. Mein Herz füllt sich mit Wärme, die ich für verloren gehalten habe. Meine Seele spürt sie.

Ich sehe sie. Ihre grimmige Miene, als ich sie beim Kräutersammeln erwische. Ihr gezücktes Messer und die Bedrohung, die sie ausstrahlt, obwohl sie gar nicht so bedrohlich ist. Ich sehe ihr Lächeln. In unendlichen Nuancen. Eines ist unecht. Eines ist nur da, um ihre Trauer zu überspielen. Eines gehört nur ihrem kleinen Bruder. Eines gilt Red, wenn er einen dummen Spruch macht. Eines ist so echt und glücklich, dass meine Seele mit ihr lacht. Und eines gehört mir. Es lässt nicht nur ihre Lippen grinsen. Nein. Ihr gesamter Körper strahlt und vor allem ihre Augen. Diese wunderschönen, gütigen Augen einer Frau, die alles für andere geben würde. Und dieses Lächeln hat sie, selbst wenn sie sauer auf mich ist. Ich spüre es. Es berührt mich. Berührt meine schwarze Seele. Und dann spüre ich ihre gebrochene Seele. Ihr Geheimnis. Dieser eine schreckliche Moment, nachdem ihre Marra starb und Jarrusch nicht zu weinen aufhören wollte und sie ihn zum hospita de lit gebracht und vor der Tür abgelegt hat. Sie hat ihren Fehler aber sofort begriffen und ist zurückgekommen, um ihm ewige Treue zu schwören. Das Vergehen, das sie nur noch liebenswerter macht. Ich spüre ihre Lippen auf meinen. Ihr …

Der Monarch lässt von mir ab. Ich starre ihn an. Mein Herz droht zu brechen. In tausend Stücke. Ich öffne meinen Mund und schaue zu Red und Medisa. Und dann drehe ich mich zu ihr. Zu Sari. Sie versorgt gerade eine Wunde von Jeri. Dann merkt sie offensichtlich etwas. Sie spürt meine Seele und blickt mich an. Und alles ist anders. Ich erkenne es. Sie spürt eine Verbindung zwischen uns. Aber sie liebt mich nicht mehr. Oder *noch* nicht?

Ich beiße die Zähne aufeinander. Verkrampfe meinen Körper, um irgendwie gegen diesen Schmerz anzukommen, der mich vollkommen einnimmt.

Ich erinnere mich an das, was ich im Krankenhaus zu ihr sagte. Und auch daran, dass ich zu diesem Zeitpunkt jedes dieser kleinen Details ihrer Seele und ihres Lächelns vergessen hatte. Geliebt habe ich sie trotzdem.

Und dann treffen mich die Worte, die sie vor dem Fest zu Medisa sagte, so hart, dass ich aufkeuche und in die Knie gehen muss.

Ich liebe Jeri. Er ist mein Schicksal. Und das Schrecklichste daran ist, dass sie recht hat, denn ich musste ihr Leben an seines binden, um sie zu retten. Weil er ihr Gegenpart ist. Er ist ihr verdammtes Schicksal. Nicht ich. Nicht der unnütze, verräterische Shadbrig, der sie immer nur verletzt hat. Marruk wusste genau, warum er mir ausgerechnet jetzt, entgegen seinen Worten, alles zurückgegeben hat. Er wollte, dass ich leide. Nun, da sich Sari nicht erinnert.

»Was ist los?«, fragt sie völlig irritiert. Natürlich. Sie weiß nichts mehr von ihrem eigenen Handel mit dem Monarchen und dass er mir Erinnerungen wiedergibt.

»Nichts«, lüge ich und erhebe mich wieder. Ich wende mich mit all meiner Kraft ab, weil ich viel lieber zu ihr gehen würde, Jeri schlagen und sie mitnehmen würde.

Verdammt, dieser Kerl hat zwei Jahre lang geheim gehalten, dass sie einen Bruder hat, obwohl er gequält wurde und das fast unmöglich ist. Und ich habe ihren Bruder schon nach kürzester Zeit aus freiem Willen verraten. Wie sollte ich jemals an ihn herankommen? Warum sollte ich mich ihnen jemals in den Weg stellen? Um Sari ein Leben voller Trauer, Dunkelheit und Schmerz zu bieten? Nein. Das würde ich nicht tun. Das darf ich nicht tun. Dafür liebe ich sie zu sehr.

Und ein selbstzerstörerischer Teil in mir hofft, dass sie sich nie wieder an die Liebe erinnert, die sie für mich empfindet – empfunden hat.

»Keeran!«, will Red mich aufhalten, als ich schon fast in meinem Zimmer bin. Das Mal des Herrscher Runs auf meiner Haut brennt, aber ich ignoriere es.

»Lass gut sein«, knurre ich und gehe weiter den Gang entlang. Weiter, bis sich mir eine Wand in den Weg stellt und ich darauf einprügle, bis mir Blut über die Knöchel und Tränen über die Wangen laufen.

Sari ist hier – die einzige Person, die ich je wirklich geliebt habe, liebe –, genau dort in diesem Raum, und doch vermisse ich sie so allumfassend, wie ich nie zuvor einen Menschen vermisst habe.

KAPITEL 14

Hamza, Passus III Tunis, Vers 230

Tunis wusste, dass es in seinem Land gefährliche Wesen gab. In seinem Königreich hatten die Alben gelebt. Und mit ihnen die Drachen. Monströse Wesen, die er jedoch selbst nie zu Gesicht bekommen hatte. Sie waren zusammen mit den Alben verschwunden. Doch so, wie Tunis nun wusste, dass die Alben lebten, so glaubte er auch an die Drachen und näherte sich nie der canio te drago, der Höhle, in der sie lebten.

Doch ein einziges Mal musste er es tun. Und fand nichts. Als wäre sein Blut nicht würdig, einem Drachen zu begegnen.

Aufgewühlt beobachte ich, wie Keeran den Raum verlässt, als wäre Tunis höchstpersönlich hinter ihm her. Mein Atem geht schnell. Seine Gefühle waren so überwältigend, dass ich sie gespürt habe, als wären es meine eigenen. Was hat der Monarch ihm gezeigt? Was hat ihn derart berührt und … einen Teil der Dunkelheit von ihm genommen?

Das Mal des Herrscher Runs auf meiner Haut unterbricht meine Gedanken. Es zieht an mir, und als ich Jeris Gesicht mustere, weiß ich, dass auch seines brennt und verlangt, dass wir weitergehen. Weiter ins Ungewisse.

»Ich bitte Keeran darum, dich zu heilen«, murmle ich, als ich ihm aufhelfe. Sein Arm ist zwar äußerlich nicht verwundet, aber Nalia hat irgendetwas mit ihrer Macht angestellt, sodass er nur schlaff herunterhängt.

»Das passt schon«, brummt Jeri. Auf Keerans Macht angewiesen zu sein, gefällt ihm wohl nicht besonders.

Ich binde ihm den Arm mit einem Stofffetzen in eine Schlinge und schaue anschließend nach den anderen. Die meisten Gäste sind bereits gegangen. Alishan und Leoán kommen gerade zu uns. Und dann betritt auch Keeran wieder den Raum. Seine Aura erschlägt mich. Düster und gleichzeitig, als würde er alles und jeden töten, der sich uns in den Weg stellt – nein, alles, was sich mir in den Weg stellt.

Ich schlucke hart und sehe zu Medisa, Red und einem dunkelhaarigen jungen Mann, die kampfbereit zu uns treten.

»Endlich kann der Spaß beginnen!«, sagt Red belustigt, hat aber ständig ein Auge auf Keeran.

Mein Blick verharrt auf dem hübschen Mann. Er legt den Kopf schief und lächelt, als er es bemerkt.

»Ferroe«, stellt er sich vor und hebt die Hand.

»Sari«, stottere ich und ziehe kurz die Mundwinkel hoch.

»Das weiß ich, Prinzessin«, gibt er zurück und schaut daraufhin Keeran an, als würde er auf Anweisungen warten.

»Wir müssen durch den Teil des *res fore,* der in den Utlands liegt«, erklärt Keeran selbstsicher und deutet in eine Richtung, die dann wohl Norden sein wird. Anschließend erteilt er den übrigen Anwesenden noch Anweisungen, die Verletzten zu versorgen. Und vor allem bezüglich Jarrusch. »Sie hat ihre Leute angewiesen, welche Vorkehrungen getroffen werden müssen, wenn es eine Gefahr gibt. Sagt Bescheid, dass dieses Protokoll sofort in Kraft tritt.«

»Welche Sicherheitsvorkehrungen?«, hake ich nach. Ein ungutes Gefühl breitet sich in mir aus. Warum wissen so viele Menschen von Jarrusch? Ist er in Gefahr?

»Mach dir keine Sorgen. Er wird an einen sicheren Ort gebracht«, sagt er behutsam und legt kurz seine Hand auf meine Schulter. Als ich zusammenzucke, presst er die Lippen aufeinander und räuspert sich.

»Räumt hier auf und findet dieses verfluchte Miststück.«

Nach diesem letzten Befehl an die Wachen brechen wir auf und lassen uns immer weiter vom *res fore* verschlucken. Die Bäume werden dichter und erlauben kaum einen Blick auf den Nachthimmel. Ich wünschte, wir hätten noch in einem Bett schlafen können, aber das Mal zieht so sehr, als würde es uns drängen wollen. Als wäre es wichtig, dass wir weiterkommen. Außerdem könnte Nalia wieder auftauchen, falls sie weiß, wo wir sind.

»Kleines«, sagt Red, als ich mich ein wenig von der Gruppe entfernt habe, und kommt zu mir. »Ist alles in Ordnung?«

Ich werfe ihm einen irritierten Blick zu. »Nichts ist in Ordnung. Ich kenne dich nicht, obwohl du mein engster Freund zu sein scheinst«, gebe ich heiser von mir.

»Bester Freund, wenn ich bitten darf. Aber ja. Stets zu Diensten, wenn meine Kleine schlecht träumt.« Er salutiert und meine Lippen formen ein Lächeln. Fühlen kann ich es allerdings nicht.

»Warum erinnere ich mich nicht? Warum habe ich meine Aufgabe noch nicht erfüllt? Ich habe Jeri nicht im Stich gelassen. Ich habe ihm geholfen.«

Red seufzt. »Bist du dir sicher, dass das deine ungelöste Sache ist?«, fragt er und sieht zu Jeri. Sein Blick verfinstert sich.

Ich zucke mit den Schultern. »Was soll es sonst sein? Das Letzte, woran ich mich erinnere, ist, dass er mir sein Gesicht ohne Tahill zeigte und ging.«

»Und dann?«

»Nichts. Nur die Gewissheit, dass ich jetzt allein bin. Jarrusch war noch krank. Varra war wie immer nicht von dieser Welt.«

»Du musst wohl weitersuchen«, raunt er und tippt mir gegen die Nase.

Irgendwann beschließen wir Rast zu machen. Ich bin unendlich dankbar und lasse mich einfach an Ort und Stelle niedersinken und lege meinen Kopf auf das weiche Moos. Alles, was ich will, ist schlafen. Schlafen und vergessen, was geschehen ist und wer ich gerade bin. Denn meine Seele weiß, dass ich längst an mir selbst gewachsen bin. Und dieser Krieg in meinem Kopf ist zermürbend. Ein Kampf zwischen dem Mädchen, das ich war, und der Frau, die ich geworden bin.

»He, kleines Phantom, hier kannst du nicht liegen bleiben.« Keerans Stimme klingt so anders. Vertraut, liebevoll. So, wie ich sie nie zuvor gehört habe.

»Geh weg!«, brumme ich und drehe mein Gesicht in das Grün unter mir. Ein raues, leises Lachen ertönt und berührt mich bis tief in mein Herz.

»Erlaubt Ihr mir, Euch zu berühren, Erbin der Emza?«, fragt er plötzlich ziemlich nah an meinem Ohr.

Ich verziehe den Mund, was er natürlich nicht sehen kann, nicke aber und er hilft mir hoch, um mich zu den anderen zu führen, bevor er sich entfernt und ich mich erneut hinlege.

»Danke«, sage ich noch und gebe mich dann der Dunkelheit des Schlafs hin.

• • • ● • • •

»Keeran!« Meine Kehle brennt. Schmerz durchzuckt mich. »Keeran!« Ich schreie es immer und immer wieder, bis mich ein Schütteln zurück in das Hier und Jetzt holt. Ich reiße die Augen auf und sehe in die von Keeran. Sie sind geweitet und voller Panik und … da ist noch etwas. Reue?

»Ich bin hier«, raunt er. Seine Hände berühren fest meine Schultern. Ich will nach dem Traum greifen. Verstehen, warum mein Gefühl für ihn gerade so extrem war. Aber er verschwindet.

»Ich …« Blinzelnd setze ich mich auf und sehe mich um. Über mir scheint bereits die Sonne. Einem Instinkt folgend suche ich nach Red, der sofort zu mir tritt.

»Es ist alles gut«, flüstert er und streicht mir eine nasse Strähne aus der Stirn.

Keeran mustert ihn irritiert. Sein Blick wandert zwischen uns hin und her.

»Jarrusch lebt. Der Monarch kann ihm nichts anhaben. Und auch Keeran lebt. Siehst du.« Ich schlucke gegen die Trockenheit in meiner Kehle an. Und nicke, weil ich begreife, dass das wirklich die Ängste aus meinem Traum waren.

»Passiert das öfter?«, fragt Keeran und ballt seine Hände zu Fäusten.

»Eigentlich jede Nacht«, erklärt Red und wirft Keeran einen Blick zu, den ich nicht deuten kann.

»Jede Nacht?«, knurrt Keeran und steht auf. Wut funkelt in seinen Augen, und dann schleudert er seine dunkle Gabe gegen einen Felsen und lässt ihn mit einem Knallen zerbersten.

Wir starren ihn einfach nur an. Red ist der Erste, der auf ihn zutritt und seine Hand auf Keerans Schulter legt. Und Keeran … lehnt sich gegen seinen besten Freund und … weint. Ich kann kaum fassen, was ich da sehe. Sein Körper, der immer wieder zuckt. Schluchzt.

»Ich war nicht für sie da. In keiner dieser Nächte.«

»Das ist gerade etwas viel, Keeran, ich weiß«, erwidert Red und zieht ihn mit sich, weg von uns.

Ich höre dabei zu, wie weitere Dinge zerbersten. Zumindest bin ich mir sicher, dass das Poltern daher stammt.

»Alles in Ordnung?«, fragt Jeri und hockt sich zu mir.

Ich nicke nur.

»Gut«, sagt er dann und steht wieder auf, um zurück zu den anderen zu gehen.

Ich schüttle frustriert den Kopf. Es ist, als hätte jemand die Dunkelheit von Keeran genommen und sie Jeri gegeben. Irgendwann wird mich das alles noch verrückt machen. Auf was werden wir hier eigentlich getestet? Wer wen am besten verwirren kann und wer mit welchen Erinnerungen wie ist? Das ergibt keinen Sinn. Wir müssen uns auf diesen Lauf konzentrieren. Und vor allem müssen wir zusammenhalten.

Es dauert einen Moment, bis Keeran und Red endlich zurückkommen und wir uns auf den Weg weiter nach Norden zur *canio te drago* machen. Die Schlucht des Drachen kenne ich nur aus fantastischen Büchern von Jarrusch. Zumindest dachte ich immer, es wären nur Fantasien. Jetzt allerdings beschleicht mich das ungute Gefühl, dass dort wirklich Drachen auf uns warten. Dennoch gehe ich weiter.

Wir laufen lange und der Weg ist beschwerlicher als der durch die Felslandschaft, weil wir ständig Umwege gehen müssen, wenn die Bäume zu dicht sind und uns keinen Durchgang gewähren.

Der Wald löst schlechte Erinnerungen in mir aus, die ich nicht zu fassen kriege. Meine Seele wird schwer und ich fühle mich schwach.

Keeran scheint es auch nicht besser zu ergehen, denn er meidet mich seit dem Vorfall. Medisa ist die ganze Zeit bei ihm und Red behält mich im Auge. Alishan und Leoán sind meist zu zweit, wobei Leoán sie ununterbrochen tröstet und ihr gut zuredet. Wenn sie nicht über den Tod ihres Verlobten hinwegkommt, wird sie ihre Aufgabe nicht erledigen können. Aber wie kommt man über den Tod eines geliebten Menschen hinweg? Ich weiß, dass ich über Jarruschs Tod niemals hinwegkommen würde. Sein Tod würde auf ewig ein Loch in meine Brust reißen, das ich niemals würde stopfen können.

Als wir erneut Rast machen und ich längst das Gefühl habe, wir hätten uns verlaufen, beobachte ich Red, Medisa und Keeran, wie sie angespannt miteinander reden. Besprechen, was wir als Nächstes tun. Sie wirken wirklich wie eine verdammt gut eingespielte Truppe. Und ich fühle mich allein. Als hätte ich so etwas nicht, obwohl ein Teil von mir weiß, dass ich zu ihnen gehöre.

Mein Blick wandert weiter zu Jeri, der gerade hinter den Bäumen verschwindet. Ohne lange nachzudenken, folge ich ihm und beobachte, wie er an einem kleinen See ankommt und sich Wasser ins Gesicht spritzt. Darauf bedacht, seine rechte Hand nicht zu sehr zu strapazieren.

»Du solltest das wirklich heilen lassen«, sage ich und trete zu ihm ans Ufer.

»Und du solltest Menschen nicht hinterherspionieren«, entgegnet er knapp.

»Vielleicht mache ich mir ja Sorgen um dich.«

»Ich verzichte auf dein gespieltes Mitleid.«

Ich beiße mir auf die Unterlippe, wage mich aber weiter vor.

»Was ist dein Problem? Ich dachte, ich hätte dir bewiesen, dass ich dich niemals im Stich gelassen hätte, wenn …«

»Wenn was, Sari? Wenn mein Varra nicht behauptet hätte, ich sei tot, weil ich für dich Medikamente gestohlen habe? Wenn Keeran nicht irgendwann aufgetaucht wäre und mich ersetzt hätte? Oder wenn ich dir einfach nur wichtig genug gewesen wäre?« Er schnaubt verachtend. »Erklär's mir, denn langsam weiß ich nicht mehr weiter.« Er steht auf und funkelt mich mit eisigen Augen an. Und doch verrät mir seine Seele, dass er tiefen Schmerz empfindet. Über seinen Vater, diese Welt und vor allem über mich.

Ich nähere mich noch ein wenig, blicke zu ihm auf und streiche ihm das Wasser vom Kinn. »Ich würde alles für dich tun, Jeri. Wirklich alles.«

»Würdest du auch aufhören, ihn zu lieben?«

Seine Worte treffen mich. Vor allem, weil sie einen Teil in mir erreichen, an den ich mich nicht erinnere. Wie soll ich ihm also darauf antworten? Was soll ich sagen, wenn ich ihn zwar liebe, doch genau weiß, dass mein wahres Ich anders empfindet?

»Du und Jarrusch …«, raunt er plötzlich und senkt seinen Kopf. »Ihr seid alles, was ich habe. Meine Familie. Ansonsten kenne ich nur Einsamkeit.«

»Ich …« Ich trete vor. Ganz vorsichtig legt er seine Stirn an meine und atmet tief durch.

»Ich weiß nicht, was in diesen zwei Jahren mit mir passiert ist, aber jetzt gerade … liebe ich dich, Jeri. Und ich weiß, dass ich niemals aufgehört habe, dich zu lieben.«

Sein Atemgeräusch verstummt. Er hebt seine Hand und streicht mir über die Wange.

»Ich würde das so gerne einfach hinnehmen und dich hier und jetzt küssen …«

Mein Herz sticht, als ich begreife, dass es ein Aber gibt. Also reagiere ich unbedacht, rücke vor und küsse ihn. Erst zuckt er zurück und starrt mich nur an. Ein Krieg tobt in seinen Augen und seiner Seele. Dann küsst er mich. Seine Hand fährt in meinen Nacken und zieht mich zu sich. Jeri ist alles, was ich will. Alles, was ich kenne. Und doch … bricht ein Teil in meinem Herzen und ich beginne unkontrolliert zu schluchzen und zu weinen. Jeri weicht zurück, hält weiter meinen Nacken und sieht mich forschend an.

»Du liebst ihn selbst jetzt. Obwohl du ihn kaum kennst«, stellt er fest.

Ich versuche mich zu beherrschen. Meine Lippen beben. Doch ich muss ehrlich sein und deshalb nicke ich.

Jeri muss sich sichtlich zusammenreißen. Auch ihm steigen die Tränen in die Augen.

»Es tut mir so leid. Ich wünschte, alles wäre anders. Ich wünschte …«

Ja, was wünsche ich mir eigentlich? Ich will meine Erinnerungen zurück. Ich will verstehen, warum ich die Liebe zu Jeri zwar spüre, dieser Kuss jedoch alles in mir zerreißt. Mich von innen heraus verbrennt.

»Ich muss allein sein«, sagt Jeri und streicht mir noch einmal über meine Wange.

Es ist ein stummes Versprechen, dass wir das schaffen. Als Freunde oder Verbündete. Wie auch immer. Und ich habe es nicht verdient. »Du wirst nicht wieder einsam sein, Jeri. Das verspreche ich dir.«

Er nickt und ich verlasse das Seeufer. Als ich durch die Bäume trete, überrennen mich meine Gefühle und ich laufe einfach los. Renne, bis ich mich keuchend auf meine Knie stützen muss. Hinter mir ertönt ein Geräusch und ich spüre die schwarze Mauer von Keerans Seele.

»Bist du fertig?«, fragt er, kommt jedoch nicht näher. Als wäre ich ein verwundetes Tier, das man mit Vorsicht behandeln muss.

»Womit?«

»Damit, vor dir selbst wegzurennen«, entgegnet er mit einem kleinen Lachen in der Stimme.

Ich erhebe mich, zücke meinen schwarzen Dolch, drehe mich um und funkle ihn an. »Verschwinde!«

Blinzelnd stolpere ich zurück. Warum habe ich das getan? Und warum fühlt es sich so vertraut an?

Keerans dunkler Blick liegt angespannt auf mir, und doch strahlt er Ruhe aus, während er sich gegen einen Baum lehnt. Immer wieder verschleiern schwarze Schatten seine Augen. Ich schüttle den Kopf, um die Bilder zu verscheuchen, die in mir aufsteigen. Aber ich kann mich nicht dagegen wehren. Plötzlich sehe ich vor mir, wie Keeran mich beim Kräutersammeln erwischt. Mich begleitet. Mir hilft. Doch ich spüre, dass das keine Erinnerung ist, die zurückkehrt, weil ich meine Aufgabe bewältigt habe. Nein. Sie war nie wirklich verschwunden. Ich habe sie nur verdrängt. Habe verdrängt, dass Keeran zur Lösung meiner Aufgabe gehört und nicht Jeri.

Ich keuche auf und blicke ihn panisch an. Die unzähligen Bilder nehmen mir die Luft.

In meinem Kopf erscheinen Wachen. Keeran drückt mich gegen die Wand und … raunt mir zu, wie ich die Medizin herstellen kann.

»Ich hoffe, dass wir uns eines Tages wiedersehen, Phantom. Und bis dahin bleibt am Leben, Sari.«

Seine Worte hallen in mir nach und ich spüre, das war der Moment, in dem ich begriffen habe, dass ich selbst entscheide, was oder wer mein Schicksal ist. Das war der Moment, in dem ich begriffen habe, dass ich Jeri immer lieben werde, aber dieser Mann, dieser Shadbrig, meine Zukunft ist. Nur Tage nachdem Jeri gegangen ist.

»Keeran«, flüstere ich und berühre meine Stirn. Er steht immer noch an diesem Baum und sieht mich starr an.

»Erinnerst du dich?«

Ich nicke und schüttle gleichzeitig den Kopf. »Meine Aufgabe hat nichts mit Jeris Verschwinden zu tun«, erkläre ich. »Kurz darauf bist du in meiner Hütte gewesen.«

»Als ich dir half, die Medizin herzustellen«, ergänzt er und ich nicke.

»Das ist der Moment, in den ich zurückversetzt wurde. Doch ich habe ihn verdrängt.«

Keeran bewegt sich und kommt auf mich zu. Er legt zwei Finger unter mein Kinn und zieht mein Gesicht zu sich. Eine Träne verlässt meine Augen. »Warum hast du geweint?« Sanft streicht er sie mir von meinen Lippen.

»Ich habe Jeri geküsst«, sage ich ehrlich und warte auf seine Reaktion. Aber da ist nur die schwarze Mauer und sein Blick bleibt hart und kühl.

»Und das hat dich zum Weinen gebracht? Was hat er getan?« Wut flammt in ihm auf und in seinem Blick liegt nun ein mörderischer Ausdruck.

»Nichts«, beruhige ich ihn und verziehe den Mund. »Er hat nichts getan. Ich … es hat sich falsch angefühlt.«

Keeran nickt, und dann beugt er sich vor und küsst meine Stirn. Diese Berührung löst Vertrauen in mir aus.

»Finde deine Aufgabe, Sari. Ich brauche dich.« Ganz langsam lösen wir uns voneinander.

Ich bitte Keeran vorzugehen und warte noch eine ganze Weile, bis ich ihm folge. Denn ich will nicht, dass Jeri sich ersetzt fühlt. Eigentlich will ich nichts von alledem.

Als ich nach ein paar Stunden aus einem unruhigen Schlaf hochschrecke, prickelt das Mal des Herrscher Runs ahnungsvoll auf meiner Haut. Die Angst in mir, einem echten Drachen zu begegnen, wächst mit jeder Sekunde, doch ich versuche mich darauf zu konzentrieren, meine Sachen zusammenzupacken. Immer wieder spüre ich Keerans Blick von der Seite. Die Erinnerung daran, dass er mich damals vor den Wachen gerettet hat, ist allgegenwärtig. Es ist, als würde ich endlich verstehen, warum meine Seele ihm vertrauen will.

Wir gehen ein paar Stunden. Als unsere Male dann plötzlich aufleuchten, weil wir unser Ziel erreicht haben, bleiben alle stehen. Vor uns liegt eine Felsenwand zwischen den Bäumen und offenbart eine dunkle Öffnung. Die Pflanzen umrahmen den Höhleneingang und lassen ihn fast schon märchenhaft wirken. Und doch weiß keiner von uns, was uns in dieser Höhle erwartet und wie gefährlich Drachen sind.

Ferroe, der sich immer ziemlich bedeckt hält, drückt meine Schulter. Er sagt nichts, aber diese Geste reicht, um mir Kraft zu geben.

Ein Brüllen dringt aus der Höhle.

»Ich will da nicht rein«, sagt Alishan mit zittriger Stimme.

Ich frage mich, wie sie je überleben soll, was geschehen ist. Hier ist niemand, der zu ihr gehört. Kein Freund. Keine Freundin. Niemand, der sie bei diesen Prüfungen begleitet. Und genau das spüre ich auch in ihrer Seele. Sie ist so verdammt einsam, dass es mir fast schon körperliche Schmerzen zufügt. Einem Instinkt folgend nehme ich ihre Hand und gehe zusammen mit ihr weiter. Doch gleichzeitig spüre ich, dass sie einsam sein will. Schon ihr Leben lang.

Als wir fünf direkt vor den Felsen ankommen, starre ich in die dunkle Öffnung. Mein Herz pumpt, aber ich setze einen Schritt vor den anderen. Dunkelheit umhüllt uns. Alishans Hand verschwindet aus meiner. Und nach und nach kann ich keine ihrer Seelen mehr spüren. Nur die von Keeran ist noch in meiner Nähe. Aber ich stocke nicht. Das Mal zieht mich weiter hinein in die Höhle.

»Sari«, hält Keeran mich auf. Ich kann nur seine Stimme hören, ihn jedoch nicht sehen. »Du meintest, dass wir die Völker vereinen sollen. Denk daran.«

Warum sagt er das? Soll das bedeuten, dass ich den Drachen nicht bekämpfen soll? Ich beiße die Zähne zusammen, weil es etwas sein muss, was ich vor meinem Erinnerungsverlust gesagt habe.

»Und die Drachen gehören dazu?«

»Ihr gehört dazu … wir. Alben sind Drachen.« Das sind die letzten Worte, die ich höre, bevor auch seine Seele verschwunden ist. Ich bin allein. Da ist nur mein ohrenbetäubender Herzschlag, während ich weiterlaufe und auf die Seele des Tieres warte. Des Drachen. Und dann spüre ich etwas Uraltes und Mächtiges. Ich will zurückweichen, aber meine Beine tragen mich weiter und langsam kann ich in der Dunkelheit sehen. Und plötzlich blicke ich in grüne, riesengroße Augen. Meine Kehle ist wie zugeschnürt, wahrscheinlich würde ich sonst schreien, als sich vor mir das Ausmaß dieser Gestalt offenbart. Seine blau glänzenden Schuppen auf diesem riesigen Körper und die tödlichen Krallen. Doch seine Augen wirken nicht böse.

Er legt den Kopf schief. Ich erschaudere und suche nach seiner Seele. Nach seiner Intention. Nach dem, was ich tun muss. Er schnuppert an mir und ich will losschreien und rennen.

»*Du bist eine Albin*«, stellt er fest.

Ich keuche. Redet dieser Drache gerade wirklich mit mir in dieser tiefen, rauchigen Stimme oder kann ich nur seine Gedanken hören?

»Ja«, sage ich und straffe meine Schultern. »Halb Alb, halb Mensch.«

Ein Lachen ertönt in meinem Kopf. Meine Angst wächst ins Unermessliche. Mein Körper zittert und meine Haut brennt. Genauso wie meine Brust und meine Kehle.

»Was ist meine Aufgabe?«, wage ich mich vor.

Der Drache kommt auf mich zu. Mit jedem Schritt bebt die gesamte Höhle.

»*Das musst du wissen, nicht ich.*«

»Wirst du mit mir kämpfen?«

»*Du würdest sterben*«, erwidert er kühl.

Ich hole Luft. Was soll ich tun? Ich kann auf nichts zurückgreifen. Wenn ich ehrlich bin, bin ich ein sechszehnjähriges Mädchen, das noch keinen Run erlebt hat. Ja, Marra hat mich vorbereitet, ich habe mich mein Leben lang um Jarrusch gekümmert und Jungs für Geld verprügelt, doch das reicht hierfür nicht.

»Warum kann ich mit dir sprechen?«

»*Schlaue Frage*«, sagt er leicht beeindruckt. »*Du bist die Nachfahrin des Königs der neuen Welt. Und viel mehr noch bist du die Tochter von Emras.*«

»Emras?«, frage ich atemlos. Mein Vater ist also nicht wirklich mein Vater? Meine Gedanken überschlagen sich. Ich bin eine Albin, das kann selbst ich nicht übersehen. Und Zet war kein Alb. Aber … Emras? Wusste ich das? Und könnten diese Albengene nicht auch von meiner Mutter stammen?

»Deine Gedanken sind schnell. Eher wie die eines Menschen.«

»Ich wurde als Mensch großgezogen«, entgegne ich und gehe einen Schritt nach hinten, weil mich sein heißer Atem benebelt.

»Du wusstest nicht, wer dein Vater ist. Er war ein Tunis, aber der Erbe der Emza und des Perseres, deiner Vorfahren.«

»Worauf willst du hinaus?«

Der Drache dreht sich und offenbart mir seinen stachelbesetzten Schweif. Ein Schlag und ich wäre augenblicklich tot.

»Arasá und Tunis sind stark verfeindet, wusstest du das?«, fragt der Drache und wendet sich mir bedacht zu, als wäre er kein monströses Tier, sondern ein Lehrmeister. Und doch verstehe ich immer noch nicht, warum er mir das erzählt.

»Ja«, knurre ich, weil auch ich diesen Hass in mir spüre. Die Tunis haben meine Marra getötet.

»Weißt du auch, warum das so ist?«

»Weil die Tunis der Tod sind«, antworte ich, obwohl ich das längst nicht mehr so sehe. Meine Seele weiß, dass es nicht so ist, und vor allem Red nicht.

»Tunis hat Emza sehr geliebt und wollte sie schützen, aber ihr Herz gehörte immer nur Kalipar. Und Kalipar betrog sie mit Arasá.«

»Und dafür gab Tunis nur Arasá die Schuld? Ich würde sagen, sie waren beide beteiligt.« Ich lache abwertend.

»Ich verrate dir ein Geheimnis, wenn du mir eines verrätst, Sari aus dem Hause Lakar.«

Ich verenge meinen Blick. »Was willst du wissen?«

»Das, was dich beschäftigt. Ich will, dass du mir erzählst, warum diese Begegnung mit Keeranath für euch beide alles verändert hat.«

»Das weiß ich nicht«, gebe ich zwischen zusammengepressten Zähnen zurück. Es kann nicht die Erkenntnis sein, die ich schon hatte, denn sonst hätte ich meine Aufgabe bereits gelöst. »Wüsste ich das, müsste ich nicht ohne Erinnerungen mit einem Drachen reden.«

Er lacht leise und rau auf und geht in der riesigen Höhle auf und ab. Das Beben lässt mich zusammenzucken.

»Du weißt es. Du hast es gefühlt, bis der Monarch dir die Erinnerungen an die Begegnung in der Hütte nahm.«

Ich schnaufe zornig, denn daran erinnere ich mich auch nicht. Ich weiß nicht mehr, was ich fühlen soll. Und doch versuche ich das Gefühl aufzurufen, wie Keeran mich gegen das Holz in unserer Hütte drückte.

»Er hat mich berührt. Nicht nur äußerlich, als er mir nah kam.«

»Weil es deine erste richtige Berührung war?«, hakt er nach und ich beginne mich zu fragen, warum er so viel weiß.

»Nein.«

»Was war es dann?«

Ich schließe meine Augen und erinnere mich daran, dass ich zuerst dachte, er würde mich an die Wachen verraten. Aber dieses Gefühl war normal. Es war mein täglich Brot in einer Welt, in der ich von niemandem auch nur irgendwas erwartete. Damals gab es nur Jeri, der je nett zu mir gewesen war.

»Und Keeranath?«, hakt der Drache nach.

Er folgt also meinen Gedanken. Ich hebe meine Lider.

»Keeran hat mir ebenfalls Güte gezeigt. Er hat etwas für mich getan, obwohl er mich nicht einmal kannte.«

»Und?«

»Und was?«, fauche ich, weil mir dieses Selbstreflexionsgespräch langsam auf die Nerven geht.

»Was hat sich da verändert, was du immer noch nicht angenommen hast? Was ist deine unerledigte Sache, Sari?«

Ich balle meine Hände zu Fäusten. »Ich weiß es nicht!«

»Du weißt es!«

»Nein!«, schreie ich nun voller Verzweiflung. »Es ist egal, was ich damals gefühlt habe. Man darf niemandem vertrauen. Meine Marra hat mir das fortwährend gesagt, und doch musste sie sterben, weil sie einen Fehler gemacht hat. Es gibt keine selbstlosen Menschen!«

»Und was war das dann?«

»Kalkül?« Ich lache hysterisch auf, bis mir Tränen über die Wange laufen und ich auf meine Knie sinke. Es war kein Kalkül, obwohl ich es gerne glauben würde. Denn das habe ich gelernt. Von Marra, die mir immer sagte, ich dürfe nicht vertrauen, und später von all den Menschen, die mir nicht geholfen haben, wenn ich halb verhungert nach Essen gebettelt habe. Aber bei Keeran war das etwas anderes.

»Es war Güte. Er mochte mich. Er wollte nicht, dass mir etwas geschieht. Und …« Ich hole tief Luft. »Und da habe ich begriffen, dass ich Jeri nie so geliebt habe wie er mich. Dass ich Güte mit Liebe verwechselt habe, weil mir zuvor von sonst niemandem Güte entgegengebracht wurde. Und ich begriff, dass …« Wieder stocke ich. »Dass ich mich nie derart körperlich zu Jeri hingezogen gefühlt habe wie zu Keeran.«

Der Drache schweigt eine ganze Weile und mein Herz wird so schwer, dass ich schluchze.

»Was daran ist unerledigt für dich, Sari?«

Ich schließe die Augen, um zuzulassen, wogegen ich mich all die Jahre gewehrt habe. Ich spüre, dass ich es selbst die letzten zwei Jahre unterdrückt habe. Ich denke an den Moment, an den ich zurückversetzt wurde. Jeri, der alles für mich getan hat, wurde weggesperrt und Keeran hat mir Güte gezeigt.

»Ich besitze kaum Güte«, spreche ich meine innere Wahrheit aus. Es schmerzt. Es zerfetzt mich beinahe, weil ich die Wahrheit so allumfassend zu spüren bekomme. Güte habe ich immer nur Jarrusch gezeigt.

Und dann strömen Erinnerungen auf mich ein. Erinnerungen an die letzten fast drei Jahre und auch hier fehlt mir jegliche Güte. Ich erinnere mich daran, wie oft Keeran mein Leben gerettet hat und wie oft Red mich tröstete, während ich nie wusste, was ihm auf dem Herzen lag. Ich sehe Medisa vor mir, die mich, den Tränen nah, anschreit, weil ich sie ausgeschlossen habe. Weil ich nicht für sie da war. Ich sehe Keeran, dem ich nach allem, was er für mich getan hat, nie verzeihen und sagen konnte, dass ich ihn liebe.

Ich sehe Varra vor mir, dem ich nie verziehen habe, dass er einfach gegangen ist. Und dann sehe ich Jarrusch. Den Menschen, den ich mehr liebe als mein eigenes Leben. Aber ich spüre auch die Wut auf ihn, weil ich seinetwegen nie ein Kind sein durfte. Nie eine Jugendliche. Nie eine richtige Achtzehnerin.

Als ich das begreife, bricht mein Herz. Es bricht und bricht und ich höre dabei zu, wie meine Seele bei jedem Riss aufschreit.

Niemand anders war das Problem. Es war immer nur ich.

Ich weiß nicht, wie viel Zeit vergangen ist, als ich endlich wieder aufblicke und bemerke, dass ich allein bin. Erst sehe ich mich nach dem Drachen um, aber dann begreife ich, dass er nie wirklich da war. Er war ich. Der Teil in mir, der eine Albin ist, also von den Drachen abstammt. Und auch der Teil, der mir meine Wahrheit ins

Gesicht geschrien hat. Eine Wahrheit, die in meinen Genen liegt. Die mein inneres Ich durch die Magie der Alben kennt.

Ich presse die Lippen aufeinander und versuche mich immer noch an nur einen Moment zu erinnern, in dem ich echte Güte gezeigt habe, außer Jarrusch gegenüber. Aber da ist nichts, also stehe ich auf und gehe weiter durch die dunklen, kühlen Höhlen. Existieren Drachen überhaupt oder sind sie nur unsere persönlichen Totemtiere und wurden vor langer Zeit von den Göttern ausgerottet?

Die Höhle wird immer enger und feuchter und ich beginne mich zu fragen, wo die anderen sind. Doch meine Aufgabe ist noch nicht erledigt. Wie sollte sie auch? Keeran und Jeri haben vor der *canio te drago* ihr Gedächtnis wiedererlangt. Also habe ich bisher nur das geschafft, was sie sowieso bereits erledigt haben. Kurz bleibe ich stehen, um die Gefühle zu unterdrücken, die in mir aufsteigen, wenn ich an die beiden denke. Doch vor allem an Keeran und den Moment in dem roten Turm. Wie er mich ansah, als ich sagte, dass ich Jeri liebe. Mein Herz pumpt bittere Säure durch meinen Körper. Alles, was ich vor diesem *sover ran* gewollt habe, war, Keeran zurückzubekommen. Und jetzt … Ich schüttle die Gedanken ab, stemme meine Hände über mir an die Steindecke und ducke mich ein wenig, während das feuchte Nass über meine Hände rinnt.

Dunkelheit umhüllt mich. Und dann spüre ich eine Seele. Eine reine Seele, aber ich kenne sie nicht. Ich gehe weiter. Suche nach dem Licht in mir, um etwas zu erkennen, stattdessen wird es nur dunkler und kälter. Und diese Seele steht plötzlich direkt vor mir. Vorsichtig trete ich noch einen weiteren Schritt hinein in einen Höhlenraum. Meine Finger suchen vergeblich nach der Decke über mir.

Ich höre einen Bach oder Fluss fließen und weiß, dass es der Sanguis ist. Er zieht seine unterirdischen Bahnen.

»Wer seid Ihr?«, frage ich in die Dunkelheit. Die Seele der Person reagiert mit einem Lächeln. Und diese Regung erkenne ich endlich. »Marra?«

Stille und dann ein zustimmendes Gefühl. Ich hole Luft und lasse wieder dieses blaue Licht aus meinem Körper strömen, um etwas erkennen zu können. Ich bin wie erstarrt, als ich in dem bläulichen Schein wirklich meine Marra erkenne. Sie lächelt liebevoll. Wie eine Mutter, und da weiß ich, warum ich sie nicht erkannt habe. Sie ist nicht mehr die Frau, die mich gezwungen hat, als kleines Kind schon kämpfen zu lernen. Die mir immer wieder sagte, dass ich nur dafür da sei, um auf Jarrusch aufzupassen. Die Frau, die mich nur ein einziges Mal in den Arm genommen hat.

»Was machst du hier?«, frage ich und weiche einen Schritt zurück. Ihre Ausstrahlung und dieser Seelenfrieden, den ich in ihr spüre, machen mich so wütend, dass ich am liebsten gegen die Höhlenwände schlagen würde. Ich habe mir das alles anders vorgestellt. Dachte, ich würde mich freuen sie zu sehen. Aber das Gegenteil ist der Fall. Als hätte ich mir selbst ein Bild von ihr erschaffen, das nur eine Lüge war. Und jetzt begreife ich es.

»Das hier ist einer der vier Eingänge zur Unterwelt, Sari«, sagt sie lehrmeisterhaft.

Noch einer?

»Ich habe dir beigebracht, dass das Tor zur Unterwelt von einem Drachen bewacht wird. Erinnerst du dich nicht?«

Ich presse die Lippen aufeinander. Ehrlich gesagt habe ich das für ein Märchen gehalten. Aber wie auch immer. Ich habe es bis hierher geschafft und das kann sie mir nicht nehmen.

»Und was ist meine Aufgabe?« Ich habe so viele Fragen. So viele. Und stattdessen frage ich das. Als könnte mein Verstand nicht damit umgehen, dass sie hier vor mir steht. Also räuspere ich mich und nehme all meinen Mut zusammen.

»Wie bist du gestorben? Wer hat dich verwundet? Welchen Machenschaften der Tunis bist du auf den Grund gegangen?«

Sie legt den Kopf schief, als hätte sie nicht damit gerechnet, dass ich auch intelligente Fragen stellen kann. Dieser Blick kommt mir so verdammt bekannt vor.

»Mein Tod liegt sehr lange zurück, Sari. Warum hast du das nicht längst herausgefunden?«

Ich stocke und will vor Schmerz und Empörung aufkeuchen, aber ich bleibe ruhig.

»Beantworte einfach meine Fragen«, fordere ich und ramme meine Nägel in meine Handfläche, um nicht zu schreien.

»Die Tunis bereiten einen Krieg vor.«

»Was?« Ich schüttle den Kopf. »Das ist unmöglich.«

»Ist es das?«, hakt sie nach und beginnt in der Höhle auf und ab zu gehen. Ihr weißes Kleid, das so gar nicht zu der Seele passt, die mich großgezogen hat, schleift über den steinernen, dreckigen Boden. Ihre goldenen Haare fallen sanft über ihren Rücken.

»Ja, hätten sie damals einen Krieg vorbereitet, dann …«

»Was dann?«

Ich knurre. Sie hat es schon immer geliebt, mich mit Fragen zu unterbrechen.

»Hätten sie bereits den Krieg begonnen«, führe ich fort.

»Ein Krieg wird von langer Hand geplant, Sari.« Sie schnalzt mit der Zunge. »Und schlaue Kriegsführer erkennen, dass sie nur warten müssen, bis sich zwei ihrer Feinde bekämpfen, damit nur einer übrig bleibt.«

Ich folge ihr mit meinem Blick. »Also haben sie darauf gewartet, dass wir den Monarchen stürzen?«

Sie nickt zufrieden.

»Und doch hat uns bisher niemand angegriffen.«

»Niemand?«, hakt sie belustigt nach.

Ich denke an Nalia. Mein Herz schmerzt, jetzt, da ich mich wieder an sie und Keeran erinnere.

»Diese Emza arbeitet mit den Tunis zusammen? Aber warum?«

»Denk nach, Sari.«

Ich sehe zu Boden.

»Hamza, Passus IV Emza, Vers 678, los!«, befiehlt sie wie damals in unzähligen Lehrstunden nach der Schule.

Ich atme tief durch.

»Emza trat auf das Eis ihres Königreichs und sah den Stillstand. Sie sah, wie Leben zu Eis ward.

Doch da war einer, der dem Eis trotzte. Hinter ihm erschienen viele und Emza war nicht länger allein.

»Wagt es nicht, mich zu verraten«, sprach Emza zu ihrem Volk. »Denn Hitze, Feuer und Tod werden euch verfolgen, sobald ihr dieses Eis verlasst. Wisset, dass ich eure Körper verfluche. Dass ich den Tod verfluche, die Weisheit und den Kampf. Wisset, dass ihr schwach seid, wenn ihr vergesst, wer ihr seid.« Sie schritt vorwärts und berührte die Wange des ersten Lebenden. »Übt Rache, wenn euch Unheil zuteilwurde. Übt Rache, wenn euren Liebsten ein Leid zugefügt wurde. Übt Rache, wenn ihr seid, wo ihr nicht sein dürft. Dies ist euer Fluch«, zitiere ich und verenge meinen Blick.

»Denn Hitze, Feuer und Tod werden euch verfolgen, sobald ihr dieses Eis verlasst«, wiederhole ich. »Hat sie damit nicht gemeint, dass sie dann nach Tunis kommen?« Ich sehe auf.

Marra beobachtet mich und mir schleicht sich eine Erinnerung an Tunis in meinen Kopf. Tunis war auf Emzas Seite. Ich denke, dass er sie wirklich geliebt hat. Also war diese Drohung damals, die Emza aussprach, so gemeint, dass Tunis selbst all jene bestraft, die Emza untreu sind?

Marra beginnt zu singen, leise und melodisch:

»*Das Gold auf unsrem Haupte*
zerfließt im Wind der Macht.
Es weht bis in die Feuer
aus roter Asche Blut.
Der Mythos war geboren
und alle glaubten ihm
Doch hinter all den Lügen
gab's einen, der entfloh.«

»Das Gold auf unsrem Haupte steht für die Herrschaft. Die Kronen, die zerfließen, wenn ein Machtkampf aufflammt«, sage ich und Marra nickt.

»Macht muss gut eingesetzt werden, Sari. Merk dir das. Doch wie geht es weiter?«

Ich schlucke schwer und entlaste meine schmerzenden Beine ein wenig.

»Es weht bis in die Feuer aus roter Asche Blut«, flüstere ich. »Aber was? Das Gold oder die Macht?«

Marra zuckt belustigt mit den Schultern. »Das musst du herausfinden, Sari. Wie passt das alles zusammen?«

»Ich weiß es nicht, verdammt!«, fluche ich. Vor allem, weil ich keine Lust habe, dass sie mich wie damals behandelt. Ich bin nicht mehr das kleine Mädchen. Ich habe Jarrusch aufgezogen. Ich habe meinen Run bestanden und den Monarchen gestürzt. Sie darf mich so nicht behandeln. Und doch will ich wissen, was hinter alldem steckt.

Ich schüttle wieder den Kopf. »Tunis mag sie geliebt haben, aber ich habe die Wahrheit der Hamza gesehen und da stand eindeutig, dass Tunis und Arasá Emza eingesperrt haben.«

Marra lächelt erwartungsvoll.

»Sollst du mir das Geheimnis erzählen?«, frage ich meine Marra, weil das der Handel mit dem Drachen war. Dafür, dass ich meine Wahrheit finde.

»Ja, aber du weißt, dass ich es dich lieber selbst herausfinden lasse.«

Ich funkle sie zornig an. Doch ehrlich gesagt habe ich nichts anderes erwartet.

»Denk nach, Sari. Warum sollte Tunis mit Arasá zusammenarbeiten, gegen Emza, wenn er sie doch so sehr geliebt hat?«

»Weil Arasá sie offensichtlich alle um den Finger gewickelt hat.« Ich schnaufe. Mittlerweile mag ich Alishan. Aber auch sie hat diese Aura. Ich wette, dass die von Arasá kaum zu übertreffen ist. Wahrscheinlich würde selbst ich ihr zu Füßen liegen.

»Lasse deine Seele in ein Reich voller Wissen und Weisheit eingehen. In ein Reich voller Liebe und Schmerz. Zähle die Tage und lerne die Sprache derer, die mit dir reden«, zitiert Marra.

»Was willst du mir damit sagen, Marra?«, frage ich resigniert und gebe meine stramme Haltung auf. »Ich bin ein dummes, naives Kind. Ist es das, was du hören willst? Bitte. Aber stiehl mir nicht meine Zeit.«

Sie hebt beinahe anerkennend ihre Brauen.

»Du bist nicht dumm und auch nicht naiv, Sari. Du bist die Tochter deiner Mutter.«

Ich lache auf. Lache und begreife, wie recht sie hat und warum ich keinerlei Güte empfinde. Wie auch? Marra hat mir nie welche entgegengebracht.

»Liebst du mich überhaupt?«, frage ich endlich die eine Sache, die mir seit ihrem Tod am meisten auf der Seele brennt. Die eine Sache, wegen der ich mich selbst nie lieben konnte.

Sie legt den Kopf schief und in diesem Moment bereue ich es.

»Liebe wird überschätzt, Sari.«

Ich verziehe den Mund zu einem bitteren Lachen. »Aber Jarrusch hast du geliebt.«

Sie bleibt stumm.

»Was war mein Fehler? Hatte ich den falschen Vater?«

»Emras war ein toller Mann.«

Ich lache wieder. »Was war dann der Grund?«

»Willst du das wirklich hören? Meinst du, es bringt dich hier weiter?«

»Ja!«, schreie ich sie an. »Ich will es hören! Ich muss es hören!«

Sie schnauft und verschränkt die Arme vor ihrer Brust. Als müsste sie mir ihre Abneigung noch verdeutlichen.

»Du bist nicht das, was ich mir gewünscht habe. Du bist keine Arasá. Du hast nie unsere Weisheit besessen. Du warst immer nur laut und verletzt und emotional. Schon als Kind.«

Ich stocke. Nein. Meine Brust ist es, die stockt, weil mein Herz den Schmerz sonst nicht aushalten könnte. Ich versuche nach Luft zu schnappen. Aber es geht nicht. Als hätte meine Brust keinen Platz neben all dem Schmerz.

»Das war es?«, stoße ich dann keuchend hervor. »Du hast mich nicht geliebt, weil ich anders war? Anders als du und Jarrusch?« Ich spucke auf den Boden. Vor allem, weil ich nicht weiß, wie ich damit umgehen soll.

Sie nickt. Einfach so. Als würde es nichts bedeuten.

»Aber du hast gesagt, dass du mich liebst!«, brülle ich nun. Tränen rinnen über mein Gesicht. Ich packe sie an den Schultern und schüttle sie. Schüttle sie, damit sie mich doch liebt. Damit sie erkennt, wie stark ich bin. Dass ich alles getan habe, was sie wollte. Dass ich so oft an sie gedacht habe. Sie mir so oft zurückgewünscht habe. Ich schüttle sie, damit sie es zurücknimmt und mich doch liebt. Aber wie soll ich Liebe erzwingen? Das geht nicht. Auch wenn ich mir gerade nichts mehr wünsche als das.

»Du musstest dich um Jarrusch kümmern.«

Der Schmerz wird so unerträglich, dass meine Beine nachgeben und ich vor ihr auf die Knie sinke. Sie hat es mir nur gesagt, damit ich mache, was sie verlangt. Damit es so wirkt, als würde sie mich lieben und mir vertrauen. Und ich dummes Mädchen lehne mich dennoch an ihr Bein und klammere mich an ihr Kleid. Sie weicht zurück.

»Du bist so affektiert und emotional«, stellt sie abwertend fest.

»Ich habe es satt, dafür verurteilt zu werden!«, fauche ich und rapple mich wieder auf. Wische mir den Dreck und die Tränen aus dem Gesicht. »So bin ich. Akzeptier das!«

Mein Kiefer bebt. Sollen sie mich alle verurteilen. Mich hassen. Mich nervig finden. Es ist mir egal. Hier stehe ich und so bin ich. »Und jetzt sag mir, was ich wissen muss!«

Marra wirkt enttäuscht, aber das ist mir egal. »Los! Oder ich prügle dir dein blödes, unechtes Grinsen aus dem Gesicht. Du bist nicht liebevoll und rein!«

Sie lacht nur, aber ich lasse es nicht an mich heran. Ihre Seele fühlt sich nur so an, weil sie mit sich im Reinen ist. Sie bereut nichts. Und das macht es noch schlimmer.

»Wir Arasás sind mächtig. Du erinnerst dich, dass der Monarch in der Lage war, seine Gabe umzudrehen?«

Ich verenge meinen Blick. Natürlich erinnere ich mich, dass er Keeran falsche Erinnerungen an Alishan in den Kopf gesetzt hat. Aber was hat das mit den Arasás zu tun? Was … Ich stocke. Die Wahrheitsbringerinnen nehmen Erinnerungen. Können sie also genauso Erinnerungen einpflanzen?

»Sie können viel mehr«, entgegnet Marra, die offensichtlich wie jeder verdammte Mensch oder Alb auf dieser Welt meine Gedanken mithört. Hoffentlich hört sie auch, wie sehr ich sie verachte.

»Das ist alles, was ich dir dazu sagen werde, meine Liebe. Und zu meinem Tod. Ich wurde beim Spionieren erwischt. Kein sonderlich heldenhafter Tod.«

»Hast du wenigstens irgendetwas Wichtiges herausgefunden? Und für wen hast du gearbeitet?«

Sie lächelt, als hätte ich wieder eine dieser seltenen intelligenten Fragen gestellt. Hinter mir ertönt ein Geräusch und sie hebt kurz den Kopf. »Keeranath«, sagt sie dann erfreut.

Ich drehe mich um und sehe in seine dunklen Iriden. Mein Herz heilt ein wenig. »Keeran«, flüstere ich. Seine Augen mustern mich und leuchten kurz auf, als er begreift, dass ich mich erinnere. Und doch wirkt er besorgt.

»Was ist passiert?«, fragt er und kommt auf mich zu, bevor sein Blick argwöhnisch auf meiner Mutter landet. »Sheliak«, stellt er fest.

»Sie stellt sich nur an«, erklärt meine Marra.

Ich lache. Nur um nicht wieder zu weinen. Keerans Blick verweilt auf mir, und dann strömt mir Zorn entgegen. Er hat meine Ängste gelesen.

»Du bist ein Monster!«, brüllt er, doch meine Mutter hebt nur die Schultern.

»Wir waren gerade an der Stelle, als ich Sari erzählen wollte, für wen ich gearbeitet habe. Willst du fortfahren?« Sie lächelt wissend. Keeran schweigt. »Dann mache ich das mal. Nachdem ich bei ihm im Tempel gewesen war, um dir dein dreckiges Erbe zu nehmen, hat er mich erneut aufgesucht und mir von Nalia und ihrem Plan mit den Tunis erzählt. Ich arbeitete also als Spionin deines Geliebten. So wie auch die Mutter seines geliebten Red, die ich aber leider umbringen musste. Krieg fordert Opfer.«

Ich schüttle nur den Kopf. Meine Mutter lacht und ich suche mit meinen Fingern nach Keerans Hand. Meine Marra wird keinen Keil zwischen uns treiben. Keeran wusste sicher lange selbst nichts mehr davon. Schließlich hatte der Monarch all seine Erinnerungen. Keerans gesamter Körper ist angespannt.

»Lass uns verschwinden«, flüstere ich und umklammere seine Finger. Ohne noch einmal zurückzusehen, gehen wir durch die Höhlen hinaus. Sie hat es nicht verdient, dass ich auch nur einen Gedanken an sie verschwende.

KAPITEL 15

KEERAN

Sheliak ist ein Monster. Sie war schon damals kalt. Als sie in den Tempel trat und ich eigentlich nur Sari spüren konnte, obwohl sie nicht einmal geboren war.

Wir treten aus der Höhle hinaus auf eine Lichtung, die vom Mond erhellt wird, und warten stumm, bis auch die anderen kommen.

Ich werfe einen unauffälligen Blick auf ihre geschwollenen Augen und den Dreck in ihrem Gesicht, als hätte sie sich die Tränen mit staubigen Fingern von den Wangen gewischt. Sie erinnert sich. Das konnte ich sehen. Doch es ist nicht wie vorher, denn da ist etwas Ungeklärtes zwischen uns und ein dunkler Schatten über meiner Seele, den Sari nicht verdient hat. Und in ihren Ängsten spüre ich die Trauer über ihre Marra.

Ich habe nur gehört, was Sheliak am Ende von sich gegeben hat, und allein das hat gereicht, dass ich sie am liebsten geschlagen hätte. Aber sie muss weitaus schlimmere Dinge von sich gegeben haben, so, wie Sari aussieht. Und da sind wirre Ängste, die ich von ihr wahrnehme. Vor allem die Angst, nicht zu genügen.

»Sie hat mich auf die Stirn geküsst«, flüstert sie und erst da bemerke ich, dass sie mir ihre Hand entzogen hat. »Das hat sie davor nur getan, als ich noch ganz klein war. Sie hat gesagt, dass sie mich liebt, und mich auf die Stirn geküsst.«

»Wann?«, frage ich und fange ihren leeren Blick auf.

»Als sie starb. Und weißt du, warum?« Sie lacht herzlos. »Damit ich meinen Bruder beschütze.«

Erneut tritt diese Stille ein. Ich will ihr versichern, dass Jarrusch sie liebt. Dass Red es tut und vor allem ich. Aber das hier ist nicht mein Moment. Und meine Liebe kann die ihrer Mutter nicht ersetzen. Nichts, was ich jetzt sage, könnte es besser machen. Zuerst muss sie selbst damit zurechtkommen.

»Hat dein Drache dir bei deiner Aufgabe geholfen?«, frage ich stattdessen. Sie nickt, aber ihr Blick ist weiterhin so verdammt leer. Als hätte ihre Marra ihr etwas weggenommen. Für immer.

»Ich musste mir eingestehen, dass ich keine Güte besitze«, sagt sie wieder mit diesem trostlosen Lächeln. Als wäre ihr gesamtes Leben eine Lüge.

Ich hebe kurz meine Brauen. »Das war deine Aufgabe?«

»Ja, Keeran. Das war es, was ich verarbeiten musste. Dass Jeri und du mir Güte entgegengebracht habt – ich euch hingegen nie.«

»Vielleicht solltest du dir einfach nur eingestehen, dass Menschen dir gegenüber gütig sein können, ohne es zu hinterfragen«, raune ich, weil ich mir sicher bin, dass Sari Güte besitzt. »Du hast meinetwegen den Monarchen erweckt, Sari. Du hast Jarrusch dein Leben lang mit deinem eigenen Leben beschützt. Du hast Treue bewiesen, weil du Medisa nicht töten wolltest.«

»Ich habe in Kalipar Treue bewiesen, weil ich mich daran erinnert habe, dass sie Kalipar wichtig war!«, schreit sie mich plötzlich an. »Ich habe Jarrusch beschützt, weil es meine Aufgabe war und er der Einzige ist, den ich lieben kann. Nicht einmal mich selbst kann ich lieben, verdammt! Und indem ich den Monarchen erweckt habe, habe ich alles zerstört, was wir erreicht haben, und vor allem habe ich es nur für mich getan! Weil ich dich wiederhaben wollte. Weil ich nicht allein sein wollte!« Tränen laufen über ihre Wangen.

»Das ist nicht wahr.«

»Du kennst mich nicht.«

»Natürlich kenne ich dich, Sari. Und du hättest den Monarchen auch erweckt, wenn ich dich nie geliebt hätte. Nur um mir die Erinnerungen an mein altes Leben wiederzugeben. Und ohne sie wüssten wir nicht, wer unser Feind ist.«

Sie ballt ihre Hände zu Fäusten. Ein Krieg tobt in ihr. »Redest du von Nalia?«

Ich nicke.

»Sie ist eine Erbin der Emza«, stellt Sari fest.

»Ja«, gebe ich knapp zurück und wage einen Schritt auf sie zu. Ihre glasigen Augen treffen mich. Und als ich gerade etwas sagen will, kommen die anderen aus der Höhle. Alishan sieht genauso verquollen aus wie Sari. Leoán wirkt angespannt und Jeri … ist der düstere Held, wie schon die ganze Zeit. Ich könnte mir alle Mühe der Welt geben und wir würden keine Freunde werden.

»Was musstest du machen?«, lenkt Sari meine Aufmerksamkeit wieder auf sich, bevor die anderen bei uns sind.

Ich verziehe den Mund und verenge meinen Blick. Ich hatte gehofft, nicht darüber sprechen zu müssen, aber ich will ehrlich sein.

»Nach dem Drachen bin ich dem jungen Thronfolger begegnet, den ich damals getötet habe.«

Saris Augen werden groß, ihre Finger streichen ganz sanft über meine. Ich unterdrücke die Gefühle. Diese unbändige Sehnsucht nach ihr.

»Er hat mir verziehen.«

»Hast du dir auch verziehen?«, fragt sie und ihre Augen bohren sich direkt in meine gebrochene Seele.

Ich hebe die Schultern. »Wie soll ich das jemals?«

Ruckartig drehe ich mich zu den anderen und entferne mich einen Schritt von ihr. »Wem seid ihr begegnet?«, versuche ich von mir abzulenken.

»Ich …«

»Dich habe ich nicht gefragt«, falle ich Jeri ins Wort und ernte dafür einen zornigen Blick von Sari.

»Gut, es geht dich nämlich auch nichts an«, brummt Jeri dann und wendet sich von uns ab.

»Ich traf einen meiner Vorfahren«, erklärt Leoán und sein Gesichtsausdruck zeigt deutlich, dass er nicht mehr dazu sagen wird. Alishan bleibt stumm. Auch sie möchte nicht darüber reden. Wahrscheinlich sind wir alle einem unserer toten Vorfahren begegnet. Vielleicht um etwas Ungeklärtes zu klären oder um mehr über uns selbst zu erfahren. Aber ich verstehe, dass niemand über diese Prüfung der bitteren Selbsterkenntnis reden will, wenn es nur ansatzweise so abgelaufen ist wie bei Sari. Es ist etwas Privates, das für immer nur uns allein gehören wird.

Also hole ich Luft und konzentriere mich auf das Mal des Herrscher Runs. Ich weiß sofort, was in der Richtung liegt, in die es uns zieht.

»Wir müssen jetzt nach Anemoras«, sage ich bestimmt.

Leoán nickt und sieht sich unruhig um. »Der *res fore* ist hier sehr gefährlich. Wenn wir einen Purratis treffen, wäre das noch Glück.«

Wir setzen uns in Bewegung und stoßen bald auf Red, Medisa und Ferroe, die zwischen den Bäumen auf uns warten. Ich gebe

Red ein Zeichen, der daraufhin auf Sari zugeht, während Ferroe, Medisa und ich uns ein wenig zurückfallen lassen.

»Ich bin mir nicht mehr so sicher, was das hier soll«, raune ich und schaue mich aufmerksam um. »Diese Prüfungen wirken fast … willkürlich.«

Medisa legt den Kopf schief und mustert mich. »Was heißt das? Bringen sie euch nicht weiter?«

»Doch … nein. Ich weiß es nicht. Sari ist ihrer Mutter begegnet. Auch ich konnte sie sehen. Ich habe das Gefühl, dass etwas nicht stimmt.«

»Und was soll das sein?«, fragt Ferroe ruhig.

Ich fahre mir durch mein Haar und werfe einen Blick zu Sari. »Sie ist die Nachfahrin der Göttin des Lebens. Und doch hat sie eine seltsame Bindung zum Tod.«

»Zu Tunis? Oder zu Leoán?«, hakt Medisa nach. Kampfbereit ruht ihre Hand am Griff ihres Schwertes.

»Zum Tod selbst. Erinnerst du dich, dass sie am Tor in dieses Totenreich gezogen wurde? Kurz vor dem Kampf gegen den Monarchen am *gat te das.*«

Medisa schnalzt mit der Zunge. »Ich habe es zwar nicht gesehen, aber ja.«

»Und Tunis war … er war …« Ich schüttle den Kopf. Die Erinnerungen an meinen Handel mit Tunis sind so frisch, auch wenn es schon einige Wochen zurückliegt.

»Wie war er?«

»Liebevoll. Er wollte, dass sie lebt.«

Medisa verzieht den Mund. »Die Nachfahrin des Lebens hat also *was*? Eine Verbindung zum Tod? Was bedeutet das?«

Ich reibe meine Finger aneinander, um mich zu konzentrieren.

»Wir müssen sie fragen«, stelle ich dann fest. Sari wird es

selbst nicht wissen. Doch die Antwort existiert in ihr. Ich bin mir sicher.

»Sobald wir in Anemoras sind.«

Wir schweigen den Rest des Weges. Dieses Mal müssen wir keine Umwege gehen, weil Leoán den Weg nach Anemoras genau kennt und der Pass frei ist. Schmal und klein, aber von Alben errichtet, damit sie von der *canio te drago* in ihre Stadt gelangen können.

Riesige, verwunschene Bäume zieren unseren Pfad und lassen diesen gefährlichen Wald beinahe märchenhaft wirken. Wir laufen den ganzen Tag und noch weit hinein in die Nacht, bis Lichter durch die Bäume glitzern. Ein Gefühl von Heimat ummantelt mein Herz. Es wird schwer. Ich erinnere mich an Anemoras. An Saralakis. An Zet.

Schließlich überqueren wir die Waldgrenze und das Rauschen des Wasserfalls benebelt meine Sinne. Ein lieblicher Geruch erfüllt meine Nase und mein Herz. Wie paralysiert bleibe ich stehen und mustere die Türmchen und Brücken mitten zwischen uralten Bäumen. Erfasse diese unfassbare Schönheit und Idylle vor mir.

»Willkommen in Anemoras«, sagt Leoán freudig und breitet seine Arme aus.

Ich blicke zu Sari, deren Augen aufgerissen sind. Sie wirkt, als hätte sie jemand verzaubert. Als hätte sie nie zuvor etwas so Wunderschönes gesehen.

»Ich erinnere mich«, flüstert sie, als wir den Berg hinter dem Wasserfall zum Schloss emporsteigen und sich unter uns ganz Anemoras mit all seinen kleinen Häuschen, Brücken und Ruinen erstreckt. Ihr Blick trifft meinen.

»In der Grube der Unendlichkeit habe ich es gesehen«, sagt sie dann und schenkt mir ein Lächeln.

Ich atme tief ein. Sie hat mir damals bei ihrem ersten Run erzählt, dass sie Saralakis' Tod gesehen hat. Und auch ich sehe ihn jetzt, als wäre es nicht schon Jahrhunderte her.

Vor uns erhebt sich die Brücke zum Schloss und ich entdecke fünf Alben, die auf uns zukommen. Vorne erkenne ich Kaja, die letzte Erbin der Königin. Auf ihrem Kopf trägt sie die Blumenkrone der Alben. Laut der Legende werden die Blumen verblühen, wenn keine würdige Königin mehr lebt, um die Alben zu beherrschen.

»Leoán«, haucht sie und sieht den Alben so voller Liebe an, dass ich stutze. Er tritt vor und nimmt ihre Hand, um sich vor sie hinzuknien und ihre schmalen, glänzenden Finger zu küssen. »Leoán, ich bitte dich«, sagt sie bescheiden und zieht ihn zu sich hoch. Dann wandert ihr Blick über uns andere, bis er an mir hängen bleibt. »Keeranath«, flüstert sie mit einem Lächeln und senkt ihren Kopf als Ehrerbietung.

Ich tue es ihr nach. Lange Zeit war ich ein treuer Gefährte ihrer Vorgänger. Bis ich irgendwann von den Königen für ihre Zwecke missbraucht wurde und aus Angst, sie könnten mir folgen, nie wieder nach Anemoras zurückging. Bis heute.

Kaja war damals noch ein junges Mädchen, das lernen musste, Geduld und Liebe aus sich sprechen zu lassen, um in Zukunft die Herrschaft über das gesamte Volk der Alben zu übernehmen.

»Seid meine Gäste«, sagt sie mit ihrer wunderschönen Stimme und breitet ihren Arm zu einer einladenden Geste aus.

»Prote y hona Anemoras.« Sie wartet auf unsere Zustimmung.

»Tak es as oach«, raune ich, balle meine Hand zur Faust und schlage mir zweimal auf die Brust, um den Schwur zu besiegeln. Wir alle werden Anemoras beschützen und ehren.

Dic Alben und Kaja gehen vor, über Brücken und vorbei an uralten Biraks, Eichen und Weiden, die die gefallenen Alben betrauern. Immer wieder begegnen uns ein paar Wachen, aber ich spüre, dass Kaja uns vertraut. Sie kennt Leoán und mich. Und bis auf Jeri tragen wir alle albisches Blut in uns. Das scheint ihr zu reichen.

Wir betreten den weißen Palast, der von Bäumen und Ranken umschlungen wird und immer wieder ein imposanter Anblick ist. Alles hier ist genauso wie damals. Hell, luftig, prunkvoll, aber doch zurückhaltend und naturbelassen.

Nur mühsam kann ich mich von der beeindruckenden Kulisse losreißen und bemerke gerade noch, wie die anderen von vier Alben weggeführt werden. Wahrscheinlich um sich reine Kleider anzulegen. Einzig Leoán und ich bleiben und folgen Kaja in ihren Thronsaal. Ich erkenne den Thron, gefertigt aus den ältesten Weiden der sterblichen Welt. Im Gegensatz zu den Weiden heutzutage waren ihre Stämme weiß und leuchtend und auch jetzt haben sie ihren Glanz nicht verloren.

Kaja setzt sich und winkt ihre Wachen hinaus.

»Wisst ihr, welche Prüfung euch hier erwartet?«, fragt sie ohne Umschweife und sieht Leoán an.

»Wir haben nur erfahren, dass die Götter hier waren und euch eine Vorzeitbringerin stahlen.«

Kaja lächelt traurig. »Sie haben sie entführt und für ihre Zwecke missbraucht«, ergänzt sie und sieht dann zu mir. Nein, sie sieht in mich hinein und spürt die Dunkelheit.

»Was hat dein Herz und deine Seele bevölkert, Keeranath?« Sie legt den Kopf schief und mustert mich mit ihren grünen Augen, als könnte sie mir wirklich bis in mein schwarzes Herz sehen. Ihre fast weißen Haare schmiegen sich um ihre Schultern, als würden sie im Wasser schweben. Die Krone auf ihrem Kopf, der Blumenkranz, zeigt ihre Macht, obwohl vor mir ein zierliches, liebliches Wesen sitzt. Doch der Schein trügt. Kaja ist mächtiger als wir alle.

»Der Tod«, gebe ich kühl zurück. Es wird ihr nicht gefallen, und doch nickt sie und erhebt sich.

»Du hast es für sie getan, nicht wahr?«

Ich nicke ebenfalls und verziehe den Mund. Ich will nicht darüber sprechen. Ich will nicht einmal darüber nachdenken, was sich seitdem verändert hat. Wie viel geschehen ist, was man nicht rückgängig machen kann.

»Leoán, entschuldige uns bitte«, sagt sie und streckt mir ihre Hand entgegen, um mich aus dem Raum zu führen.

Ich folge ihr durch einen hohen Gang und eine verschlungene Treppe hinab in ein Höhlengewölbe. Während Kaja unbeeindruckt bleibt, wird mein Verstand von melodischen albischen Gesängen benebelt und mein Blick von den glänzenden, lebenden Wänden angezogen. Es ist, als würden in ihnen weiß leuchtende Äste und Ranken wachsen. Uns verfolgen, damit wir den Weg finden.

Erst als wir in einer dunklen Höhle ankommen, in deren Mitte ein Brunnen mit leuchtendem Wasser emporragt, bleibt Kaja stehen und bittet mich, zu ihr zu treten.

Mein Blick fällt auf ihre Finger, die sanft über das Wasser streichen und es zum Leben erwecken. Ein Wirbel bildet sich und Wärme steigt hinauf, ummantelt mich.

»*Futa de Futu*«, flüstert sie.

»Der Brunnen der Zukunft ... Warum bringst du mich hierher, Kaja?« Ich hebe meine Brauen. »Und warum nur mich?«

»Weil das hier kein Teil eurer Aufgabe ist.«

»Sondern?«

»Ein Geschenk an dich.«

»*Yo nog te a gif es alo a burder*«, gebe ich mit verengtem Blick zurück. Schließlich ist ein Geschenk immer auch eine Bürde und das lasse ich sie wissen.

»Yo nog te hamza, Keeranath. We da. Pero te Futa de Futu es lifere y das. No burder. Raser te fat.«

»Danke für das Lob meiner Hamza-Kenntnisse. Aber was soll das bedeuten? ›Der Brunnen der Zukunft ist Leben und Tod. Keine Bürde. Sondern das Schicksal.‹ Was soll das wirklich, Kaja?« Ich lege meine Hand auf ihre. Wir haben eine Vergangenheit. Auch wenn sie jetzt die Königin ist, war ich schon ihr Beschützer, der Beschützer dieser Stadt, als sie noch ein kleines Kind war.

»Ich will dir die Möglichkeit geben hineinzusehen.«

»Aber warum? Was werde ich sehen?«

»Dein Schicksal, Keeranath.« Sie zieht ihre Hand unter meiner weg und legt ihre Finger an meine Wange. »Denn sie ist es nicht.«

Meine Kiefer verkrampfen sich. »Das weiß ich.«

»Warum akzeptierst du es dann nicht? Du weißt besser als ich, was geschieht, wenn man dem Schicksal trotzt.«

»Ich sterbe lieber, statt sie allein zu lassen.«

Kaja schnalzt mit der Zunge, als wäre jetzt ich das dumme kleine Kind. »Aber das ist doch nicht alles, Keeranath. Du stehst auch der Erfüllung ihres Schicksals im Weg.«

»Nein«, antworte ich und sehe hinab in das weiß glänzende Wasser. »Sie findet ihr Schicksal, sobald ich nicht mehr bin.«

Kaja seufzt. »Du willst also wirklich für sie in den Tod gehen. Weiß sie das?«

Ich hebe die Schultern. »Es geht sie nichts an. Und dich genauso wenig.«

»Schau hinein, Keeranath. Vielleicht siehst du ein Schicksal, das besser ist als eine halbe Zukunft mit der Erbin der Emza.«

Ich zögere kurz, und dann blicke ich Kaja fest an. »Du hast etwas gesehen, nicht wahr? Ich komme in deiner Zukunft vor.«

Sie schüttelt betreten den Kopf und legt ihre Finger nun auf meinen Unterarm, der auf den Rand des Brunnens gestemmt ist.

»Es war sie, die ich gesehen habe.«

Ich schließe meine Augen und versuche den Schmerz zu verscheuchen, der sich von meiner Brust hinauf in meine Kehle ausweitet.

»Ein Teil von dir hat es doch gewusst, Keeranath.«

Als würde es das besser machen. Natürlich wusste ich, dass es nach Kaja niemanden geben wird, der würdig ist, den Thron zu besteigen, weil sie keine Nachfahren gebären kann. Und natürlich wusste ich auch, dass es nur noch eine Person auf der Welt gibt, die das königliche Blut in sich trägt. Sari, die Erbin des Königs der neuen Welt, der der Bruder von Kajas Mutter Anasoal war. Perseres' Tochter Saralakis war die einzige andere würdige Nachfahrin des Herrschergeschlechts der Alben und die hatte nur ein Kind. Und Sari ist ihre letzte Erbin und wird nach Kaja die Königin der Alben sein. Das ist es, was Kaja gesehen hat, denn das ist das Einzige, was ihr vom Brunnen zu sehen erlaubt ist.

»Sari kann nicht …«

»Was? Herrschen? Wir wissen beide, dass das nicht stimmt. Und wir wissen, dass sie bereits eine Albin ist, Keeranath.« Kaja streicht mit zwei Fingern über meine Stirn und sofort erscheint Sari vor mir. Sari, die längst nicht mehr wie ein Mensch aussieht.

»Zeig mir Sari. Das Bild aus deiner Zukunft«, fordere ich.

Sie atmet schwer, streicht aber erneut über meine Stirn und ich erkenne, was sie gesehen hat. Kaja, die ihre Krone von ihrem Kopf nimmt und sie auf Saris Haupt setzt. Die Alben starren sie voller Ehrfurcht an. Denn die Blumen verblühen nicht. Es ist Saris wahres Schicksal.

Die Bilder verschwinden und ich presse meine Lippen aufeinander. Dann tauche ich meine Finger in den Brunnen und führe sie an meinen Mund. Wenn Sari ihr Schicksal nur ohne mich erfüllen kann und damit die Alben rettet, muss ich das wissen. Also lecke ich das Wasser ab. Und sehe in meine Zukunft.

Tod. Blut. Schreie. Und dazwischen plötzlich Saris gebrochene Stimme.

»Te lit de ble ice
Fiht nunc at firmamé
Es shin ant at te deser
De blah tourmalé
Te demos bit apire
Y takt se wi tu yo se
Fur fulk art clové
Y fint thes se no bach«, singt sie leise und hustet.

Ich suche in der Dunkelheit nach ihr, bis ich ihren Kopf auf meinem Schoß spüre. Und sie endlich erkenne. Sie ist schwach und schwer verwundet und … hustet Blut.

»Wir konnten sie nicht vereinen«, flüstert sie. »Ihr Hass sitzt so tief.« Sie berührt ihre Ohren und ich erschaudere, als ich erkenne, dass die Spitzen abgeschnitten wurden.

Das hier ist der letzte Krieg. Der Krieg der vier Völker. Aber was ist geschehen?

»Wir sind noch nicht gescheitert«, sage ich wie aus fremdem Mund.

Sari lacht und bricht dann wieder in blutigen Husten aus. »Kaja ist tot, Keeran. Medisa ist tot. Red …« Ihr versagt die Stimme und Tränen fließen über ihre blutigen Wangen. »Und ich sterbe gerade.«

»Du kannst nicht mehr sterben. Die Quelle des Lebens verhindert es!«

Sie erhebt sich unter Qualen und sieht mich gebrochen an.

»Aber ich will sterben! Jarrusch und Red sind tot, Keeran!« Sie schreit vor Schmerz. Ihre Seele ist so gebrochen, dass ich nicht atmen kann. »Ich will auf dieser Welt nicht sein. Nicht ohne sie. Und auch nicht ohne Medisa.«

Lautes Donnern übertönt ihr Weinen. Ich sehe auf das offene Meer. Zum brennenden, blutigen Horizont, an dem Schiffe erscheinen.

»Sie sind gekommen«, flüstert Sari, während ich meine Hände auf ihre Wunden lege und ihre Schmerzen übernehme. Sie glaubt noch immer, dass ich Schmerz verschwinden lassen kann, und entspannt sich. Aber ich kann ihn nur übernehmen.

Ich denke an den ersten Moment, in dem ich es tat. Als ich jeden der Steine spürte, die die Phantome auf Sari warfen.

»Warum haben wir nicht vorher erkannt, dass alles nur ein Spiel ist?«, fragt sie mich und wieder donnert es. Vor uns schlägt etwas ein und explodiert. Sie sind fast nah genug.

»Weil wir blind waren. Weil auch wir blindes Vertrauen in die Götter gesetzt haben.«

»Ich habe meinen Run nie beendet. Und nichts ist geschehen. Wir hätten es sehen müssen.«

»Ich weiß«, flüstere ich und heile weiter ihre Wunden. Ich wünschte, ich könnte selbst die inneren heilen. Doch das steht nicht in meiner Macht.

»Wir müssen jetzt nach Anemoras, Sari. Du musst deine Herrschaft annehmen.«

»Aber du weißt, was das bedeutet, nicht wahr?« Ihr Gesicht bebt vor Zorn. »Ich verliere auch noch den letzten Menschen, der mir etwas bedeutet.«

»Es ist dein Schicksal. Und ich habe zu lange zugelassen, dass ich dem im Weg stehe.«

Plötzlich sehe ich wieder in Kajas Augen. Trauer tanzt darin.

»Nein!«, stoße ich hervor und schüttle aufgebracht den Kopf. »Das ist nicht meine Zukunft!«

»Es ist eine Version der Zukunft, Keeranath. Und ich hoffe, dass du sie nicht wahr werden lassen willst.«

»Haben sie damals auch von ihm getrunken? Kalipar, Tunis, Arasá und Emza?«

Kaja schüttelt den Kopf. »Es darf immer nur einer hineinblicken. Der, von dem die Zukunft abhängt, und damals war es Arasá. Aber das war lange vor dem Herrscherlauf.«

»Was hat sie gesehen?«

»Das, was du gesehen hast, Keeranath. Dass Emza und Kalipar den Tod aller auslösen werden.«

Ich stocke. »Sie war das. Sie hat dafür gesorgt, dass Kalipar seine Geliebte hintergeht. Dass er Emza betrügt. Um den Untergang zu verhindern.«

Kaja zuckt mit den Schultern. »Darüber weiß ich nichts. Es ist nicht die Sache der Alben, wie jemand mit dem Bild seiner Zukunft umgeht.«

Ich denke weiter nach. Vor allem darüber, was Sari sagte. »*Warum haben wir nicht begriffen, dass alles nur ein Spiel ist?*«

Doch wer, wenn nicht die Götter, sollte dann den Run erfunden haben? Und wofür das Ganze? Was ist so mächtig an der Verbindung von Emza und Kalipar … von Sari und mir, dass die Welt deshalb untergeht und alle sterben, die wir lieben? Nur weil wir nicht das Schicksal des jeweils anderen sind? Daran glaube ich nicht. Und kann diese Zukunft nicht eintreffen lassen. Aber ich werde Sari auch nicht gehen lassen. Ich stehe zu dem, was ich ihr versprochen habe. Ich stelle mich gegen das Schicksal dieser Welt. Denn sie ist mein Leben. Und daran besteht kein Zweifel.

»Ich werde das Richtige tun, Kaja. Du musst mir vertrauen.«

Sie sieht mich nachdenklich an.

»Was ist es, das du so sehr an ihr liebst?« Ich höre die Trauer in ihrer Stimme. Die Sehnsucht, jemanden zu haben, der sie liebt, obwohl sie verdammt ist, kinderlos zu bleiben. Alben binden sich nicht, wenn da nur Liebe, aber keine Zukunft ist.

»Ich könnte dir tausend Dinge aufzählen, die ich an ihr liebe, Kaja. Doch nichts davon würde auch nur annähernd erklären können, was ich fühle.« Ich gehe auf sie zu und streiche ihr eine glänzende Strähne aus dem Gesicht. »Ich könnte dir genauso gut tausend Dinge nennen, die mich an ihr wahnsinnig machen.« Ich lache. »Aber vielleicht ist es genau das. Alles, was sie ist, wer sie ist, hat einen großen Teil meines Herzens für sich beansprucht. Dagegen kann man nichts tun. Dafür gibt es keine Gleichung, die man aufstellen kann. Keine Vernunft und auch kein Schicksal. Ich liebe sie, weil sie mein Zuhause ist.«

Kaja nickt betrübt. Doch sie bleibt die starke Herrscherin, die sie nun einmal ist. Ihre Haltung ist stramm, bedacht, ruhig und der kurze emotionale Ausdruck verschwindet sofort.

»Ich denke, dass Leoán das für dich empfindet. Und du für ihn, nicht wahr?«

»Sein Schicksal ist nicht meines. Und ich will auch nicht, dass mein Schicksal seines sein muss.« Sie schließt kurz die Augen. »Die Linie der Tunis, der wahren Nachfahren, würde aussterben, bände er sich an mich.«

Ich schlucke schwer. »Ihr werdet einen Weg finden.«

Sie lächelt trostlos. »Das werden wir nicht. Aber ich bin gespannt darauf, dir dabei zuzusehen, wie du euer Schicksal veränderst. Wenn es jemand kann. Dann du. Und jetzt geh zu ihr. Vereint euer Wissen. Ich denke, dass ihr zusammen sehr stark seid und gemeinsam wisst, was zu tun ist.«

KAPITEL 16

Hamza, Passus I Kalipar, Vers 89

Emza fror alles zu Eis und hinterließ damit auch Kälte in Kalipar. Er hatte sie betrogen, aber sein Herz hatte das nicht gewollt. Dennoch war Emza für immer verloren und Kalipar vergaß nach und nach, wie es sich anfühlte, wahrhaftig zu lieben.

So trat er eines Tages vor seinen Palast, den blah pale, und ließ seine Untertanen versammeln. Er fragte, ob unter ihnen Liebende seien, und die Menschen erhoben ihre Stimmen. Schrien ihre Liebe heraus und jubelten. Doch wussten sie nicht, dass Kalipar gekommen war, um ihre Liebe zu spalten. Er hob das Schwert aus schwarzem Turmalin, in dem all seine Kräfte gebündelt waren, und ließ es zwischen zwei Liebenden hinabsinken. Er durchschnitt ihre Liebe. Geschwächt vom Seelenschmerz fielen sie zu Boden, doch als sie sich wieder erhoben, sah Kalipar es in ihren Augen. Ihre Verbindung mochte getrennt sein. Ihre Herzen beschädigt. Aber die Liebe füreinander konnte nicht durchschnitten werden.

»Ihr habt ein wunderschönes Albenmal«, sagt die junge Albin, die mir das weiße Kleid am Rücken schließt.

»Sehen sie nicht alle gleich aus?«, frage ich und werfe vorsichtig einen Blick durch den Spiegel auf ihren Hals. Ihr Mal reicht ihr bis zu den Schläfen. Meines ist also noch nicht vollständig.

Sie lächelt und eine leichte Röte breitet sich auf ihrem Gesicht aus. Ihre Wangen nehmen beinahe die Farbe ihrer rötlichen Haare an und so wirkt sie fast fehl am Platz, umgeben von den weißen Möbeln, den weißen Wänden und den weißen Vorhängen.

»Nein, Mistré«, haucht sie und deutet auf eine der Blumen an meiner Schulter. »Diese Blume hier ist eine zweiblättrige Schattenblume und damit sehr selten. Sie wächst in dieser Welt nicht mehr. Doch früher war Anemoras voll davon.«

»Und was bedeutet sie?«

»Seht Ihr die beiden herzförmigen Blätter, Mistré?«

»Ihr müsst mich nicht so förmlich ansprechen. Sari reicht vollkommen«, sage ich mit einem Lächeln und blicke sie durch den getrübten Spiegel an. »Ja, sehe ich.«

»Früher wurden aus den Wurzeln dieser Blume Liebestränke hergestellt. Aber das war sehr gefährlich, weil die gesamte Pflanze sehr giftig ist. Man musste es also richtig dosieren.«

»Hat das wirklich funktioniert?«, frage ich und füge in Gedanken hinzu: *wenn man seinen Angebeteten nicht damit umgebracht hat.*

»Natürlich«, behauptet sie, als würde sie meine Zweifel nicht verstehen. »Auf Eurer Haut hat sie jedoch noch mehr Bedeutung. Die Schattenblume ist sehr ausdauernd. Und sie braucht die Dunkelheit, um zu überleben. Sie benötigt Schatten.«

»Also brauche ich ebenfalls Schatten?«

Sie lächelt nur.

»Wir sind spät«, flüstert sie dann und deutet zur Tür, in der Keeran auftaucht. Mein Herz flattert. Aber ich kann mir ein

Grinsen nicht verkneifen, weil selbst er ein weißes Gewand trägt.

»Der Herrscher des schwarzen Sandes in Weiß«, lache ich und auch er hebt einen Mundwinkel.

»Alben nehmen ihr Mahl nur in weißer Kleidung zu sich. Ich halte mich an die Gepflogenheiten von Anemoras.« Er kommt näher. »Schließlich habe ich geschworen, es zu schützen.«

Immer noch lächelnd nicke ich und ergreife seine Hand, die er mir entgegenstreckt. Mein ganzer Körper bebt. Wir waren uns so lange schon nicht mehr wirklich nah.

Zusammen verlassen wir den Raum und schreiten eine Außenwendeltreppe hinunter. Meine Augen können die Schönheit von Anemoras kaum erfassen. Es ist immer noch dunkel und überall glitzern kleine Lichtchen, die herumfliegen, als würden hier echte Glühwürmchen existieren. Die Blätter der Bäume und auch die Blüten der Blumen schimmern leicht. Als wären sie selbst aus Licht erschaffen worden. Wunderschöne Gesänge dringen an meine Ohren und ich kann plötzlich mehr noch als zuvor verstehen, dass Leoán es hasst, in Tunis herrschen zu müssen. Wie soll man die vier Lande je lieben können, wenn es hier mitten im vergessenen Wald eine gefallene Stadt gibt, die nie wirklich gefallen ist? Eines Tages muss ich Jarrusch hierherbringen. Er wird diesen Ort lieben. Seine Schönheit.

Keeran führt mich über Brücken und kleine Bäche und einen Wasserfall, bis wir einen kleinen Platz mit einem Pavillon erreichen, über den kleine Laternen gespannt wurden. Darunter steht ein mächtiger hölzerner Tisch, an dem bereits Kaja und drei männliche Alben Platz genommen haben. Direkt neben Kaja sitzt Leoán und alles an ihm strahlt. Er ist zu Hause.

Mein Magen knurrt und ich bin unendlich müde. Doch Anemoras lindert all diese Gefühle. Als würde Ruhe in mich einkehren und mich heilen. Oder es ist Keerans Nähe, die mich all das vergessen lässt.

»Nehmt Platz«, sagt Kaja mit einem wissenden Blick auf Keeran, den ich nicht verstehe. Ich habe mitbekommen, dass er mit ihr gegangen ist, aber worum es ging, weiß ich nicht.

Wir warten noch, bis auch Red, Jeri, Ferroe, Alishan und Medisa zu uns stoßen, bevor wir essen.

»Werden wir hier einer Prüfung unterzogen?«, fragt Jeri irgendwann.

Alishan starrt ins Nichts. Wenigstens hat sie etwas gegessen. Trotzdem frage ich mich, wie sie je ein Königreich beherrschen soll.

»Das werdet ihr«, erklärt Kaja mit melodischer Stimme. »Aber nicht heute. Erst werdet ihr mit uns feiern und anschließend ruhen.«

Red, der sich neben mich gesetzt hat, stupst mich an und macht seltsame Bewegungen mit seinen Brauen. »Trink den Wein.«

Ich nehme ein paar Schlucke, bin jedoch vorsichtig, denn ich habe bereits bei Leoán Bekanntschaft damit gemacht.

»Lass uns verschwinden«, flüstert er dann und zeigt mir unter dem Tisch eine Flasche.

»Nein«, gebe ich leise zurück und trinke weiter von dem Wein, was meine Lust, doch mit Red abzuhauen, wachsen lässt.

»Los«, brummt er und hebt einen Mundwinkel.

Ich kichere. Verdammt. Dieser Wein wirkt schnell.

»Leoán«, versuche ich leise seine Aufmerksamkeit auf mich zu ziehen. »Komm mit!«

Leoán sieht kurz zu Kaja, bevor er resigniert nickt und mit uns aufsteht.

»Wir sind gleich wieder da«, singt Red vor sich hin und versteckt die Flasche.

Wir folgen ihm zu einem kleinen See, in den laut ein Wasserfall prasselt.

Red lässt sich ans Ufer sinken und wir tun es ihm nach.

»Was soll das?«, frage ich lachend und entreiße ihm die Flasche.

»Das frage ich mich auch«, ergänzt Leoán, wartet, bis ich getrunken habe, und nimmt schließlich selbst die Flasche an sich.

»Ich habe gehört, dass das Wasser eine besondere Wirkung haben soll«, haucht Red verschwörerisch.

Leoán grinst. »Wenn du meinst, dass man davon stark und ausdauernd wird, bist du auf ein Albenmärchen reingefallen, Redian.«

»Wirklich?«, fragt dieser enttäuscht und schnappt sich den Wein. »Dann genießen wir einfach nur das Rauschen.«

»Ist es nicht seltsam?«, frage ich, nachdem wir einen Moment geschwiegen haben.

»Was?«, hakt Red nach.

»Nach alldem hier zu sitzen, an einem derart friedlichen Ort, und Wein zu trinken.« Ich verziehe den Mund. Vor allem als meine Gedanken zu Jarrusch schweifen. Was er wohl gerade macht?

»Es ist genau das Richtige, nach allem, was wir durchgemacht haben«, behauptet Leoán. Sein Blick liegt liebevoll auf mir.

»Ich verstehe jetzt, dass du dein Zuhause vermisst«, raune ich und lasse noch einmal diese wunderschöne Landschaft auf mich wirken. Die riesigen Weiden. Die Bäche und Wasserfälle. Die kleinen weißen Häuschen, die von Ranken bewachsen sind. Und diese Melodien, die man überall hört.

Leoáns Augen wirken betrübt.

»Aber du vermisst nicht nur das hier, nicht wahr? Du vermisst auch sie. Kaja.«

Er schließt kurz seine Lider, bevor er kaum merklich nickt.

»Dann schnapp sie dir«, wirft Red ein. »Anschließend wirst du König der Alben und kannst hier regieren.« Er prostet uns zu, als wäre das der optimale Einfall, und nimmt einen kräftigen Schluck.

»Kaja ist es nicht vergönnt, Kinder zu bekommen«, sagt Leoán ruhig und ernst. »Sie will sich nicht binden, um dieses Schicksal niemandem auferlegen zu müssen.«

»Willst du denn Kinder?«, frage ich und lege den Kopf schief.

»Ich will Kaja mehr.«

Mein Blick wandert kurz zurück zum Pavillon, wo sie gerade mit Keeran redet.

»Du wärst ein toller Vater. Und ich denke, dass sie das weiß und in dir spürt.«

»Dennoch sollte ich für mich selbst entscheiden dürfen«, entgegnet Leoán und blickt mich ernst an.

»Da hast du vollkommen recht«, murmelt Red so betrunken, dass ich ihm die Flasche wieder abnehme.

»Wie würde dein Leben denn aussehen, wenn du selbst entscheiden würdest?«, frage ich, trinke und reiche ihm den Wein. Er trinkt und lässt sich dann nach hinten in das Moos fallen. Ich tue es ihm nach und mustere die unzähligen Sterne am Himmel.

»Ich würde Kaja heiraten und mindestens einmal die Woche zu meiner Freundin in den Palast von Emza reisen.«

»Zu deiner Freundin?«, lacht Red. »So lässt es sich ein Albenkönig also gut gehen.«

Ich lache ebenfalls und schlage ihm gegen die Brust. »Du weißt genau, wie er das meinte.«

»Ja, aber ich bin sauer, dass ich in der Gleichung nicht vorkomme«, scherzt Red.

»Als würde man dich dazu bekommen, von Saris Seite zu weichen, Redian. Wenn ich sie besuche, besuche ich also auch dich. Man bekommt euch nur im Doppelpack, falls euch nicht gerade ein Herrscher Run trennt.«

Ich grinse und drehe mich zu Red, der nun ebenfalls im Moos liegt und mich ansieht.

»Ich hoffe, dass es so ist.«

»Ich weiß, dass es so ist, Sari. Du bist meine Schwester. Auch ohne Blutsverwandtschaft.« Red schaut mich so ehrlich an, dass meine Brust brennt. Ich wusste zwar, dass uns etwas Großes verbindet, aber es aus seinem Mund zu hören, nimmt mir jeglichen Zweifel daran, dass ich nicht mehr allein mit Jarrusch bin und es nie wieder sein werde.

»Ich könnte auf eure Kinder aufpassen, wenn ich schon keine eigenen habe«, wirft Leoán ein.

»Das kannst du gerne mit Saris Kindern machen. Meine Kinder werden zu Kriegern erzogen, die nicht mit Pflanzen reden«, scherzt Red und wir alle drei beginnen laut und herzhaft zu lachen. Und in diesem Moment wird mir klar, dass ich mich nicht erinnere, wann ich das letzte Mal wirklich gelacht habe. So, dass es auch meine Seele spürt.

Wir liegen noch eine ganze Weile da. Lauschen den Gesängen, Reds Plänen für seine Kinder, die sich schon mit drei Jahren durch den Run kämpfen könnten, und Leoáns Geschichten über Anemoras, bevor Kaja und Keeran zu uns treten und wir uns zurückziehen. In dieser Nacht schlafe ich so tief und friedlich wie schon seit Langem nicht mehr.

• • • ● • • •

Am nächsten Morgen bittet uns Kaja nach dem Frühstück, ihr zu folgen. Wir gehen durch die friedliche Natur, bis wir an einer Art Tempel ankommen, der beinahe von Bäumen verschluckt wird.

Kaja bleibt stehen. »Dies ist die heilige Krypta unserer Stadt. In ihr lebt die Wahrheit und die Liebe.«

Ich verenge meinen Blick und versuche zu begreifen, was unsere Aufgabe ist.

»Anasoal, meine Vorfahrin, schenkte euren Urvätern das Element der Liebe, doch sie nutzten es nicht für Frieden, sondern für Krieg.«

Sanft bewegt sie ihre Finger und ein Licht erscheint über ihrer Hand. »Beweist, dass ihr dessen würdig seid. Dass ihr das Element der Liebe ehrt, und stellt euch der Wahrheit.« Sie lässt das Licht auf den Eingang der alten Krypta zuschweben, und in dem Moment, als es ankommt, verbindet es sich mit dem alten Stein und verbreitet sich. Lässt ihn in neuem Glanz erstrahlen. Das Grau der Tempelfassade wird weiß und die Bäume zu wunderschönen Säulen.

Kaja winkt zuerst Leoán zu sich. »Tretet ein«, haucht sie dann und zeichnet etwas mit weißem Staub auf seine Stirn, danach auf Alishans, Jeris und schließlich auf meine und Keerans. Doch bevor ich den anderen nachgehen kann, legt Kaja noch einmal ihre Hand auf meine Schulter und beugt sich zu mir. »Sag ihm alles, was du weißt und fühlst. Lass die Macht der Wahrheit zu, Sari aus dem Hause Lakar.« Ihre Finger streichen ganz sanft über meinen Hals und da begreife ich, wem ich alles erzählen soll. Meinem Albenmal. Aber kann es überhaupt wirklich mit mir sprechen?

»Nur die Ehrlichkeit wird euch wieder rauslassen«, sagt Kaja noch zu uns allen und nickt mir dann zu.

Ich hole tief Luft und trete ein. Ein helles Licht blendet mich, und als ich endlich wieder sehen kann, erstreckt sich vor mir nicht das Innere der Krypta, sondern eine weitere Waldlandschaft. Eine andere Stadt. Sie steht Anemoras in nichts nach. Sie ist sogar noch magischer. Dunkler. Bassgesänge unterstreichen die nebelig glänzende Atmosphäre. Ich atme ein und rieche den lieblichen Duft dieser verborgenen Stadt. Fast verliere ich mich in dieser Schönheit. Aber ich habe eine Aufgabe zu erledigen, also schaue ich mich um.

Die anderen sind nicht hier. So wie auch in der *canio te drago.* Muss ich das hier also allein schaffen? Natürlich. Darum geht es doch, oder? Ich muss beweisen, dass ich eine gute Herrscherin bin. Und trotzdem beschleicht mich immer mehr das Gefühl, dass es hier eigentlich um etwas anderes geht. Dass wir etwas übersehen.

Ich gehe los, einen der kleinen Wege entlang. Um mich herum scheint die Natur lebendig zu sein. Die Sträucher wehen im nicht vorhandenen Wind und die Bäume rauschen. Ich setze weiter einen Fuß vor den anderen auf dem moosbedeckten, weichen Weg, ohne wirklich zu wissen, wohin. Aber ein Gefühl in mir leitet mich, bis ich an einem kleinen See ankomme, in den mit prasselnden Geräuschen das Wasser von einem Wasserfall hinabfällt.

Ich sehe auf die unruhige Oberfläche und versuche mein verzerrtes Gesicht zu erkennen.

Ich stehe eine halbe Ewigkeit so da, bevor mein Albenmal zu brennen beginnt. Um es zu kühlen, lasse ich das weiße Kleid von meinem Körper gleiten und schreite langsam hinein. Das Wasser ist angenehm kühl und erfüllt mich von innen mit Ruhe und Kraft.

Ich gehe weiter hinein, bis ich mich nach hinten sinken lasse und meinen Kopf untertauche. Ich spüre, wie meine goldenen Haare um mich herumfließen und mich leicht kitzeln. Ein Gefühl von Stille umhüllt mich. Lässt mich friedlich werden. Und dann verstummen die Bassgesänge und weichen einer leisen Stimme. Melodisch, lieblich und gleichzeitig stark. Sie spricht auf Albisch mit mir, aber ich höre es, als wäre es unsere Sprache. Als würde mein albisches Ich es verstehen und in das übersetzen, was ich kenne.

»*Ihr habt den Dämon in Euer Herz gelassen*«, flüstert sie und ummantelt mich, als würde sie ein seidenes Tuch über meine nackte Haut legen.

»*Er ist kein Dämon*«, sage ich in meinem Kopf.

»*Natürlich ist er das. Er ist erschaffen aus schwarzem Sand. Er beherrscht ihn. Er kann die gesamte Welt in die Dunkelheit reißen.*«

»*Aber das wird er nicht.*«

»*Seid Ihr Euch da sicher?*«

Ich atme tief ein. »*Ja.*«

»*Dann ist er der Schatten, der Euch das Leben schenkt.*«

»*Und was bin ich für ihn?*«

»*Das Licht, das am Firmament kämpft und bis in seine Wüste strahlt, um gegen eine grausame Dunkelheit zu bestehen, die die Völker befallen wird.*«

Ich schlucke schwer und erinnere mich daran, wie Keeran das Gefühl beschrieben hat, das er mit mir verbindet. Ich war es, die seine Einsamkeit vertrieben hat. Seine Dunkelheit. Und unser Schicksal wurde vor so vielen Jahrtausenden in diesem Lied festgehalten. Wir gehören nicht zusammen. Wir brauchen uns.

Aber was, wenn das viel wichtiger ist, als sein wahres Schicksal zu finden? Was, wenn es mir egal ist, dass Jeri mein Gegenpart ist? Was, wenn wir uns dafür entscheiden, immer der Schatten und das Licht für den anderen zu sein?

»*Der Teil in dir, der den Schatten braucht, ist eng mit deiner Liebe verknüpft*«, ertönt die Stimme und ich erinnere mich an das, was die Albin über meine Blume sagte.

Doch wenn meine Liebe zu Keeran mit seinem Schatten und meinem Licht verbunden ist und ich dieses Licht am Firmament bin, das die Völker vor der Dunkelheit bewahrt. Was ist dann die Aufgabe?

Ich kneife die Augen fester zusammen. Im Tempel war ich mir sicher, dass wir die Dinge besser machen müssen. Dass wir die Spaltung der Völker auflösen sollen. Und dass wir …

»*Das Gold auf unsrem Haupte zerfließt im Wind der Macht*«, singt mein Albenmal.

»*Wir müssen unsere Herrschaft aufgeben*«, flüstere ich. »*Unsere Kronen ablegen und den Wind der Macht entscheiden lassen.*« Ist es das, was mir das Lied schon die ganze Zeit sagen will?

Ich blinzle und sehe hinauf in einen sternenbehangenen Himmel.

»*Aber was ist dieser Wind der Macht?*«

Mein Mal schweigt und auch sonst ist alles still geworden. Der Himmel über mir wird dunkler. So dunkel, dass ich kaum noch etwas erkennen kann. Ich stelle mich auf. Das Wasser reicht mir bis kurz über die Brüste.

Dann erkenne ich den Grund für die Dunkelheit. Keeran. Er steht weit entfernt auf einem Felsvorsprung, und doch sehe ich ihn und den schwarzen Sand, der sich um ihn sammelt und zu einem gigantischen Sturm heranwächst.

»Keeran!«, schreie ich und will mich aus dem Wasser befreien, aber Algen umschlingen meine Füße und hindern mich daran.

»Keeran!«, schreie ich erneut und spüre, wie sich seine Seele auf mich richtet. Eine so abgrundtiefe Dunkelheit erfüllt jeden Teil von ihr, dass ich nach hinten geschleudert werde und durch den Sog der Algen untergehe. Weitere dunkle Algen greifen nach mir. Umschlingen meinen Hals. Ich kann kaum etwas erkennen, zerreiße sie und tauche wieder auf. Ringe nach Luft. »Tu das nicht!«, brülle ich, so laut es mir möglich ist.

Ich kann Keeran kaum noch erkennen. Aus seinen Händen strömt die Dunkelheit selbst. Die Schatten verschlingen die wunderschöne Landschaft um uns herum.

»Nein!«, knurre ich und balle meine Hände zu Fäusten, bevor ich sie nach vorne schnellen lasse und blaues Licht aus ihnen strömt. Macht erfüllt mich, nimmt mir aber auch alles. Als würde dieses Licht meine Lungen leer saugen und mir das Blut entziehen.

Mein Licht trifft auf Keerans schwarzen Sand und strömt hinauf. Baut eine Mauer zwischen uns. Mit all meiner Kraft muss ich mich mit meinen Händen gegen seine Macht stemmen. Meine Füße sind immer noch gefesselt und ich falle beinahe nach hinten. Ich schließe meine Augen, um mich zu konzentrieren, und suche nach mehr Macht. Mehr Kraft. Mehr Licht. Und dann sehe ich es. Sehe dieses Erbe, das ich nie begriffen habe in meiner eigenen Seele. Ich lese – meine Seele. Das habe ich nie zuvor getan. Sie ist so gigantisch und machtvoll, dass ich alles aus ihr ziehe und erneut zustoße. Als ich meine Lider erneut hebe, kann ich erkennen, wie meine Lichtwand bebt und Keerans turmalinfarbener Sand ein wenig zurückweicht. Die Wasseroberfläche des Sees bebt.

Ich balle meine Finger erneut mit aller Kraft und öffne sie. Ein Beben geht durch die Albenlandschaft. Ein grelles Licht explodiert und wirft mich nach hinten. Alles ist hell. Alles ist wieder voller Leben. Keine Dunkelheit mehr. Ich blicke auf. Suche nach Keeran, der mich von Weitem fassungslos ansieht. Zumindest spüre ich diese überwältigte Fassungslosigkeit in seiner Seele.

Als ich mich gerade erneut aufrichten will, greift eine Alge nach mir. Nein. Keine Alge. Es ist ein Tier mit grünen Augen. Ich sehe es nur kurz, bevor ich schreie und der Schrei durch das Wasser erstickt wird, in das mich das Vieh zieht. Es ist, als würden sich kalte Finger um meinem Hals legen. Ich will sie wieder von mir reißen, doch weitere Tiere oder Pflanzen fesseln meine Arme.

Ich schreie erneut und verliere damit meine letzte Luft unter Wasser. Ich winde mich. Kämpfe. Versuche ihnen Macht entgegenzuschleudern, aber meine Hände geben nur ein leichtes Licht ab und zeigen mir so das Wesen, das sich über mich beugt. Angst erdrückt meine Brust. Es ist schwarz und hat riesige grüne Augen und Tausende Arme. Ich winde mich wieder. Meine Lunge droht zu zerbersten. Und dann verschwindet dieses grausame Gesicht über mir. Wird von mir weggerissen. Seine Griffe lösen sich und jemand packt meinen Körper, um mich an die Wasseroberfläche zu ziehen.

Keeran. Ich ringe nach Luft und klammere mich an seinen Schultern fest. Meine Beine brennen an den Stellen, an denen mich das Vieh festgehalten hat, und ich schreie, während die Schmerzen unerträglich werden. Als ich mir sicher bin, dass sich meine Haut gerade auflöst.

»Sari«, raunt Keeran und trägt mich ans Ufer.

»Es ist so schrecklich«, wimmere ich gepresst und winde mich unter seinem Griff. Krümme mich, als wir am Ufer ankommen und er mich behutsam zu Boden sinken lässt.

Keeran mustert meinen Körper. Sucht nach dem Ursprung meiner Schmerzen. »Da ist nichts, Sari.«

»Doch!«, schreie ich und blicke auf meine Beine und Arme. Ich verliere beinahe das Bewusstsein, als ich meine zerfetzte Haut erkenne, die sich immer weiter auflöst. »Keeran, es tut so weh!« Ich krümme mich wieder, trete um mich und versuche irgendwie diese bestialischen Schmerzen loszuwerden.

Keeran legt seine Hand auf meine Brust und schließt die Augen.

»Ich kann sie dir nicht nehmen, Sari«, raunt er dann. »Sie sind nicht echt.«

Ich weine, wimmere und er beugt sich über mich, streicht mir eine nasse Strähne aus dem Gesicht und sieht mich durchdringend an.

»Sari, die Schmerzen sind nicht echt.«

»Doch, das sind sie!«, brülle ich, weil meine Arme und Beine bald zerfressen sein werden und er es nicht versteht. Mir nicht hilft.

»Sari. Vertraust du mir?«

Meine Lippen beben, mein Gesicht verkrampft sich vor Schmerz, und doch nicke ich.

Er legt seine Hand auf meine Wange. »Die Schmerzen sind nicht echt. Etwas lässt es dich glauben. Es hat es dich glauben gemacht.«

Ich schüttle den Kopf, weil mir seine Worte nichts bringen. Sie verhindern den Schmerz nicht. Ich spüre mein Herz, als würde es gleich platzen. Als wäre es nicht länger fähig, gegen dieses Grauen anzukämpfen.

»Es ist nicht echt.« Er nimmt meine Hand und legt sie auf seine Brust. Ich will mich wehren, aber er hält mich fest. »Spürst du das? Spürst du mein Herz?«

Ich schlucke Galle und will mich wieder winden, doch dann spüre ich es. Es geht schnell, aber rhythmisch. Es beruhigt meinen Körper ein wenig. Aber ein Teil des Schmerzes bleibt.

Meine Augen suchen seine, um mich an irgendetwas festzuhalten.

»Sari«, raunt er ein weiteres Mal, wahrscheinlich um zu mir durchzudringen.

»Ich liebe dich«, raunt er.

Ich erstarre einen Moment. Meine Brust fühlt sich an, als würde sie sich zusammenziehen. Meine Sicht verschwimmt. Doch dann ist sie wieder klarer. Keeran ist mir verdammt nah. Seine dunkle Aura hüllt mich ein. Und plötzlich senkt er seinen Kopf und küsst mich ganz sanft. Ich spüre seine kühlen Lippen. Die Wärme seines Atems. Rieche Nacht und Regen, rieche ihn.

»Keeran.« Ich blinzle. Der Schmerz ist verschwunden.

Er mustert jeden Millimeter meines Gesichts. »Sind sie weg?«

Ich nicke, keuche aber, als hätte ich gerade wirklich gegen den Tod kämpfen müssen.

Ich setze mich auf, um etwas zu greifen, womit ich mich bedecken kann, doch plötzlich erschüttert etwas meinen Körper. Ich stöhne. Meine Augen weiten sich. Keerans Seele wird panisch, und dann erkennt er, dass mich ein Pfeil im Rücken erwischt hat.

»Nein«, stößt er hervor.

Niemand ist hier. Niemand, der diesen Pfeil auf mich hätte schießen können.

Ich huste. Blut. Keeran packt mein Gesicht und schließt die Augen. Als er sie wieder öffnet, ist mein Schmerz verschwunden, doch in seinen Iriden kann ich ihn deutlich erkennen.

»Nein!«, stöhne ich und berühre seine Wange. »Nimm nicht meine Schmerzen.«

Mit verkrampftem Kiefer packt er den Pfeil an meinem Rücken und stößt ihn durch meinen Körper. Tränen laufen mir über die Wangen, als ich nichts spüre und stattdessen sein Körper zusammenzuckt und sich sein Mund schmerzerfüllt verzieht. Er bricht die Spitze ab und zieht den Pfeil heraus. Seine Augen werden schmal. Dann legt er seine Hand auf meine Wunde und heilt sie. Erst da atmet er wieder. Keucht und hält sich die Brust. Der Pfeil und das Blut verschwinden. All das ist nur Einbildung. Hier ist niemand. Und meine Schmerzen waren nicht echt.

Keeran sieht hinab auf den verschwundenen Pfeil und von ihm hinauf zu mir. Unendliche Sekunden, die mir eine allumfassende Sehnsucht in die Seele rammen.

»Ich liebe dich auch«, sage ich schnell. Viel zu schnell.

Seine Augen weiten sich. Seine Seele öffnet sich für den Bruchteil einer Sekunde. Und dann küsst er mich. Seine schwarze Macht fließt durch meine Adern. Ich keuche, als er sich über mich schiebt und meinen Oberkörper sanft auf den Boden drückt, allerdings noch Abstand zu meinem Körper einhält. Seine Arme beben neben meinem Gesicht.

Als ein Stöhnen meinen Mund verlässt, hebt er einen Mundwinkel. Benommen lecke mir ich mir über die Lippen. Er legt den Kopf schief und einen Wimpernschlag später streicht seine Macht über meine Arme bis zu meinem Hals. Ich erschaudere. Er lächelt wieder. Aber seine Augen sind lauernd, dunkel und hungernd auf mich gerichtet. Ich spüre keine Scham. Und ich weiß, dass das nicht an Keerans Dunkelheit liegt. Es liegt an ihm.

Seine dunklen Mächte berühren meine Brüste und streichen über meine Rippen. Bei meinem Bauchnabel stoppt er und ich erschaudere erneut, als ich die Berührung plötzlich an meinem Bein spüre.

»Keeran«, hauche ich mit schnellem Atem.

Er beißt sich auf die Unterlippe. »Ja, mein kleines Phantom?«

»Ich bin nackt«, stelle ich fest.

Er lacht. »Glaub mir, das ist mir definitiv nicht entgangen.«

»Berühr mich!«

Er verengt seinen Blick. »Mit meiner Macht?«

»Nein. Ich will dich spüren.«

Seine Lider zucken kurz und etwas verändert sich in seinen Augen. Das hat er gemeint, als er mir sagte, dass ich nur seine Macht spüren will wie all die anderen. Aber ich will etwas anderes als das. Ich hebe meine Hand und lege sie an seine Wange.

»Ich will dich. Nicht deine Macht.«

Er erhebt sich, zieht das Oberteil aus und beugt sich wieder über mich. In Zeitlupe lässt er sich auf meinen Körper sinken, und als seine nackte Haut meine berührt, stöhne ich auf. Ein wilder Ausdruck schleicht sich in sein Gesicht. Dann hebt er seine Hand und erbaut eine Mauer aus schwarzem Sand um uns. Und doch lässt er genug Licht herein, damit ich ihn sehen kann. Seine dunklen Augen, die kleinen Narben in seinem Gesicht. Seine gezeichneten harten Züge. Seine schwarzen, wilden Haare. Seine sinnlichen Lippen, die sich auf meine senken und mich küssen. Meine Brust explodiert, als ich seine Zunge an meiner spüre. Als seine Hände meinen Körper berühren und als er aufstöhnt, während ich meine Finger in seinen Nacken lege und in seine Haare greife.

Er lässt kurz von meinen Lippen ab und blickt mich an, bevor seine Hand langsam meinen Oberschenkel hinaufwandert. Seine Finger tanzen über meine Haut und ein Ziehen, ein Verlangen bildet sich tief in mir. Ich will ihn spüren. Will seine Nähe. Will alles von ihm. Er hebt einen Mundwinkel, weil meine Gedanken mit der Angst verbunden sind, ihn nie haben zu können, und er sie deshalb hört.

»Was genau willst du, Sari?«, fragt er rau und heiser.

Ich schlucke schwer. »Dass du mich berührst.«

Er leckt sich belustigt über seine Lippen, während seine Finger höher wandern und mich in eine fremde Welt katapultieren.

»Keeran«, hauche ich, und dann öffne ich erschrocken meinen Mund, als er mich in meiner Mitte berührt. Er zischt leise und stöhnt auf. Er braucht einen kurzen Moment, um sich zusammenzureißen, und erst dann bewegen sich seine Finger ganz langsam.

Ich bin kaum in der Lage, mich zu beherrschen. Dieses Gefühl lässt mich meinen eigenen Körper verlassen. Als wäre das hier ein weiteres Bewusstsein.

»Keeran, ich …«

Er stoppt sofort und sieht mich fragend an. »Soll ich aufhören?«

Ich atme schwer. »Nein, ich will dich spüren.«

Er presst die Lippen aufeinander. »Ich nehme an, dass du damit weder meine Macht noch meine Finger meinst.«

Ich lächle. Meine Wangen erhitzen sich ein wenig. Sofort hebt er seine Hand und streicht mir über die Wange. »Es gibt rein gar nichts, was dich erröten lassen müsste, Sari«, raunt er. »Du kannst mir alles sagen.«

»Ich will, dass wir eins sind.«

Er holt tief Luft. Sein Blick verharrt kurz auf dem weichen Moos unter uns.

»Das ist nicht der richtige Ort«, raunt er und will sich erheben, aber ich halte ihn fest und greife nach dem Bund seiner Hose.

»Sari«, ermahnt er mich. Doch ich kann spüren, dass seine Zurückhaltung nichts mit ihm zu tun hat.

»Ich will das hier.«

»Du weißt nicht, was du da sagst«, flüstert er mit einem überheblichen Lächeln.

»Ach nein?«, frage ich und ziehe seine Hose ein wenig herunter.

»Nein. Sari. Das weißt du nicht«, murmelt er, aber seine Stimme, die Stärke darin, ist brüchig. Sein Kiefer knackt unruhig. »Das hier ist dein erstes Mal und unser erstes Mal. Es sollte etwas Besonderes sein.«

»Das ist es«, flüstere ich ehrlich. Keeran ist nicht irgendwer. Wir sind keine Fremden. Wir sind so viel mehr. Wir sind Vertraute, Freunde. Wir gehören zusammen. Das haben wir mit und ohne Erinnerungen. Und ich will das hier. Ich will eins mit ihm sein.

»Ich will dich schon so lange. Du hast keine Vorstellung.«

»Dann nimm mich!«

Er hebt seine Brauen. Und einen Moment später wird sein Blick lauernd. Er beugt sich weiter vor und mustert mich, bis tief in die Seele. Mein Atem geht schneller und schneller.

»Bist du dir sicher?«

»Ja.«

Er sieht mich noch einen Moment lang an, bevor ich ihn an meiner Mitte spüre. Sein Kiefer bebt. Sein Blick wird dunkler. Benebelter. Als würde sein Bewusstsein nicht mehr vollkommen da sein und doch mehr als zuvor, und dann dringt er ganz vorsichtig in mich ein. Wir werden eins. Ich erzittere und keuche auf. Er küsst mich und legt seine Finger an meine Schläfe. »Alles gut?«

»Ja«, hauche ich und nicke benommen. Nie zuvor in meinem Leben habe ich so ein intensives Gefühl empfunden. Und dann zieht er sich zurück und stößt wieder zu. Ich stöhne und sehe dabei zu, wie er die Kontrolle über seinen harten Gesichtsausdruck verliert. Wie er meinetwegen diese Dinge fühlt, die mir seine Seele plötzlich entgegenschreit. Es ist, als würde er mir noch näher sein wollen. Und trotzdem zügelt er sich, weil er jede Sekunde miterleben und ausnutzen will. Ein Gefühl in meiner Brust wird so stark, dass ich beinahe weinen muss. Ich liebe ihn. Das wusste ich schon vorher. Aber das hier bringt mich ihm so nah, dass ich kaum atmen kann. Kaum glauben kann, dass so starke Gefühle überhaupt existieren.

Als er wieder ganz sanft zustößt, stöhnt auch er. Seine Seele ist vollkommen erfüllt von mir. Von Verlangen. Ich spüre das alles, als wären es meine eigenen Gedanken, während sich unser Verlangen mischt. Sein heißer Körper streicht über meinen. »Sari, verdammt«, knurrt er und reißt sich kurz zusammen, bis er wieder vordringt und ich erneut dieses allumfassende Gefühl spüre. Er nimmt mich ein, ist mir so nah wie nie zuvor ein Mensch. Ein leichtes Ziehen breitet sich in mir aus, das mich keuchen lässt. Es gelangt bis in meine Seele. Als würde ein Teil von mir begreifen, dass ich von nun an für immer verletzlich sein werde.

Keeran stützt seine Hand rechts neben meiner Schulter ab und fährt mit der anderen über meinen Bauch, bis er mich wieder an dieser empfindlichen Stelle zwischen meinen Schenkeln berührt. Ich reiße meine Augen auf und sehe in Keerans. Und auch dort erkenne ich eine neue Verletzlichkeit.

Seine Finger bewegen sich, während sein Unterleib im Rhythmus sanft zustößt. Mein gesamter Körper ist erfüllt von Verlangen und diesem einen unbeschreiblichen Gefühl. Ich hebe meine Hand und schiebe meine Finger in seinen Nacken, ziehe ihn zu mir und küsse ihn, bis uns die Luft ausgeht und er sich mich einem liebevollen Lächeln ein wenig löst.

Keeran verfolgt jede Regung in meinem Gesicht. Sein Blick wird immer wilder. Es gefällt ihm, dabei zuzusehen, wie ich die Kontrolle verliere.

»Keeran«, fordere ich, als auch seine Finger kurz verharren. Er grinst. Und dann bewegt er sie weiter und meine Muskeln spannen sich an. Jede Faser meines Körpers ist angespannt, als dieses Gefühl immer überwältigender wird und etwas in mir explodiert. Ich stöhne auf. Meine Brust flattert. Ich atme keuchend. Schnell. Ich presse meine Beine gegen seine Hüfte und öffne meine Augen wieder, als er seine Finger verharren lässt und nur noch die Hüfte bewegt. Ich sehe dabei zu, wie er alles fallen lässt. Nur meinetwegen. Nur durch mich. Und dann wird er kurz schneller, krallt seine Finger in meine Rippen und stöhnt auf. Sein Blick verharrt kurz auf mir, bevor er die Augen schließt und sich zusammenzureißen versucht. Ich packe seinen Nacken und ziehe sein Gesicht zu mir. Küsse ihn. Irgendwann lacht er gegen meine Lippen. »Du musst mir schon ein wenig Luft lassen, kleines Phantom«, raunt er. Ich küsse ihn erneut. »Muss ich das?«

Er schüttelt belustigt den Kopf. Verharrt noch einen Moment in mir und streichelt mir über meine Rippen, bevor er sich zurückzieht, mich hochhebt, die Mauer aus schwarzem Sand mit seinem Geist fallen lässt und mit mir auf dem Arm zum See geht.

»Was soll das?«, frage ich belustigt.

»Wir waschen uns, Sari aus dem Hause Lakar«, gibt er lächelnd zurück.

Wir kommen im See an. Das Wasser umhüllt meinen erhitzten Körper. Keeran lässt mich nicht los. Fast so, als würde er mich am liebsten nie wieder loslassen. Ganz vorsichtig bedeckt er mich mit Wasser und streicht mir über mein Gesicht.

Ich runzle die Stirn. »Verhindert das, dass ich schwanger werde?«

Er sieht mich schockiert an, bevor er die Lippen aufeinanderpresst, um nicht laut loszulachen. Ich schlage ihm gegen die Schulter. »Lach mich nicht aus!«

Er stupst mir gegen die Nase. »Ich wäre vorsichtiger gewesen, falls du schwanger werden könntest, Sari. Aber du bist eine Albin. Alben empfangen nur Kinder, wenn sie an jemanden gebunden sind.«

»Was passiert, wenn Alben sich aneinander binden?«, frage ich, als mir wieder diese Hitze ins Gesicht strömt.

»Es ist wie eine Art Hochzeit, nur dass man sich auf ewig bindet.« Keeran beugt sich vor und küsst mich auf die Stirn. »Wir haben noch sehr viel Zeit, das alles zu üben.«

Ich will zu Boden sehen, doch Keeran legt behutsam seine Finger unter mein Kinn und hält mein Gesicht aufrecht. »Und noch einmal. Es gibt nichts, wofür du dich jemals vor mir schämen müsstest, Sari. Du bist mein selbst gewähltes Schicksal. Du bist alles und noch mehr. Und ich werde immer dein sein. Verstanden?«

Ich nicke gegen seine Finger und schenke ihm ein gequältes Lächeln. Etwas hat sich verändert. Und als ich dasselbe Gefühl in seiner Seele lese, begreife ich, was es ist. Ich habe ihn so sehr an mich rangelassen, dass er ein Loch in mein Herz reißen würde, wäre er nicht mehr da. Wir sind verbunden. Und das, was ich spüre, ist die Angst, ihn zu verlieren. Eine Angst, die ich all die Jahre von mir ferngehalten habe und sonst nur wegen Jarrusch gespürt habe. Jetzt ist es auch Keeran, der dieses Gefühl in mir auslöst und mich damit schwächer macht. Aber gleichzeitig schenkt er mir damit eine Stärke, die ich nie für möglich gehalten hätte. Er schenkt mir sein Herz und vor allem seine Seele, die mich so sehr liebt, dass auch ich beginne mich selbst zu lieben.

KAPITEL 17

Hamza, Passus II Arasá, Vers 100

Arasá wusste, was sie getan hatte, nachdem sie das zu Eis erstarrte Königreich von Emza erblickt hatte. Aber sie wusste auch, dass sie hatte handeln müssen. In ihr schlummerten die stärksten Gaben, denn Weisheit vermochte jedes Geschöpf weiter sehen zu lassen als bisher. Weiter, als die Gaben reichten.

Weisheit schenkte ihr weitere Gaben, für die sie keine Magie benötigte. Nein. Sie brauchte nur ihren Verstand.

Und den nutzte sie. Doch waren ihr die Folgen nicht bewusst. Und auch nicht die Einsamkeit, die sie auf ewig heimsuchen würde.

Nachdem wir uns wieder angezogen haben, sehe ich mich unruhig um. »Was meinst du, wo sind die anderen?«

Keeran wirft mir einen seltsamen Blick zu, bevor er losgeht. Den Berg hinauf, auf dessen Felsvorsprung er stand, vorbei an all diesen wunderschönen Blumen, die seine Dunkelheit fast ins Verderben gerissen hätte.

»Wollen wir darüber reden?«

»Worüber?«, fragt er vorsichtig und reicht mir seine Hand, damit ich über einen offenen Spalt im Fels springen kann.

»Über unsere Mächte, Keeran.«

Er atmet schwer und presst kurz die Lippen aufeinander. »Du bist sehr stark, Sari.«

Ich schweige. Wir beide haben gesehen, dass mein Licht seine Dunkelheit vertrieben hat.

»Doch das war nicht nur die Macht der Emza.«

»Aber … wir alle können doch auch die anderen Elemente beherrschen«, werfe ich ein, weil selbst ich schon die rote Asche genutzt habe.

»Es geht hier nicht um schwarzen Sand oder goldenen Staub, Sari.«

»Sondern?«, frage ich, nicht sicher, was er damit meint.

»Ich weiß es nicht, aber diese Macht hat sich nach mehr als unseren Elementen angefühlt. Wie das Leben selbst.«

»Und was war mit deiner Macht? Warum hast du das überhaupt getan?«

»Weil ich meine Wahrheit gesehen habe und dann die Kontrolle über mich verloren habe«, entgegnet er knapp.

Ich bleibe stehen und berühre angestrengt meine Stirn.

»Was war das für eine Wahrheit?«

Er schaut mich unendliche Sekunden lang stumm an. Dann holt er tief Luft. »Ich will nicht darüber reden.«

Ich zögere kurz, nicke dann aber. Es war seine Wahrheit und ich werde ihm ebenfalls nie alles erzählen können, was mich betrifft. Es gibt Dinge im Leben, die nur einem selbst gehören.

»Trotzdem müssen wir nachdenken, was wir hier zu tun haben. Und zusammenarbeiten«, erkläre ich schließlich.

Er nickt und lehnt sich gegen den Felsen.

»Meine Marra verriet mir etwas. Und ich denke … dass ich dir erzählen sollte, dass ich Tunis begegnet bin.«

Keeran hebt seine Brauen. »In Ordnung. Und was verriet sie dir? Und was war mit Tunis?«

»Sie sagte mir etwas zu Tunis und Emza und … so wie ich ihn wahrgenommen habe, werde ich das Gefühl nicht los, dass Tunis Emza sehr geliebt hat.«

»Und doch hat er sie verraten.«

Ich schüttle den Kopf. »Ich glaube nicht. Ich glaube, dass hinter alldem Arasá steckte.«

Keeran umfasst sein Kinn mit zwei Fingern und streicht nachdenklich darüber.

»Kaja hat mir meine Zukunft gezeigt. Und dort wird es einen Krieg geben. Einen Krieg der Völker, den kaum jemand überlebt.« Er räuspert sich. »Und dann erzählte sie mir, dass auch Arasá diese Zukunft gesehen hat. Noch vor dem Verrat an Emza und dem Herrscher Run.«

Ich schließe meine Augen und versuche die Teile zusammenzubringen. »War das also alles Arasá? Weil sie den Krieg verhindern wollte, hat sie was getan? Kalipar und Tunis gegen Emza ausgespielt und diesen *sover ran* erfunden? Aber wofür?«

»Wenn wir annehmen, dass die Grundvoraussetzungen stimmen, existiert der *sover ran*, weil ihnen wichtige Elemente fehlten. Und mit der Vorzeitbringerin haben sie ihre Lösung gefunden. Warum also hätte Arasá noch weiter gehen sollen und Tunis und Kalipar gegen Emza aufbringen? Sie hatten doch eine Lösung gefunden.«

»Das ist zu einfach«, entgegne ich. »Dann müssten wir diesen Run niemals durchlaufen. Die Natur blüht auch in den vereinten Königreichen, Keeran. Was also sollte unsere Aufgabe sein? Vor allem, da Arasá doch nie gewollt hat, dass sich die Völker vereinen?«

»Warum hätte sie das nicht wollen sollen?«, fragt Keeran nachdenklich und sieht sich immer wieder nach den anderen um. Warum sind sie nicht hier, aber ausgerechnet Keeran und ich treffen hier aufeinander?

»Stellt euch eurer Wahrheit«, wiederhole ich Kajas Worte. »Du bist meine Wahrheit.«

Keerans Blick ruht bedächtig auf mir. Ich blicke zu Boden und berühre meine Handgelenke. »Der Pfeil. Die Schmerzen an meinen Gelenken«, flüstere ich und weiche einen Schritt zurück. »Keeran, das sind deine und Jeris Schmerzen gewesen. Der Pfeil, der dich traf, als wir in dem *gol wastla* waren. Und die Fesseln, mit denen Jeri festgebunden war.«

»Und warum solltest du sie zu spüren bekommen?«

»Es war meinetwegen. Ihr habt diese Schmerzen meinetwegen in Kauf genommen.«

Keeran sieht ungläubig aus und will etwas sagen, doch dann spüre ich plötzlich Schmerz an meiner Schläfe. Ich stolpere nach vorn. Und berühre meine blutende Stirn. Doch Keerans Blick verrät mir, dass sie nicht wirklich blutet. Weiterer Schmerz prallt auf meinen Körper. Ich knurre auf. Keeran hat mich eine Weile davon abgelenkt, meine Wahrheit zuzulassen, aber jetzt überrennt sie mich mit all ihrer Wucht.

»Was ist los, Sari?«, fragt er und stützt mich.

»Ich spüre die Steine. Den Schmerz, den du mir damals nahmst.« Ich keuche, als mich ein weiterer Stein trifft. Mein Herz jedoch schmerzt viel schrecklicher. Weil diese Erinnerung zurückkehrt und ich begreife, was Keeran schon damals für mich getan hat.

Jemand wühlt in meinem Geist herum. Greift nach meinen Erinnerungen und ich weiß, dass das Jeris Schmerzen sind, als der Monarch ihm alles nahm, um an die Informationen über Jarrusch zu kommen. Jeris und Keerans, denn ihnen beiden wurden meinetwegen Erinnerungen genommen.

»Wir müssen hier weg«, wispere ich und versuche eine klare Sicht zu bekommen. Als sich Keerans Umriss wieder deutlich vor mir abzeichnet, erkenne ich Jeri und Leoán hinter ihm.

»Was ist los?« Jeri stürmt vor und sieht mich panisch an.

Aber mein Blick fixiert Leoán, der wirkt, als wüsste er genau, was gerade passiert.

»Es ist ihr Albenmal«, sagt er dann ganz leise und durchschneidet damit dennoch die Stille. »Es manifestiert sich. Und dafür muss sie die Schmerzen annehmen, die sie den Menschen zugefügt hat, die sie liebt.«

Galle steigt meine Kehle hinauf. Hunger und Durst sind der Grund. Tränen laufen über meine Wangen. Denn das hier ist Jarruschs Schmerz. Meine Kehle zieht sich zusammen. In diesem einen Winter, als ich dreizehn war, habe ich kaum etwas Essbares finden können. Aber ich war verantwortlich für Jarrusch. Also ist sein Schmerz meine Schuld. Und in dem Moment, in dem ich das begreife, bricht meine Nase. Ich schreie vor Schmerz. Jemand zerkratzt mein Gesicht. Red. Mein Herz wird schwer, als ich spüre, was ich ihm bei den *ice montar* angetan habe. Sorgen ummanteln mich. Reds spätere Sorgen um mich. Auch sie sind meine Schuld. Und dann fühlt es sich an, als würde ich aus hundert Metern auf den Boden knallen. Alle meine Knochen knacken und mein Körper bricht zusammen. Ich sterbe. So wie Red damals.

»Lass es zu«, erklingt eine vertraute Stimme in meinem Kopf und ich keuche auf, als ich Lenieus erkenne. Er gibt mir Sicherheit.

»Und lass es nur dein Schmerz sein«, flüstert er melodisch.

Ich nicke, strecke meine Hände aus und umschließe mich mit meiner letzten Kraft mit einer Lichtblase, sodass die anderen nicht näher kommen können.

»Habe ich wirklich so viel Schmerz ausgelöst?«, frage ich Lenieus, während ich Reds Sorgen mit aller Macht zu spüren bekomme. Jede Sekunde hat er sich um mich gesorgt und seine eigenen Gefühle zurückgesteckt. Ich spüre seine Schmerzen. Vor allem über seine Vergangenheit und seinen Bruder.

»Ja, das hast du.«

Ich schließe meine Augen und krümme mich am Boden.

»Halt dich an dem fest, was du getan hast.«

Ich lache. Grausam entfährt die Erkenntnis meiner Kehle, dass es nur darum geht. Soll ich mir etwa immer weiter und weiter eingestehen, dass ich ein schlechter Mensch bin?

»Sari …«, flüstert Lenieus. »Ich werde dir etwas zeigen.«

Bilder blitzen vor mir auf, während ich Schnitte an meinem Körper spüre. Und plötzlich sehe ich mich selbst. Er zeigt mir eine meiner Erinnerungen. Jarrusch liegt in meinen Armen. Er muss vier oder fünf Jahre alt sein. Er ist so krank und sein Gesicht völlig entzündet. Das war bei der großen Grippewelle. Ich schaukle ihn in meinen Armen und tupfe immer wieder seine heiße, schweißnasse Stirn mit einem Tuch ab. Und dann singe ich ihm ein Lied. Das Lied der Alben.

»Der Mythos war geboren
und alle glaubten ihm.
Doch hinter all den Lügen
gab's einen, der entfloh.«

Als ich die letzte Strophe beendet hatte, hat Jarrusch seine Lider geöffnet und mich angesehen. »Du bist es, die geflohen ist.«

Ich blinzle und komme zu vollem Bewusstsein. Schmerz und Einsamkeit ummanteln mich, verschwinden, und dann lasse ich die Lichtblase verschwinden. Ich blicke in die Augen der Erben. Auch Alishan ist nun hier.

Jarrusch ist das wahre Gesicht. Er hat also schon damals Emza in mir gesehen. Und er hat gesehen, dass Emza diejenige war, die floh.

»Sari!« Emzas Stimme erfüllt meinen Kopf, und dann sehe ich auch sie. Sie steht hinter ihnen und tritt langsam vor. Meine vier Gefährten sind plötzlich erstarrt. Als hätte sie die Zeit angehalten.

»Wovor bist du geflohen?«

»Vor meiner Schwester.«

»Vor Arasá?«

Sie nickt und schaut dann zu Alishan. »Du solltest ebenfalls vor deiner Schwester fliehen.«

»Sie ist nicht meine Schwester«, antworte ich irritiert, »und sie ist nicht gefährlich.«

Emza legt den Kopf schief. »Flieh oder du wirst sterben, so wie ich.«

»Nein!«, knurre ich und stehe auf. Emza atmet tief ein. »Fliehen ist keine Option. Auch du hättest nicht fliehen dürfen.«

Sie mustert mich. »Ich habe dich gewarnt.« Mit diesen Worten dreht sie sich um und ich erkenne das Messer in ihrem Rücken. Es ist ein Arasá-Dolch. Einer, wie Alishan ihn trägt.

»Warte. Du redest von ihr als meine Schwester im Geiste, nicht wahr?«

Emza sieht mich noch einmal kurz an, bevor sie den Kopf schüttelt.

»Ist sie meine Schwester?« Ich ersticke beinahe an diesen Worten, weil sie keinen Sinn ergeben. »Ist Sheliak ihre Marra?«

Emzas Augen wirken traurig.

»Ist Sheliak die Erbin der Arasá?«

Die Göttin sagt nichts, doch allein dass sie es nicht verneint, ist Antwort genug.

»Aber … ist sie ihre Erstgeborene?«

Emza nickt ganz langsam und ich weiß nicht mehr, wie man atmet. Meine Mutter war die Nachfahrin der Arasá. Galle steigt meine Kehle hinauf, ich habe jedoch kaum Zeit, es wirklich zu begreifen, denn Emza verschwindet und Keeran stürzt sich besorgt auf mich. Ich allerdings kann nur Alishan ansehen. Ihr Blick ist kühl auf mich gerichtet und flackert ganz leicht, als ich leise flüstere: »Du bist meine Schwester.« Und dann bricht ihre Fassade. Bröckelt von ihrem Gesicht und hinterlässt eine zornige Fratze. Sie hebt ihre Hände und wirbelt goldene Macht auf.

»Was tust du da?«, fragt Leoán, doch sie schleudert ihm die Macht entgegen und er fällt bewusstlos zu Boden.

Ich stehe einfach nur da, während Keeran und Jeri sich auf Alishan stürzen und versuchen ihre Macht aufzuhalten.

Sie lässt von Leoán ab. Keeran beugt sich über ihn, während Jeri sie fixiert. Doch sie sieht mich an.

»Wer hat es dir gesagt?«, fragt Alishan und kommt näher.

Ich hebe ebenfalls meine Hände und lasse blaue Eiskristalle in ihnen herumwirbeln. »Emza«, gebe ich zornig zurück. Ein Lächeln bildet sich auf ihren Lippen. Keeran taucht hinter ihr auf, doch ich stoppe ihn mit einer Handbewegung.

Und dann wird Alishans Grinsen zu einem hysterischen Lachen. »Es war nicht einmal Sheliak. Nach allem, was war, bin ich dennoch ihr liebstes Kind.«

Ich will sie anspucken. Sie anschreien, aber vor allem will ich es meiner Marra antun. Wie konnte ich das all die Jahre übersehen und wie konnte keiner von uns wissen, wer Alishans Familie war? Und wie zum Tunis hat keiner von uns bemerkt, wer Alishan wirklich ist? Wie sie wirklich ist. Das kann unmöglich sein. Ich konnte all die Zeit ihre gebrochene Seele spüren.

Alishan lächelt wieder.

»Wie ist das möglich?«

»Was? Wie ich euch hinters Licht führen konnte? Warum die große Sari aus dem Hause Lakar nicht gefühlt hat, was wirklich in mir vorging?« Sie schnalzt mit der Zunge. »Ich hatte dieselbe Ausbilderin wie du. Nur dass sie wusste, was du bist, und mich gewarnt hat. Also habe ich gelernt, meine eigene Seele zu manipulieren.«

»Das …« Ich kann es immer noch nicht fassen. Da steht dieses zerbrochene schmale Mädchen vor mir. Und doch begreife ich jetzt, warum sie kein Problem damit hatte, dass Jeri am Herrscher Run teilnimmt. Und warum Keeran sie fälschlicherweise geliebt hat. Das war nicht allein der Monarch. Es war auch sie.

»Wusste Marra es? Dass sie die Erbin ist?«

»Natürlich. Sie hat dafür gesorgt, dass zwei der Erben sich schon einmal nicht verbinden können.«

»Verbinden können?«, frage ich und schüttle den Kopf. »Aber das war doch der Plan des Monarchen. Ein übermächtiges Geschlecht zu erschaffen.«

»Kontrolliert, ja. Aber die Tunis planen schon sehr lange, die Nachfahren zu verbinden, Sari. Sie untereinander zu paaren, bis nur noch ein Erbe übrig bleibt, der alles in sich vereint. Das war es, was Marra herausgefunden hat. Und die Mutter dieses rothaarigen Redian wollte sie aufhalten. Sie wusste, dass Marra deinen

Vater Emras absichtlich beim Run verführen wollte, um schwanger zu werden. Da sie ihr Erbe schon an mich weitergegeben hatte, konnte sie so verhindern, dass sich Emras je mit einem anderen Nachfahren verbinden konnte. Zumindest war er danach nicht mehr in der Lage, sein Erbe weiterzugeben. Denn das hatte er bereits an dich übertragen.«

»Das ergibt keinen Sinn«, sage ich, weil ich nicht will, dass es Sinn ergibt. »Warum sollten die Tunis wollen, dass wir uns vereinen?«

»Hast du es nicht gesehen? Hast du deine eigene Macht nicht erkannt, Sari?« Sie schüttelt den Kopf. »Das Licht besteht nicht nur aus blauem Eis und das wissen wir beide«, spuckt sie mir entgegen, als würde sie mich dafür hassen.

»Marra hat einen Fehler gemacht. Sie dachte, dass sie ihr Erbe längst vollständig weitergegeben hätte – an mich. Aber siehe da, die Gaben der Arasá besitzt du dennoch.«

Ich blinzle und blicke dann zu Keeran, der mit verkrampftem Kiefer dasteht.

»Was?« Alishan lacht und dreht sich zu ihm. »Du hast es auch gesehen. Und du hast außerdem bemerkt, dass da eine weitere Kraft in ihr schlummert, nicht wahr?«

»Nein«, wehrt Keeran ab. Doch er klingt nicht ehrlich. Viel eher so, als würde er genauso wie ich die Wahrheit nicht wahrhaben wollen.

»Welche Gabe besitze ich noch?«, frage ich.

Alishan schaut mich irritiert an und lacht auf. »Denkst du wirklich, dass ich dir das sage, Schwester?«

Ich knurre und schieße Eis auf sie. Sie weicht gekonnt aus.

»Glaubt nicht, dass ich wirklich das kleine, dumme Mädchen bin, das ihr alle hinter euch herschleift. Ich hatte Augen und

Ohren, wo ihr mich nie erwartet habt. Ihr seid so leichtgläubig. Glaubt ihr wirklich, der Monarch hätte all die Jahre die Erbin der Arasá als Gefangene gehalten und keinen weiteren Nutzen daraus gezogen? Sie nicht längst mit seinem ach so geliebten Sohn verheiratet, um einen Erben zu erschaffen, der neben ihm herrschen kann? Ihr seid töricht.«

»Was willst du, Alishan?«, knurrt nun Keeran und kommt zu mir. Jeri zieht Leoán weg.

»Was ich will? Dass ihr Bastarde nicht die Weltordnung zerstört. Sie ist Gesetz. Die Nachfahren dürfen sich nicht verbinden.«

»Und wer macht dieses Gesetz?«, frage ich abschätzig. »Du und Arasá?«

»Wenn es nötig ist, ja«, sagt sie und sammelt mehr Staub um sich.

»Sie hat die beiden beeinflusst, nicht wahr? Sie hat ihre Erinnerungen manipuliert, damit Kalipar und auch Tunis glaubten, sie würden Arasá und nicht Emza lieben.«

Alishan tritt näher. »Und siehe da, wieder lieben sie alle dich. Obwohl du ein schrecklicher Mensch bist. Und eine noch ekelerregendere Albin.«

»Ging es Arasá etwa um Eifersucht? Deshalb hat sie alles zerstört?«

»Die anderen hätten alles zerstört. Emzas Reich hätte alles zerstört. Es hätte für Freiheit gesorgt.«

Ich stocke. Was soll das bedeuten? Warum hätte Emzas Reich für Freiheit gesorgt, wenn sie nicht betrogen worden wäre? Weil es dann nicht vereist gewesen wäre? Doch das ergibt keinen Sinn. Ich selbst habe es aufgetaut und nichts ist passiert. Nichts hat sich am Lauf der Dinge verändert.

»Süß, wie du versuchst das alles zu ordnen. Aber du wirst wohl nie begreifen, wie mächtig du bist.« Wehmut klingt in Alishans Stimme mit. »Du heulst wie ein Kind, weil Marra dich nicht genug geliebt hat.« Sie schüttelt den Kopf. »Ich hatte nur eine Frau, die mich geschlagen hat, bis ich die Dinge richtig gemacht habe. Keinen Varra. Keinen kleinen Bruder. Ich hatte gar nichts. Und du bist das arme, verstoßene Kind. Wie immer also. Die Welt dreht sich um Sari.«

»Du bist gestört!«, fahre ich sie an. »Ich wusste nichts von dir. Jarrusch wusste nichts von dir. Du hingegen wusstest von uns. Und du hast nie auch nur eine Sekunde darüber nachgedacht, auf uns zuzugehen. Uns kennenzulernen.«

»Jarrusch hätte sofort mein wahres Ich gesehen. Vor deiner Gabe mag man sich verstecken können. Aber nicht vor seiner.«

Mein Herz steht in Flammen, als ich begreife, dass Alishan nie anwesend war, wenn Jarrusch in der Nähe war. Und sie war es ebenfalls, die mir riet, ihn nicht zu den Festen zu lassen. Natürlich.

»Was genau willst du von uns?«

»Dass ihr aufgebt. Dass ihr diesen Herrscher Run beendet und alles so belasst, wie es ist.«

»Zähle die Tage und lerne die Sprache derer, die mit dir reden. Siehe, was du erschaffen hast. Was deine Vergangenheit war und deine Gegenwart ist. Sei dir bewusst, was deine Aufgabe ist, und leite deinen Verstand mit deinem Herzen«, flüstere ich die Sätze aus Passus II. Arasá hat Tunis und Kalipar manipuliert. Gelernt, ihre Sprache zu sprechen, so wie Alishan. Als stille Beobachterin. Als Freundin Emzas. Und dann hat sie zugeschlagen.

»Arasá wollte das Bild einer Zukunft verhindern, die so nicht eintreffen muss«, sagt Keeran und tritt vor. Bedacht, einfühlsam. Aber Alishan ist zu beeinflusst. Von meiner Marra und von ihrem Erbe. Von Arasá selbst.

»Es wird eintreten, Keeran!«, zischt sie. »Die Vereinigung aus Tunis, die Nalia anführt – sie besitzt unser Blut. Ihr Plan hat sich geändert. Warum die Geschlechter verbinden, wenn man viel mehr erreichen kann? Verstehst du das? Und ich werde es verhindern, jetzt, da ich endlich meine Aufgabe erfüllt und meine Erinnerungen zurückerlangt habe.«

Mein Mund öffnet sich. Deshalb ist Nalia bei uns aufgetaucht. Sie wollte nie etwas anderes als unser Blut. Aber wofür?

»Wofür braucht sie unser Blut?«

Alishan sieht wieder zu mir und nun erkenne ich den Wahnsinn darin. Sie ist nicht böse geboren. Sie wurde zu etwas Bösem gemacht und versucht das mit aller Kraft aufrechtzuerhalten.

»Alishan, bitte!«, flehe ich sie an.

Ihr Kiefer bebt. »Hast du es nicht selbst begriffen? Dabei weißt du so viel. Ich habe dich gehasst, bis ich dich kennengelernt habe und beeindruckt war, wie anders du diese Welt wahrnimmst. Wie du hinter die Dinge blickst. Aber das, was zählt, verstehst du nicht?«

Ich atme schwer.

»Das Gold auf unsrem Haupte
zerfließt im Wind der Macht.
Es weht bis in die Feuer
aus roter Asche Blut.«

Ich sehe sie an. »Das Gold sind unsere Kronen«, folgere ich und trete näher. Sie nickt. »Der Wind der Macht ist …«

»Der Lauf der Herrscher, Sari, bei dem es nur um Macht geht und darum, wer sie bekommt. Und diese Macht wird in den Feuern von Tunis mit unserem Blut zerfließen, wenn Emza gewinnt.«

Ich blicke hinab, versuche zu verstehen, was sie da sagt, doch da redet sie schon weiter. »Wie erweckt man eine Seele, Sari?«

Ich sehe wieder auf in ihre goldenen Augen. »Tod, Feuer, Asche – Blut«, flüstere ich kaum hörbar. Mein Atem geht stoßartig. Ich wage nicht, die Frage zu stellen, wen sie erwecken wollen. Weil ich es bereits weiß. Sie erwecken die Götter.

»Du verstehst es also«, haucht sie und wirbelt weitere Macht zu sich hoch. »Und wenn Emza sogar so weit gegangen ist, dir mitzuteilen, wer ich bin, heißt das, dass sie es fast geschafft haben. Und verhindern kann ich es nur, indem ein Wirt nicht mehr lebt. Das Blut und der Körper wären unbrauchbar.« Ihre Augen leuchten golden auf. »Ich stehe auf derselben Seite wie du, Sari. Das wirst du eines Tages verstehen.«

»Nur weil wir beide nicht wollen, dass dieses kranke Miststück die Götter zurückholt, kämpfen wir noch lange nicht auf einer Seite.«

Ich sehe Jeri, Keeran und Leoán hinter Alishan, die ihre Mächte sammeln. Gut, so haben wir sie umzingelt. Ich muss sie nur ein wenig länger ablenken.

»Ich stehe auf der Seite von Marra und Marruk Karis.«

»Marra war gegen ihn!«

»Marra hat für ihn gearbeitet, du dummes Ding!«

Mir fällt alles aus dem Gesicht. Das waren die Aufträge in Tunis also. Anweisungen von Marruk Karis. Und Reds Mutter war eine Gegnerin. Er hatte recht. Meine Marra hat seine einfach getötet.

Zorn flammt in mir auf. Unbändiger, heißer Zorn. Und dann beginnt der Himmel über uns zu donnern.

»Dieses Mal wirst du nicht fliehen, Emza«, zischt Alishan mit lieblicher Stimme. Als würde plötzlich Arasá höchstpersönlich vor uns stehen. Sie lässt ihren goldenen Staub um uns herumwirbeln.

»Du hast keine Chance gegen uns alle!«, knurre ich und gehe auf sie zu.

»Ich habe auch keine Chance gegen dich allein«, sagt sie, hebt ihre Hand und lässt sie zur Seite schnellen. »Aber einer von euch muss sterben, um Nalia aufzuhalten.« Erst begreife ich nicht, was das soll, doch dann sehe ich eine schmale Linie auf Leoáns Hals. Die Welt bleibt stehen. Leoáns Augen weiten sich. Seine Hand bewegt sich wie in Zeitlupe zu seinem Hals, aus dem das Blut zu tropfen beginnt.

»Nein!«, schreie ich. Vor mir löst sich Alishan in Staub auf und ich renne hindurch, um Leoán aufzufangen. Er geht vor mir in die Knie. Gurgelnd versucht er nach Luft zu schnappen.

»Keeran!«, schreie ich voller Verzweiflung. »Du musst ihn heilen!« Er lässt sich neben mir auf die Knie fallen und berührt Leoáns blutüberströmten Hals.

Er krächzt.

»Nein!«, wimmere ich.

»Ich kann ihn nicht heilen, Sari, seine Wunde ist tödlich.«

In mir zerbricht etwas. Aber ich drücke es weg und lege meine Hand an Leoáns Wange. Seine Lippen versuchen etwas zu sagen.

»Zeig es mir!«, wispere ich und nicke ihm mit tränenden Augen zu. »Lass mich in deine Seele und deine Wahrheit sehen!«

Er nickt und ich schließe meine Lider.

Und dann sehe ich sein Leben vor mir. Seine Kindheit, die voller Glück ist. Ich spüre die Art, wie er die Bäume und die Tiere wahrnimmt. Wie sehr er in allem das Leben und Liebe erkennt. Wie er jedem Wesen, auch mir, die Chance gegeben hat, sein Inneres zu öffnen. Ich spüre seine besondere Gabe, immer das Beste aus jedem herauszuholen. Ich sehe Kaja und seine Seele öffnet sich. Er nimmt jedes Detail, jedes noch so winzige Teil an ihr wahr und liebt es so rein, dass ich schluchzen muss.

»Ich liebe sie«, haucht seine Seele. »Du musst es ihr sagen. Du musst ihr zeigen, wie sehr.«

Ich nicke mit zusammengepressten Lippen und schmecke das Salz meiner Trauer. Wie kann das Leben so ungerecht sein? Wie kann der Tod so grausam sein, einem Menschen wie ihm, der so rein ist, das Leben zu nehmen? Meine Hand ruht auf seiner Brust, bis sein Herzschlag verstummt.

Ich beginne laut zu schluchzen und lege ihn vorsichtig vor mir auf den Boden, bevor ich mein Gesicht an seine Brust drücke.

»Kann ich ihn wiederholen, Keeran?«, frage ich, obwohl ich die Antwort kenne. Tunis kann seinen eigenen Erben nicht aus dem Totenreich entlassen. Und schon gar nicht kann er einen Alben gehen lassen. Denn Alben kommen nicht in das göttliche Reich der Toten. Genauso wenig wie ich es noch einmal werde, wenn ich sterbe. Denn ich trage bereits das Mal der Alben auf meiner Haut und in meinem Blut.

»*Prote yo las strogs so yo lit shin agai*«, hauche ich gegen seine Stirn und küsse sie ganz sanft. Eigentlich hat Leoán Alishan diesen Satz beigebracht, weil er der Natur das Leben ermöglicht. Aber vielleicht hilft es ihm bei dem, wo er jetzt hinmuss. Vielleicht wird er wirklich eins mit der Natur, so wie die Alben es glauben. Ja, vielleicht bleibt seine wunderschöne Seele dieser Welt erhalten. Sie hat sie besser gemacht. Nicht nur für mich.

KAPITEL 18

Hamza, Passus III Tunis, Vers 38

Tunis ließ nach einem seiner Untertanen im Totenreich suchen. Ein Mann erschien, der vor langer Zeit gestorben war, und verbeugte sich.

Tunis saß an einer großen Tafel und bat ihn, mit ihm zu speisen. Der Mann gehorchte.

»Warum bin ich hier?«, wagte er irgendwann endlich zu sprechen. Seine Angst vor Tunis war groß. Das spürte der Gott des Todes.

»Der Tod verlangt immer einen Preis«, sagte Tunis und sah durch betrübte Augen zu dem Mann. »Te das es imorta. Der Tod ist unsterblich.«

Tunis stand auf und ging um den Tisch herum. »Wisst Ihr, welchen Preis ich zahlen musste?«

Der Mann schüttelte den Kopf.

»Der Tod ist niemand, mit dem man sein will. Also weiß auch niemand, wie und wer ich bin. Das ist der Preis, den ich zahlen muss. Ich bin allein. Und da der Tod unsterblich ist. Bin ich das für immer.«

Wenn ich die Augen schließe, sehe ich Kajas Blick vor mir, als wir mit Leoáns Leiche zurückkehrten. Sie hat sie wegbringen lassen und sich danach in ihre Gemächer zurückgezogen. Am liebsten hätte ich dasselbe getan. Es hat gedauert, bis ich endlich zu ihr gegangen bin, um mein Versprechen zu halten. Falls ich dachte, dass ihr Ausdruck, als sie seinen toten Körper sah, schrecklich war, so hatte ich mich geirrt. Ihre Kehle zuckte bei jedem meiner Worte. Genauso wie ihr Gesicht, bis sie mich bat zu gehen.

Wir wollten bleiben, doch das Mal zog uns trotz seines Todes weiter, also haben wir Pferde aus Anemoras gesattelt und sind losgeritten. Vielleicht war es auch eher eine Flucht vor all den Gefühlen. In mir tobt ein Krieg, den ich unterdrücken muss, wenn wir diese Welt retten wollen.

Neben uns erstrecken sich die Eisberge von Emza und am liebsten würde ich zu Jarrusch eilen. Aber unser Mal treibt uns in eine andere Richtung. Weiter nach Osten. Deshalb bitte ich Ferroe, sich von uns zu trennen und zu ihm nach Emza zu reiten, damit er ihn vor unserer irren Schwester beschützt. Er verbeugt sich, als wäre es ihm eine Ehre, und macht sich auf den Weg, ohne Fragen zu stellen.

Red reitet neben mir und wirft mir immer wieder verstohlene Blicke zu.

»Ich bin in Ordnung«, sage ich dann irgendwann und erwidere seinen Blick. »Es gibt Menschen, Alben, die viel mehr verloren haben als ich.«

»Aber auch du hast ihn sehr gemocht«, erwidert Red nachdenklich.

Ich lache trostlos. »Wie kann man Leoán nicht mögen?«

Er lächelt mir zustimmend zu.

Inzwischen bewegen wir uns parallel zum Pass der Phantome,

über den wir damals zum Platz des Runs gebracht wurden. Vorbei an Statuen von Tunis mit seinen mächtigen Flügeln, die mir jetzt falsch vorkommen. Tunis ist nicht dieses tödliche, mörderische Wesen, wie alle denken. Genauso wenig war Leoán auch nur einen Funken böse oder tödlich. Aber Alishan ist es. Und ich habe mich blenden lassen. Ihr zugehört, statt sie einfach außer Gefecht zu setzen.

Ich will gerade meinen Blick wieder nach vorne wenden, als mich ein lautes Wiehern erschreckt und mein Pferd kurz hochsteigt. Vor uns auf dem Weg hält eine verhüllte Reiterin auf einem Kalipere.

»Wer seid Ihr?«, knurrt Keeran, der zusammen mit Jeri vorne geritten ist. Medisa zückt ihr Messer. Bereit, es der Gestalt ins Gesicht zu werfen. Die aber hebt ihre Hände und schiebt ihre Kapuze nach hinten. Ihr Mund bleibt von einem Netz aus Perlen besetzt. Ich erkenne sie sofort. Es ist eine der Schwestern von Jeris Mutter.

»Anali, was machst du hier?«, fragt Jeri und verengt seine Augen. Ich spüre in seiner Seele, dass er sich kaum an sie erinnert.

Mein Blick wandert kurz zu Keeran und Red. Sie ist die Frau, an die Reds Leben gebunden wurde. Aber wie hat sie uns gefunden? Ihre Gaben müssen mächtig sein.

»Ich habe eine Botschaft.« Sie sieht nur mich an. Denn ich bin die Einzige, die sie hören kann. Sie spricht durch ihre Seele mit mir.

»Sie hat eine Botschaft«, wiederhole ich also laut und sporne mein Pferd an, um zu ihr zu gelangen. *»Das Wüstenvolk wurde angegriffen«*, höre ich sie denken, als ich vor ihr zum Stehen komme.

»Von wem?«

»*Von einer Armee aus Tunis. Angeführt von seinem Bruder und einer Emza.*«

Ich folge ihrem Blick zu Red, der fragend die Brauen zusammenschiebt.

»Und was sollen wir tun?«, frage ich nachdenklich. Ihr Blick wandert über unsere Begleiter, und als ihre Augen mich wieder treffen, weiß ich, dass sie begriffen hat, dass zwei Erben fehlen.

»*Sendet Hilfe!*«, fordert sie.

»Aber wie?«

»Was sagt sie?«, will Keeran wissen.

»Das Wüstenvolk wurde von einer Armee der Tunis angegriffen und sie will Hilfe.«

»In welcher Form?«

»*Ihr seid die Herrscher der vier Lande. Ihr habt die Macht, uns ebenfalls eine Armee zu schicken*«, flüstert sie in meinem Kopf.

Ich berühre meine Schläfe, weil diese Art der Kommunikation Schmerz entflammen lässt. »Wir haben keine Gewalt über unser Volk. Dafür müssen wir erst den Run beenden.«

Sie schaut zu Red. »*Gebt ihn mir mit.*«

»Nein!«, erwidere ich, ohne nachzudenken.

Red reitet zu uns und sieht mich fragend an. »Was will sie?«

»Dich.«

Er kratzt sich am Kopf. »Entschuldigt, Mylady, aber ich bin anderweitig gefragt.« Er wackelt lasziv mit den Brauen.

»Red!«, ermahnt Keeran ihn, doch der gibt weiter irgendwelche seltsamen Zeichen mit seiner Gesichtsmuskulatur.

Ich lächle und es fühlt sich gut an.

»Wir müssen diesen Run beenden«, sage ich leise und zeige ihr das Mal auf meinem Arm. Neben all den anderen Malen der Königreiche.

»Und dass ein ganzes Volk ausgerottet wird, ist euch egal?« Sie zischt animalisch und mir läuft ein Schauer über den gesamten Körper.

»Oh, sie ist wütend«, stellt Red unnötigerweise fest. »Ist Euer Volk nicht längst tot? Der Weg hierher muss lange gedauert haben.«

Anali legt den Kopf schief und fixiert Red. *Sehr einfühlsam.* Ich werfe Red einen verständnislosen Blick zu.

»Wir konnten sie bisher erfolgreich abwehren«, sagt sie wieder in meinem Kopf. *»Aber …«*

»Sie können nicht mehr lange standhalten«, liest Keeran ihre Ängste.

Sie nickt.

»Aber warum ausgerechnet Red?«, frage ich.

»Weil sie mich verführen will«, gibt der zum Besten.

Ich verdrehe die Augen und Anali entgegnet rein gar nichts. Sie bleibt einfach starr.

»Dann werde ich mit ihr gehen«, beschließt Red.

»Nein!«, entgegne ich so ernst, dass es einem Befehl gleichkommt. »Du gehst nicht.«

Red beugt sich zu mir und schüttelt irritiert den Kopf. »Warum nicht?«

»Weil …« Ich presse meine Lippen aufeinander. »Es ist zu gefährlich, Red.«

»Sari …«, haucht er so liebevoll, dass mein Körper bebt.

»Nein!«, wehre ich ab.

»Du weißt, dass ich mich verteidigen kann.«

»Ich weiß auch, dass der Monarch dich durch die Luft geschleudert und getötet hat.«

»Man lernt aus seinen Fehlern«, lacht Red.

»Das ist nicht witzig!«, fauche ich. »Und der Anführer ist dein Bruder.«

»Was?« Reds Augen werden zu Schlitzen. »Dieser Bastard. Natürlich gehört er zu dieser geisteskranken Sekte.«

Wie er jetzt auf die Idee kommt, sie eine Sekte zu nennen, ist mir schleierhaft. Aber es kommt dem, was Nalia um sich geschart hat, wahrscheinlich wirklich am nächsten.

»Noch ein Grund mehr, dahin zu reiten.«

»Dann komme ich mit!«, sage ich fest.

»Das geht nicht!«, knurrt Red. Die anderen sehen uns nur dabei zu, wie wir uns wie zwei kleine Kinder streiten. »Dein Mal würde es nicht zulassen.«

»Was? Das hier?« Ich deute auf mein Mal und spucke darauf. »Es führt mich nirgendwohin außer zum Tod. Immer und immer wieder.«

Red blinzelt. »Sari, du musst jetzt vernünftig und besonnen sein.«

»Warum sagst du das?«, fahre ich ihn an. »Du weißt, dass ich nichts davon bin.«

»Und das mag ich sonst, aber jetzt ist es wirklich … nicht passend.«

»Red!«, versuche ich an ihn zu appellieren. Doch der schüttelt nur den Kopf.

»Ihr Volk ist in Gefahr. Ich werde ihr helfen, es zu retten, und du rettest die anderen Völker. Hast du das verstanden?«

Ich presse meine Kiefer aufeinander.

Und dann beginnt plötzlich das Albenmal auf meiner Haut zu brennen. Ich lasse mich darauf ein. Denn es ist keine der göttlichen Mächte, die meinen Körper plötzlich überflutet. Es ist reine Albenkraft. Ich kann spüren, wie ich Sand lebendig machen kann.

Ihn formen kann. Aber diese Macht verlangt mir alles ab. Ich zische und schließe die Augen. Lichtblitze und Bilder erscheinen. Ich erblicke das Wüstenvolk vor mir. Die Stadt, aus Sand erbaut, aus goldenem Staub. Ich sehe die Armee der Tunis vor ihren Toren stehen. Und ich weiß, was ich tun muss. Das Albenmal brennt es mir in meine Haut, mein Herz und meinen Verstand.

»*Wal te dus apire*«, flüstere ich wie aus fremdem Munde und hebe meine Hand.

»Was tut sie da?«, fragt Red irritiert an die anderen gerichtet, doch ich nehme ihn kaum wahr. »Verzaubert sie mich jetzt?«

»Sei leise!«, fluche ich, muss mir aber ein Lächeln verkneifen.

Ich sehe dabei zu, wie sich vor meinem inneren Auge der Sand erhebt. Ich öffne meine Hand, spreize meine Finger und der goldene Staub erhebt sich zu einer riesigen, undurchdringbaren Mauer. Mein Blick fällt auf einen rothaarigen Mann. Ich erkenne ihn. Es ist Reds Bruder. Er flucht. Verflucht die Nachfahren der Götter. Und vor allem verflucht er mich. Ich stutze. Woher weiß er, dass ich das war?

Ich öffne meine Augen und blicke in die von Anali. Sie sind fassungslos auf mich gerichtet.

»*Woher kannst du das?*«, fragt sie in meinen Gedanken.

»Du hast es gesehen?«

»*Ich sehe alles, was meinem Volk widerfährt. Deshalb wurde ich losgeschickt.*«

Ich atme erleichtert aus. Also ist das, was ich gerade in meinem Geist getan habe, wirklich passiert.

Mein Blick wandert zu Red. Ich weiß, dass ich ihn gehen lassen muss. Er wird kein Volk im Stich lassen, und keiner von uns weiß, wie lange dieser Wall hält.

»Geht!«, presse ich hervor, bevor ich es mir anders überlegen kann. Red hat zwar seinen eigenen Willen, doch ich weiß, wie wichtig ihm meine Zustimmung ist. Er reitet ein Stück auf mich zu.

»Bitte sag nichts«, flüstere ich.

Er schließt kurz seine Augen. »Ich komme wieder«, haucht er dann, nickt mir zu und reitet mit Anali davon.

»Was ist passiert?«, fragt Keeran und wirft mir einen düsteren Blick zu.

»Ich habe eine Mauer aus Sand um das *empire te deser fulk* erbaut.«

Stille tritt ein. Ich spüre die Verwirrung, aber auch die Angst in ihren Seelen.

»Wie?«, fragt Keeran gepresst. »Wie hast du auf diese Entfernung einen Schutzwall erbaut?«

»Ich weiß es nicht«, flüstere ich und sehe hinab auf meine Schulter, an der das Albenmal leuchtet. »Ich …«, stottere ich und schließe wieder die Augen, in der Hoffnung, ich könnte es erklären. »Ich bin nicht nur die Erbin der Emza. Ich trage die Macht der Arasá in mir. Und aus irgendeinem Grund auch die von Tunis. Selbst wenn es nur durch die Gabe der Glut ist. Ich spüre es in meinem Blut. Sie ist Tunis' Erbe und ich besitze sie. Und vor allem besitze ich Albenkraft.«

Keeran zieht scharf die Luft ein. »Das begründet aber noch nicht, warum du dieses Volk aus dieser Entfernung schützen konntest.«

»Ich …« Ich reibe meine zitternden Finger aneinander. »Ich denke, es hat etwas mit dem Mal der Alben zu tun. Und mit dem, was Tunis sagte.«

»Tunis?«, fragt Keeran so irritiert und wütend, dass ich den Mund verziehe. Ich wollte es ihm in der Welt der Wahrheit erzählen. Aber dann ist der Schmerz dazwischengekommen und jetzt sind wir nicht zu zweit, um ein intimes Gespräch darüber führen zu können.

»Er sagte, dass ich die Gabe der Vorzeitbringerin brauche. Ich erkläre es dir ein anderes Mal.«

»Die hast du nicht!«

»Aber …«

»Nichts *aber*! Sari, verdammt, das wäre dein Tod!« Keerans Stimme bricht.

»Warum?«

»Weil …« Er atmet schwer. »Vorzeitbringerinnen sterben, wenn sie die Welt zum Leben erwecken, verstehst du? Sie werden zu dieser Vorzeit. Zu der blühenden Welt. Sie *sind* diese Welt.«

Ich führe mein Pferd näher zu Keeran. »Dann ist das so, Keeran. Diese Gabe fließt in meinen Adern. Mein Erbe. Das der Alben, meines Vorfahren Perseres und das der Vorzeitbringerin. Ich erschaffe Leben. Es ist mein blaues Licht, das bis in deine Wüste strahlt. Es ist mein Erbe.«

»Nein.«

»O doch. Anali hat gesehen, was ich getan habe. Ich habe die Natur meilenweit entfernt beeinflusst. Ich bin das Leben, Keeran. Verstehst du das nicht?« Ich hebe zornig meine Hände. »Der Dämon war Arasá. Sie hat Emza alles genommen, nur damit sie ihr Land einfriert und es nicht zum Kampf der Völker kommt. Aber ich habe es erweckt und jetzt werde ich herausfinden, was Arasá davon weiter tot sehen will. Und dann werde ich meine Macht nutzen, um Leben zu erschaffen. Ob ich dabei lebe oder nicht.«

Es ist, als würde sich diese Erkenntnis mit der Macht in mir verbinden und mich endlich verstehen lassen, wofür ich hier bin. Was meine Bestimmung ist. Das Mal hat es mir immer und immer wieder mitzuteilen versucht. Und nun höre ich endlich zu. Begreife, was mein Blut eint. Das Leben.

»Das, denkst du, war ihr Plan?«, fragt er unsicher.

Ich schaue kurz zu Medisa, weil Stolz aus ihrer Seele zu mir herüberschwappt. »Es ist mir plötzlich so klar, wie mir die Liebe zu dir oder Jarrusch klar ist, Keeran. Ich verstehe die Alben jetzt. Ich verstehe, was mein Mal mir sagt. Ich verstehe das Lied.« Ich hole Luft und singe leise:

»Das Licht des blauen Eises
kämpft nun am Firmament.
Es strahlt bis in die Wüste
aus schwarzem Turmalin.
Der Dämon war gekommen
und nahm sie mit zu sich.
Vier Völker sind gespalten
und finden nicht zurück.«

»Emza ist geflohen. Sie hat ihr Land eingefroren, und doch hat ihr Licht das Leben bis in Kalipars Wüste gestrahlt. Arasá war der Dämon und spaltete damit die Völker.« Ich balle meine Hände zu Fäusten, während ich mich endlich auf mein Erbe verlasse. Auf das, was mir dieses Mal sagt. »Jemand wurde in Emza eingefroren, ein Volk oder Tiere, ich weiß es nicht. Aber sie finden nicht zurück. Und das muss sich ändern.« Ich atme tief durch. »Emza hatte einen Grund, alles einzufrieren. Sie war schlauer als Arasá. Sie hat etwas getan, dass ich zu Ende bringen muss.«

»Das ist nur ein Lied, Sari.«

»Ist es nicht, und das weißt du. Ich muss es besser machen. Du musst es besser machen. Wir sind die einzigen beiden, die übrig sind. Zusammen mit Jeri. Und wir müssen herausfinden, warum Nalia die Götter zurückholen will. Und warum Alishan das verhindern will.« Mein Blick wandert kurz zu Jeri, der die Lippen aufeinandergepresst hat.

Es bleibt still, bis die Eisberge neben uns zu beben beginnen. Ich blinzle und reiße mich wieder zusammen. Sofort verstummt das Beben und die anderen starren mich noch fassungsloser an.

»Wir müssen weiter«, sagt Jeri. Auch er hat verstanden, dass diese Welt zerstört würde, wenn wir nicht herausfinden, was die Tunis, Nalia und Alishan vorhaben.

»Gut. Wir müssen den Ort finden, den Emza damals eingefroren hat, um die Götter aufzuhalten.« Ich sehe noch einmal zurück in die Richtung, in die Red geritten ist, und sporne dann mein Pferd an. Das Mal des *sover ran* brennt zwar ein wenig, aber jetzt, da einer der Nachfahren tot ist, zwingt es uns nicht mehr in eine Richtung.

Wir haben keine Zeit mehr zu verlieren. Wir müssen an den *ice montar* vorbeireiten. Durch die Eisberge werden wir unsere Pferde nicht führen können, aber bis zu unserem Ziel reiten wir.

Das Eis neben mir lenkt immer wieder meine Aufmerksamkeit auf sich. Dahinter verbirgt sich mein wunderschönes Königreich, das nur so vor Leben strotzt. Doch ich erinnere mich auch an meinen ersten Run, als Emza noch komplett von Eis überzogen war. Jetzt sind zwar die Berge noch von dem blauen Schnee bedeckt, aber am Fuß der Felsen wachsen Blumen und Sträucher. Ich habe das getan. Das Leben erweckt.

Da ist diese Macht in mir, von der ich immer wusste. Aber erst jetzt, da ich mein albisches Erbe anerkenne, begriffen habe. Warum ich die Tiere befehligen kann. Warum Menschen mir folgen, obwohl ich oft so falsch handle. Warum ich das Erbe meines Vorfahren nutzen konnte, um ein ganzes Königreich zu erwecken. Und warum ich überhaupt eine Wahrheitsbringerin wurde. Ich dachte immer, ich hätte damals eine falsche Wahl getroffen. Habe mich und die Bringerin verabscheut. Doch das war nur die Wahrheit über mein weiteres Erbe. Über das der Arasá, das meine Marra mir gab. Und ich brauche es, wenn ich mich diesem Erbe stellen muss.

Ich begreife, warum es so wichtig war, die Gabe der Klarheit zu bekommen – warum ich aber vor allem die der Hamza sehen kann. Ich erinnere mich an das, was ich damals im *fihtcamp* in ihr gelesen habe. Nachdem der Krieg der Götter vier Gewinner hervorbrachte, sollten sie sich mit Menschen verbinden, um das Geschlecht der Götter zu verbreiten. Emza jedoch hat Kalipar aufgesucht, bevor sie ihr Königreich wirklich erschaffen konnte, und wollte mit ihm fliehen.

Ich dachte damals, dass sie nur fliehen wollte, weil sie auf ewig mit Kalipar zusammen sein wollte. Aber da war mehr. Sie begriff, was die Götter da anstrebten. Was Arasá anstrebte, nachdem sie gesehen hatte, dass die Völker der Tod der Götter sein würden. Sie wollte ein göttliches Geschlecht erschaffen, um all die anderen Völker, außer den Menschen, auszurotten.

Emza gefror nach dem Verrat alles zu Eis. Mehr als das. Auch ihr Herz. Ich schnaufe, weil mir ihre Geschichte nahegeht, und ich begreife, warum sie tat, was sie tat.

Sie musste es tun, um kein Leben zuzulassen. Sie wollte nicht, dass die Götter einen weiteren Krieg gewinnen. Hier in den ewigen Landen der Alben, Mutanten und Menschen.

Und meine Aufgabe ist das Gegenteil. Ich muss das Leben wieder auftauen. Bei meinem ersten Run habe ich die Macht des Lebens in mir erweckt. Indem ich die Schmerzen spürte, die ich zuvor nie wirklich an mich rangelassen habe, so wie Emza einst.

Deshalb musste ich durchleben, was sie durchlebt haben. Keeran, Jeri und Jarrusch und Red. Denn auch ihn liebe ich. Mein Herz ist kein Eis mehr.

Vor mir erscheint ein leichtes blaues Leuchten. Ich weiß, dass es Emza ist, die mir zeigt, dass ich die Wahrheit erkannt habe. Ja, dieser Run ist nicht dafür da, den Herrscher in uns zu finden. Sondern unsere Bestimmung. Er ist dafür da, die Vergangenheit zu ändern. So wie er einst dafür da war, den Göttern ihre fehlenden Elemente zu geben.

Ob nun Nalia, die Tunis oder Alishan, sie mögen zwar unterschiedliche Ziele verfolgen, doch eines haben sie alle gemeinsam. Sie wollen uns aufhalten. Aber mich wird niemand mehr aufhalten. Auch Nalia nicht, selbst wenn sie zur Blutlinie der königlichen Familie von Emza gehört und somit einige ihrer Gaben besitzt. Ich bin die Nachfahrin ihrer Erstgeborenen.

Ich habe verstanden, was mein Erbe ist. Was Emza von mir will.

Ich erinnere mich an unsere erste Begegnung hier am Rande der *ice montar.*

»Das weißt du, denn du siehst die Wahrheit der Dinge. Du siehst die Vergangenheit, die Gegenwart und die Zukunft. Aber das Wichtigste hast du noch nicht gesehen«, hat sie damals gesagt. »Finde es heraus, Sari. Du bist stark. Du hast ein reines Herz und du trägst die Unendlichkeit in dir. Finde es heraus.« Ich dachte, sie würde nur die Quelle des Lebens meinen. Doch sie hat mir verraten, welche Mächte ich in mir trage. Die der Unendlichkeit, der Vergangenheit, der Gegenwart und der Zukunft. Emza hat diese Quelle nicht ohne Grund eingefroren. Sie hat es getan, um das Überleben ihrer Nachfahren zu sichern, bis die eine kommen würde, die die vereinten Königreiche und alle Utlands rettet. Und das werde ich tun. Koste es, was es wolle.

Ich stoppe meinen Schimmel und sehe den *volkano te sant* in der Ferne. Vor mir öffnet sich eine Höhle, hinein in die *ice montar.*

Ich warte, bis die anderen kommen und wir zusammen absteigen.

»Das *cav te tampaion*«, raunt Medisa ehrfürchtig. Sie kennt diese Höhle also. »Warum hast du uns hierhergebracht?«

»Weil wir auf die andere Seite müssen. Und das hier ein Ort sein könnte, den Emza vor der Welt verschließen wollte.«

»Die Höhle der Versuchung wird uns Kraft kosten«, sagt Keeran und wirft mir einen ernsten Blick zu. »Sie ist nicht unbewohnt, so wie die anderen Höhlen und Gruben in deinen Eisbergen.«

Ich nicke. Ich habe einmal in der Hamza davon gelesen, dass sich Menschen in diese Höhle der Versuchung verirrt haben und nie wieder gehen wollten. Daraus ist ein Höhlenvolk entstanden, das in unendlichem Reichtum und sexueller Verführung lebt. Denn in diesem Reich unter meinen Bergen gibt es alles, was einen in Versuchung führen kann.

»Wir müssen da durch und uns beeilen. Und …«, ich atme schwer, »… herausfinden, ob es das war, was Emza so unbedingt einfrieren musste.« Vielleicht ist ja dieses Volk der Schlüssel.

Ich nicke mir selbst zu und sehe noch einmal zu Medisa und Keeran. Dann gehe ich auf Jeri zu und schlucke hart. »Willst du das hier? Willst du uns helfen oder … gehen?« Ich räuspere mich und spreche schnell weiter, bevor er antworten kann. »Ich weiß, dass du nicht die Pflicht hast, uns zu helfen und …«

»Ich will das hier«, unterbricht er mich und nickt mir sicher zu. »Ich werde das mit euch machen. Ich will auch, dass sie gestoppt werden.« Sein Blick hat sich verändert. Er weiß, dass ich Keeran gewählt habe. Zumindest nach seinem Verständnis. Denn eigentlich gab es diese Wahl nie. Und seine Augen verraten mir, dass ein Teil seiner Seele das bereits wusste.

Ich atme tief durch, nicke dann ebenfalls und drehe mich zum Eingang.

»Sari«, hält Keeran mich auf und zieht mich ein wenig weg von den anderen. Seine Berührung brennt sich in meine Haut. Ich atme tief durch.

»Geht es dir gut?«

»Nein«, erwidere ich ehrlich. »Aber das wird es. Es wird uns gut gehen, wenn wir das alles hinter uns haben. Wenn wir es geschafft haben.«

»Du läufst einer Idee hinterher. Was, wenn sie sich als falsch entpuppt?«

»Das wird sie nicht«, sage ich fest, dabei habe auch ich Angst, dass das verwirrende, komplexe Konstrukt, das ich mir in meinem Kopf zusammengereimt habe, mit nur einem Detail zusammenfällt.

»Bist du bereit, da reinzugehen?«

»Führen wir jetzt dieselbe Diskussion wie damals in der Grube der Unendlichkeit? Ich schaffe das.«

»Ich weiß. Ich meinte eher, ob du bereit für unsere Schwäche bist.«

»Unsere Schwäche?«, frage ich lächelnd. »Meinst du etwa, dass du dich verführen lassen wirst?«

»Wer weiß«, raunt er und hebt einen Mundwinkel.

Ich öffne meinen Mund und schlage ihm dann gegen die Brust.

»Was? Du wirkst schon hier draußen verdammt verführerisch auf mich.« Er zwinkert und ich schüttle den Kopf.

»Los. Ich weiß nicht, wie lange meine Mauer hält.«

Er nickt und küsst mich auf die Stirn, bevor wir zusammen eintreten.

Ein lieblicher Geruch erfüllt meine Nase. Und meine Seele.

Wir gehen durch unendliche Höhlengänge, aber ich bin mir sicher, dass kaum Zeit vergeht. Bis wir an einem riesigen goldenen Tor ankommen.

Ich halte mich nicht mit den Verzierungen der sich liebenden Menschen auf, sondern umgreife die Klinke und drücke sie hinunter. Und in diesem Moment benebelt mich meine aufflammende Sehnsucht nach Reichtum, Frieden und Nähe.

KAPITEL 19

KEERAN

Meine Sicht verschwimmt kurz, aber ich wehre mich dagegen und sehe in das Innere dieser Höhle, das einem bordellähnlichen Palast gleicht. Wir stehen direkt mitten in einem großen Saal. In dieser pompösen Kulisse mit roten Samtvorhängen, riesigen Holztischen und goldenen Kerzenleuchtern befinden sich überall Menschen, die lachen, essen, sich mich Geld begießen oder sich halb nackt rekeln und küssen. Mein Blick wandert kurz zu Sari, die die Szenerie kichernd beobachtet. Das zum Thema, diese Versuchung wird ihr nichts anhaben können.

Meine Augen wandern weiter zu einem leeren schwarzen Thron, neben dem ein Mann steht. Sein geschockter Gesichtsausdruck, als er mich sieht, lässt mich zusammenzucken. Ich kenne diesen Mann. Ja, und ich kenne auch diese Höhle. Verdammt. Das hier habe ich in die hinterste Ecke meines Kopfes geschoben. Für diesen Erinnerungsverlust ist nicht der Monarch verantwortlich.

»Keeranath!«, ruft der Mann, Victori.

»Das hier ist nicht der Ort, nach dem du suchst«, sage ich zu

Sari, die mich verdutzt anschaut. Jeri wirkt unbeteiligt, genauso wie Medisa.

»Das hier war nie eingefroren.«

»Woher weißt du das?«

»Keeranath!«, ruft Victori und steht nun genau vor mir.

»Ich habe hier eine Weile gelebt. Ich erklär's dir noch«, sage ich, bevor Victori mich erst in eine Umarmung zieht und dann mit sich zu den anderen.

»Er ist wieder da!«

Ich ringe mir ein Lächeln ab, während ich Saris fragenden Blick in meinem Rücken spüre.

»Unser König ist zurück.« O Mist.

Ich drehe mich um. Jetzt ist es nicht mehr nur Saris Blick, sondern auch der aller anderen, der auf mich gerichtet ist. Medisa ist die Einzige, die gelangweilt wirkt. Natürlich, sie kennt fast alle meine Erinnerungen. Trotzdem sieht sie nicht gerade begeistert aus. Sie hätte mich gerne vorwarnen können. Aber wahrscheinlich dachte sie, dass ich mich erinnere.

»Ihr König?«, formt Sari mit den Lippen, grinst breit und wirft mir laszive Augenaufschläge zu.

Das hier kann nicht schlimmer werden.

»Keeranath!«, rufen die Menschen an den Tischen und Sofanischen und verbeugen sich. Haben diese Idioten etwa all die Jahre auf mich gewartet? Eingepfercht in diesen angeblichen Palast ohne Tageslicht oder normale Emotionen?

»Euer Thron«, sagt Victori mit seinem Akzent. Damals hat er mir erklärt, dass er von einer Insel stammt, auf der niemand mehr lebt. Nur seine Familie hat es von ihr runtergeschafft.

»Ich brauche keinen Thron«, knurre ich angespannt und winke ab.

»Aber Ihr seid unser König.«

»Was habt ihr in den letzten drei Jahrhunderten gemacht?« Die Frage, warum sie nicht gealtert sind, spare ich mir. Hier wird man nicht alt. Eine der Versuchungen, die die Menschen verleitet hierzubleiben. Aber nicht nur die. Unter ihnen gibt es sogar Alben. Und ein paar Mutanten.

Mein Blick fällt auf einen Tisch ganz hinten, auf dem … vier Leichen aufgestapelt sind. Blutüberströmt, doch das Blut ist so dunkel, dass sie schon länger tot sein müssen.

»Was soll das, Victori?«

»Sie haben das Spiel verloren. Wisst Ihr nicht mehr? Es war Euer Spiel.«

Ich atme schwer. Kein Wunder, dass ich diese Erinnerungen weggeschoben habe. Hier drin ist man nicht man selbst. Und je länger man verweilt, desto größer wird der Übermut. Die Machtgier und das Gefühl, über alles und jeden erhaben zu sein. Ich winde mich aus Victoris Griff.

»Wir müssen hier weg«, sage ich zu Jeri und Medisa, während Sari ihre Augen nicht von einer nackten Frau nehmen kann, die auf dem Tisch tanzt. Mir entgeht nicht, dass Jeri immer wieder Sari anstiert, als wäre sie ebenfalls nackt.

»Weg?« Victoris Stimme schneidet die Luft und hinter ihm sammeln sich Männer mit Waffen. Hervorragend.

»Wollt ihr euren König bedrohen?«, frage ich zornig. Ich erkenne sofort Jeris abwertenden Blick.

»Du bist also der König der grotesken, wollüstigen Monster hier drin«, lacht er.

Ich sehe ihn an und will ihm die Faust in sein dummes Gesicht schlagen. Stattdessen räuspere ich mich.

»Ich verstehe dich. Bitter, wenn ein anderer das Mädchen bekommt.« Nicht meine eleganteste Art, aber er hat es verdient. Ich hasse es, wie er Sari anschaut. Wie seine Augen sie ausziehen. Doch vor allem hasse ich es, wie sehr er sie liebt und sie ihn. Auch wenn ich es verstehen kann und ihre Liebe eine andere ist als die für mich.

»Ihr geht nirgendwohin, solange Ihr keinen Nachfolger ernennt. Wir warten seit einer Ewigkeit«, knurrt Victori und lenkt meine Aufmerksamkeit wieder auf sich. Das ist also ihr Problem. Veraltete Regeln.

»Bitte, dann bist du jetzt ihr König«, sage ich und mache eine wirbelnde Geste mit meiner Hand, um meiner Aussage Ausdruck zu verleihen. Auf ihn scheint es wohl eher so zu wirken, als würde ich ihn auf den Arm nehmen – was ich genau genommen auch tue.

»Ihr wisst, dass es einer Zeremonie bedarf!«

»Ist das wirklich dein Ernst, Keeran?«, zischt Medisa und taucht mit in die Hüfte gestemmten Armen neben mir auf. Ihre Stimme explodiert fast. Jeri lacht hinter ihr. Und dann bleibe ich kurz an Sari hängen, die mich so hungernd ansieht, dass ich den Atem anhalten muss, um mich nicht selbst der Versuchung hinzugeben.

»Ja, ist es«, bestätige ich.

»Gut. Schön. Steht ja nur das Ende der gesamten Welt auf dem Spiel«, prustet sie voller Zorn. Die Ader an ihrem Hals droht genauso wie ihre Stimme zu platzen.

»Was muss er tun?«, fragt Jeri und legt Medisa eine Hand auf die Schulter, um sie zu beruhigen. Mir entgeht nicht, dass sie lustvoll nach Luft schnappt. Aber ich versuche diese Tatsache ganz schnell wieder aus meinem Kopf zu bekommen.

»Er muss das Ritual durchführen. Und das werde ich dir nicht verraten!« Victori schnuppert an Jeri und verzieht den Mund.

»Was? Du sagst es mir nicht, weil ich stinke?«

»Weil du so riechst, wie du dich benimmst. Kalt wie ein Fisch.«

Jeri geht einen Schritt vor und will ihn packen, aber ich halte ihn auf. »Jerimias, hier unten ist alles verstärkt. Zügle dich. Wir müssen nur raus.«

Er knurrt und reißt sich von mir los, doch er bleibt still.

»Wie lange dauert diese Zeremonie?«

»Eine Nacht, du Laie.«

Ich schüttle den Kopf. »Wir können keine Nacht hierbleiben.«

»Ehrlich gesagt könnte ich Schlaf gebrauchen«, wirft Sari mit singender Stimme ein. Großartig, so langsam verlieren sie also alle ihren Verstand.

»Nur dass du hier drin nicht zum Schlafen kommen wirst.«

»Aber sieh doch, sie schläft auch.« Sie geht auf einen Tisch zu, an dem eine Frau sitzt. Ihr Kopf liegt auf dem Tisch und Sari tut es ihr nach und schließt die Augen.

Ich starre sie an, während mein Verstand nicht begreifen kann, was hier gerade passiert. Und selbst Jeri wirkt sichtlich überrumpelt von Saris Verhalten. Vor allem weil die andere Frau komplett nackt ist und vor ihrem Mund Erbrochenes auf dem Tisch liegt. Das kann nicht gesund sein. Wir müssen hier weg.

»Spätestens jetzt ist mir ihre Anziehungskraft vergangen«, sagt Jeri und ich muss wirklich kurz auflachen. Auch wenn ich ihn dafür gleichzeitig schlagen könnte.

»Kümmere du dich um sie und die anderen. Und ich werde einen neuen König ernennen.«

»Weißt du, was du tust?«, fragt Jeri ruhig und ohne Vorwurf.

»Nein. Ich selbst kenne das Ritual nicht. Ich war einfach irgendwann König.«

»Es wird sicher irgendetwas völlig Absurdes sein«, mischt sich Medisa ein und geht an uns vorbei, um sich zu Sari zu setzen und ihren Kopf dann auf ihren zu legen.

»Kümmere dich.« Mit diesen Worten wende ich mich wieder Victori zu. »Lass uns beginnen.«

Er kneift die Augen zusammen. »Wir warten auf die Nacht.«

»Warum?«, knurre ich, dabei kenne ich die Antwort.

»Bei Nacht kommt das Verlangen.«

Ich knirsche mit meinen Zähnen. Ich will nicht dabei zusehen, wie hier alle dem Verlangen erliegen. Und vor allem will ich nicht, dass Sari es tut. Wie sehr kann Jeri sie abwehren, wenn sie alles versucht und Jeri sie nun einmal … liebt.

Aber ich habe keine Wahl. Und aus irgendeinem Grund habe ich das Gefühl, dass auch das hier kein Zufall ist.

»Lasst meinen Gefährten etwas zu essen bringen!«, befehle ich und sofort eilen ein paar Männer los. Sie tragen nur Schürzen, weshalb man einen ausgezeichneten Blick auf ihre Hinterteile hat, als sie hinauslaufen. Red würde sich nicht sattsehen können.

»Und räumt hier verdammt noch mal auf!«

Ein paar weitere Männer und Frauen erheben sich und beginnen die Toten wegzubringen und die Tische zu säubern.

Als die beiden Männer mit Essen zurückkommen, bittet Medisa einen von ihnen, sich zu ihr zu setzen.

»Medisa!«, ermahne ich sie. »Dafür ist keine Zeit. Und das bist nicht du.«

»Du musst die ganze Nacht ein Ritual durchführen und ich darf mich nicht vergnügen?«

Der Mann mit der Schürze lächelt verlegen und wird augenblicklich rot. Natürlich, Medisa ist eine verdammte Augenweide. Vor allem jetzt, da sie ein einziges Mal diese harte Fassade abgelegt hat und tatsächlich liebliche Gesichtszüge vorweist.

Als die Frau neben Sari weggebracht und ihr Erbrochenes weggewischt wird, setze ich mich zu den anderen, was Victori so gar nicht gefällt. Meine Augen brennen von dem schummrigen Licht hier drin.

»Warum höre ich in Medisas Seele, dass sie glaubt, Red würde der Kellner gefallen?«, gibt Sari murmelnd von sich und wischt sich Sabber aus ihrem Mundwinkel.

»Weil es genau so wäre, und ich bin dankbar, dass er nicht hier ist«, entgegne ich lächelnd.

Sie wirkt immer noch verwirrt und löst damit ein wenig angelernten Zorn in mir aus. Ich räuspere mich, um nicht in alte Gewohnheiten zu verfallen, für Red in die Bresche zu springen, obwohl ihm diese Verwirrung der Menschen komplett egal ist. Und das hier vor mir ist Sari. Sie kennt es wahrscheinlich einfach nicht. »Er liebt Menschen und er liebt die Liebe«, sage ich, weil es genauso einfach ist.

»Das meinte ich gar nicht. Mir geht es um Anali. Ich hatte das Gefühl, zwischen ihnen wäre etwas. Und sie sind Gegenparts. Kann Red auch ihren Körper begehren?«, fragt Sari.

»Selbe Erklärung«, antworte ich und lächle ihr wieder zu. Dieses Mal erwidert sie es.

Ich sehe mich um und höre mit einem Ohr dabei zu, wie Medisa ständig den Namen des Mannes ausspricht und Sari leise kichert. Dann stecken sie ihre Köpfe zusammen und verstecken ihre Gesichter. Wie kleine Kinder.

Aber irgendwann ist der Mann vergessen und Medisa kann ihren Blick nicht mehr von Jeri lassen, was ich definitiv immer noch gruselig finde. Jeri jedoch sieht fortwährend Sari an. Ich will ihm zwar die Eingeweide dafür herausreißen, doch ich muss grinsen, weil wir so lange nicht mehr derart unbeschwert zusammen waren. Und vielleicht ist es das letzte Mal.

Ich spüre, dass die Nacht anbricht, als sich die Stimmung verändert. Das Kichern neben mir erstirbt. Ich frage mich einen Moment lang, warum Sari das mit Anali erkannt hat und ich nicht. Was Red und Sari so sehr verbindet. Doch ich weiß es längst. Sie beide sind, seit sie klein waren, ungeliebt. Ich dachte vielleicht eine Zeit lang, dass ich das auch war. Aber ich weiß es jetzt besser. Weil dieses kleine Geschöpf meine Erinnerungen zurückgeholt hat. Ich erinnere mich an meine Marra und ihre unumstößliche Liebe. An Saralakis, die mich mehr liebte als sich selbst. An Zet, der für mich in den Tod ging. Egal was danach geschah. Ich bin als Kind geliebt aufgewachsen. Red und Sari nicht. Sie sind wie Verbündete und heute sind sie wie die Geschwister, die sie nie waren. Sie hätten sich aneinander festgehalten und sich gegenseitig geliebt.

»Bin ich ein schlechter Mensch, weil ich keine Frau will?«, fragt Sari so ehrlich, dass ich meine Lippen zusammenpresse, um nicht zu lachen.

»Sagen wir so«, lallt Medisa, als wäre sie zutiefst betrunken. Ich habe sie nur ein einziges Mal in all unserer Zeit so erlebt. Damals haben wir ein Albenkraut zu uns genommen. Es war natürlich Reds Idee. »Du bist deshalb kein schlechter Mensch, aber ein armer Mensch.«

»Hm«, macht Sari und nickt, als würde sie den Punkt verstehen.

»Keeran!«, zieht Sari dann mich mit rein. Wunderbar.

»Bist du auch ein armer Mensch?«

Ich hebe meine Brauen und sehe zu Medisa, die hinter ihr in schallendes Gelächter ausbricht. Jeris Augen verengen sich und starren mich an. Zumindest mal etwas anderes als Sari.

»Ich würde Red jederzeit nehmen«, erkläre ich und zwinkere ihr zu. »Also bin ich nicht ganz so arm.«

Sari stützt ihre Wange auf ihre Hand und öffnet nachdenklich den Mund. »Er würde dich aber nicht nehmen«, stellt sie lachend fest und auch ich stimme kurz in das Lachen ein.

Doch als mein Herz gerade beginnt, sich wohlzufühlen, ertönt ein lauter Gong. Die Sonne ist untergangen. Es dauert nicht lange, bis Medisa sich näher zu Jeri setzt, der sie nur irritiert ansieht. Und dann spüre ich Saris Hand auf meinem Bein. Ich erhebe mich augenblicklich und ignoriere ihre Blicke. Und obwohl ich so lange hier gelebt habe, fällt mir die Zurückhaltung ihr gegenüber wirklich schwer. Damals war ich ein anderer Mensch. Es war das erste Mal, dass ich keinem König diente, und ich hatte mich hierher verirrt. Und ich war zu schwach, um zu gehen. Zumindest eine lange Zeit lang, die mir wie ein einziger unendlicher Tag voller Sünden vorkommt. Dann ernannten sie mich plötzlich zum König und es dauerte noch einmal eine ganze Weile, bis ich mich heimlich davonmachte.

Jetzt soll ich einen neuen König benennen und der Einzige, der mir einfällt, ist Victori. Er ist zwar nicht mein Lieblingsmensch, aber früher hat er mich immer unterstützt und er kennt die Menschen, die hier leben. Und wahrscheinlich ewig leben werden.

»Vic«, rufe ich ihn zu mir und deute auf die Höhlendecke, als könnte man da die Dunkelheit des Himmels sehen. »Es ist so weit.«

Er nickt und winkt eine junge Frau in einem hellen Gewand zu uns. Sie ist wunderschön.

Ich mustere ihre hellen langen Haare und diese goldenen Augen. Eine Arasá. Sie hat ein wenig Ähnlichkeit mit Sari, bevor sie eine Albin wurde.

»Die Auserwählte. Sie wird unsere Königin.«

Ich runzle die Stirn. Warum sie? Und warum ernenne ich nicht den König oder die Königin?

»Melodie«, stellt sie sich vor.

Ich stutze bei dem Namen. Aber es passt zu ihrer Erscheinung, dass sie diesen Namen für sich wählte, als sie kein Phantom mehr sein musste.

»Was soll ich tun?«, akzeptiere ich die Entscheidung. Sie müssen hier leben. Nicht ich.

»Sie lieben natürlich«, sagt Vic. Ich verziehe mein Gesicht. »Was soll ich wirklich tun?«

Vic sieht mich zornig an.

»Du wirst sie lieben, Keeranath.«

»Mich hat damals niemand geliebt«, werfe ich ein.

Vic lacht. »Unsere Königin vor dir hat es getan.«

»Was?« Natürlich habe ich damals auch Nächte mit Frauen verbracht. Aber das hätte mir jemand erklären müssen.

»Nein«, entgegne ich dann und trete einen Schritt zurück.

»Was soll das heißen?«

»Ich werde nicht mit ihr schlafen. Ich bin vergeben.«

»Also willst du es, kannst aber nicht?«, hakt Vic nach. Hinter ihm beginnen ein paar leicht bekleidete Damen Streichinstrumente zu spielen.

Ich sehe zu Sari, doch ihr Blick ruht auf Jeri, als würde sie das hier nicht einmal mitbekommen. Ein unschönes Gefühl macht sich in mir breit. Eifersucht. Dieser Kerl fordert wirklich all meine Zurückhaltung, ihn nicht zu töten.

»Nein. Ich will es auch nicht, Victori«, wende ich mich wieder an ihn.

»Dann bleibst du unser König, und den lassen wir kein weiteres Mal gehen.«

Ich sehe mich um. Die Stimmung wird düsterer, das Lachen verschwindet und die Menschen wirken wie sexbesessene Raubtiere. Mittlerweile sind sie wieder bekleidet und wirken bedrohlich. Alles hier wirkt bedrohlich. Aber ich werde nicht vergessen, dass sie mich immer noch als ihren König betrachten.

»Sari!«, sage ich streng und strecke meine Hand aus.

Sie erhebt sich und ergreift meine Finger. Streicht über sie und ich muss mich wirklich konzentrieren.

»Ich bin euer König. Und ich werde tun, was ich will«, knurre ich. »Und jetzt werde ich mit meiner Erwählten tanzen, um den Abend zu eröffnen.«

Victori fährt sich nervös und wütend über sein Kinn. »Du entehrst unsere Gesetze, Shadbrig.«

»Ah, also redest du jetzt normal mit mir?«

»Mach sie zur Königin!«, knurrt er.

»Weißt du, wer deine verdammte Königin ist, Victori?« Ich ziehe Sari näher zu mir. »Sie ist es. Sie ist Herrscherin von Emza. Und ihr gehört dazu.«

Victori verengt den Blick. »Sie?« Er lacht abfällig. »Sie ist eine Albin, und selbst ich weiß, dass die keine Herrscher unserer Königreiche sein können!«

Sari sieht ihn einen Moment lang ernst an. All die Albernheit ist aus ihrem Gesicht verschwunden. Ihre Augen beginnen blau aufzuleuchten, und dann hebt sie ihre Hände und das Eis aus den Eisbergen über uns gleitet durch die Spalten in ihre Finger.

»Ich bin eine Albin und dennoch die Erbin der Emza«, haucht sie und lässt meinen Körper damit beben. Verdammt, wie ich diese Frau verehre!

»Dennoch brauchen wir hier eine Königin. Und das wird sie!«, knurrt Victori, dem Saris Machtdemonstration so gar nicht zu gefallen scheint.

Saris Blick fällt auf Melodie. Sie lächelt ihr zu.

»Meinetwegen. Aber Keeran wird nicht mit ihr schlafen.«

Ich räuspere mich.

»Ihr seid mächtig«, stellt Victori fest. »Doch das nützt nichts, denn Keeranath hat einen Pakt geschlossen, als er mit der ehemaligen Königin schlief. Und ihr wisst, was geschieht, wenn man einen solchen Pakt nicht einhält.« Er grinst. »Wollt Ihr Euer Versprechen brechen, Keeranath?«, fragt er dann und aktiviert damit ein Brennen an meinem Rücken. Verdammt. Warum habe ich davon nichts gewusst?

KAPITEL 20

Hamza, Passus IV Emza, Vers 800

Wenn der Tag gekommen ist, werden wir uns erheben. All der Stillstand wird zu Leben und all die Barrieren, die Emza errichtete, werden fallen. Ein Leben, gepflastert von Verrat und Trauer, wird endlich entlassen in die ewigen Hallen, die noch über Nachnyl schweben. In die Unendlichkeit. In den Tod.

Ich bemühe mich, meine Sinne zu schärfen. Ich fühle mich wie damals, als der Obra unserer Schenke mich einmal an einer Pfeife hat ziehen lassen. Benebelt und viel zu albern. Doch allmählich weicht dieser Zustand dem Verlangen.

»Du hast einen Pakt geschlossen, mit ihr zu schlafen?«, frage ich und suche nach Medisa, damit sie mich unterstützt. Sie stellt sich neben mich und mustert das Mädchen, Melodie.

»Es ist ein Ritual«, zischt dieser Victori.

»Das ergibt keinen Sinn«, sage ich. »Ändert das Ritual.«

Ich sehe mich in dem Saal um. Betrachte die rötlichen Stoffe und das gedämpfte Licht. Die runden kleinen Tische und die Streicherinnen, die ziemlich nackt sind. Aber es scheint sie nicht zu stören.

Was ist das hier nur für ein seltsames Reich? Diese Höhle wurde wahrscheinlich nie dafür gemacht, dass Menschen hierbleiben und ihren eigenen König ernennen. Mit einem fragwürdigen Ritual.

»Dieser Mann gehört allerdings leider zu mir«, sage ich fest und umklammere Keerans Hand.

Victori sieht uns an, als würde er das Problem nicht verstehen. »Ich warne dich jetzt ein letztes Mal, Keeranath«, bellt er und der Raum beginnt zu beben. Das gedämpfte Licht wird noch dunkler und die Menschen hier setzen tödliche Mienen auf.

Das Mädchen, Melodie, legt belustigt den Kopf schief.

»Ich bin dein König«, knurrt Keeran.

»Sie wusste, dass du das sagen wirst.«

Ich verenge meinen Blick und sehe mich erneut im Raum um. Hängen bleibe ich an Jeris Augen, die starr auf mich gerichtet sind.

»Was ist los?«, forme ich mit meinen Lippen. Er schüttelt nur den Kopf und beobachtet dann die Kerze vor sich. Warum unternimmt er nichts?

»Wer?«

»Na, deine Geliebte.«

Keerans Wut schwappt zu mir herüber. »Nalia war hier?«

»Nalia *ist* hier«, schneidet ihre Stimme die Luft.

Ich spanne meinen Körper an und versuche gegen diese Stimmung in mir anzukämpfen. Diese Versuchung, Keeran einfach in eine der Nischen zu führen.

Wir drehen uns um und da steht sie. In einem weißen Gewand. Unwillkürlich schaue ich zu der Hand, die ich ihr abgeschlagen habe. Sie hat eine neue, aber die besteht aus Eis. Ein Schauer läuft mir über den Rücken, als sie meinen Blick auffängt.

»Gefällt dir dein Werk?«, fragt sie und bewegt demonstrativ ihre Finger.

»Was willst du hier?« Keeran stellt sich vor mich und funkelt sie zornig an.

»Einen einfachen Handel«, haucht sie mit einem falschen Lächeln. Und obwohl sie eiskalt und kalkuliert ist, bemerke ich, wie sie Keerans Körper mustert. Sehe das Funkeln in ihren Augen und etwas in mir verkrampft sich.

»Und was willst du von mir?«

»Ich entlasse dich von der Pflicht, dieses Mädchen zu …«

»Nalia!«, ermahnt Keeran sie. »Ich ändere das Ritual und dafür bekomme ich dich.«

»Nein.«

Sie lächelt.

»Du hast nicht die Macht, irgendwelche Rituale zu ändern.«

»O doch«, zischt sie und wirft Victori einen bösen Blick zu. Er sinkt sofort auf die Knie. Was bitte ist diese Frau?

»Warum bist du hier? Beleidigt, dass ihr die Götter nicht wiedererwecken konntet?«, fragt Keeran.

Mein Herz brennt, als ich daran denke, warum sie es nicht geschafft haben.

»Du verstehst gar nichts, Keeranath. Dabei dachte ich immer, dass du sehr schlau wärst.«

»Hör auf mit deinen Spielchen«, befiehlt er herrisch und erneut funkelt Verlangen in ihren Augen auf. »Ich werde nicht mit dir das Bett teilen.«

Ich hebe meine Hand und lasse wieder Eis in meine Hand fließen. Ich werde sie töten.

»Lass das!«, befiehlt sie gelangweilt und schnipst mit der Hand. Im selben Moment verschwindet meine Macht.

»Ich habe diese Gabe schon ein bisschen länger als du, Liebes. Du hast keine Chance.«

»Was hast du vor?«, fragt Keeran zwar zornig, aber auch so, als würde er wirklich an eine alte Freundin appellieren.

»Die Weltordnung wiederherstellen.«

»Die du zerstört hast?« Er lacht.

»Ich erinnere mich an einen jungen Shadbrig, der mir geholfen hat.«

Keerans Kiefer mahlt. Natürlich. Er hat für sie gearbeitet. Jedoch nur, weil sie ihn erpresst hat.

»Ich gehorche dir nicht mehr.«

»Wie bitte?« Sie lächelt und Keeran stöhnt schmerzerfüllt auf.

»Willst du dich wirklich gegen mich stellen, Keeranath? Willst du mich zur Feindin haben?«

»Ja«, knurrt Keeran unter Schmerzen. Ich halte seine Hand fester.

»Ich sorge dafür, dass du nicht mit diesem Mädchen schlafen musst, und werde deine kleine Nachfahrin hier leben lassen.«

»Warum solltest du das tun?«, fragt Keeran und ringt sich ein verächtliches Lachen ab.

»Weil ich dafür meinen Shadbrig zurückbekomme«, sagt sie und schmollt. Sie schmollt tatsächlich. Und da begreife ich es. Sie liebt ihn wirklich. Auf ihre kranke Art, aber sie würde mich am Leben lassen, nur um ihn zu haben.

»Ich werde nie wieder dein sein, Nalia.«

»O doch, das wirst du. Ich habe große Pläne mit dir.«

»Was für Pläne?«, mische ich mich ein. Keeran wird nicht zulassen, dass sie mich tötet. Und er wird auch nicht mit Melodie schlafen. Doch was wird sie ihm dafür antun?

Nalia sieht mich an, als wäre ich ein exotisches Tier. »Das weißt du nicht, Schätzchen?« Sie lacht schnaufend. »Keeranath. Wie tief bist du gesunken? Das da ist deine Wahl?« Sie schüttelt den

Kopf und widmet sich dann wieder mir – diesmal, als wäre ich ein Kind.

»Pass auf, Kleines. Seit Jahrhunderten versuche ich die Königsfamilien zu stürzen. Keeranath hier und Marruk Karis waren in dem ganzen Spiel meine Marionetten und haben das für mich erledigt. Selbst deine Mutter hat geholfen, weil Marruk sie überzeugt hat, dass sie sterben müssen. Daraufhin habe ich beiden befohlen, die Nachfahren zu finden. Denn ich werde die Geschichte neu schreiben.«

»Du bist auch ein Mitglied der königlichen Familie«, zische ich. Wut kocht in mir hoch und ich bin kaum imstande, sie zu unterdrücken. Es ist, als würde sie mich benebeln und sich mit fehlerhaften lüsternen Gefühlen mischen. Nur dass sich dieses Verlangen in Mordlust wandelt.

»Schlaues Mädchen. Das bin ich. Und ich werde dafür sorgen, dass meine Mutter wieder lebt und sich rächen kann. Aber dafür brauche ich Keeranath.«

»Deine Mutter?« Mir bleibt die Luft weg. Mit aller Kraft versuche ich, nicht auf sie loszugehen und ihr die Augen auszukratzen.

»Hat Keeranath das nicht erzählt? Das kommt wohl häufig vor. Warum? Bist du ihm vielleicht doch nicht so wichtig? Ist euer Band überhaupt so stark, wie du dachtest? Ich für meinen Teil weiß alles über ihn.« Sie schnalzt tadelnd mit der Zunge. »Ich bin Emzas Tochter, ja. Sie bekam mich mit dem Menschen, den Kalipar sie zu lieben verflucht hat.« Sie sieht an mir auf und ab. Mein Herz klopft so laut in meinen Ohren, dass ich kaum denken kann. »Und obwohl ich alles für sie getan hätte, sehnte sie sich doch immer nach ihrem verlorenen Kind. Deiner Vorfahrin, Saralakis.«

Ich lache. Hysterisch. Lache über diese Ironie. Alishan, sie und ich. Wir alle handeln nur so, wie wir es tun, weil unsere Mütter uns nie genug geliebt haben. Ich schließe meine Augen und suche in mir nach der Macht, die *sie* nicht beherrschen kann. Aber ich bin leer und machtlos.

»Emza wird nicht wiederkommen«, sage ich schließlich und öffne meine Lider wieder. »Leoán ist tot.«

»Tunis wiederzuerwecken ist nicht mein Ziel, Sari. Er kann gerne in Nachnyl bleiben. Und auch Arasá, die Hexe, muss nicht wiederkommen. Nur Emza und Kalipar. Sieh es so. Wenn sie eure Körper bewohnen, dann seid ihr wieder vereint. Und meine Mutter wird mich lieben, allein dafür, dass ich ihr Kalipar zurückgebracht habe.«

»Nachnyl«, flüstere ich und erstarre. Das Tor nach Nachnyl – das ist es, was Emza eingefroren hat. Sie hat verhindern wollen, dass die Götter nach ihrem Tod zurück auf die Erde kommen können, weil sie das Unheil sah, das sie über diese Welt gebracht hatten.

»Das ist es nicht, was deine Mutter will«, appelliere ich an sie und trete vor, will sie erreichen, aber ihre Miene verzieht sich grausam.

Sie hebt ihre Hand und schlägt mir ins Gesicht. »Sprich nicht über das, was meine Mutter will!«

Sie will erneut zuschlagen, dieses Mal hält Keeran sie jedoch auf. Sie zischt, als er ihr Handgelenk zu fest drückt.

»Fass sie nicht noch einmal an«, sagt er leise, rau und so verdammt bedrohlich.

Nalia lächelt. »Dann beenden wir das jetzt. Ich sehe, du stirbst lieber, als dieses Ding in Gefahr zu bringen.« Sie entreißt ihm ihre Hand und richtet sie auf mich.

Eis erfüllt meine Brust. Nein, mein Herz. Sie friert mein Herz ein. Ich stocke. Bekomme kaum Luft, während ich spüre, wie es immer langsamer wird und so kalt.

»Komm mit mir oder ihr Herz wird weiter gefrieren!«

»Du brauchst sie lebend«, raunt er kühl, aber ich spüre in jeder Faser seiner Seele, dass seine Zurückhaltung bröckelt.

»Ich brauche nur ihren Körper. Ein eingefrorenes Herz tötet sie nicht. Es macht sie nur bewegungslos. Und ich bin die Einzige außer ihr selbst, die es wieder … entfrieren kann. Also?«

Keeran hebt seine Hand und sammelt schwarzen Sand darin. »Lass sie los!«

Nalia lacht auf. »Du dummes Kind, Keeranath. Du weißt, welche Macht ich besitze!«

»Nicht mehr als wir!«, knurrt er.

Sie lacht erneut. »Mehr als du. Zumindest hier in Emza.«

Keerans Hände ballen sich zu Fäusten. Ich spüre Jeris und Medisas Seelen hinter mir. Die offensichtlich wieder Herr ihrer Sinne sind. Denn vor allem Medisas Geist richtet sich nicht mehr ausschließlich auf Jeri. Und auch bei ihm nehme ich nicht mehr diese lüsternen Gedanken wahr, die ich selbst auszublenden versucht habe.

Medisa stützt mich, während ich auf die Knie sinke, weil mein Herz weiter zufriert und immer langsamer wird. Es schreit danach, wieder schlagen zu dürfen.

»Nimm mich!«, krächze ich. Sie sieht auf mich hinab. »Lass ihn gehen und nimm mich. Ich übernehme seine Pflichten.«

»Sari!«, knurrt Keeran mich an.

Aber ich hebe meine Hand und balle sie vor ihren Augen zur Faust. »Ich gehe mit dir und helfe dir. Stelle sicher, dass du die Götter zurückholen kannst.«

Nalia starrt mich an. Dann blickt sie zu Keeran. Ihre Lippen beben. »Nein. Ich will ihn.«

Ich kämpfe gegen den Tod an, der näher rückt.

»Ich will *ihn.*«

»Du brauchst mich«, stoße ich mit all meiner Kraft hervor. Und blinzle. Warum wollte sie, dass Keeran mich tötet, wenn sie mich braucht, um Emza wiederzuerwecken?

»Ich habe es mir gerade anders überlegt«, sagt sie lachend. »Ich brauchte nur dein Blut, Süße. Und das habe ich bereits.«

»Was?«, frage ich und stürze nach vorne, fange mich aber mit meinem Arm ab.

»Ich finde es doch um einiges schöner, wenn meine Mutter nicht das da bewohnen muss.« Sie deutet an mir auf und ab. »Deshalb bekommt sie eben meinen Körper.«

»Was?« Ich fasse nicht, was sie da von sich gibt. Was hat das für einen Sinn? Denkt sie wirklich, dass Emza sie dadurch mehr liebt? Und was hat sie dann davon? Sie wird nicht mehr existieren.

»Du bist wahnsinnig«, presse ich heraus. Wieder lacht Nalia. Warum tut niemand etwas? Warum ist sie so mächtig? Sie ist keine echte Nachfahrin, weil dieses Erbe immer nur an die Erstgeborenen weitergegeben wird. Und doch bin ich die Einzige, die hier in Emza genug Macht hat, um sie aufzuhalten. Ich hebe meine Hand. Aber da ist nichts. Und dann verschwimmt meine Sicht, als mein Herz das letzte Mal schlägt. Ich will Luft holen, doch meine Lunge arbeitet nicht mehr. Ich krächze. Reiße an meiner Brust. Will mein Herz auftauen. Diese Macht habe ich jedoch nicht. Nicht jetzt, da mein Körper gegen Nalias Macht ankämpfen muss.

Keeran stürzt auf mich zu und starrt mich mit weit aufgerissenen Augen an.

»Mir wird langweilig, also verrate ich euch ein kleines Geheimnis«, sagt Nalia und geht langsam auf und ab. Wie ein Raubtier. »Ich habe etwas, das deine Meinung ändern wird.«

»Und was soll das sein?«, knurrt Keeran und streicht über meine kühle Brust.

»Ich habe Jarrusch.«

In mir tobt ein Krieg. Es ist, als würde nicht nur mein Herz, sondern mein gesamter Körper einfrieren. Nein. Sie muss lügen. Sie kann ihn nicht haben.

»Und ich werde ihn töten, wenn du nicht mitkommst.«

Nein. Das darf nicht wahr sein. Jarrusch wird bewacht und jetzt müsste auch Ferroe bei ihm sein.

Ich greife nach Keerans Hand, will etwas sagen, er allerdings wendet sich von mir ab. »Ich komme mit dir.«

Verdammt! Verzweiflung macht sich in mir breit, doch ich spüre sie kaum. Ich kann weder Keeran noch Jarrusch verlieren. Mein Herz beginnt ganz langsam wieder zu schlagen. Ich kämpfe gegen die Dunkelheit. Kämpfe gegen das, was jetzt passieren wird.

»Keeran, nein! Sie kann Jarrusch nicht haben«, flehe ich.

Er beugt sich noch einmal zu mir. »Ich liebe dich, Sari aus dem Hause Lakar.« Er küsst meine Stirn, und dann zergeht er in schwarzem Sand. Und mit seinem Verschwinden bricht mein Herz. Dunkelheit umhüllt mich.

Als ich meine Augen wieder öffne, ist da kein Verlangen mehr. Keine Versuchung. Über mir tropft der Höhlenstein. Ich sehe mich um. Begreife, was passiert ist, und kämpfe gegen den Schmerz in meiner Seele. Medisa und Jeri müssen mich aus diesem seltsamen Saal getragen haben. Jeri sitzt resigniert an einer Höhlenwand und starrt mich an. Aber etwas stimmt nicht. Nalia hat mein Herz nicht wieder ganz aufgetaut. Ich kann es spüren. Es schmerzt. Diese Hexe.

Medisa kniet neben mir und streicht mir eine Strähne aus dem Gesicht. »Es tut mir so leid, dass ich nichts machen konnte.«

Ich blinzle. Nicht in der Lage, zu reden oder eine echte Regung zu zeigen.

»Wir müssen zum Tor nach Nachnyl«, bringe ich schließlich mit gebrochener, heiserer Stimme hervor.

»Das ist ein Mythos, Sari«, flüstert Medisa einfühlsam.

Kopfschüttelnd sehe ich zu Jeri. »Das war es, was Emza damals eingefroren hat. Was ich vom Eis befreit habe. Die Quelle des Lebens ist gleichzeitig das Tor nach Nachnyl.«

»Aber dadurch hat sie sich und die anderen Götter doch unsterblich gemacht. Und … wie kommst du darauf?«

Ich schüttle erneut den Kopf. »Die Götter waren unsterblich. Doch durch das Einfrieren der Quelle hat sie es geschafft, dass sie diese Unsterblichkeit immer an ihr Erstgeborenes weitergeben. Und sie selbst sind nach dem Tod an Nachnyl gebunden. Emza hat sie dort eingesperrt. Nur das ergibt Sinn. Nachnyl ist das Leben nach dem Tod für die Götter, und die Quelle des Lebens ist die Barriere zwischen Leben und Tod. Sie entscheidet darüber. Also muss es das Tor sein.«

»Und was willst du tun?«, fragt Medisa und mustert meinen geschwächten Körper.

Bei dem, was ich nun sage, dreht sich mir der Magen um. »Alishan hat recht. Wir müssen verhindern, dass Nalia die Götter wiedererweckt.«

»Aber wie? Indem du das Tor erneut einfrierst? Sari, das kannst du nicht. Dafür hast du nicht genug Kraft«, mischt sich Jeri ein.

Ich schüttle wieder den Kopf. »Wir müssen sie töten.«

»Wen? Nalia?« Medisa sieht mich verständnislos an.

»Die Götter«, verkünde ich und blicke in zwei entsetzte Gesichter.

Ich verstehe jetzt, warum ich damals, bevor ich mein Königreich wiedererweckte, bei Emza war. Sie sagte, ich müsse selbst herausfinden, warum ich dort war. Und dass Leben nur zusammen mit dem Tod existiere. Ich muss die Götter töten, damit das Leben dieser Welt nicht endet.

Der Tod verlangt immer einen Preis. Aber auch das Leben. Ja, ihr Tod und dass sie trotzdem noch leben, kostet diese Welt alles.

»Du willst vier irgendwie tote und gleichzeitig lebendige, übermächtige Götter in ihrem Herrschaftsgebiet töten?«, fragt Jeri ungläubig.

»Ja«, flüstere ich und begreife endlich, warum ich in Verbindung mit dem Tod stehe. Warum er mir so oft begegnet ist. Warum Tunis selbst mit mir gesprochen hat.

»Die Macht des Todes ist nicht grausam. Sie ist nicht kalt und nicht unbarmherzig. Sie ist der Schatten zum Licht. Das Gegenstück, das jegliches Leben erst lebendig macht. Denn was wäre Leben ohne den Tod oder Licht ohne Dunkelheit? Der Tod verlangt immer einen Preis. Aber auch das Leben«, zitiere ich die Hamza.

»Tunis und Emza sind verbunden, so wie es Arasá und Kalipar sind. Der Tod und das Leben. Die Dunkelheit und das Licht.« Ich atme schwer gegen meinen flachen Herzschlag an.

Tunis hat Emza nie auf die Art geliebt. Tunis ist Emzas Bruder. Und Kalipar der von Arasá. Und doch hat Arasá ihn in ihr Bett gelockt, um Emza daran zu hindern, den Krieg der Völker auszulösen. *Götter!*

Ich schüttle angewidert den Kopf. Emza war nicht nur wegen des Verrats derart geschockt. Sie sah das Unheil, das Arasá heraufbeschwor, und wie weit sie zu gehen bereit war.

»Tunis ist der Zwillingsbruder von Emza«, sage ich und sehe in Jeris irritierte Augen.

»Wie kommst du darauf?«

»Weil Leben nur zusammen mit Tod existiert und andersrum.«

»Deshalb sind sie sofort Geschwister?«, fragt Medisa ungläubig.

Ich atme schwer. »Medisa, du kennst die Regeln unseres Lebens. Und warum meine Marra ein weiteres Kind bekommen musste, auch wenn wir keine Zwillinge waren. Gaben, die voneinander abhängig sind, müssen vom selben Blut sein.«

»Das heißt dann aber auch, dass Kalipar und Arasá …« Jeri verzieht den Mund, hebt jedoch kurz darauf die Schultern. »Götter und ihr Inzest.«

»Unglaublich«, entgegnet Medisa und schüttelt den Kopf. »Und was heißt das jetzt?«

»Das bedeutet, dass Keeran sterben wird, wenn diese Irre Kalipar zurückholt. Er nimmt seinen Körper und wird seinen Geist verdrängen. Töten.«

»Wir sollten diese Höhle verlassen, bevor das hier noch ausartet«, sagt Medisa und sieht sich um, bevor wir uns erheben und stundenlang durch die *ice montar* wandern, bis wir auf der anderen Seite der Eisberge in meinem Königreich ankommen. Damals noch von Eis besetzt, liegt nun ein grüner, blühender Boden vor uns.

»Laut den Sagen muss man zur *isl te baric*, um nach Nachnyl zu kommen«, ertönt plötzlich Medisas Stimme.

Ich blicke meine Gefährten an. Diese Prüfung können sie nicht mit mir absolvieren. Nicht einmal Jeri. Ich bin die einzige Götternachfahrin, die übrig ist. Doch ich weiß, dass sie bis zu diesem Zeitpunkt an meiner Seite bleiben werden.

»Na, dann los«, sage ich also und gehe vor.

Wir müssen zweimal Rast machen und ich sehe dabei zu, wie die Sonne unter- und aufgeht. Mein Herz ist so schwer, dass ich kaum atmen kann. Nicht nur, weil noch ein Teil von ihm gefroren ist, sondern auch aus Sorge um Keeran.

Immer wieder lege ich meine Hand auf meine Brust und versuche das Herz aufzutauen. Aber es gelingt mir nicht.

Als wir erneut Rast machen, beobachte ich am Feuer Jeri, der den Hasen, den er gejagt hat, brät.

»Wo hat sie ihn hingebracht?«, frage ich Medisa, als sie sich mit einem Kaninchenschenkel zu mir setzt. Ich lehne ab und stopfe mir ein paar Beeren in den Mund.

»Ich weiß es nicht. Doch er ist stark.«

»War er das auch, als der Monarch ihm alles nahm?«

»Er hat sich dennoch erinnert, Sari. Er schafft das.«

»Was, wenn wir das Falsche machen? Was, wenn nichts von dem, was ich in das alles hineininterpretiert habe, stimmt?«

Medisa zuckt mit den Schultern. »Leitet dein Mal dich nicht mehr?«

Ich sehe zu Boden und presse die Lippen aufeinander. »Nicht, seit Leoán gestorben ist. Du kennst die Regeln, niemand der Teilnehmenden darf beim Herrscher Run sterben.«

Medisa seufzt. »Das heißt, dass eure Herrschaft verspielt ist.«

»Ich wollte sie nie«, entgegne ich und denke an einen Traum, den ich neben all den Albträumen manchmal hatte. Zusammen mit ihnen, Keeran und Jarrusch irgendwo in Frieden zu leben.

»Ich denke nicht, dass du dich irrst«, raunt sie und schenkt mir damit so viel Vertrauen, dass ich wieder daran glaube.

»Und doch kann ich sie nicht alle vier töten, Medisa.« Meine Stimme bricht. Ehrlich gesagt *will* ich sie nicht einmal töten. Vor allem Emza und Tunis nicht. Sie haben mir Güte entgegengebracht. »Ich konnte nicht einmal gegen Nalia bestehen.«

»Sie war im Vorteil, Sari. Und sie ist Emzas Tochter«, zischt Medisa.

Ein vertrautes Gefühl umfängt mich, als ich an das vermeintliche Lager der Rebellen denke, in dem wir auch so dagesessen haben.

»Aber warum will sie ihren eigenen Körper hergeben, damit Emza leben kann?«

Medisa lacht leise. »Weil sie sie liebt und schon immer nur eines wollte: mütterliche Anerkennung. Sie denkt, dass sie die damit bekommt.«

Ich schließe kurz meine Lider und denke an die Erinnerung, die Keeran mir von ihr gezeigt hat. Und an den Blick, den sie ihm in der Höhle der Versuchung zugeworfen hat. »Ich denke, dass sie Keeran auf ihre kranke Art liebt.«

Jeri und Medisa sehen mich verwirrt an. »Sie haben eine Vergangenheit. Und Keeran hat sie geliebt. Nicht so, wie man lieben sollte. Aber er dachte es eine Weile lang.«

»Und was soll das heißen? Dass sie vielleicht einen Rückzieher macht? So hat sie nicht gewirkt«, entgegnet Medisa.

Ich verenge meinen Blick, als vor mir eine Stelle aus der Hamza auftaucht.

»Hamza, Passus I Kalipar, Vers 374«, zitiere ich und stehe auf. Gehe den Vers über die Schattenbringer durch.

»Kalipar schenkte ihnen drei Krüge, aus denen sie erst trinken durften, kurz bevor sie starben.«

»Wir kennen diese Stelle«, sagt Jeri irritiert.

»Ja, aber was bewirken sie? Was bewirken die Kelche?«

Er hebt die Schultern. »Das weiß niemand.«

Ich fahre mir durch mein Gesicht und lausche dem nicht mehr allzu weit entfernten Meer.

»Und warum waren es drei Kelche?«

»Sari, dein Rätselraten zerstört meinen Kopf und das Bild von mir, dass ich intelligent bin«, höre ich Reds Stimme in mir, als wäre er wirklich hier. Ich verkneife mir ein Lächeln.

Mein Blick landet auf Jeri und wieder erinnert mich diese Szene an damals im Lager. Nur dass es da nicht Jeri, sondern sein Bruder war. Ich lege den Kopf schief.

»Der Monarch arbeitet nicht mit den Tunis zusammen.«

»Nein, weil er eine königlich-göttliche Linie erschaffen will. Zuerst soll Jeri hier dich schwängern. Und Keeran anschließend dein Kind.« Medisa verzieht den Mund.

»Aber warum? Und warum dann das Spiel mit Naras und Jeri?« Jeri sieht mich nachdenklich an.

»Stimmt eigentlich. Auch dieser Sohn kämpft nicht gerade um die Herrschaft.« Medisa sieht zu Jeri.

»Ich will die Herrschaft nicht.«

»Warum bist du dann hier?«, fragt Medisa mit mörderischer Stimme.

»Um Sari zu beschützen.«

»Und das lässt der Monarch einfach so zu?« Medisa lacht.

»Vielleicht ist es Marruk wichtig, dass ich lebe. Er braucht mich schließlich noch«, mutmaßt Jeri.

»Aber er ist doch schlau genug, um zu wissen, dass auch er dem Tod geweiht ist, sollten wir die Völker nicht vereinen«, sage ich nachdenklich.

»Wer behauptet das?«, fragt Medisa und schaut zu mir hoch.

»Das Lied. Und Keeran hat es gesehen.« Ich atme schwer, weil es etwas ist, das ich in seiner Seele gelesen habe.

Ich versuche nachzudenken. Wenn die Geschichte stimmt, dass sie ein Element vergessen haben, als sie die Königreiche erschufen, und die Vorzeitbringerin das wieder hingebogen hat. Und wir diesen Run nicht machen müssen, weil wir uns diese Elemente aneignen müssen. Wie hat die Welt dann all die Jahrhunderte ohne eine weitere Vorzeitbringerin überlebt? Wie ist es möglich, dass erst Jahrtausende nach den Göttern der nächste Herrscher Run stattfindet? Das ergibt alles keinen Sinn. Wie ein unlösbares Rätsel. Verstrickt, und doch wirkt die Lösung so einfach, aber nicht fassbar. Nicht für mich.

»Die Götter haben ein Element vergessen«, sage ich mehr zu mir selbst und laufe auf und ab. »Die Königin der Alben schenkte ihnen das Element der unerschöpflichen Liebe. Aber eigentlich nutzten die Götter es nur als Ablenkung, um an die Vorzeitbringerin zu kommen.«

Die anderen sehen mich nur an. Als wollten sie mich nicht unterbrechen. Mein Kopf brummt und schmerzt.

»Die Vorzeitbringerin brachte den Königreichen die Natur, ohne die kein Land leben kann. Kein Mensch«, rede ich weiter.

»Emza gefror ihr Land zuvor zu Eis und machte damit die Nachfahren der Götter unsterblich, bis sie neues Leben in die Welt setzen würden. Auf diese Weise wurden die Götter und sie selbst sterblich.« Ich schließe meine Augen. »Der Erste, der starb, war Tunis.« Die Erkenntnis, dass auch Leoán als Erster gestorben ist, schnürt mir die Kehle zu.

»Als Zweites starb Kalipar und schließlich kämpften Emza und Arasá auf Leben und Tod.« Ich nicke, als ich begreife, was Alishans Plan ist. Und der Marruk Karis, mit dem sie zusammenarbeitet. Sie wollen die göttliche Linie vernichten. Deshalb ist Jeri hier und soll um den Thron kämpfen. Wären wir tot, wäre er der legitime Herrscher.

Aber warum hat Marruk Keeran dann damals im Kerker gesagt, er wolle unser Erbe mit seinem mischen? Wie passt das zusammen, wenn er jetzt die letzten Nachfahren ausrotten will?

Natürlich. Damals waren wir noch unsterblich. Und dann habe ich Emza erweckt und ihm die Möglichkeit geboten, die Götterlinie zu vernichten. Und seinen echten Sohn zum Herrscher zu machen. Ich habe Marruk Karis immer in die Karten gespielt. Dennoch bleibt die Frage, wie er den Krieg der Völker verhindern will. Nein. Diese Frage stellt sich nicht mehr. Denn gerade steht Reds Bruder vor den Toren des Wüstenvolks, um die Urmenschen zu vernichten. Ich stocke.

»Sie wollen die Völker ausrotten, bevor überhaupt ein Krieg beginnt.«

»Wer?«, fragt Jeri und legt den Kopf schief. »Ich dachte, diese Tunis-Sekte und Marruk und Alishan kämpfen auf unterschiedlichen Seiten.«

»Nein«, sage ich und lache auf. »Das haben sie uns nur vorgespielt.« Ich verkrampfe meinen Kiefer. Hätte ich nicht meine Erinnerungen verloren, hätte ich meine Gabe besser einzusetzen gewusst. Ich hätte ihre wahren Absichten in ihren Seelen spüren müssen. Aber gerade bei dem Fest im *res towe* haben so viele Seelen geschrien. Es herrschte so großer Tumult. Wie hätte ich da diesen Plan aufdecken sollen?

»Was?«, fragt Medisa irritiert, erhebt sich und legt mir eine Hand auf die Schulter. »Wie kommst du darauf? Alishan hat Leoán getötet, um zu verhindern, dass die Tunis die Götter zurückholen.«

»Nein«, flüstere ich und atme dann tief durch. »Leoán war der Einzige von uns, der nicht zurückversetzt wurde. Er war der Einzige, der sich erinnerte«, sage ich mit gebrochener Stimme. »Weil er damals in dieser Kapelle nicht zurückversetzt wurde, sondern Tunis erweckt wurde.«

»Was?«, stößt Medisa hervor und schüttelt den Kopf.

»Leoán soll Tunis gewesen sein? Nein. Er war eindeutig er selbst.«

»Nicht nur.« Ich stocke, weil ich es hätte erkennen müssen. Ich habe mit Tunis gesprochen und mit Leoán viel Zeit verbracht. Und doch ist mir entgangen, dass in meinem Freund auch Tunis lebte. Schmerz flackert in meiner Brust auf. »Tunis ist tot«, sage ich tonlos und beginne zu lachen.

»Dieser Herrscher Run ist ein Witz. Er ist nicht echt«, entfährt es mir. »Diese Verschwörer wollten nur unser Blut, um die Götter und uns gleich mit zu töten. Und all die Völker, bis auf die Menschen. Nalia hat ihre eigenen Pläne. Wahrscheinlich haben sie dafür sogar die Hamza gefälscht. Keiner von uns kennt die Passagen wirklich. Wer weiß, ob diese Prüfungen nicht auch nur ein Spiel waren.«

»Bist du dir sicher?«, erkundigt sich Jeri und sieht mich durchdringend an.

Ich nicke. »Ich habe es gespürt, als ich bei Tunis war.«

»Warum hast du nichts gesagt?«, fragt Medisa aufgebracht.

»Weil ich es erst jetzt wirklich begreife. Tunis fragte mich, warum ich nicht Aradas gerufen habe, so wie es auch Leoán mir zugeschrien hat. Tunis ist aus Leoáns Körper hinabgestiegen, um mir zu helfen.«

»Du willst uns wirklich mitteilen, dass die Linie des Tunis komplett zerstört wurde?«, will Jeri ruhig wissen.

»Ich denke schon.«

»Was geschieht dann mit der Unterwelt?«, fragt Medisa. »Wer beschützt sie? Wer verhindert, dass die Toten zurückkommen?«

Ich sehe sie ratlos an. Schmerz flammt in meiner Brust. Und ich weiß, dass er von der Erkenntnis über Tunis' Tod ausgelöst wird. Wie also soll ich die anderen Götter töten? Wie soll ich Emza töten? Muss ich das überhaupt? Das alles basiert nur auf meinen Ideen von dem, was sein könnte. Was, wenn ich die Welten zerstöre, statt sie zu retten?

Ich atme tief ein, um mich zu konzentrieren. »Sollten sie das Wüstenvolk angreifen, werden sie das auch den Alben und den Mutanten antun«, sage ich dann sicher. »Jemand muss zu den Alben.« Mein Blick wandert zum Meer, wo ich die Insel der Eisbarbaren erkenne. Jarrusch hat mir viel davon erzählt, weil dort vor allem Mutanten Zuflucht fanden. »Und wir werden die Mutanten auf dieser Insel beschützen.«

»Und was ist mit Keeran und Alishan?«, fragt Jeri.

Ich sehe ihn an. Spüre plötzlich die Wahrheit meiner eigenen Worte. Nach Tunis wird Kalipar sterben. Also Keeran.

Ich hole Luft. »Ich werde nicht zulassen, dass er stirbt.« Mit diesen Worten suche ich nach der Macht in mir. Ich sammle sie. Nehme alles, was ich habe, und bücke mich zum Boden. Entschlossen lasse ich zu, dass mein Herz komplett zufriert, so wie einst das der Emza, bevor sie ihr Land in Eis verwandelte. Und genau das tue ich. Macht strömt durch mich hindurch und sickert in den lebendigen Boden. Ich unterdrücke die Kraft des Lebens und ersetze sie mit Eis. Bis meine Macht sich rasend schnell ausdehnt und um uns herum alles zu Eis wird. Mein ganzes Land. Jeri hatte unrecht. Ich habe genug Macht hierfür. Weil es der einzige Weg ist, Nachnyl zu zerstören und das Gleichgewicht wiederherzustellen. Die Götter zu töten, bevor sie in Keerans und Nalias Körper fahren können. Und als ich in mir die Unsterblichkeit spüre, stoppe ich mich. Die Insel der Eisbarbaren liegt verschont vor uns. Dort befindet sich also nicht die Quelle des Lebens. Aber trotzdem könnte da ein anderes Tor nach Nachnyl sein, wenn ich mich nicht irre.

KAPITEL 21

KEERAN

»Was wollen wir hier?«, frage ich und mustere die alten, verzierten Wände. Ich erkenne die Kapelle von Kassarim sofort. Sie befindet sich in der Nähe von Kalipars Hauptstadt Salava. Einst wurde ich hierhergeführt, um mein Geschenk von Kalipar entgegenzunehmen. Jeder Shadbrig erhält bei seiner Ernennung drei Krüge, aus denen er trinken soll, kurz bevor das Leben endet. Es war das einzige Mal, dass ich meinen Vater sah. Aber er wusste nicht, wer ich war. Er dachte, ich wäre nur ein gewöhnlicher Shadbrig.

»Ich hätte nicht gedacht, du würdest mir so schnell glauben, dass ich dieses Mutantenvieh in meiner Gewalt habe. Als wäre er es wert, entführt zu werden. Nun zu deiner Frage … Wir werden sterben, Keeranath, und deshalb sind wir hier.«

Ich ignoriere ihre Worte über Jarrusch und lächle. Überheblich und auch ein wenig lasziv. Es wirkt, so wie es bei ihr immer gewirkt hat. So gefühllos sie ist, ihr kaltes Herz hat etwas für mich übrig. Und nun weiß ich, dass Jarrusch in Sicherheit ist.

»Du wirkst sorgenfrei.«

Ich hebe nur meine Brauen.

»Dabei bist du doch von deiner geliebten Sari getrennt, und bald wird sie die einzige Nachfahrin sein. Wir wissen beide, dass sie das nicht überleben kann.«

»Du weißt nicht im Geringsten, was Sari alles überleben kann.«

»Du hast recht. Das ist bewundernswert. Aber zumeist dein Verdienst, Keeranath. Wie oft hast du ihr das Leben gerettet?«

»So oft es vonnöten war«, entgegne ich kühl.

Sie zuckt mit den Schultern. »Wie auch immer. Folge mir.«

Sie führt mich hinab in die Krypta, bis hin zu meinem Altar. Jeder Shadbrig besitzt eine kleine Einkerbung im Stein, in dem die drei Kelche stehen und auf unseren Tod warten.

»Trink!«, befiehlt sie.

Ich sehe sie nachdenklich an. »Das darf ich erst, wenn ich sterbe, Nalia.«

Sie verengt ihren Blick, dann hebt sie ungerührt ihre Hand und fährt durch die Luft. Für einen Moment blitzt Leoán vor meinem inneren Auge auf. Sari, die ihre Hände gegen seinen Hals presst. Im selben Moment spüre ich, wie sich eine Wunde an meinem Hals bildet. Reflexartig fasse ich an meine Kehle, als mich der Schmerz durchzuckt, und beginne zu gurgeln.

»Trink!«

Ich spüre meine eigenen Heilkräfte, die gegen diese tödliche Wunde ankämpfen, und nehme einen der Kelche. »*No victori wia sacrife*«, spreche ich dann den Leitspruch meines Königreiches. Kein Sieg ohne Opfer.

Die schwarze Flüssigkeit fließt meine Kehle hinab und lässt mich taumeln. Sie verschließt meine Wunde. Oder ist es eine andere Kraft? Niemand weiß, was diese Kelche bewirken.

Mein Bewusstsein erweitert sich. Als könnte ich plötzlich jede Aura in diesem Raum wahrnehmen.

»Und?«, fragt Nalia gelangweilt, weil nichts passiert.

»Was ist dein Plan, Nalia?«

»Du kennst meinen Plan.«

»Und warum willst du mich dann umbringen? Tot ist dieser Körper mit Sicherheit nicht für meinen Vater geeignet. Und mein Leben ist an deines gebunden. Sollte ich sterben, stirbst du mit mir.«

»Du stirbst nicht. Nicht jetzt.«

Ich zögere, nehme dann aber den zweiten Kelch. Mein Instinkt als Shadbrig sagt mir, in welcher Reihenfolge ich sie trinken muss.

Wenn ich überhaupt eine Chance habe, dann nur, wenn diese Kelche mir helfen. Obwohl ich meinem Vater nur ein einziges Mal begegnet bin, kenne ich ihn gut genug, um zu wissen, dass diese Kelche, die Kalipar jedem Shadbrig bei seiner Ernennung schenkt, mehr können, als nur meine Wunde zu heilen.

Ich setze den zweiten an und trinke. Nalia steht nur ein Stück von mir entfernt und mustert mich mit Argusaugen. Mein Herz schlägt laut und mit Druck gegen meine Brust. Meine Sicht verschwimmt und ich sehe schwarzen Sand vor meinen Augen. Und dann ergreift mich ein anderes Gefühl. Ein Gefühl, das meist da war und zwischenzeitig verschwunden. Als hätte sich mein Blut verändert. Als wäre ich wieder unsterblich. Und in diesem Moment weiß ich, dass nicht dieser Kelch meine Unsterblichkeit ausgelöst hat, sondern Sari. Sie hat Emza erneut eingefroren, um mich zu schützen.

Ich zögere, starre auf den dritten Kelch. Was passiert, wenn ich auch ihn trinke, obwohl ich nicht sterben werde?

»Trink!«, knurrt Nalia.

Ich kann ihr nicht sagen, dass ich nicht sterben werde. Das würde meinen Vorteil zunichtemachen, also nehme ich den Kelch und trinke.

Ich warte – doch nichts passiert.

»Und jetzt?«, frage ich. »Es ist nichts passiert.«

»O doch, Keeranath«, haucht sie und ihre Augen beginnen zu glänzen.

Aber ich begreife nicht, was sie meint. Ich fühle mich nicht anders. Ich spüre rein gar nichts.

»Du bist zu blind dafür«, sagt sie und streicht mir über die Wange. Ich wehre ihre Finger nicht ab, und das ist das erste Seltsame, was ich wahrnehme.

»Willst du wissen, warum Kalipar seinen Shadbrigs diese Krüge schenkte?«

Ich verenge meinen Blick und sie grinst überlegen. »Er wollte ihre Macht, bevor sie sterben.«

»Ihre Macht?« Ich sehe hinab auf meinen Arm. Meine schwarzen Adern sind noch auf meinem Körper zu erkennen. Er hat mir nichts von meiner Macht genommen.

»Nicht diese, Dummerchen. Die des Shadbrigs.«

Ich runzle die Stirn, dann nehme ich mein Oberteil und ziehe es hinab. Der Wolf auf meiner Brust ist verschwunden.

»Und weiter«?, frage ich kühl. Diese Gabe hat mir nie etwas bedeutet. Viel eher war sie mein Untergang.

»Die Gabe des Shadbrigs beherbergt«, sie tippt mir auf die Nase, »Erinnerungen. All die Erinnerungen, die du gesammelt hast, während du Gaben nanntest.«

»Es sind nicht meine. Also brauche ich sie nicht«, sage ich gelassen. Schon immer habe ich die Erinnerungen derer, denen ich Gaben gegeben habe, irgendwo in die tiefste Ecke meines Verstands geschoben. Ich habe nicht darüber nachgedacht. Sie gehörten nie mir.

»Richtig. Du bist ja auch ein echter Held.« Sie lacht. »Aber denk nur daran, was gewisse Menschen mit all diesen dunklen, schrecklichen Erinnerungen tun könnten.«

Sie grinst und blickt zu einem großen Altar am Ende des Ganges. Die drei Krüge, die darauf stehen, beginnen zu glühen. Ihre Augen bekommen einen wahnsinnigen Ausdruck.

»Einen Krieg auslösen.«

»Was?« Ich stocke.

»Wir haben nur auf deine Erinnerungen gewartet. Du hast sehr viele genommen.« Meine Lider zucken, und dann sehe ich Marruk Karis in die Krypta kommen. Ein Grinsen auf seinem Gesicht.

»Und den Rest hat er.«

»Keeranath«, stellt der Monarch fest, stört sich jedoch nicht an mir. Stattdessen geht er zu dem großen Altar und hebt einen Kelch. Ich will ihn aufhalten. Aber genauso wenig, wie ich Nalias Berührungen verhindern konnte, kann ich mich rühren. Was soll das? Ich suche in mir nach meiner Macht.

»Bemüh dich nicht. Hier unten kannst du deine Gaben nicht nutzen«, sagt Nalia beiläufig.

»Marruk!«, appelliere ich in letzter Hoffnung an den Monarchen. Ich kann nicht glauben, dass ich es bin, die den Krieg der Völker auslöst. Dass sie all die schrecklichen Erinnerungen nutzen, während sie wahrscheinlich eigentlich hier unten aufgehoben werden sollten. Ja, ich bin mir sicher, dass Kalipar diese Krüge deshalb erschaffen hat. Um all das Schlechte in Sicherheit aufzubewahren.

»Nalia hat dich immer nur benutzt. Sie wollte, dass ich dich töte!«

Marruk winkt ab, als hätte das alles keine Bedeutung für ihn. »Wir sind uns einig geworden«, erklärt er und hebt den zweiten Kelch.

»Das sind giftige, schreckliche Erinnerungen. Und sie gehören nicht uns!«, knurre ich.

»Deshalb gebe ich sie ja ab.«

»Marruk!«, zische ich wieder, doch da nimmt er den letzten Kelch und trinkt ihn aus. Die Kapelle von Kassarim erbebt. Sie lädt sich auf, so wie ich, wenn ich nach meiner Macht suche. Ich falle zu Boden und stütze meine Hände zwischen den Rissen ab.

»Was passiert hier?«

»Wir geben ihnen die Erinnerungen.«

»Wem?«, frage ich und sehe mich um.

»Allen, Keeranath. Allen Völkern! Die Menschen sind überlegen. Sie sind das mächtigste Volk. Also werden all die widerlichen Gestalten getötet. Von den Menschen oder den anderen Völkern. Und nur die wahren Bewohner dieser Erde bleiben zurück. Die Menschen.«

Ich weite meine Augen. Das kann Kalipar nicht gewollt haben. Er war vielleicht der Herrscher des Kampfes. Aber er hat Emza geliebt und er wollte niemals, dass all die schlechten Erinnerungen verteilt werden und Völker einen mordlustigen Krieg führen.

Eine Hand legt sich auf meine Schulter. Ich sehe mich um. Und da steht er. Mein Vater. Kalipar. Trauer spiegelt sich in seinen Augen.

»Töte mich, Junge.«

»Was?« Ich weiß nicht, was ich erwartet habe zu hören, wenn ich ihn eines Tages treffe und er weiß, wer ich bin. Aber sicher nicht diese Worte. Er zieht mich zu sich hoch und blickt mich ernst an.

»Sie wird dein Blut nutzen, um mich zurückzuholen. Keiner kann sie aufhalten. Tunis ist bereits tot.«

Ich atme tief durch. Bin plötzlich der kleine Junge, der sich doch immer nach seinem Vater gesehnt hat.

»Wenn sie mich in deinen unsterblichen Körper holt, dann kann ich nicht mehr sterben und diese Welt wird untergehen.«

»Ich kann nicht«, sage ich mit einem Blick auf Nalia und Marruk, die uns nicht zu hören scheinen.

»Du musst. Wir haben einen Fehler gemacht. Arasá hat uns hintergangen und Emza hat versucht ihre Fehler wiedergutzumachen. Aber das Leben muss endlich sein. Wir müssen sterben.«

»Ich …«

»Ich beobachte dich schon so lange. Ich habe immer ein Auge auf dich gehabt, mein Junge. Du hast das Richtige getan. Du hast es besser gemacht als ich. Also mach auch jetzt das Richtige.«

Ich schlucke schwer. Das hier habe ich mir anders vorgestellt. Ich dachte, Kalipar, mein Vater, würde um sein Leben kämpfen. Ich dachte, es wäre ein Kampf auf Leben und Tod.

Nalia kippt unterdessen eine Flüssigkeit in den Kelch und mein Verstand zerrt an mir.

»Tu es jetzt!« Er legt mir eine schwarze Klinge in die Hand. Das Schwert des Kalipar. Sein Schwert. Geschmiedet aus schwarzem Turmalin.

»Ich bin stolz auf dich«, raunt er und nickt mir zu.

Ich ergreife das Schwert. Fragen über Fragen bilden sich in meinem Kopf. Aber da ist nur eine, die ich wirklich stellen muss, bevor ich ihn töte.

»Hast du nach mir gesucht?«

Er legt den Kopf schief, als hätte er ausgerechnet diese Frage nicht erwartet.

»Nein, mein Junge. Ich wusste, dass es so sicherer für dich ist.«

Ich blicke zu Boden.

»Los!«, fordert er, als mein Bewusstsein erneut verschwimmt.

Und dann steche ich zu. Ich sehe ihm direkt in die Augen und ja, ich erkenne Stolz und Vaterliebe darin. Und durch meinen Stoß verschwindet sie aus seinem Blick. Und wird nie zurückkehren.

Nalia wird von der Macht, die aus Kalipars Körper strömt, zurückgeworfen. Ich kann mich wieder bewegen. Der Monarch schreit sie an und die Kapelle bebt. Kalipars Macht, die Macht meines Vaters, strömt in das Gemäuer und zerreißt es.

»Was habt ihr getan?« Es ist Alishans Stimme. Aber ich habe keine Zeit, darüber nachzudenken. Sie ist zu spät.

Alishan geht auf Marruk los, während Nalia versucht, sich aufzurichten, und ich nutze die Gelegenheit, um zu fliehen. Renne die Treppe hinauf, raus in die schwarze Wüste, wo meine Kräfte nicht geschwächt sind.

Und dann erkenne ich Feuer. Salava brennt. Ich weite meine Augen, als ich meiner eigenen Hauptstadt aus der Ferne dabei zusehe, wie sie zu Asche zergeht. Und hinter mir stürzt die Kapelle von Kassarim ein. Begräbt alle unter sich, die noch darin waren. Ich hoffe, dass sie es nicht herausgeschafft haben. Zumindest Nalia und Marruk. Denn Alishan entstammt ebenfalls der Linie der Erstgeborenen und ist somit wieder unsterblich. Aber darum werde ich mich ein anderes Mal kümmern müssen.

Schreie ziehen meine Aufmerksamkeit auf sich. Pferde. Ich drehe mich um. Hinter mir reiten vermummte Gestalten auf mich zu.

Der Krieg hat begonnen.

Ich schließe meine Lider und sammle meine Kraft. Ich hasse es, das zu tun. Aber es gibt keine andere Wahl, also befehlige ich den schwarzen Sand, bis er mich umhüllt und zu Flügeln an meinem Rücken wird. Tunis ist tot. Kalipar ist tot. Und die Nächste wird Emza sein im Kampf mit Arasá. Ich muss Sari retten. Ihr Schicksal darf sich nicht wiederholen.

Als ich meine Augen wieder öffne, sehe ich ihr blaues Licht. Es strahlt vom Firmament bis hierher. In die Wüste aus schwarzem Sand. Wie das Lied der Alben es prophezeite. *Der Dämon war gekommen und nahm sie mit zu sich. Vier Völker sind gespalten und finden nicht zurück.*

Doch wir müssen einen Weg finden. Einen Weg hier raus. Raus aus den dunklen Erinnerungen und diesem Krieg.

KAPITEL 22

Hamza, Passus I Kalipar, Vers 767

Ohrenbetäubend. Grausam. Schmerzhaft. So zerbarst Kalipars Seele, als er begriff, dass er Emza auch jetzt noch liebte. Und dass sie verschwunden war. Für immer.

Auch er würde sterben. Wandeln auf dieser Erde und zusehen, wie seine Nachfahren dieselben Fehler begingen wie er. Er würde zusehen müssen, wie all das Böse, das er vor der Welt verstecken wollte, freigelassen würde. Er würde nichts tun können. Und Emza nie wiedersehen.

Mein Eis erhellt alles um uns herum. Das Meer, das vor uns liegt, schwappt gegen die blauen Felsen und tost. Weit in der Ferne erkenne ich die Insel der Eisbarbaren.

»Aradas!«, schreie ich. Dieses Mal nicht nur in meinem Geist. Es dauert ein wenig, aber dann erscheint er. Zusammen mit anderen Greifen, auf die Medisa und Jeri steigen und mit mir über das Meer fliegen. Doch am Horizont wabert rotes Licht, umgeben von Rauch.

Als wir die Insel erreichen, traue ich meinen Augen kaum. Alles brennt. Was ist passiert?

Wir landen nah am Meer im Sand und ich springe hinunter. Menschen schreien und rennen weg. Andere bekämpfen sich. Und dann bemerke ich, wer sich bekämpft. Die menschlich Aussehenden und die Mutanten.

»Was tut ihr da?!«, schreie ich zwei an, die dabei sind, sich die Augen auszukratzen, und treibe sie auseinander.

Und als sie mich erblicken, mein albisches Äußeres, ist ihr Kampf vergessen und sie zücken ihre Waffen.

Einem Instinkt folgend weiche ich zurück, doch dann fange ich mich, sammle meine Gabe und schieße ihnen Eis entgegen, was sie in die Knie zwingt und bewusstlos werden lässt.

»Was ist hier los?«, frage ich an die anderen gerichtet.

Medisa sieht nur zum Himmel. Ich folge ihrem Blick. Blaues Licht, so grell, dass es mich beinahe blendet.

»Es war eine Prophezeiung«, stottert sie, was so gar nicht zu ihr passt. Immer wieder spannt sie ihren Körper an und schließt ihre Augen. »Das ist das Licht des blauen Eises, das am Firmament kämpft. Und die Völker. Sie sind gespalten, Sari. Mehr noch als zuvor. Auch ich kann es spüren. Ich muss mich mit aller Kraft davon abhalten, dich …« Sie wirft mir einen mordlustigen Blick zu.

»Mich zu töten, weil ich eine Albin bin?«

Sie nickt mit zuckenden Gesichtsmuskeln. »Es fühlt sich an, als würde ich mich daran erinnern, dass ihr Alben meine Familie getötet hat. Aber das ist nicht real.«

Fassungslos schaue ich mich um. Ja, das ist es, was hier passiert. Die Bewohner der Insel bekriegen diejenigen, die nicht zu ihrem eigenen Volk gehören. Dabei werden sie hier noch vor ein paar Minuten in Frieden zusammengelebt haben.

Ich erstarre. Alles in mir erstarrt. War ich das? Ein Gefühl in mir sagt mir, dass es nicht so ist. Und doch handeln wir genauso, wie es prophezeit wurde. Ich habe Emza wieder eingefroren und damit mein Licht zum Leben erweckt.

Was tun wir jetzt? Ich schüttle den Kopf. Ich muss nach Nachnyl.

Vor dem Zeitalter der Götter haben die Völker in Frieden gelebt. Ich muss sie töten.

Ich nicke mir selbst zu und suche den Himmel ab, als wäre da irgendwo ein Wegschild Richtung Nachnyl. Die Verzweiflung benebelt ganz offensichtlich meinen Verstand.

»Wie komme ich nach Nachnyl?«, frage ich Jeri.

Er verengt seinen Blick. »Warum fragst du mich das?«

»Weil du nicht ohne Grund hier bist. Es muss so sein.«

Er atmet schwer, dann kommt er auf mich zu und legt seine Stirn an meine. »Nach Nachnyl kann nur ein Gott, der stirbt.«

»Ich kann nicht sterben, Jeri.« Ich blicke zum Festland. Nach Emza. Ich habe nicht die Kraft, es aufzutauen. Und ich bin viel zu weit weg.

Jeri zieht eine blaue Klinge hervor. Meine Augen weiten sich. Und obwohl ich begreife, dass es der Dolch der Emza ist, weiche ich nicht zurück.

»Woher hast du den?« Meine Stimme bebt.

»Mein Varra gab ihn mir, um dich zu töten.«

Ich nicke mit einem bitteren Lachen. »Aber du hattest nie vor, mich zu töten, nicht wahr?«

Er nickt.

»Du weißt mehr, als du zugegeben hast. Du kennst mich genau.«

Wieder nickt er. Er hat sich also nicht nur an der Erinnerung an Jarrusch festgehalten und sie nicht hergegeben, sondern auch an denen an mich. Und ich liebe einen anderen.

»Ich habe ihn glauben lassen, dass er alles weiß und dass ich dich nicht liebe, Sari.«

Diesmal nicke ich, weil meine Kehle nicht in der Lage ist, Worte herauszulassen. Keines davon könnte es besser machen.

Er legt mir den Dolch in die Hände. »Du musst das entscheiden, ich könnte es nicht.«

Ich schlucke schwer und sehe ihm endlich in die blauen Augen. Einst haben sie Liebe und Freiheit für mich bedeutet. Sie waren meine Heimat, so wie das Meer es jetzt ist. Ich beuge mich vor, stelle mich auf Zehenspitzen und küsse ihn ganz sanft auf seine Lippen.

Stelle dich dem Tod und sei unsterblich. Fliege hoch, falle tief, lass gehen, was dich hält. Der Tod verlangt immer einen Preis, aber auch das Leben, rufe ich mir noch einmal die Inschrift am *res towe* vor Augen.

»Ich liebe dich auch, Jeri. Keeran liebe ich jedoch anders.« Mit diesen Worten stoße ich mir den Dolch in meine Brust.

Die Macht des blauen Eises breitet sich in meinem gefrorenen Herzen aus und tötet mich.

Und bevor ich meine Lider schließe und nach Nachnyl fahre, sehe ich Keeran, wunderschön und dunkel mit seinen schwarzen Flügeln aus Sand. In seinen Augen liegt ein Schmerz, als hätte ich nicht in mein, sondern sein Herz gestochen.

KAPITEL 23

KEERAN

»Nein!«, schreie ich und stürze mich auf Sari. Ich will sie heilen. Ich will … doch ihr Körper zergeht in meinen Händen zu blauem Licht. Fassungslos starre ich auf meine leeren Hände. Dann erhebe ich mich, balle meine Faust und schlage sie Jeri mit voller Wucht ins Gesicht.

»Was hast du getan?! Und warum lebst du Bastard noch?«, knurre ich so bestialisch, dass ich meine eigene Stimme nicht mehr erkenne. Aber ich bin auch nicht mehr ich. In mir beginnt ein Krieg zu toben und alles zu sterben. Mit Sari zu sterben. Jeris Leben war an ihres gebunden. Doch ich weiß, warum er nicht mit ihr gestorben ist. Sie ist unsterblich. Und doch ist sie tot. Und Tunis lebt nicht mehr, an den der Pakt gebunden war.

»Sie musste nach Nachnyl!«, entgegnet Jeri, Tränen laufen seine Wangen entlang.

Ich presse meinen Kiefer zusammen. Das Letzte, was Sari getan hat, war, ihn zu küssen. Meine Sicht flackert. Medisa kommt zu mir gestürmt und hält mich fest. Sie drückt mich an sich. Und ich beginne zu weinen. Zu schluchzen. Zu verzweifeln. Dann sehe ich auf meinen Waffengurt und das schwarze Schwert des Kalipar. Ich will es gerade zücken, als Medisa mich festhält.

»Nein!«, sagt sie ernst und herrisch. »Das muss sie allein machen.«

»Sie wird nicht zurückkommen!«, schreie ich voller Hass. »Hast du das nicht begriffen, Medisa? Sari ist tot! Sie ist in Nachnyl.«

»Sie wird diesen Krieg beenden. Dafür … musst nicht auch noch du sterben.«

Ihre Worte dringen kaum zu mir durch. Ich schüttle den Kopf und weiche zurück. Medisa und Jeri starren mich an, als wäre ich verrückt geworden. Dabei waren sie es, die tatenlos dabeistanden, als Sari sich umgebracht hat.

»Wir werden einen Weg finden«, sagt Medisa und ich spüre die Ängste in ihrem Inneren. Sari bedeutet ihr so viel, dass ihre Seele nicht begreifen will, dass dieser Tod endgültig ist. Und da ist eine weitere Angst. Die Angst davor, wie sehr ihr Tod Red treffen wird. Es wird ihn zerreißen.

Ich blicke sie einfach nur an.

»Keeran«, fleht sie dann fast. »Wir müssen die Völker schützen. Wir müssen verhindern, dass sie sich abschlachten. Sari würde das so wollen.«

»Die Welt brennt«, hauche ich, als ich mich umblicke und die Wahrheit meiner Zukunft erkenne, die ich in Anemoras gesehen habe. Ich war Saris Untergang.

»Und wir müssen …« Sie stockt. »Wir müssen zu Jarrusch und ihn schützen, Keeran. Er ist ein Mutant unter Menschen.«

Es ist, als würde ich erwachen. Jarrusch. Das ist jetzt das Einzige, was zählt, denn wenn Sari zurückkommt, muss auch er in Sicherheit sein. Jarrusch. Darauf muss ich mich konzentrieren, um nicht zusammenzubrechen.

Ich nicke und mein Blick richtet sich gen Bonara. Die Hauptstadt Emzas. Saris blaues Licht kann nicht verhindern, dass wir es brennen sehen.

Ich breite meine Flügel wieder aus. Blicke noch einmal zurück zu der Stelle, an der Sari verschwunden ist, und fliege los. Wenn ich sie nicht mehr retten kann, dann werde ich ihn für sie retten.

Ich bin schnell. Schneller als Medisa und Jeri und lande vor dem *ble pale*. Auch er brennt. Schreie dringen an meine Ohren. Menschen rennen hinaus.

Ich stürme hinein und sehe mich um. Ich weiß, dass Sari veranlasst hat, Jarrusch an einen sicheren Ort im Palast bringen zu lassen. Doch sie hat niemandem von uns verraten, wo sich dieser Ort befindet. Nur Ferroe.

Mein Herz rast. Ich will in das Kellergewölbe rennen, stoppe mich aber selbst. Sari würde es Jarrusch nie wieder antun, sich im Untergrund verstecken zu müssen. In der Dunkelheit. Also haste ich in die oberen Stockwerke. Die Gänge entlang bis zu der Wendeltreppe, die in den höchsten Turm führt.

Als ich die Tür aufstoße, steht Saris Dienstmagd mit wahnsinnigen Augen da. Sie hält Jarrusch fest und eine Klinge an seinen Hals.

»Ich will das nicht tun«, gibt sie gepresst von sich.

Beschwichtigend hebe ich meine Hände. »Das musst du nicht.«

»Doch!«, schreit sie und weint.

»Was ist hier los?«, fragt Jarrusch ruhig.

Ich presse meine Lippen aufeinander, als ich daran denke, wie er mir all seine Bücher gab, damit ich sie mit nach Tunis nehme.

»Es ist ein Zauber, Jarrusch«, erkläre ich und sehe wieder das Mädchen an.

»Nein. So viel Schreckliches ist passiert. Und sie waren es!«

»Wer? Die Mutanten?«, ertönt plötzlich Jeris Stimme, als er neben mir im Türrahmen erscheint.

»Was haben sie getan?«

»Meine Familie getötet«, zischt das Mädchen und mit jedem Wort rinnen Tränen über ihr Gesicht.

»Jarrusch hat dir nie etwas angetan!«, versuche ich sie zu beruhigen, aber sie schüttelt den Kopf und weint.

»Doch. Sein Volk.«

»Nein, das sind falsche Erinnerungen«, knurre ich nun und greife nach meinem Messer. Sie ist so abgelenkt von dieser Bewegung, dass sie nicht wahrnimmt, wie ich meine Macht in meiner anderen Hand sammle und sie ihr entgegenschleudere. Ihre Augen verdrehen sich und sie kippt um. Das Messer hinterlässt eine kleine Wunde an Jarruschs Hals.

Saris Bruder starrt mich an. »Hast du sie getötet?«

»Nein. Sie ist nur bewusstlos. Alles in Ordnung bei dir?«, frage ich, als ich bei ihm ankomme und sofort die Wunde heile.

»Ja«, antwortet er stark und sicher. Aber ich höre ein leises Zittern in seiner Stimme.

»Wo ist Sari?«

»Nicht hier«, entgegne ich, weil ich ihm nicht sagen kann, dass sie sich geopfert hat und jetzt in Nachnyl versucht, zwei übermächtige Göttinnen zu töten.

Unter uns ertönt eine laute Explosion.

»Wir müssen hier weg!«, sage ich zu Jarrusch und Medisa, die gerade hereinstürmt.

Jeri kommt zu uns und nimmt Jarrusch hoch, bevor wir die Treppe hinunterstürmen. Er legt seinen Umhang über Jarruschs Gesicht, weshalb uns niemand angreift. Ein stechendes Gefühl erfüllt meine Brust. So weit ist es also gekommen. Dass wir einen liebenswerten Menschen verstecken müssen, nur weil sein Gesicht nicht so aussieht wie das der anderen.

Alles brennt. Wir rennen hinaus. Ich werfe einen kurzen Blick auf den Garten, in dem ich so oft bei Nacht stand. Er besteht nur noch aus verkohlter Natur. Tod, überall, wo man hinblickt.

»Wo sollen wir hin?«, fragt Medisa, als wir hinter einem der winzigen Eishügel Schutz suchen.

Ich fahre mir angestrengt durch mein Gesicht. »Ich weiß es nicht«, gebe ich dann zu, während Jeri Jarrusch fester umklammert, als er zu zittern beginnt. Er ist kein Emza, also steckt er die Kälte nur schwerlich weg. Und auch wir werden bald ein Problem bekommen.

Ein Feuer löscht man nur, indem man den Herd findet. Doch den gibt es hier nicht. Jeder verdammte Mensch ist ein Herd. Sie sind vergiftet. Unsere einzige Chance ist Sari. Aber wird das hier ein Ende nehmen, wenn Sari Arasá und Emza tötet?

Ich räuspere mich und fasse einen Entschluss.

»Wir gehen nach Anemoras.«

»Da tobt Krieg!«, wendet Jeri ein.

»Überall herrscht Krieg, Jeri. Wir können uns nicht raushalten.«

»Ich will mich nicht raushalten. Ich will Jarrusch da raushalten!«, knurrt Jeri wie ein Vater, der sein Kind beschützt.

»Ich bin kein Kind mehr und Keeran hat mir kämpfen beigebracht!«, mischt sich Jarrusch ein.

Meine Nerven sind so gespannt, dass ich sie förmlich reißen höre. Was, wenn Sari nicht zurückkommen kann? Ich schiebe den Gedanken beiseite und sehe Jeri ernst an.

»Die Alben brauchen unsere Hilfe. Und sollte Jarrusch an einem Ort dieser Welt sicher sein, dann dort. Vertrau mir!«

Jeri verkrampft seine Hände, nickt aber und pfeift die Greife zurück. Ich lasse mir meine Flügel wachsen und steige in die Höhe. Unwillkürlich richtet sich mein Blick gen Südosten, wo Red gerade für das Wüstenvolk gegen seinen Bruder kämpft. Das erste Mal in meinem Leben sende ich ein Stoßgebet an meinen Vater. Es ist seltsam, dass ich ihn erst töten musste, um zu begreifen, dass er mich liebte.

Wir fliegen über die *ice montar* hin zum *res fore*, bis wir unter uns Anemoras erkennen. Auch hier lodern Feuer, aber die Mauern werden geschützt. Unzählige Alben haben eine Art Kuppel aus Magie erschaffen.

Ich erblicke Kaja. Sie sieht zu uns hinauf, hebt ihre Hand, um uns hineinzulassen, und wir fliegen hindurch.

Als wir landen, höre ich lautes Schreien, das im Gegensatz zu den wunderschönen Gesängen der Alben steht.

»Kaja!«, rufe ich angespannt und sammle Dunkelheit in meinen Händen, um kampfbereit zu sein.

»Wo kann ich ihn hinbringen?«, fragt Jeri, der Jarrusch immer noch fest umklammert.

»Ihr seid gekommen«, stellt Kaja fassungslos fest und deutet dann auf die heilige Krypta.

»Dort ist er sicher. Aber er muss sich seiner Wahrheit stellen.«

Ich nicke, weil Jeri unschlüssig aussieht. »Das ist der sicherste Ort, Jeri!«, appelliere ich an ihn.

Als er einwilligt, leitet Kaja Magie zu der alten Krypta und sie erstrahlt wieder weiß.

»Ich komme dich holen«, verspreche ich Jarrusch, dessen Augen geweitet sind.

»Keeran?«, fragt er und Jeri lässt ihn hinunter. Er kommt auf mich zu und ich bücke mich, als er meine Hand ergreift.

»Du musst Sari etwas sagen«, flüstert er in mein Ohr. Ich verkrampfe mich. »Ich habe es geheim gehalten, aber sie muss es jetzt wissen.«

»Ich werde es ihr sagen«, verspreche ich, was ich nicht versprechen kann.

Jarrusch schluckt schwer. »Sie ist auch ein Mutant, Keeran«, erklärt er leise.«

Ich schüttle den Kopf. »Wie meinst du das?«

Er atmet tief ein und aus.

»Man sieht es nicht.«

»Aber du siehst es?«, hake ich nach, während hinter uns immer wieder die Kuppel erbebt.

»Keeranath!«, fordert Kaja. Ich hebe meine Hand. »Eine Sekunde.«

»Ich habe zwar immer gespürt, dass sie zu mir gehört. Aber sehen kann man das nicht. Nicht einmal ich. Ich weiß es, weil sie mir von dem Kampf gegen den Saurier erzählt hat.«

Ich lecke mir über meine spröden Lippen. »Das hat nichts zu bedeuten, Jarrusch.«

»Doch. Sie konnte seine Seele spüren. Keeran, sie kann die Seelen von allen Tieren spüren und leiten.«

»Was hat das damit zu tun, dass sie ein Mutant ist?«

»Die Seele eines Sauriers kann nur lesen, wer selbst einer ist.«

»Bist du dir sicher?«

Er nickt. »Sie eint alles in sich.«

Ich blinzle.

»Los jetzt!«, fordert Kaja.

Ich nicke Jarrusch zu und küsse noch einmal seine Stirn. »Sei stark!«

Jeri bringt ihn zur Krypta, und als er hinter der hellen Tür verschwindet, brennt mein Herz.

»Meine Alben können die Barrikade nicht länger aufrechterhalten!«, ruft Kaja panisch.

Ich nehme meinen schwarzen Sand und schleudere ihn gegen den Wall, um ihre Mächte zu unterstützen.

»Das wird eine Weile halten, aber …« Ich verziehe den Mund. »Wir müssen uns auf einen Kampf einstellen.«

»Wie haben sie bloß den Weg nach Anemoras gefunden?«, fragt Kaja und sieht sich ungläubig um. Einige Alben löschen die Feuer, die die trauernden Weiden ergriffen haben.

»Sie besitzen die schrecklichsten Erinnerungen der Menschen, die sich Gaben haben nennen lassen«, erkläre ich. »Es muss nur einer davon gewusst haben, wo Anemoras liegt.«

»Wo ist Sari?«, fragt sie so beiläufig, dass ich am liebsten schreien würde.

Mein Blick fällt auf ihre Krone. Die Blumen beginnen ganz langsam zu welken.

»Tot«, sage ich und erst da begreife ich es wirklich. Ich stemme mich gegen diesen allumfassenden Schmerz in mir.

»Dann ist das das Ende der Alben«, haucht Kaja und sieht sich wieder um, als würde sie das letzte Mal die Schönheit von Anemoras in sich aufnehmen.

Ja, Sari ist tot. Wenn ich gehofft habe, dass sie einfach aus Nachnyl herausspaziert, dann war das ein naiver, törichter Teil von mir.

Die Welt geht unter. Und mit Sari ist die Linie der königlichen Alben ausgestorben. Kaja ist die Letzte. Doch nicht nur ihre Krone vergeht. Ihre Haut wird faltiger werden und ihr Haar grau. Es ist nur eine Frage der Zeit.

Sie schaut an sich hinab, als würde sie nach den ersten Anzeichen suchen. Aber ich nehme ihr Kinn und richte ihr Gesicht geradeaus. »Wir kämpfen. Und wenn wir bis zum Tod kämpfen, Kaja.«

Sie nickt mit bebenden Lippen und in diesem Moment wird der Schutzwall gesprengt und flammende Pfeile prasseln auf uns nieder.

Ich beuge mich über Kaja und ziehe sie hinter einen Baum.

»Medisa!«, schreie ich und deute nach oben.

Sie nickt mir verstehend zu und fixiert die Wesen, mit denen die Menschen über die Stadt fliegen. Sie legt den Kopf schief, als würde sie etwas berechnen, dann nimmt sie einen Bogen und Pfeile von einem der Alben und schießt. Sie trifft nur die Menschen. Die Wesen, auf denen sie saßen, fliegen davon. Sie haben keine bösen Absichten. Nicht die Tiere. Es sind immer nur die Menschen.

Ich hebe meine Hände, sammle meine Macht und schleudere sie auf die Menschen, die mit Schwertern heranstürmen. Die Alben schießen mit Pfeilen auf sie, aber für jeden Pfeil folgen drei Menschen. Sie sind in der Überzahl. Sie sind übermächtig.

Jeri bildet in seinen Händen Bälle aus der Macht, die wir Nachfahren ihm schenkten, und schießt damit. Kaja zückt ihr Schwert und rennt in das Gemetzel. Mit einem so lauten Schrei, dass ich schaudere. Weitere brennende Pfeile regnen herab und setzen alles in Brand. Ich versuche die Feuer mit meinem Sand zu löschen, doch es sind zu viele.

Wie paralysiert sehe ich dabei zu, wie diese Menschen das Volk der Alben ausrotten.

Ich renne zu den Verletzten. Heile sie, aber bald schon schwindet meine Macht. Die Schmerzen, die ich ihnen wegnehme, lassen mich keuchen.

»Keeran!«, brüllt Medisa.

Ich blicke nach hinten und erkenne einen Mann mit einem Schwert. Ich kann nicht mehr reagieren, doch kurz bevor er mich trifft, sticht ein Pfeil durch sein Auge. Blinzelnd schaue ich in das Gesicht eines Alben, der mir seine Hand entgegenhält.

»Danke«, sage ich und ergreife seinen Arm. Und in diesem Moment stockt er, reißt seine Augen auf und das Leben weicht aus ihnen, bevor er zu Boden geht. Ich starre auf den Menschen, der den Pfeil abgeschossen hat. Ein Grinsen in seinem Gesicht. Und da explodiert meine Macht. Ich schreie, sammle all die Dunkelheit und schieße sie in alle Richtungen. Mein Sand verschont meine Freunde und vernichtet die Feinde gnadenlos.

»Formiert euch!«, schreie ich den Alben zu, damit sie die kurze Pause nutzen können. Ich bringe unsere Feinde zum Erstarren. Aber meine Macht reicht nicht lange.

Anemoras wird untergehen.

KAPITEL 24

RED

Ein grelles blaues Licht. Saris Mauer gefallen. Ein Schmerz des Verlustes in meiner Seele. Das Wüstenvolk wird überrannt. Jetzt stehe ich hier kurz vor dem Tor, das sie mit ihrer Magie zu Staub haben verfallen lassen, und versuche zu begreifen, was geschehen ist.

Anali hat sich nach unserer Ankunft auf die Suche nach ihren Schwestern gemacht. Sie haben ihre Macht noch. Der Monarch hat ihr ihre Stimme nicht nehmen können, auch wenn sie ihn das glauben gemacht haben. Er war nur in der Lage, eine Magie zu nutzen, die sie verstummen lässt, solange ihr Gegenpart nicht bei ihnen ist. Deshalb musste ich mit ihr kommen. Denn ich bin ihr Gegenpart. Zumindest sagt sie das. Dass es der Wahrheit entspricht, habe ich herausgefunden, als Anali plötzlich mit mir sprach, nachdem wir die anderen verlassen hatten. Es war nur ein Verbindungszauber. Ihre Stimme war an mich gebunden.

Ein bestialischer, allumfassender Schmerz durchzuckt mich, während ich meinen Blick zu meinem Bruder schweifen lasse, der durch das Tor tritt. Als er mich erkennt, legt sich mörderische Befriedigung auf sein Gesicht.

Aber es ist nicht seine Macht, die mich lähmt. Nein. Es ist ein Verlust, den ich tief in mir spüre. Sari. Etwas stimmt nicht.

Ich weiß nicht, wann es geschehen ist, aber ich habe eine Verbindung zu ihr, die über Liebe hinausgeht. Ich habe sie gespürt, wenn sie Albträume hatte. Deshalb war ich immer da. Als hätten sich unsere Seelen aneinander gebunden. Und jetzt ist es, als wäre diese Seele, die mich erst vollständig gemacht hat, verschwunden. Ich versuche das Gefühl mit all meiner Kraft zu unterdrücken, zücke mein Schwert und schlage die Tunis zu Boden, die sich mir in den Weg stellen.

»Da ist ja der kleine Bastard«, sagt mein Bruder und spuckt vor mir auf den Boden. Hinter ihm fegen einige Männer die Häuser mit ihrer Macht weg.

»Garik«, nenne ich seinen Namen und recke meinen Nacken. Auf diesen Kampf habe ich gewartet, seit ich meinen Vater tötete und er seinen Platz einnahm.

»Redian, du siehst schrecklich aus.«

»Mit Sicherheit besser als du«, gebe ich schulterzuckend zurück und hebe einen Mundwinkel.

»Du hast keine Chance. Willst du wirklich durch meine Hand sterben?«

»Ich bitte darum!«, sage ich grinsend und hebe mein Schwert. Ich ziehe Kraft aus der Gabe, die Keeran mir vor langer Zeit nannte. Ich kann allem, was ich berühre, Kraft verleihen. Also verleihe ich nun dem Schwert Kraft.

Garik hebt ebenfalls sein Schwert und rennt auf mich zu. Ich wehre ihn ab, bin aber überrumpelt, weil es nicht seine Art ist, anzugreifen. Normalerweise wartet er ab. Doch Garik ist schlau genug, um zu wissen, dass ich ihn kenne – also überrascht er mich.

Wieder prallen unsere Klingen surrend aufeinander. Mein Kopf pocht. Dieser Bastard benutzt eine seiner Gaben gegen mich.

Ich stürze mich auf ihn, um zu verhindern, dass er mich benebelt, und steche zu. Ich erwische ihn an der Schulter und lache laut auf. Doch ich bereue es sofort, als er meine Euphorie nutzt und mir die Klinge in die Hüfte rammt.

»Immer noch der kleine, dumme Junge von damals«, lacht Garik und schüttelt den Kopf.

Verdammt. Ich knurre und rufe mir Keerans Worte ins Gedächtnis. *»Lass dich nicht von dir selbst ablenken, Red. Du kannst das.«*

Wir oft hat er mir das gesagt, wenn ich mit dem Kopf mal wieder ganz woanders war?

Ich hebe meine Hand, lasse sie aber gleich darauf sinken. Ich werde keine Gabe gegen ihn nutzen. Nicht wie bei meinem Vater. Das hier wird ein gerechter Kampf. Als Garik erneut angreift, drehe ich mich und wehre seinen Schlag ab.

»Behalt deine Konzentration«, höre ich Keerans Stimme in meinem Kopf.

Garik schlägt wieder und wieder zu. Ich halte ihm stand und trete ihm anschließend die Beine weg. Er knallt auf den Boden und brüllt vor Zorn.

Ich hebe mein Schwert und blicke auf ihn hinab. Doch dann werde ich von unbändiger Macht zurückgehalten. Die Männer, die die Sandhäuser mit ihrer Kraft weggefegt haben, richten ihre Hände auf mich. Ich bin erstarrt und kann nichts tun. Ein krankes Lächeln legt sich auf Gariks Gesicht. Er erhebt sich und zückt sein Schwert. So wird es also enden. Und das Schlimmste daran: Ich werde nicht einmal Sari wiedersehen, wenn ich tot bin. Sie wird als Göttin nach Nachnyl fahren. Dort ist sie wahrscheinlich bereits.

Meine Seele spürt es. Und ich werde in einer Unterwelt schmoren, deren Gott dann vermutlich bereits tot ist. Hervorragend.

»Bring's zu Ende!«, zische ich mit noch immer eingefrorenem erhobenem Schwert.

»Vergiss es!«, ertönt Analis Stimme hinter mir und Garik wird von mir weggeschleudert, genauso wie die Männer.

Erleichtert stelle ich fest, dass ich mich wieder bewegen kann. Ich drehe mich um und starre zu den drei Schwestern, in ihrer Mitte Ankara. Sie flüstern Beschwörungen und sammeln eine solch zerstörerische Macht um sich, dass ich zur Seite weiche. Der Boden bebt und eine unsichtbare Kraft verschlingt die Männer und Kämpfenden. Sie reißt sie hinab, zerfrisst ihre Leiber und lässt nichts zurück außer ein paar Knochen.

Dahinter erkenne ich Garik, der auf dem Boden zurückkriecht. Panik steht in seinen Augen.

»Nein!«, unterbreche ich die drei. Anali schaut zu mir. »Das mache ich!«

Ich straffe meine Schultern, hebe mein Schwert und gehe auf Garik zu. Doch als ich vor ihm innehalte und seinen panischen Blick sehe, weiß ich, dass ich ihn nicht töten kann. Er ist mein Bruder. Meine Kindheit. Meine Vergangenheit. Und er war nicht immer böse. Als ich noch sehr jung war, hat er mich vor Varra beschützt und mir das Kämpfen beigebracht. Bis er dann irgendwann genauso wurde wie Vater.

Ich hole Luft und will etwas sagen, aber da wird sein Genick zur Seite gerissen. Ein Knacken ertönt und er sinkt leblos zu Boden. Mein Herz bleibt stehen. Ich drehe mich um und blicke in Ankaras hasserfülltes Gesicht.

»Du hattest deine Chance.«

Ich weiß nicht, ob ich Trauer empfinde. Es ist viel eher so, als wäre mir gerade der letzte Rest meiner Identität genommen worden. Meiner Familie.

Ich balle meine Hände zu Fäusten und sehe zu Anali. Ihre grünen Augen sind voller Zuneigung auf mich gerichtet. »Kommst du mit mir?«, frage ich in die Totenstille, weil sie alles Leben ausgelöscht haben. Die meisten des Wüstenvolks sind tot. Genauso wie die restlichen Tunismänner, die meinem Bruder gedient haben. Alles hier riecht nach Blut und Metall und fühlt sich trostlos an.

»Wir werden unsere Stadt schützen!«, sagt Ankara fest.

»Diese Stadt hier?« Ich deute um mich herum auf die zu Sand zerflossenen Gebäude und die Toten.

»Ja!«, knurrt Ankara voller Zorn und Trauer. Ihre Schwestern stehen stumm hinter ihr.

»Nein!«, entgegne ich fest.

Sie hebt ihre Brauen. Aber ich muss sie erweichen. Denn ich weiß, dass der Krieg der Völker gekommen ist. Ich spüre es in meiner Seele. Spüre einen Hass gegen Mutanten und Alben, der nicht mein eigener ist. Etwas ist geschehen und wir müssen es verhindern.

»Da draußen kämpfen Menschen gegen Alben und Mutanten! Und ihr werdet euch nicht hier in einer gefallenen Stadt verstecken. Nicht mit dieser Macht, Ankara.«

»Wir sind nicht für die Alben oder Mutanten zuständig!« Auch sie scheint zu spüren, was geschehen ist.

»Doch, das seid ihr!«, schreie ich sie an. »Wir alle sind es. Jeder Mensch ist für den anderen und den Frieden und die Freiheit der Völker zuständig!«

Sie mustert mich zornig, aber etwas regt sich in ihren gläsernen Augen. »Solange wir nicht endlich aufhören, uns als verschiedene Völker anzusehen, werden wir diese Welt zerstören. Wir alle leben hier. Wir alle sind Geschöpfe dieser Welt. Verstehst du das?« Ich lache trostlos. »Wenn jeder jeden bekriegt, dann wird irgendwann niemand mehr da sein. Wir sind *ein* Volk. Es gibt keine Grenzen der Menschlichkeit. Es gibt keine Mauern und schon gar nicht gibt es Unterschiede zwischen uns. Egal wie jemand aussieht. Egal welche Hautfarbe, welche Gene, welche Religion. Wir sind alle Lebewesen auf dieser Welt und zerstören uns gerade selbst.« Ich trete näher und schaue sie eindringlich an. »Denkst du wirklich, dass du noch in dieser Welt leben willst, wenn du hier in deiner Sandstadt bleibst und der Rest brennt?«

Ihre Lippen beben, und dann schüttelt sie den Kopf.

»Wir werden den Alben helfen«, flüstert sie und nickt ihren Schwestern zu.

Ich fange Analis Blick auf, der so liebevoll und ehrfürchtig auf mich gerichtet ist, dass mein Herz sticht. Brennt. Sie bewegt mich. Und wir werden Seite an Seite kämpfen. Für all die Völker dieser Erde. Für uns. Für Sari. Denn wir alle sind eins.

»Redian aus dem Hause Lorent«, sagt Ankara und strafft ihre Schultern. »Wir folgen dir in den Krieg.«

»Folgt mir lieber in den Frieden«, entgegne ich und zwinkere ihr zu. Ich werde nicht ruhen, bevor wir siegen und ich Sari zurückholen kann. Ihren Tod werde ich nicht akzeptieren. Niemals. Sie ist meine andere Hälfte. Meine Seelenverwandte. Meine Schwester.

KAPITEL 25

Hamza, Passus II Arasá, Vers 11

Als die Götter auf die Erde kamen, war es Arasá, die zuerst die Schönheit in ihr erkannte. Und sie war die Erste, die die Bedrohung der bereits hier lebenden Wesen sah. So entschied sie, neu zu beginnen. Doch wusste sie nicht, dass dies der Anfang ihres Endes sein würde.

Denn der Tod verlangt immer einen Preis. Aber auch das Leben. Und diesen Preis würde sie bitter bezahlen müssen.

Gleißendes Licht lässt mir keine Sicht.

»Emza!«, ertönt eine giftige Stimme. »Wo versteckst du dich?«

Ich schließe meine Augen und suche nach Seelen. Und da spüre ich Emza. Sie ist verwundet. Kurz davor zu sterben. Doch dann zerfließt sie in mir zu blauem Licht. Ja, ihr Geist wird eins mit mir. Und sie verschwindet für immer.

Ich hebe meine Lider und nun erkenne ich das Leben mitten in diesem hellen Licht. Nach und nach treten Schlösser aus der Helligkeit. Sie sind weit weg. Aber sie glänzen und schenken Trost.

Vor ihnen entdecke ich Arasá. Goldenes Haar, goldene Augen. Wunderschön und doch einen krankhaften Ausdruck im Gesicht.

»Du bist ihre Erbin!«, stellt sie fest und deutet mit der Hand auf mich.

Ich kann nicht anders, als sie anzustarren.

»Bist du hier, um mich zu töten? Du weißt, dass du dann ganz allein bist, nicht wahr?« Sie grinst und fährt mit ihrem Finger über das Blut an ihrem Dolch. Ich bin mir sicher, dass es Emza gehört. Bedeuten ihre Worte also, dass auch Kalipar tot ist?

Ich fühle mich, als wäre ich in einem Traum.

»Was? Wunderst du dich, warum ich kein Schwert nutze?« Sie deutet auf meinen Dolch. »Ich bevorzuge nun einmal edle Waffen. Ich töte nicht aus der Distanz. Nein, ich töte jemanden erst, wenn er mir ganz nah ist. Entweder durch Manipulation oder einfach mithilfe dieser schönen Klinge hier.« Sie sieht auf Emzas Blut hinab.

Ich blinzle. »Und du bist die Göttin der Weisheit?«, frage ich belustigt. Ja, ich lache sogar.

Arasá legt den Kopf schief. Das Schrecklichste an allem ist, dass sie mich an eine Version meiner selbst erinnert, bevor ich zur Albin wurde.

»Hättest du genau zugehört, wäre dir wohl aufgefallen, wie weise das war.«

»Menschen hinterlistig zu töten ist weise?«

»Menschen sich in einem Krieg abschlachten zu lassen ist deiner Meinung nach die bessere Wahl?«

»Es ist die ehrlichere.«

»Ach«, winkt sie ab. »So ist es einfacher. Und schlauer.«

Sie dreht sich um und schreitet vor mir auf und ab durch das nebelige Licht. »Kommen wir zu dir. Was willst du hier?«

»Dich töten.«

»Das wusste ich bereits. Aber warum gehst du dieses Risiko ein? Ich bin eine übermächtige Göttin, Sari. Und du bist ein Mädchen aus einem armen Haushalt. Lakar war der Name, nicht wahr?« Sie sieht zu mir, während sie ihre Bahnen zieht.

Ich verenge zornig meinen Blick.

»Ich frage mich, warum du zulässt, dass sie dich noch so nennen. Dieser Zetario ist nicht dein Vater und dennoch lebst du weiter mit seiner Schande.«

»Er ist mein Vater.«

»Emras ist dein Vater«, verbessert sie mich.

»Nein«, entgegne ich selbstbewusst. »Zetario aus dem Hause Lakar ist mein Vater. Und er wird es immer bleiben.«

Sie schnalzt mit der Zunge. »Du musst dich nicht wundern, wenn du nie in die Geschichtsbücher eingehst.«

Ich lache. »Darum soll es mir gehen?«

»Warum bist du sonst hier? Die große Sari aus dem Hause Lakar, die die Völker retten und einen will«, schwelgt sie herablassend. »Doch du kommst zu spät.«

Ich balle meine Hände zu Fäusten. Ich muss ihre Schwachstelle finden. Aber wie? Ich kann nicht einmal eine Seele spüren. Als würde diese Göttin nicht existieren.

»Du weißt, dass du hier ganz allein wärst, würdest du es schaffen, mich zu töten.«

»Das ist mir lieber, als der Welt beim Brennen zuzusehen.«

Sie verzieht beinahe anerkennend den Mund.

»Doch du kannst mich nicht töten, Sari.«

»Ach nein?«

»Genauso wenig wie ich dich töten kann.« Sie dreht sich mir zu und schleudert das Messer in meine Brust.

Ich stolpere zurück. Aber ich spüre, dass sie mich nicht verwundet. Da ist nicht einmal mehr ein lebendiges Herz, das sie hätte treffen können. Angeekelt ziehe ich den Dolch aus meiner Brust und starre sie an.

»Siehst du. Wir sind in Nachnyl.«

»Du hast gerade Emza tödlich verletzt. Du verlangst nicht, dass ich dir glaube, oder?«

Sie lächelt und schnipst mit den Fingern. Im nächsten Moment ist der Dolch aus meiner Hand verschwunden und ruht wieder in ihrer.

»Wir Götter sind hier oben verletzlich. Denn wir sind genau genommen nie wirklich gestorben. Du schon. Durch die blaue Klinge. Aber du kommst nicht an mich ran.«

»Was hast du gesehen, was so schrecklich war, dass du alles zerstört hast?«, frage ich. Wenn es nur der Krieg der Völker war, warum hat sie dann nicht versucht es besser zu machen?

»Du bist als Mensch aufgewachsen, Sari. Du besitzt nicht den Verstand, den ich besitze. Ich habe mehr gesehen als nur den Krieg der Völker und unseren Untergang.«

»Und was?«, hake ich weiter nach, weil mir langsam Emotionen entgegenschwappen. Ich habe einen wunden Punkt getroffen.

»Weißt du, welchen Namen Kalipars Hauptstadt trägt?«

»Salava«, entgegne ich kühl.

»Genau. Es ist Emzas Mädchenname. Er hat sie wirklich geliebt.«

»Und weiter?«

»Ich sah, wie Emza starb und Kalipar Dunkelheit über die Welt brachte. Mein Bruder verschluckte all unsere Königreiche, weil sie starb. Also nahm ich ihm die Liebe zur ihr. Aber sie ließ nicht locker. Also musste ich härtere Maßnahmen ergreifen.«

»Indem du das Bett mit deinem Bruder teiltest?«

»Sei nicht albern, du törichtes Kind. Ich habe nie mit ihm geschlafen.« Sie schüttelt sich. »Ich habe es Emza nur glauben lassen. Doch dieses Miststück musste natürlich alles einfrieren. Sogar das Tor nach Nachnyl, was hieß, würden wir sterben, könnten wir nicht zurück.«

»Du hättest mit ihnen reden können!«, fauche ich.

Sie lächelt. »So wie alle mit deinem Liebsten reden, Sari? Und er trotzdem entscheidet, dich zu lieben. Dich zu seinem Schicksal zu machen, auch wenn es alles vernichtet und jeden tötet?« Sie schüttelt den Kopf. »Er hat dir nicht gesagt, was genau er bei den Alben in der Zukunft gesehen hat, oder?« Sie tritt näher. »Ihr beiden seid die letzten Lebenden. Medisa tot. Jeri. Red und Jarrusch. Sie alle sind in eurer Zukunft tot. Und das hat er in Kauf genommen. Aber ich bin die Irre hier?«

Mir stockt der Atem. »Keeran hätte es nicht getan, wenn er nicht wüsste, dass wir diese Zukunft ändern können.«

»Doch die Sicherheit hat er nicht. Er ist egoistisch. Seine Liebe zu dir ist egoistisch. So wie es auch die seines Vaters war.«

Ich hole Luft. Meine Brust brennt.

»Es kommt der Tag, und siehe da. Er ist heute. An dem du endlich eine Entscheidung treffen musst. Diese Welt oder du und Keeran.«

»Diese Entscheidung treffe ich nicht«, sage ich ernst.

»Gut, dann sitzen wir hier oben und schauen dabei zu, wie sie sich abschlachten.«

»Ich bin in Nachnyl. Was sollte ich also tun, was das verhindern kann?«

Sie lächelt, als hätte ich endlich die richtige Frage gestellt. Wut kocht in mir hoch, weil ich diesen Ausdruck von Marra kenne.

»Sterben. Du könntest sterben.«

»Ich bin bereits gestorben«, fauche ich. »Und hier oben offensichtlich nicht verwundbar!« Ich deute auf die Stelle, an der mich ihr Dolch erwischt hat.

Sie aber schielt hinab zu dem blauen Dolch der Emza. Ich hebe meine Brauen. »Du verlangst also, dass ich mich erneut selbst ersteche?« Ich schüttle den Kopf. »Dafür bin ich nicht hier.«

»Nein. Du bist hier, um mich zu töten. Aber diese Illusion kann ich dir nehmen. Du kannst mich nicht töten, Sari aus dem Hause Lakar, ich bin zu mächtig.«

Ich atme tief durch, während sie mit einer Handbewegung einen Thron erscheinen lässt und sich setzt. Diese Frau besitzt keine Schwäche.

»Was würde es ändern, wäre ich tot?«, frage ich und sehe sie ernst an. Sie lächelt anerkennend.

»Du einst alle Völker in dir. Du würdest also den Krieg beenden. Denn es reicht, ein Wesen zu töten, das alle Völker vereint, um sie wieder zu einen.«

Meine Lider zucken. Alle Völker? Soll das heißen, dass ich auch ein Mutant bin? Ich wage es nicht, nachzufragen. Das würde mich in Arasás Augen nur schwach und unwissend machen.

»Du meinst also, ich würde die Alben auslöschen. Und dann? Blieben nur göttliche Wesen und Menschen zurück und die würden gemeinsam die Mutanten ausrotten?«

»Wie kommst du darauf?«, fragt sie süß. Dabei ist sie alles andere als das. Sie tippt immer wieder mit ihrem Finger gegen die Spitze ihres Dolches.

»Ich bin die einzig lebende Nachfahrin der Alben mit königlichem Blut. Ohne mich können sie nicht lange überleben.« Es schmerzt mich, das auszusprechen. Aber ich habe es begriffen, als ich herausfand, warum Kaja sich nicht an Leoán binden wollte. Sie kann keine Kinder bekommen. Und ich weiß, dass es sonst nur noch mich gibt, die von dem Bruder ihrer Vorfahrin abstammt.

»Und? Du bist erst seit einem halben Tag eine Albin. Fühlst du bereits eine solch große Zugehörigkeit?« Sie lacht abschätzig.

»Nein. Doch sie sind ein Volk. Genauso viel wert wie die Götter, die Menschen oder Mutanten.«

»Hm«, macht sie, als würde sie das anders sehen, der Diskussion aber müde sein.

Ein Brennen lässt mich zusammenzucken. Ich schaue hinab auf meinen Arm und erkenne das Mal der Glut. Ich verenge meinen Blick. Ich kann nicht ganz Nachnyl in Brand setzen. Oder doch? Ist das meine Aufgabe? Hier zusammen mit Arasá und Nachnyl zu verbrennen?

Ich atme tief durch und suche nach der Macht des Mals, dann wird mir jedoch etwas anderes bewusst. Tunis sagte, dass ich die Gabe der Vorzeitbringerin brauche. Und plötzlich verstehe ich auch, was Arasás Schwäche ist. Es ist ihre eigene Macht. Sie liebt es, sich stark und machtvoll zu fühlen.

»Nenn mir eine Gabe!«, fordere ich.

Sie runzelt die Stirn. »Weshalb? Willst du sie gegen mich verwenden?« Sie sieht an mir hinab. »Ich bin eine Wahrheitsbringerin. Solch tödliche Gaben bringe ich nicht. Das müsstest du doch wissen.«

»Ich will eine Gabe und dafür bekommst du eine Erinnerung.«

Ihre Lider zucken. Das ist es. Das ist ihre Schwäche. Sie ist schon so lange hier oben eingesperrt, dass sie sich nach einer menschlichen Erinnerung sehnt. Ich weiß noch, wie es sich angefühlt hat, als ich Keeran damals die Erinnerungen an mich nahm. Wie eine Droge. Ein zweites Leben. Gefühle, die überwältigend sein können.

»Willst du eine Erinnerung oder nicht?«, frage ich lächelnd.

Sie presst die Zähne zusammen. »Und du gibst sie einfach so her? Was, wenn es die Erinnerung an deine Liebe zu Keeran ist?«

Mein Lächeln wird breiter. »Das ist nicht möglich. Meine Liebe zu ihm hängt mit unendlich vielen Momenten zusammen.«

»Was du nicht sagst«, haucht sie selbstgefällig.

Sie weiß nicht, dass eine Vorzeitbringerin in mir schlummert. Sonst würde sie niemals auch nur in Erwägung ziehen, mir diese Macht zu geben. Und ich muss beten, es möge genau diese Gabe sein, die so übermächtig zum Vorschein kommen will, dass ich sie hier und jetzt erhalte.

»Diese Erinnerung wird dich nicht retten, Sari. Ich spüre, du bist kein mächtiges Wesen.«

»Probieren wir es aus.«

Sie erhebt sich, hadert zwar noch mit sich, aber ich habe sie längst in Versuchung geführt. Dann tritt sie näher und legt ihre schmalen, kühlen Finger an meine Schläfe.

Ich spüre, welche Erinnerung sie mir nimmt, und zögere. Warum ausgerechnet diese?

Ich sehe in ihre goldenen Augen, die sich mit Leben füllen, während die Erinnerung an Jarrusch verblasst, als er mir nach dem Run sagte, dass er von nun an ein Emza sei, genauso wie ich. Dass er eines Tages neben mir kämpfen würde. Das ist es, was Arasá fehlt. Ihr Leben lang gefehlt hat. Jemand, der an ihrer Seite kämpft. Der sie liebt, komme, was wolle. Und am meisten hat sie es von Kalipar gehofft, der ihr Bruder ist. Aber er hat Emza mehr geliebt.

Als die Erinnerung verschwunden ist, spüre ich einen kleinen Schmerz über den Verlust. Arasá hingegen wirkt menschlich. Liebevoll. Die Erinnerung, warum sie das getan hat, ist geblieben und verdeutlicht mir ihre gebrochene Seele.

Sie schließt kurz die Augen, und als sie sie wieder öffnet, flackert Wut in ihren Iriden. Sie weicht vor mir zurück und ich spüre das vertraute Brennen auf meiner Haut. Ich schiebe mein Oberteil hinunter und erkenne, wie sich unter meinem Schlüsselbein eine Sanduhr abbildet, um die sich Ranken schlängeln.

»Du hast es gewusst!«, faucht sie.

Ich halte ihrer Wut stand und blicke sie ausdruckslos an. Ein Teil von mir empfindet Mitleid wegen ihres Lebens und ihres Schicksals. Niemand hat sich für sie entschieden.

»Hast du mal darüber nachgedacht, dass du dir die Einsamkeit selbst zuzuschreiben hast?«, frage ich ernst.

Ihre Lippen beben und verziehen sich zu einer Grimasse. »Ich habe sie alle gerettet, und ihr Dank …«

»Du hast sie hintergangen!«, entgegne ich fassungslos. »Du hättest ihnen erzählen können, was du gesehen hast. Du hättest …«

»Was hätte ich? Meinen Bruder darum bitten sollen, nicht zusammen mit Emza unsere Welt zu verlassen? Emza darum bitten sollen, mich einzuweihen, weil wir wie Schwestern waren? Hätte ich Tunis bitten sollen, mich zu lieben?« Sie spuckt auf den Boden. »Nein. Das war nicht möglich. Denn sie alle haben immer nur sie geliebt.« Tränen bilden sich in ihren Augen. »So wie sie alle dich lieben, Sari. Egal, was du tust.«

Das Mal der Glut lodert wieder auf. Es giert danach, benutzt zu werden. Aber wenn das hier mein Ende ist, dann will ich nicht so gehen.

»Du hattest die Wahl, Arasá«, sage ich behutsam und trete näher. »Und selbst wenn du einen Fehler gemacht hast, du hättest es wiedergutmachen können.«

Sie lacht trostlos, wobei ihr Tränen über die Wangen laufen.

»Nein, Sari. Mein eigener Bruder war so bestürzt über das, was er Emza angetan hat, dass er vor Trauer beinahe umgekommen ist. Da hätte ich mich hinstellen sollen und ihm gestehen, dass ich es war? Das ist unmöglich.«

»Es wäre nicht schön gewesen, aber mit Sicherheit nicht unmöglich. Du hattest die Wahl.«

»Hattest du sie? Als du Jarrusch vor diesem Krankenhaus ausgesetzt hast? Hast du ihm je die Wahrheit gesagt, welchen Zorn du heute noch verspürst, weil er dir so viel deiner Kindheit genommen hat?« Sie hebt ihre Brauen.

Ernst erwidere ich ihren Blick. Erst glaube ich, dass sie mich tief getroffen hat, doch dann kämpfen meine Stärke und meine Liebe für Jarrusch gegen diesen Stich in meiner Brust an.

»Nein. Und das ist auch nichts, was ich ihm erzählen muss.«

»Nein? Sicher? Geht es ihn nichts an, wie du ihn wirklich siehst?«

»Das ist nicht die Wahrheit darüber, wie ich ihn sehe, Arasá. Es ist eine meiner Wahrheiten. Genauso wie meine Liebe und Aufopferung eine ist. Und die Gewissheit, dass ich nichts anders machen würde. Dass ich ihn immer wieder großziehen und schützen würde. Dass ich ihn auch in tausend Leben lieben würde. Mehr lieben würde als mich und meine Bedürfnisse. Das ist die einzige Wahrheit, die zählt.«

»Auch ich wollte sie nur schützen.«

»Aber du hast intrigiert. Du hast deinen Bruder gebrochen und das Herz deiner Schwester im Geiste zu Eis werden lassen. Du hast ihren Bruder gezwungen, gegen sie zu intrigieren.« Ich schüttle den Kopf. »Das ist nicht nur eine Wahrheit über deine abstoßendsten Gedanken, Arasá. Es ist passiert.«

Die Glut zieht wieder an meinem Verstand und meinem Herzen.

»Schließ deinen Frieden damit!«

Sie sieht mich an, dann wandert ihr Blick zu dem Mal auf meinem Arm. Der Flamme, umringt von zwei Mondsicheln. Ihre Augen weiten sich.

»Das ist die letzte Chance«, flüstere ich.

Ihr gesamter Körper bebt. Doch dann schließt sie ihre Augen und nickt. Und ich lasse die allumfassende Macht der Glut zu und verbrenne Nachnyl, Arasá und mich selbst.

KAPITEL 26

KEERAN

Ein ohrenbetäubendes Geräusch lässt mich und all die Kämpfenden erstarren. Ich blicke hinauf zum Himmel. Er brennt. Die Flammen vergehen und er glüht. Es donnert, und dann fallen Aschereste hinunter. Die *Glut.*

Wie in Trance nehme ich wahr, dass Red neben mir auftaucht. Ich weiß nicht genau, wie lange es her ist, seit er hier ankam. Aber ich musste ihm nichts erklären. Er wusste, dass Sari nicht mehr unter uns weilt. Er stützt mich, kurz bevor ich auf die Knie sinke.

»Sie … sie hat sie genutzt«, stottere ich. Mein Herz fühlt sich taub an. Alles in mir gefriert zu Eis, während Nachnyl über uns brennt. Stirbt. Zusammen mit ihr. Dem Mädchen, das ich liebe.

Weitere Asche fällt hinab. Als würde der Himmel weinen. Saris Opfer bedauern.

Red umschlingt mich. Doch das kann niemand je wieder heilen.

Ich schließe meine Augen und öffne sie erneut. Sehe die Asche, die zu Boden fällt und Leben hervorbringt. Blumen. Die Blumen, die Sari in ihrem Mal trug. Ich erkenne die Schönheit, höre Vögel singen. Und dann nehme ich die Blicke der Menschen wahr.

Der Hass verschwindet. Wie vom Blitz getroffen lassen sie ihre Schwerter fallen und blinzeln, als wären sie aus einem Albtraum erwacht.

Ich suche nach Kaja in dem erstarrten Gewirr und entdecke sie. Ihre Haare sind vollkommen ergraut und die Krone ist verblüht. Ihre Augen treffen mich. Und dann verschwindet das Leben aus ihnen und ich begreife, dass ihre Linie ausgestorben ist. Dass Sari wirklich tot ist. Wie in Zeitlupe fällt Kajas lebloser Körper zu Boden.

»Sie ist endgültig tot«, sage ich und blicke in Reds rote Augen. Fassungslosigkeit steht darin. Eine Erkenntnis, die zu mörderisch ist, als dass man sie zulassen könnte.

Die Luft bleibt mir weg. Vor allem, als ich ihre Anwesenheit durch die Natur spüre, die um uns herum erscheint. Sie ist eine Vorzeitbringerin geworden und hat die Gaben vereint, um eine neue Welt zu erschaffen. Eine, aus der all der Hass verschwunden ist. Sie nutzte die Gabe der Glut und die der Vorzeitbringerin. Und die Gabe, Leben zu erwecken.

Der Himmel klart auf und ein Blau strahlt herab, das ich nie zuvor gesehen habe. Die Sonne blendet, wirft aber ein wunderschönes Licht auf Anemoras. Nur auf ihre Blumen nicht. Denn sie brauchen Schatten.

Ich war nie Saris Schicksal. Doch war es wirklich der Tod?

In mir reißt etwas, das nie heilen wird.

»Ist der Krieg beendet?«, fragt Medisa vorsichtig.

Ich blicke zu ihr auf. Auch in ihren Augen steht tiefe Trauer.

»Ja«, entgegne ich dann und erhebe mich. Um mich herum tun es mir kleine Sträucher gleich und wachsen weit hinauf. Leben umgibt uns. Sari umgibt uns.

Sie muss Emza und Arasá getötet und damit das Gleichgewicht

wiederhergestellt haben. Sie hat alles verbrannt, um daraus eine neue Welt zu erschaffen. Durch ihren Tod hat sie die Völker vereint.

Ich nehme kaum noch wahr, wie sich die Alben und Menschen zusammentun und die Leichen wegschaffen. Fühle es nicht, als Jeri zusammen mit einem Alben Jarrusch aus der Krypta zurückholt. Ich fühle nicht einmal seine Trauer und Tränen, nachdem Jeri ihm gesagt hat, was geschehen ist. Ich sehe nur starr dabei zu, wie er schreit und die Tränen aus seinen schmalen Augen platzen. Wie er um sich schlägt, als würde er sich gegen die Wahrheit wehren wollen.

Ich nehme kaum wahr, wie wir auf die Pferde steigen und losreiten. Nach Emza, weil Red ihr die letzte Ehre erweisen will.

Ich will es nicht wahrhaben, dass Emza wieder blüht. Mein Verstand und mein Herz sind nicht in der Lage, es zu begreifen. Ich will es nicht begreifen.

Einen ganzen Tag reiten wir stumm nebeneinander her. Da sind nur Jarruschs Wehklagen. Wir müssen ihn beschützen. Er hat seine andere Hälfte verloren. Das Gegenstück zu seiner angeborenen Gabe.

Als wir unser Ziel erreichen, sehe ich das Schloss, das völlig unversehrt ist. Keine Rückstände des Feuers und des Kriegs. Sari hat auch das geheilt. Und sie ist überall so präsent, dass mir das Herz schwer wird.

»*Warum liebst du sie?*«, fallen mir Nalias Worte wieder ein. Und ja, wie ich es damals sagte, gibt es unzählige Gründe. Aber dieser eine Moment, als dieses schwache Mädchen ihre Stärke entdeckte und den Amphisbaena tötete, um mich zu retten. Das war der Moment, als ich begriff, dass ich nie aufhören werde, sie zu lieben. Sie hat sich ihrer eigenen Schwäche und Angst gestellt, um einen Verräter zu retten. Jemanden, der sie so sehr verletzt hat, dass etwas in ihr gebrochen ist. Doch sie hat zugelassen, dass ich es repariere. So stur und unkontrolliert sie manchmal war. Sie hat die Menschen, die sie einmal ins Herz geschlossen hat, nicht mehr gehen lassen. Sie hat um sie gekämpft und sie beschützt.

Als wir absteigen, löst sich Jarrusch von Jeri und rennt auf mich zu. Ich gehe in die Hocke und schließe ihn in die Arme. Seine Tränen tränken meinen Mantel. Seine Ängste strömen in mich hinein und mischen sich mit meinen eigenen. Da ist eine Angst, so groß, dass sie uns beide zu verschlingen droht. Die Vorstellung, in einer Welt ohne Sari zu leben. Sie ist tödlich. Unvorstellbar.

»Ich werde an deiner Seite bleiben, so wie sie es war«, verspreche ich leise.

Jarrusch nickt an meiner Schulter und sieht mich dann an. »Sie ist das Licht«, flüstert er und grinst, ohne wirklich Freude zu empfinden.

Ich schlucke schwer, nicke und erhebe mich, um das Schloss zu betreten.

Die Herrschaft der Götter ist beendet. Und auch wir Nachfahren werden nicht einfach wegen alter Regeln über ein Volk herrschen. Dieses Gefühl vermittelt Saris Gegenwart hier überall. Ein neues Zeitalter wird anbrechen. Eines, in dem die Völker selbst entscheiden, wer sie beherrschen soll.

Das Gold auf unsrem Haupte zerfließt im Wind der Macht. Ja, es wird zerfließen und überallhin wehen. Denn nicht einzelne Menschen haben die Macht. Sondern alle. All die Völker. Jeder Mensch. Jeder Alb. Jeder Mutant. Und auch jeder Nachfahre der Götter.

»Warum trauert ihr? Die Welt blüht. Sie lebt.« Saris Stimme klingt so echt, dass ich aufsehe. Aber da ist niemand. Nur eine Vorstellung von der Frau, die ich liebe. Mein Herz bricht und Tränen wandern über meine Wangen. Und dann höre ich wieder ihre Stimme. »Keeran.« Ich schaue mich erneut um. Und da – steht sie. In einem blauen Kleid. Ihre Haut schimmert. Das Albenmal auf ihrer Haut leuchtet golden. Ich trete näher. Das kann nur ein Trugbild sein. Doch die Blicke der anderen verraten mir, dass sie sie ebenfalls sehen.

»Sari?« Meine Stimme bricht.

Sie lächelt und die Sonne geht in meinem Herzen auf.

»Was tust du hier?«, frage ich fassungslos.

»Wer soll denn auf euch aufpassen, wenn ich weg bin?«

Mein Kiefer bebt und ich lasse das Gefühl fallen, das meinen Verstand benebelt, gehe auf sie zu, packe sie und ziehe sie zu mir. Küsse sie. Sie bleibt. Sie ist echt. Warm. Lebendig.

»Du lebst«, raune ich gegen ihre Stirn, und dann fließen erneut Tränen über mein Gesicht. Nicht enden wollende Tränen. Und in diesem Moment verschwindet der dunkle Schatten, der meine Seele bewohnt hat, vollends.

»Ich hatte etwas bei mir«, erklärt sie, löst sich von mir und hebt ihren Dolch. Ihr Blick gleitet zu Jeri und zu Jarrusch. Dessen Gesicht wirkt, als würde er ein Gespenst sehen. Dann rennt er auf sie zu, umarmt sie und schreit vor Freude. Sari lacht heiser auf. »So konnte Emzas Geist in mich fließen und mich schützen.«

»Der Hohepriester sagte es«, flüstert sie dann, als Jarrusch sie loslässt, und schaut mich durchdringend an.

Ich hebe fragend die Brauen.

»Der Dolch der Emza wurde aus dem blauen Feuer-Opal geschmiedet. Entstanden im Paradies. In Nachnyl.« Sie lächelt. »Er hat mich beschützt.« Sie wirft Jeri einen dankbaren Blick zu.

»Sari.« Red tritt vor und küsst ihre Stirn. Ich spüre seine Angst, dass das hier unecht sein könnte.

Sie schließt kurz die Augen.

»Du hast die verdammte Welt gerettet, Sari aus dem Hause Lakar«, ruft er und klopft ihr auf die Schulter. »Ich denke, wir sollten feiern.«

Sie lacht und nickt. Und dann gehen die anderen ins Schloss und lassen uns einen Moment zu zweit.

»Ich liebe dich«, hasple ich so schnell, dass sie lächeln muss. »Ich hatte verdammt große Angst, dir das nie wieder sagen zu können.« Ich hebe meine Hand und streiche ihr eine Strähne hinter ihr spitzes Ohr.

»Ich liebe dich«, entgegnet sie und sieht mich fest an. »Und ich konnte dich nicht allein lassen.« Sie grinst und erwärmt damit mein Herz.

»Diesen Dolch wirst du jetzt immer bei dir tragen. Sicher ist sicher.«

»In Ordnung. Und dafür hast du mich immer bei dir zu haben.«

»Damit kann ich leben«, gebe ich zurück und hebe einen Mundwinkel, bevor ich mich zu ihr beuge und sie küsse.

»Du bist ein Mutant, soll ich dir von Jarrusch ausrichten.« Sie hebt belustigt ihre Brauen. »Bin ich das?«, hakt sie nach, als wüsste sie das bereits.

»Ja«, sage ich und grinse. »Mein kleiner Mutant.«

»Gut«, flüstert sie und sieht mich durchdringend an.

»Wo willst du am liebsten hin?«, frage ich, weil ich ihr die verdammte Welt zu Füßen legen werde.

»Ich bin genau da, wo ich hingehöre, Keeran«, erklärt sie und holt tief Luft. »Ich brauche keinen Ort, weil ihr mein Zuhause seid.«

EPILOG

Naraté, das zwölfte Buch der Alben

Einst wog die Krone schwer, doch nun ist sie Leben. Nun ist sie Heimat und Vertrauen. Das Versprechen einer besseren Welt.

Einst war das Schwert der Macht mit Blut bedeckt. Nun ist es rein und singt das Lied des Friedens.

Einst war getrennt, was zusammengehörte. Und nun sind wir vereint. Wir Alben. Wir Menschen. Wir Mutanten.

»Wo ist Jarrusch?«, fragt Keeran, als er zu mir in den Raum tritt.

»Zieht sich an«, sage ich und lächle. »Er möchte sich kleiden wie die Alben.«

Keeran hebt den Mundwinkel. »Egal, wie erwachsen er ist, das wird er wohl immer tun.«

Ich nicke und sehe wieder aus dem offenen Fenster hinaus auf Anemoras. Ich rieche Keeran, bevor er seine Arme um mich legt, und schließe die Augen.

»Bist du bereit dafür?«

»Das hast du mich schon mal gefragt und damals war ich so gar nicht bereit«, gebe ich lachend zurück.

»Jetzt ist alles anders. Die Regeln der Götter und der Run beherrschen uns nicht mehr. Du hast eine Wahl, Sari. Und wenn du mir jetzt sagst, dass du das hier nicht willst, dann renne ich mit dir zusammen bis ans Ende der Welt davon.«

Ich atme tief ein und aus. Die Welt ist nicht mehr, wie sie war, und doch wird es noch ein langer Weg sein, sie zu ändern. Wir haben unsere Throne aufgegeben, auch Jeri hat verzichtet, und wir versuchen das Volk in eine Richtung zu lenken, in der sie alle selbst wählen, wer ihr Herrscher sein soll. Aber noch ist es zu ungewohnt für sie. Einige tragen sogar weiterhin ihr Tahill und vertrauen uns nicht.

Und obwohl wir den Alben das Gleiche ermöglichen wollten, kann das Volk ohne eine Königin oder einen König der Blutlinie nicht existieren. Zuerst wollte ich mein Schicksal nicht wahrhaben und habe mich versteckt. Zusammen mit den anderen in einer Hütte, in der wir wochenlang lebten. Es war genau das, was ich immer wollte. Aber ganz abgesehen davon, dass ich dieses Volk nie dem Tod überlassen würde, war es nicht richtig und das habe ich gespürt. Vielleicht gab es eine Zeit, in der ich ein Leben abseits von alldem führen wollte. Doch ich bin nicht mehr dieselbe und weiß, dass ich mich nicht raushalten kann. Weiß jetzt, dass ich zu den Alben gehöre.

»Dann wollen wir dich mal zu deiner Krönung bringen«, raunt Keeran und küsst mich auf die Schläfe, bevor er zu Jarruschs Zimmer geht und klopft. »Deine Schwester wird gleich gekrönt«, ruft er.

Die Tür springt sofort auf und Jarrusch kommt heraus. Er trägt die weiße Kleidung der Alben und einen Blumenkranz auf seinem Kopf. Ich lächle und mein Herz pocht laut.

»Du siehst wunderschön aus«, sage ich und nehme seine Hand.

Während der Krönung nehme ich kaum etwas wahr. Nur die Blicke der Alben. Ihre Seelen, die Liebe und Zuneigung empfinden. Der Abend und das Krönungsfest gehen schneller vorbei als gedacht und zurück bleiben nur Red, Jeri, Medisa, Ferroe, Keeran und ich, während Jarrusch neben mir auf der Bank schläft.

Ich will nicht, dass das hier endet. Red und Jarrusch werden mir zwar zur Seite stehen, aber die anderen werden gehen. Unsere gemeinsame Zeit ist vorbei und sie werden nur noch Besucher sein, die ab und an zu uns stoßen. Und ich hoffe, dass Keeran hierbleibt.

Mein Blick wandert über die vielen schwebenden Lichter hier in Anemoras. Kleine Wesen, die uns Licht spenden. Ich sehe zu Jeri, der gegenüber von mir sitzt, und greife instinktiv nach seiner Hand. »Geht es dir gut?«

Er schenkt mir ein Lächeln und nickt. »Ich kann von Tag zu Tag besser damit leben, dass du einen König statt eines Enterbten erwählt hast.« Er zwinkert und ich lache. »Aber im Ernst, Sari. Mir geht es besser. Ich bekomme sogar ein paar Erinnerungen wieder, seit mein Varra tot ist.«

Ich atme tief durch. Vielleicht ist das das Zeichen dafür, dass Marruk Karis wirklich gestorben ist. Als ich seine Hand ein letztes Mal drücke, sie wieder loslasse und mich zur Seite drehe, steht Keeran neben mir und reicht mir seine Hand.

»Schenkt Ihr mir diesen Tanz, Königin der Alben?«

Ich lächle und lausche kurz den albischen Gesängen, bevor ich mich erhebe und seine Hand ergreife. Ich lege meinen Kopf auf seine Schulter und lausche seinem Herzschlag.

»Ich habe eine Bitte«, raunt Keeran dann heiser.

»Und die wäre?«, frage ich lächelnd und sehe ihn an.

»Binde dich an mich.«

Ich öffne den Mund, um etwas zu erwidern, aber nichts verlässt meinen Mund. Meine Brust prickelt unruhig und ich bekomme keine Luft mehr. Alben binden sich an ihre Partner und dieser Bund wird nie erlöschen. Leoán wollte das für Kaja und ihn, obwohl sie keine Kinder bekommen konnte. Ich wünschte, er wäre noch hier.

»Ich will für immer an deiner Seite sein, Sari. Ich werde nie gehen.«

Ich presse meine Lippen aufeinander. Eine nasse Perle verlässt mein Auge, und dann sehe ich hinab auf einen wunderschönen Ring, den Keeran in der Hand hält. In der Mitte ein blauer Feuer-Opal.

»Ich weiß nicht, ob Alben sich Ringe schenken, aber …«

»Ja!«, platze ich dazwischen und hinter uns brechen die anderen in Jubelrufe aus. Ich blicke Keeran verdutzt an. »Wussten die alle Bescheid?«

»Als ob man Geheimnisse vor ihnen haben könnte. Ich kann mich glücklich schätzen, dass du nicht in unseren Seelen herumspionierst.« Er hebt einen Mundwinkel und schiebt mir dann ganz sanft den Ring über meinen Finger.

»Ich liebe dich, Sari aus dem Hause Lakar.«

»Und ich liebe dich, Keeran aus dem Hause Kalipar.«

DANKSAGUNG

Ich halte mich dieses Mal kurz, da es ja schon eine ausführliche Danksagung in Band 1 gibt.

Wie immer danke ich aber natürlich meiner Familie und vor allem Mama und Papa.

Meinen Freunden und meinen Feinden. Ihr spornt mich an, besser zu werden.

Meiner Lektorin Nicole, die diesen zweiten Band mit mir möglich gemacht hat, und meiner neu dazugewonnenen Lektorin Yvonne.

Meinen tollen Autorenkolleginnen, die ich immer um Rat fragen kann, Mimi, Valentina, Vivien.

Und ich danke natürlich meiner Testleserin Mareike und meiner neu dazugewonnenen Leserin im Freundeskreis, Céline. Ich glaube, nie zuvor hat jemand so viel aus meinem Buch herausgelesen wie du.

Wer eine ausführlichere Liebeserklärung haben möchte: *The Run. Die Prüfung der Götter,* Seite 393 ff. :D